Je tiefer du gräbst

Karin Franke

Je tiefer du gräbst

Richies zweiter Fall

Bibliografische Information der Deutschen Nationalbibliothek:
Die Deutsche Nationalbibliothek verzeichnet diese Publikation in der Deutschen
Nationalbibliografie; detaillierte bibliografische Daten sind im Internet über
http://dnb.dnb.de abrufbar.

© *2015 Karin Franke*

Illustration: Ralf B. Franke

Herstellung und Verlag: BoD – Books on Demand, Norderstedt

ISBN: 978-3-7386-3708-3

1

„Ich bin dann weg!" Simon Glaser nahm seinen Helm von der Ablage und zog die Wohnungstür hinter sich zu. Puh, bloß raus. Doris war schier ausgerastet, als er beim Frühstück seinen geplanten Ausflug erwähnt hatte.

„Heute?! Das ist nicht dein Ernst", hatte sie ihn angefaucht. „Isi ist erst gestern gekommen, die Wohnung sieht aus wie ein Schweinestall, soll das alles wieder mal an mir hängenbleiben?"

Naja, bis heute Abend hatte sie sich bestimmt beruhigt. Außerdem konnte er dann bestimmt schon mit Ergebnissen aufwarten. Und dann würde sie froh sein, dass er sich durchgesetzt hatte. Wenn er diese Geschichte öffentlich machte, hatten sie ausgesorgt - bis an ihr Lebensende.

Wie immer stand der Kombi direkt vor der Garage, Doris' stiller Protest, dass das Motorrad und all der andere Kram keinen Platz mehr für ihr Auto ließen. Zärtlich streichelte Simon über den glänzenden Lack der Maschine. Dies hier war eine Investition fürs Leben, der Wagen dagegen hatte seine besten Jahre schon lange hinter sich, da brachte auch die beste Pflege nichts mehr. Überhaupt, das war die Idee! Doris würde als Erstes endlich den Mini bekommen, für den sie schon so lange schwärmte. Und eine eigene Garage.

Mit einem satten Brummen erwachte die BMW zum Leben. Vorsichtig bugsierte Simon sie an dem verstreut auf dem Boden liegenden Werkzeug vorbei nach draußen. ‚Ich muss wirklich unbedingt aufräumen', nahm er sich vor, während er das Tor schloss.

Doch kaum hatte er sich auf sein Motorrad geschwungen, war dieser Gedanke schon wieder vergessen. Das Wetter heute war aber auch wie geschaffen für eine ausgiebige Tour. Obwohl noch früh am Morgen war der Tag für das letzte Oktoberdrittel erstaunlich mild, die Sonne hatte sich bereits gegen die wenigen Wolken durchgesetzt und sandte ihre wärmenden Strahlen, er wäre doch wirklich blöd gewesen, wenn er diese einmalige Gelegenheit nicht genutzt hätte.

Kurz vor der Autobahnauffahrt hielt er für eine erste Zigarettenpause. Jetzt konnte er die Rast nutzen, um endlich die überfällige SMS an Lothar zu schicken. Nicht dass der sich noch um entschied und den Tag anders verplante. Nein, es war genau richtig gewesen, das Ganze derart zu forcieren. Die Story an sich war ihm sicher, da machte er sich keine Sorgen. Trotzdem hatte er irgendwie ein mulmiges Gefühl. Vielleicht wäre es doch besser gewesen, sich Doris gegenüber nicht nur in geheimnisvollen Andeutungen zu ergehen. Außer ihm kannte bisher niemand die Wahrheit. Es wurde wirklich Zeit, sich Mitwisser an Bord zu holen.

Den nächsten Stopp legte er erst eine Stunde später ein, als er auf die Landstraße eingebogen war. Dieses Mal wählte er Lothars Nummer. „Hi, ich bin in ungefähr vierzig Minuten bei dir", meldete er sich. „Ist das okay?"

„Hab mir ja schließlich extra den Tag für dich freigehalten", brummte dieser. „Dabei ist das Wetter viel zu schön, um im Haus zu sitzen."

Lächelnd steckte Simon das Handy zurück in die Jackentasche. Sein Kumpel, den er durch ihr gemeinsames Hobby kennengelernt hatte, war ein genauso verrückter Biker wie er und nutzte normalerweise jede freie Minute für Ausflüge und Touren. Er musste es ihm hoch anrechnen, dass er sich auf diesen kurzfristigen Termin eingelassen hatte. Hm, er sollte ihm vielleicht besser gleich bei seiner Ankunft die dicke Prämie in Aussicht stellen, die sie erwartete.

Mittlerweile war der Verkehr dichter geworden. Hinter einem langsam fahrenden Trecker hatte sich eine lange Schlange gebildet. Simon spielte ungeduldig mit dem Gasgriff. Meine Güte, warum überholte dieser Trottel da vorn nicht endlich!

Es dauerte fast eine Viertelstunde, bis er an dem Traktor vorbei war. Er beschleunigte auf die zulässigen Hundert und ließ die langsameren Fahrzeuge schnell hinter sich. Als er auf das letzte Wegstück einbog, hatte er bereits einen Riesenabstand zwischen sich und diese Sonntagsfahrer gebracht.

Einen musste er wohl noch vor sich haben. Warum bremste dieser Idiot plötzlich, obwohl die ganze Straße vor ihm frei war? Simon ließ den Motor aufheulen und gab Gas.

Er war schon fast neben dem Wagen, als dieser beschleunigte.

„Idiot!", wiederholte Simon und steigerte sein Tempo ebenfalls. Trotzdem konnte er es nicht lassen, dem Fahrer einen verächtlichen Blick zuzuwerfen, während er an ihm vorbeizog. Da erst bemerkte er, dass dieser viel zu dicht neben ihm war. Gleichzeitig gab er Gas und verlagerte sein Gewicht, doch es war schon zu spät. Er verspürte einen heftigen Stoß, ließ reflexartig den Lenker los und stieß sich ab, sodass er über die schlitternde Maschine unter sich hinausschoss.

Der Aufprall nahm ihm den Atem, für einen kurzen Moment wurde alles schwarz um ihn. Dumpf vernahm er kreischende Bremsen, dann eilige Schritte, die sich ihm näherten. Mühsam versuchte er, die Benommenheit abzuschütteln. Ein schwarzer Schatten beugte sich über ihn und griff nach dem Kinnriemen des Helms.

„Nein!", versuchte er zu krächzen, brachte aber nicht mehr als ein leises Stöhnen zustande.

Der Fremde ignorierte ihn völlig. Grobe Finger rissen ihm den Helm vom Kopf und versuchten, seinen Kopf zur Seite zu drehen. Von weiter links ertönte ein schriller Aufschrei. Die Hände ließen von ihm ab, er hörte sich eilig entfernende Schritte, die fast sofort von dem Rauschen in seinen Ohren übertönt wurden.

Erst jetzt spürte Simon den reißenden Schmerz, der sich in seine Eingeweide bohrte. Unwillkürlich zuckte er zusammen, der Schmerz wurde zu einem brüllenden Ungeheuer, das ihn zu verschlingen drohte. Er schnappte nach Luft, wieder wurde es schwarz um ihn, mit letzter Kraft balancierte er am Rande seines Bewusstseins.

Ganz, ganz langsam zog sich das Ungeheuer zurück, der bohrende Schmerz blieb. Simon schloss die Augen und konzentrierte sich darauf, seine steifen, kalten Hände dazu zu zwingen, Richtung Bauch zu wandern. Nässe, glitschige Nässe überall auf seiner Jacke, seine Finger stießen gegen einen harten Gegenstand, der daraus hervorzusprießen schien. Verwundert versuchte er daran zu ziehen, sofort sprang das brüllende Ungeheuer wieder hervor.

„Hallo, können Sie mich hören?", drang aus dem Schmerzchaos eine Stimme zu ihm.

Tränenblind erahnte Simon einen Schatten vor sich. „Hilfe", krächzte er mit letzter Kraft.

Der Schatten beugte sich tiefer und der Schmerz vervielfachte sich in Sekundenbruchteilen, bis Simon gnädigerweise das Bewusstsein verlor.

2

Katharina

„Hi, Mama, hier ist Janine. Hat Omi dich schon angerufen?"

Mit vom Schlaf noch verquollenen Augen versuchte ich, auf den Wecker neben meinem Bett zu schauen. Fast vier! Ich hatte drei Stunden geschlafen!

„Mama? Bist du noch dran?"

„Ja, ich musste nur erst wach werden", erwiderte ich und gähnte. Die lange Ruhepause hatte mir gutgetan, ich fühlte mich schon viel besser.

„Was, du liegst noch im Bett?" Ihr Anliegen schien für den Moment vergessen. „Bist du etwa krank?"

„Nur ziemlich erkältet", beruhigte ich sie. „Das wird schon wieder. Jetzt, wo die beiden Kleinen weg sind, habe ich genug Zeit mich zu pflegen."

Ich hatte bis gestern zwei sehr anstrengende Kleinkinder in Pflege gehabt, das zehrte in meinem Alter an den Kräften. Und wenn der eigene Mann sich so weit wie möglich zurückzog, um nicht eingebunden zu werden, kam man schon mal an seine Grenzen.

„Oh, äh", Janine geriet ins Stottern. „Eigentlich hatte ich dich fragen wollen, ob du wohl am Freitag für ein, zwei Stunden einspringen könntest, um die Nichte von meiner Chefin zu betreuen. Es ist nämlich so", sie senkte verschwörerisch die Stimme. „Der Mann von der Chefin ist gestern bei einem Verkehrsunfall gestorben und soll schon am Freitag beerdigt werden. Und weil die Feier erst am Mittag ist und die Kleine aber um halb drei aus der Schule kommt, braucht sie halt jemanden, der auf sie aufpasst. Ich muss ja dann solange den Laden schmeißen, deshalb kann ich das nicht." Der Stolz in ihrer Stimme war nicht zu überhören. „Und da dachte ich, dass du vielleicht …?"

„Hm." Ehrlich gesagt hatte ich mich auf eine ruhige, ereignislose Woche gefreut. „Wie alt ist die Kleine denn?"

„Zwölf."

„Warum nimmt deine Chefin sie nicht einfach mit?"

„Mama, das ist doch die Behinderte", sie klang eindeutig empört, dass ich mich an diesen Umstand nicht erinnerte. „Wer soll sich dort um die Kleine kümmern?"

So langsam dämmerte es mir. „Und was ist mit der Mutter?"

Janine seufzte schwer. „Die befindet sich mit ihrem Mann auf Kreuzfahrt und die Chefin will sie nicht stören."

„Wie?" Ganz hatte ich es wohl doch noch nicht verstanden. „Sind die denn gar nicht über den Todesfall informiert worden?"

Wieder seufzte Janine. „Die Chefin ist der Meinung, die beiden sollen lieber ihren Urlaub genießen. Der Tote hätte eh nichts von deren Anwesenheit bei der Trauerfeier." Sie wurde lebhafter. „Die Isabelle ist halt ein Pflegefall rund um die Uhr und das ist erst der zweite Urlaub, den die Eltern sich gönnen. Da will die Chefin wohl nicht stören."

Interessanter Ansatz fand ich und war natürlich schon halb entschlossen, einzuspringen. „Was müsste ich denn tun? Ich meine, ich habe keine Ahnung von pflegetechnischen Dingen, das weißt du."

„Du machst es also?", jubelte Janine. „Super, ich wusste, dass auf dich Verlass ist."

„Und außerdem war es deine Mutter, die sie auf die Idee gebracht hat", verteidigte ich unsere Tochter. Manfred war überhaupt nicht erfreut, dass ich mich bereit erklärt hatte, auf die Kleine aufzupassen.

„Was? Was hat die denn damit zu tun?"

Ich hätte fast über sein verblüfftes Gesicht gelacht, wenn ich nicht so ärgerlich gewesen wäre. „Sie lässt sich seit Jahren dort die Haare machen", erklärte ich. „Und sie hat damals Janine diese Ausbildungsstelle besorgt."

„Hm." Ich wusste, Manfred war nun schon halb überzeugt. Immerhin hatte die Chefin eine fast endlose Geduld mit unserer Tochter bewiesen, die mitten in der Lehre plötzlich eine ‚Null-Bock-Phase' bekommen und gnadenlos ausgelebt hatte. „Ja, du hast recht, wir schulden ihr noch etwas", sagte er nach kurzem Nachdenken. „Geh ruhig."

Ich konnte mir ein schnippisches ‚Danke' nicht verkneifen, dafür war ich einfach zu geladen. Der Groll über sein Verhalten saß zu tief.

Nur leider war mein Spott an ihn völlig verschwendet. „Lass dich nur nicht gleich wieder für längere Zeit mit einbinden", mahnte er, ohne auf meine Antwort einzugehen. „Du brauchst unbedingt Zeit, um dich zu erholen. Vielleicht solltest du überlegen, ob du nicht langsam die Pflegekinder aufgibst."

Glücklicherweise rief mir Richie, der direkt hinter meinem Mann stand und unser Gespräch kopfschüttelnd verfolgt hatte, ein „Komm, Kathi, raus hier!" zu, sonst wäre ich explodiert. So gönnte ich ihm nur noch ein heftiges Schnauben und verließ hoch erhobenen Hauptes den Raum.

„Du bist selbst schuld", eröffnete mir Richie, kaum dass ich die Küchentür hinter uns geschlossen hatte. „Du betüttelst ihn von vorne bis hinten und wunderst dich dann, dass er nicht von sich aus einspringt, wenn du Hilfe brauchst."

„Er hat mich völlig im Stich gelassen", konterte ich. „Und sich dann noch beschwert, als das Essen einmal nicht pünktlich auf dem Tisch stand."

„Siehst du, genau, wie ich es dir sagte", grinste Richie, „Du hast dir ein neues Kind herangezogen."

Sein Spott brachte mich noch mehr auf. „Das kannst du ja wohl kaum beurteilen." Ich wandte mich demonstrativ um und begann, den Tisch, auf dem noch immer die Reste vom Mittagessen standen, abzuräumen.

„Hey, reg dich ab. Ich bin auf deiner Seite." Wie ein Irrwisch tanzte er vor meiner Nase herum, sodass ich kaum erkennen konnte, was ich tat. „Komm, Kathi, kotz dich ruhig aus, dafür sind Freunde da!"

Obwohl ich ihn mittlerweile gut zwei Jahre kannte, zuckte ich immer noch ab und zu bei seiner Wortwahl zusammen. „Richie, bitte!"

„Ach, sei doch nicht so oberlehrerhaft." Tatsächlich, er lachte mich aus.

„Hör auf zu grinsen!", fuhr ich ihn an. Klar, ich sah nur einen gelb leuchtenden Fleck, aber er konnte mir nach all dieser Zeit nichts mehr vormachen. Ich erkannte an seinem Tonfall genau, welcher Stimmung er war. Und jetzt machte er sich eindeutig über mich lustig. „Ich finde es überhaupt nicht witzig, wenn ich fast auf dem Zahnfleisch gehe und mein Mann schiebt trotzdem wichtige Treffen vor, bloß um nicht auf zwei anstrengende Kleinkinder aufpassen zu müssen."

„Du hättest ihn um Hilfe bitten können." Richies Stimme klang nun ernst. „Das ist ein Fehler, den ihr Frauen oft macht. Wir Männer sind von Natur aus faul. Und wir können nicht riechen, dass wir gebraucht werden. Ihr müsst uns schon gezielt darauf hinweisen."

„So einfach ist das also?" Ich ließ mich ihm gegenüber auf einen Stuhl fallen, die paar Handgriffe hatten mich völlig erschöpft.

„Nein." Wieder schlich sich ein Lachen in seine Stimme. „Natürlich musst du trotzdem damit rechnen, dass er rumlamentiert oder meckert. Dann darfst du allerdings nicht locker lassen, bis er sich fügt."

Ich prustete derart los, dass sich daraus sofort ein heftiger Hustenanfall entwickelte.

„Entschuldige, ich meine es wirklich Ernst." Richie klang beleidigt. „Wenn du was ändern willst, dann must du verstehen, wie Männer ticken."

„Ach, und du bist der Experte?" Wieder musste ich husten.

„Auf jeden Fall mehr als du", gab er bissig zurück. Ja, er war eindeutig beleidigt. „Vielleicht war Manfred früher, als eure eigenen Kinder noch klein waren, anders. Vielleicht hast du da aber auch mehr von ihm gefordert. Das weiß ich nicht, ich kann dir nur sagen, was ich in den letzten zwei Jahren gesehen habe: Dein Mann überlässt alles, was mit Haus und Garten zu tun hat, dir. Die Pflichten, die du zusätzlich auf dich nimmst, wie dein Klavierunterricht, deine Kirchenarbeit und eben deine Pflegekinder sieht er nur bedingt. Außerdem ist er der Meinung, dass du das ja freiwillig machst. Also ist deine Arbeit etwas ganz anderes als seine. Du musst nicht so viel tun, er schon."

„Haha", machte ich ganz vorsichtig, um nicht einen erneuten Hustenanfall zu provozieren.

„Denk mal in Ruhe darüber nach." Richie steuerte bereits auf das einen spaltbreit geöffnete Fenster zu. „Und beobachte ihn mal völlig unvoreingenommen. Du wirst sehen, dass ich richtig liege."

Kaum hatte er ausgesprochen, war er verschwunden. Kopfschüttelnd sah ich ihm nach. Das war das Gemeine an dieser Freundschaft mit einem Geist. Hatte er keine Lust mehr auf weitere Diskussionen, flüchtete er und tauchte Stunden, manchmal auch erst Tage später wieder auf, immer dann, wenn es ihm passte und nicht unbedingt dann, wenn es passend war.

Aber andererseits war er mittlerweile zu meinem besten Freund geworden, der mir mit Rat und Tat zur Seite stand, mit dem ich über alles sprechen konnte. Ich half ihm, er tat für mich das Gleiche. Manchmal hatte ich das Gefühl, dass wir uns mehr und offener austauschten, als ich es mit meinem Mann tat.

Apropos Manfred. Sah Richie es als Außenstehender vielleicht doch besser? Nachdenklich blieb ich am Tisch sitzen. Es schien mir zumindest wert, seine Gedankengänge zu überprüfen.

3

Richard

Ich hatte Katharina versprochen, ihr bei dem Kindersitting beizustehen, denn sie war echt nervös gewesen, ob sie dieser Anforderung gewachsen war. Eigentlich Quatsch, dass sie da auf mich zählte, was konnte ich schon ausrichten? Aber wenn es ihr ein besseres Gefühl gab, warum nicht?

Pünktlich um halb drei standen wir vor dem Haus, in dem diese ominöse Chefin wohnte. Es stellte sich als großer Wohnkomplex heraus, vier aneinandergebaute Gebäude mit jeweils acht Mietparteien und kleinen, leicht ansteigenden Rasenflächen davor, sodass der gepflasterte Weg, der zur Tür führte, ebenfalls ohne Stufen auskam.

„Sie wohnt gleich hier links", informierte mich Kathi und zeigte auf das Haus direkt vor uns. „Wir gehen schon mal rein."

„Kannst du dir schenken." Ich hatte den Transporter mit dem Rollstuhlsymbol entdeckt, der gerade vor dem Nachbarhaus einparkte.

Gemeinsam warteten wir, bis die Kleine samt Rollstuhl ausgeladen worden war. Der Fahrer, bereits informiert, übergab uns Isabelle direkt vor der Haustür. Sie schien zu schlafen, die Augen waren geschlossen, aus dem halb geöffneten Mund sickerte ein Speichelfaden. Trotzdem sah sie irgendwie niedlich aus, schmales Gesichtchen, dunkelbraune, fast schwarze Haare, die zu einem praktischen Bubikopf geschnitten waren. Die dicke blaue Jacke und die grobe Wolldecke, die die Beine bedeckte, ließen sie massiger wirken, als sie wahrscheinlich war, denn insgesamt wirkte die kleine Gestalt nicht wie ein Mädchen kurz vor der Pubertät. Hätte ich ihr Alter schätzen müssen, hätte ich eher auf sieben bis acht getippt.

Kathi lenkte den Rollstuhl geschickt ins Haus, manövrierte ihn vor die Wohnungstür und steckte den Schlüssel ins Schloss. „Seltsam." Sie stutzte. „Es ist gar nicht abgeschlossen."

„Haben die bestimmt bloß vergessen", beruhigte ich sie.

„Nein, Frau Glaser ist überkorrekt." Sie schüttelte energisch den Kopf. „So etwas passiert ihr nicht."

„Dann waren es eben die Töchter." Meine Güte, war sie so nervös, dass sie sich von diesem kleinen Fehler verunsichern ließ?

„Nein, Richie. Hier stimmt was nicht", beharrte Kathi. Unschlüssig blieb sie vor der immer noch geschlossenen Tür stehen.

„Ich sehe nach", gab ich mich geschlagen. Der winzige Spalt am Boden reichte mir. Ohne ein weiteres Wort wischte ich unter der Tür hindurch. Ich landete in einer großen, geräumigen Diele, von der fünf Türen abgingen, die alle offen standen. Es wirkte alles völlig normal, keinerlei Unordnung, keine geöffneten Schubladen oder Türen an den zwei großen Schränken, die sich links und rechts an den Wänden befanden, keine verdächtigen Spuren auf dem hellbraun gekachelten Boden. Ein Satz Schlüssel lag ordentlich auf dem Schuhschrank neben einer wollenen Mütze und einem zusammengefalteten Schal. Kathi hatte also doch überreagiert.

Trotzdem kontrollierte ich vorsichtshalber jeden einzelnen Raum. Küche, Bad und Schlafzimmer gingen zur Straße raus, einzig in Letzterem herrschte regelrechtes Chaos. Mehrere aufgeklappte Koffer, aus denen die Kleidungsstücke kunterbunt hervorquollen, lagen halb unter, halb vor dem großen Doppelbett, die Schiebetüren des Kleiderschrankes waren aufgeschoben, davor türmte sich ein riesiger Kleiderberg. Die Schubladen der Kommode dagegen waren akkurat geschlossen und auch der kleine Schreibtisch in der Ecke schien unberührt. Hatten vielleicht nur die Töchter der Witwe vergessen aufzuräumen?

Das verwüstete Wohnzimmer und die nur angelehnte Balkontür belehrten mich eines Besseren – hier war eindeutig eingebrochen worden. Doch der Raum war ansonsten leer, es fand sich keine Spur mehr von dem oder den Übeltätern. Rasch überzeugte ich mich davon, dass sich im letzten Zimmer, anscheinend das ehemalige Kinderdomizil, das jetzt als Gästezimmer genutzt wurde, ebenfalls niemand aufhielt, dann informierte ich Kathi. Sie zückte sofort ihr Handy.

„Was soll das denn?", fragte ich irritiert. Mit allem hatte ich gerechnet, dass sie anfangen würde zu schreien, zum Beispiel, oder dass sie fluchtartig mit Isabelle das Haus verließ. Stattdessen begann sie seelenruhig, eine Nummer einzutippen. „Ich informiere die Polizei."

„Sie haben die Balkontür aufgebrochen. Schlaf-, Wohn- und Gästezimmer sind ziemlich verwüstet", soufflierte ich noch schnell, da sich bereits eine Männerstimme am anderen Ende der Leitung meldete. Mensch, Kathi brachte uns noch in Teufelsküche.

Diese sah mich erst verständnislos an, merkte aber schnell selbst, was sie sich beinahe eingebrockt hätte. „Ja, ich bin in die Wohnung gegangen. Das Türschloss war unversehrt", bestätigte sie mit zitternder Stimme. Gut so, Kathi, die denken, du bist wegen des Einbruchs so aufgeregt.

„Sie schicken gleich einen Streifenwagen vorbei." Mit glühenden Wangen öffnete sie die Tür und schob die immer noch schlafende Isabelle in die Diele. „Danke, Richie. Ich hätte ja wohl kaum sagen können, dass mein Geisterfreund für mich die Lage sondiert hat, während ich vor der Tür gewartet habe."

Gemeinsam durchquerten wir die Diele und betraten das Wohnzimmer. „Du meine Güte." Fassungslos blieb sie im Eingang stehen. „Was für ein Durcheinander."

Es gab kaum einen freien Fleck, der Boden war übersät mit Papieren, neben dem Fenster standen ein Flachbildfernseher, ein Laptop und zwei Computermonitore zum Abtransport bereit. Auf dem ebenfalls mit Blättern übersäten Couchtisch lagen eine Videokamera und zwei Fotoapparate, zu dem einen gehörten anscheinend noch jede Menge Objektive, die aus einer dazugehörigen Tasche ragten. Die danebenstehende Schmuckschatulle dagegen war völlig leer, ebenso wie die kleine Geldkassette, die zwischen mehreren aus dem Wohnzimmerschrank gerissenen Ordnern hervorlugte.

„Meine Güte, wir haben die bei der Arbeit gestört." Kathi erkannte den Ernst der Lage. „Die haben gehört, wie ich den Schlüssel ins Schloss stecke, und sind geflüchtet. Gut, dass du dabei warst. Wahrscheinlich haben sie mich reden gehört und deshalb vermutet, dass wir mindestens zu zweit sind. Nicht auszudenken, was passiert wäre, wenn ich ganz allein hineingegangen wäre."

Zum Glück wachte in genau diesem Moment Isabelle auf und beendete jede weitere Diskussion zu diesem Thema. Und da Kathi jetzt echt gefordert war – die Kleine musste aus der Jacke gepellt und vom Rollstuhl auf den Boden befördert werden, weswegen wir das Wohnzimmer verließen und das nicht ganz so chaotische Gästezimmer betraten – hatte sich ihre Aufregung schnell gelegt. Isabelle sah aus unergründlichen tiefbraunen Augen zu ihr auf, dann fiel ihr Blick auf mich – und sie lächelte.

„Richie? Was ist das denn?" Auch Kathi war schnell klar geworden, dass nicht sie gemeint war, besonders, da ich mir nun einen Spaß daraus machte, wie ein Irrwisch hin und her zu springen.

„Lass gut sein, ihr wird ja schwindelig", griff Kathi ein. Dabei hatte Isabelle, die mittlerweile auf einer Decke lag, wirklich Spaß an meinen Kapriolen.

Prompt verzog sie das Gesichtchen und kreischte auf. „Siehst du, sie will mehr davon."

„Gut, aber bitte nicht ganz so wild", gab Kathi nach. Dabei sollte sie doch eigentlich froh sein, dass ich ihr Arbeit abnahm, so konnte sie sich in Ruhe um die Polizisten kümmern, wenn diese kamen.

Allerdings dauerte es noch fast zehn Minuten, bis die Streife endlich eintraf. Keine tolle Leistung, fand ich. Oder lag es nur daran, dass die Einbrecher schon längst verschwunden waren?

4

Katharina

Die Beamten hatten den Tatort bereits geraume Zeit verlassen, als Frau Glaser in Begleitung ihrer beiden Töchter eintraf. „Es tut mir wahnsinnig leid, dass wir erst so spät zurück sind", begann sie, kaum dass sie die Wohnungstür aufgeschlossen hatte. „Es sind doch noch Verwandte von außerhalb gekommen, die ich im Café in der Nähe … oh mein Gott!" Sie war bis zum Gästezimmer vorgerückt. „Was ist denn hier passiert?"

„Na, was sagt die erst, wenn sie das Wohnzimmer sieht", konnte sich Richie nicht verkneifen einzuwerfen.

„Sie hatten leider Besuch von ungebetenen Gästen", sagte ich ihn ignorierend. „Bei meinem Eintreffen habe ich sie wohl verscheucht."

„Ach du meine Güte", Doris Glaser wurde vor Schreck leichenblass und lehnte sich Halt suchend an den Türrahmen. Bevor sie sich erholt hatte, ertönte ein Aufschrei aus dem Schlafzimmer. „Mama, komm schnell! Hier ist alles durchwühlt." Luisa, die jüngere Tochter erschien, und funkelte mich wütend an. „Was haben Sie …" Da ertönte bereits der nächste Schrei: „Mama, hier waren Einbrecher!" Auch Julia hatte das herrschende Chaos bemerkt.

Doris Glaser stieß sich ab und begab sich mit deutlich weichen Knien zu ihrer älteren Tochter, Luisa folgte ihr auf dem Fuße. „Bleib du bei Isabelle", zischte ich Richie zu und lief ebenfalls ins Wohnzimmer. Starr vor Entsetzen stand die Frau mitten im Zimmer und ließ ihren Blick über das Durcheinander schweifen. Sie zitterte derart, dass ich sie kurzerhand am Ellenbogen ergriff und zur Couch führte. „Die Polizei hat den Schaden schon aufgenommen", redete ich ihr gut zu. „Und es scheint so, dass die Einbrecher das meiste stehen gelassen haben, als sie die Flucht ergriffen. Der Beamte hat draußen vor dem Balkon sogar ihren Schmuck sicherstellen können."

In der Zwischenzeit war Julia, die resolutere der beiden, zum Barfach gegangen und hatte ihrer Mutter einen großzügigen Schnaps eingeschenkt. „Hier trink."

Doris Glaser zierte sich nicht lange. Mit zwei Schlucken leerte sie das Glas, hustete und verzog das Gesicht. Doch der Alkohol zeigte bereits Wirkung und färbte ihre Wangen leicht Rosa.

„Das heißt, Sie haben die Diebe überrascht?", vergewisserte sie sich. Als ich nickte, sog sie scharf die Luft ein. „Dann bin ich nur froh, dass Ihnen nichts passiert ist." Sie versuchte sich an einem Lächeln, das noch relativ zittrig ausfiel. „Nicht auszudenken, was alles hätte geschehen können."

„Genau, Mama", nickte Julia, setzte sich neben sie und legte ihr tröstend den Arm um die Schultern. „Hauptsache Isi und Frau Klingenberg sind heil geblieben. Alles andere kann man ersetzen."

„Ach, ja?", fauchte Luisa. Sie kauerte mitten im Chaos und schob wahllos Blätter zusammen. „Ich jedenfalls kann mir was Schöneres vorstellen, als das gesamte Wochenende aufzuräumen."

„Musst du auch nicht", zischte Julia. „Pack deine Sachen und verschwinde. Mama und ich schaffen das auch allein."

„Bin schon weg." Die Kleine machte doch tatsächlich Anstalten, das Zimmer zu verlassen.

„Kinder, bitte!" Sichtlich erschöpft hob Frau Glaser die Hand. „Lu, wir haben erst gestern darüber gesprochen. Ich brauche dich nächste Woche für Isi. Ich kann das Geschäft nicht eine Woche schließen."

„Du weißt, dass am Montag unsere Exkursion beginnt." Immerhin blieb sie im Türrahmen stehen. „Warum soll ich verzichten, wo du genauso gut Tante Inge aus dem Urlaub zurückholen könntest?"

„Weil die beiden kaum Gelegenheit haben, einmal allein zu entspannen", erklärte Doris Glaser. „Du dagegen kannst Urlaub machen, sooft du willst."

„Nur eben diesen einen, auf den ich mich so gefreut habe, nicht."

„Den gibt es nächstes Jahr auch wieder."

„Ich will aber an diesem teilnehmen", beharrte Luisa hartnäckig, sie hatte die Fäuste geballt, in ihren Augen funkelten Zornestränen. „Was kann ich dafür, dass Isi …"

„Genug." Frau Glaser wies auf die Tür. „Geh. Ich kann dein Gezeter im Moment nicht mehr ertragen."

„Aber …"

Julia sprang auf und drängte ihre Schwester aus dem Zimmer. „Entschuldigen Sie bitte", die Mutter seufzte. „Nach all der Aufregung werden Sie nun auch noch in diesen unschönen Familienstreit mit hineingezogen. So", sie erhob sich, „ich will erst einmal nach Isabelle schauen und Sie sind bestimmt auch froh, endlich nach Hause zu kommen. Muss ich mich gleich bei der Polizei melden?"

„Nein, Sie sollen in Ruhe nachsehen, was entwendet wurde und darüber eine Aufstellung machen, wenn möglich mit beiliegenden Fotos. Es eilt nicht, sagten die Beamten. Sie möchten nur bitte daran denken, Ihre Versicherung zu benachrichtigen, wegen der Schadensregulierung."

In der Diele kam uns Julia entgegen, in der Hand einen Teller mit Brei. „Ich füttere Isi, dann kannst du schon versuchen, etwas Ordnung in das Chaos zu bringen."

„Neu gewickelt habe ich sie gegen vier. Und ihr anschließend ein Fläschchen mit Saft gegeben", fügte ich hinzu und griff nach meiner Jacke.

„Danke, Frau Klingenberg, ich revanchiere mich bestimmt." Frau Glaser ergriff meine beiden Hände und drückte sie.

„Ist nicht nötig", protestierte ich. „Im Prinzip standen wir, mein Mann und ich, in Ihrer Schuld. Sie haben damals so viel Geduld mit Janine bewiesen. Sehen Sie diesen Einsatz als kleines Dankeschön unsererseits."

„Eine gute Idee", Julia zwinkerte mir unbemerkt von ihrer Mutter zu.

„Dann ist alles geklärt. Kommen Sie gut nach Hause, Frau Klingenberg."

Richie fitschte mit mir durch die Tür. „Woran ist der Mann eigentlich gestorben?", fragte er, nachdem wir auf die Straße getreten waren.

„Er hatte einen Unfall", wiederholte ich das, was meine Tochter mir erzählt hatte. „Er war auf dem Weg zu einem Freund auf der Landstraße unterwegs. Während er versuchte, ein langsamer fahrendes Auto zu überholen, verriss dessen Fahrer plötzlich das Lenkrad und streifte das Motorrad. Herr Glaser stürzte so unglücklich, dass er noch an der Unfallstelle starb."

„Er war also mit dem Motorrad unterwegs?"

„Ja, sagte ich doch."

„Bisschen seltsam, findest du nicht?"

„Wieso?"

„Naja, der Autofahrer verreißt ausgerechnet in dem Moment das Lenkrad, als er gerade von einem Motorrad überholt wird?"

Ich hob die Schultern. „Vielleicht war es ein Fahranfänger."

„Trotzdem. Muss ja ein echt heftiger Schlenker gewesen sein. Weißt du, wieso es überhaupt dazu kam?"

„Nein, aber die Polizei hat den Unfall untersucht und ihn als solchen eingestuft", gab ich ungehalten zurück. Viel lieber wollte ich über das gerade Erlebte sprechen. „Warum interessiert dich das so sehr? Ist das, was wir mitgemacht haben, nicht viel aufregender. Ich glaube, wenn du nicht …"

„Das hängt doch alles zusammen!" Wie ein Irrwisch begann er, um mein Auto, das wir gerade erreicht hatten, zu tanzen.

„Quatsch." Kopfschüttelnd öffnete ich die Fahrertür und ließ mich auf den Sitz fallen. „Die Diebe haben die Todesanzeige gelesen und daraus erfahren, wann die Beerdigung ist. Da dachten sie natürlich, sie hätten freie Bahn. Ich habe gehört, dass es Banden gibt, die sich auf diese Art von Einbrüchen spezialisieren, weil ja meist das gesamte nähere Umfeld mit auf den Friedhof geht."

„Aber nicht in diesem Fall." Richie war mir nicht wie sonst üblich ins Innere gefolgt, sondern hatte eine Kehrtwendung gemacht. „Ich muss noch einmal zurück. Wir sehen uns später!", rief er.

Ich lachte und startete den Motor. Diese seltsame Anwandlung kam mir bekannt vor. Seit Wochen suchte er verzweifelt nach einem neuen Fall. Erst gestern hatte er mich dazu bewegen wollen, mit ihm gemeinsam eine Einbrecherbande zu fangen, die zurzeit die südlichen Vororte heimsuchte. Auf Ideen kam der Mann!

5

Richard

Kathi war echt viel zu fantasielos. Die Täter hatten eindeutig was Bestimmtes gesucht, das war kein normaler Einbruch! Das hier schrie geradezu nach Aufklärung. Ich würde diese seltsame Geschichte jedenfalls nicht auf sich beruhen lassen.

Als ich die Wohnung durch die aufgehebelte Balkontür betrat, war Doris Glaser gerade dabei, die über den Boden verstreuten Papiere aufzusammeln. Kopfschüttelnd heftete sie Blatt für Blatt in die dazugehörigen Ordner.

Uninteressant, ich verzog mich ins Schlafzimmer, wo Luisa mit mürrischer Miene die Kleidungsstücke sortierte. Naja, einige Teile legte sie ordentlich zusammen, die anderen warf sie auf zwei größer werdende Haufen. So ein Biest! Die kümmerte sich tatsächlich nur um ihre eigenen Klamotten.

Ein Handy klingelte. Luisa sprang auf und rannte in die Diele zu ihrer dudelnden Jacke. Sie strahlte auf, als ihr Blick auf das Display fiel. „Hi."

Während sie dem Anrufer zuhörte, schlenderte sie zurück ins Schlafzimmer. Ihr glücklicher Gesichtsausdruck sprach für sich, das war bestimmt ihr Freund. „Ja", sagte sie jetzt und ließ sich auf der Bettkante nieder, „es war furchtbar. Ich meine, der Pastor hat sich richtig Mühe gegeben und die Predigt war wunderschön – aber", sie schluckte schwer. „Es kam eben alles wieder hoch, was ich versucht habe, zu verdrängen. Es war so endgültig. Papa ist tot und kommt nie wieder!" Sie schluchzte auf und die Tränen begannen zu fließen.

Jetzt tat sie mir doch leid. Egal wie biestig sie sich gab, immerhin hatte sie gerade erst ihren Vater verloren.

Der Anrufer am anderen Ende der Leitung sprach tröstend auf sie ein – zumindest hörte es sich für mich so an. Luisas Weinen ließ langsam nach. „Ich weiß", sagte sie schließlich. „Deshalb will ich auch unbedingt nächste Woche mitfahren." Sie rieb sich energisch die Tränen aus den Augen. „Papa hätte es bestimmt gewollt, dass ich mein Leben weiterlebe. Übrigens, bei uns ist heute eingebrochen worden – während wir auf der Beerdigung waren. Zum Glück sind diese Verbrecher gestört worden, weil unsere Hilfe, die auf Isi aufpassen sollte, kam."

Unsere Hilfe? Kathi? Bei der war echt eine Schraube locker!

„Nein", antwortete Luisa gerade auf eine Frage des Anrufers. „Wissen wir nicht. Wir sind noch am Aufräumen."

Dann schwieg sie eine ganze Weile und hörte nur zu. Mist, ich konnte kein Wort verstehen, obwohl ich mich ganz dicht an ihr Ohr drängte. An ihrer Miene konnte ich ablesen, dass es sich dabei wohl um Liebesgeflüster handelte, denn sie begann, immer mehr zu strahlen. „Ja, bis Sonntagabend", sagte sie schließlich. „Ich freue mich auch. Ja, mache ich. Tschüss, wir sehen uns."

Mit geradezu verklärtem Gesichtsausdruck schaltete sie das Handy aus. Statt weiterzuarbeiten, ließ sie sich auf die Bettdecke fallen und schloss die Augen.

Ich überließ sie ihren Träumen und sah im Gästezimmer nach dem Rechten. Die kleine Isabelle lag allein auf dem Boden und betrachte ein sich über ihr drehendes elektrisches Mobile. Aha, keiner da. Bevor sie mich entdecken konnte, war ich schon wieder weg.

Das Wohnzimmer war kaum wiederzuerkennen. Julia hockte vor den letzten, säuberlich gestapelten Blätterhaufen und heftete sie ab, während ihre Mutter den restlichen Krimskrams in die Regale räumte. Alle Achtung! Die waren hier fast fertig.

Doris Glaser stellte behutsam die heil gebliebenen Bilderrahmen vor die Bücherreihe. „Bisher fehlt nichts", stellte sie befriedigt fest. „Gut, dass Frau Klingenberg die Diebe gestört hat, sie sind wohl nicht mehr dazu gekommen, alles auseinanderzunehmen."

„Habt ihr die Bankpapiere immer noch hinter dem Regal?", Julia drehte sich zu ihr um.

Ihre Mutter nickte: „Und den wertvollen Schmuck und die Münzsammlung auf dem Schrank. Es ist Gott sei Dank alles noch da."

Ich betrachtete das riesige, massive Stück zum ersten Mal richtig. Das hatte vor langer Zeit bestimmt einmal viel Geld gekostet mit den eingeschnitzten Figuren und der säulenartigen Umrandung der einzelnen Elemente. Oben als Abschluss zog sich eine hohe geschwungene Leiste, ebenfalls mit Ornamenten versehen, von einer Seite zur anderen. Dahinter befand sich tatsächlich viel Platz, Dinge verschwinden zu lassen, die dann von unten nicht zu sehen waren. Ich entdeckte einen Stapel gepolsterter Briefumschläge, Hüllen von Computerspielen, zwei große Plätzchendosen und ein mittelgroßes, braunes Lederköfferchen, in dem sich wohl die besagten Schätze befanden.

„Was ist mit den Computern?"

Oh, Luisa war aus ihren Träumen erwacht. Sie stand in der Tür zum Wohnzimmer und hatte wieder ihr verbiestertes Gesicht aufgesetzt.

„Sind beide weg." Ihre Mutter schüttelte verständnislos den Kopf. „Genauso wie sämtliche Speicherkarten, die wir besessen haben. Selbst die der Fotoapparate haben sie mitgenommen."

„Ach, die Versicherung zahlt das." Mit einer wegwerfenden Handbewegung steuerte Luisa auf den Laptop zu, der mittlerweile auf dem Tisch stand, und klemmte ihn sich unter den Arm.

„Du hast gut reden", ereiferte sich Julia. „Dein Spielzeug ist ja unversehrt. Mama hatte sämtliche Geschäftsdaten auf ihrem Rechner. Das ist alles futsch."

„Und Papas Aufstellungen auch." Doris Glaser fuhr sich seufzend mit der Hand durch die Haare. Trotzdem lagen die hinterher wie eine Eins. Schicke Frisur übrigens, vielleicht sollte ich Kathi empfehlen, sich mal ihren Händen anzuvertrauen.

„Die letzten zwei Wochen hat er doch ausschließlich für Herrn Boozen gearbeitet." Luisa zog die Augenbrauen hoch. „Der zahlt, da kannst du dich drauf verlassen."

„Das ist mir schon klar." Die Mutter versuchte, ihr besänftigend die Hand auf den Arm zu legen, doch die Kleine zog ihn ruckartig weg, sodass ihr beinahe noch der Laptop heruntergefallen wäre. „Ich weiß nur nicht, ob er die Rechnungen für die Arbeiten davor schon geschrieben hat."

„Bei wem war er denn noch?" Julia klang wesentlich netter als ihre Schwester.

„Im September hat er für die Biermanns das Wohnzimmer komplett renoviert, tapeziert und Parkett verlegt und davor für einen neuen Kunden zwei Tage lang kleinere handwerkliche Dinge erledigt. Und im August hat er jemandem aus seinem Motorradklub bei der Neugestaltung seines Gartens geholfen. Das hat auch fast zwei Wochen gedauert."

„Gut, die Biermanns zahlen, das weißt du." Julia hatte nachdenklich die Nase gekraust, was sie dank ihrer vielen Sommersprossen echt lustig aussehen ließ. „Welcher seiner Motorradfreunde das war, wirst du durch Lothar leicht herausbekommen können. Und der neue Kunde? Dem wird er doch wohl zügig eine Rechnung ausgestellt haben."

Doris Glaser seufzte wieder. „Da bin ich mir nicht so sicher. Und auch bei den anderen, ich weiß überhaupt nicht, was für Posten ich berechnen müsste. Er hat ja nie Stundenbelege geführt."

„Gib mir mal Papas Passwort für die Bank." Luisa hatte sich hingehockt und ihren Laptop eingeschaltet. „Ich kann für dich nachschauen, wer bereits bezahlt hat."

„Ist nicht nötig, ich habe gerade erst die Kontoauszüge geholt."

Klar, hätte ich auch nicht gewollt, dass meine Kinder in meinen Kontodaten rumschnüffeln. Besonders nicht so ein Biest wie die Kleine. Na gut, klein war sie eigentlich gar nicht, die war irgendwas zwischen vierzehn und siebzehn. Und so aufgebrezelt wie heute in schwarzem Pullover und schwarzer Stoffhose mit den straff nach hinten gekämmten Haaren konnte ich sie noch schwerer schätzen. Die Große dagegen war bestimmt schon zwanzig, naja, vielleicht wirkte sie auch nur durch diese komische viereckige Brille älter. Ich würde besser einmal Kathi fragen, die wusste bestimmt mehr.

„Check ich eben meine eigenen Mails", brummte Luisa und ließ sich auf die Couch fallen.

„Bist du im Schlafzimmer schon fertig?" Julia warf ihrer Schwester einen gehässigen Blick zu.

„Mit meinen Sachen schon, eure wollt ihr doch bestimmt lieber selbst wegräumen."

Die Mutter holte tief Luft, verkniff sich jedoch jede weitere Bemerkung. Nicht so die Schwester. „Da du dann anscheinend Zeit hast, kannst du dich ja um Isi kümmern", sagte sie mit zuckersüßer Stimme, „und gleichzeitig im Gästezimmer anfangen aufzuräumen."

„Mama!"

„Das wäre sehr lieb von dir."

Derart den Wind aus den Segeln genommen blieb Luisa nichts anderes übrig, als ihrer Mutter zu gehorchen.

„Mama, ich würde mir das noch einmal überlegen, ob du sie wirklich nächste Woche auf Isi aufpassen lassen willst", flüsterte Julia, kaum dass ihre Schwester den Raum verlassen hatte. „Sie ist im Moment so was von unsozial."

„Nein, sie geht sehr liebevoll mit ihr um. Sie liebt die Kleine." Doris Glaser sah auf ihre ineinander verschränkten Hände hinunter. „Es ist ihre Art zu trauern, die sie so garstig wirken lässt." Sie blickte auf und lächelte ihrer älteren Tochter liebevoll zu. „So, wie du immer ein Mamakind gewesen bist, ist sie ihrem Papa zugetan."

„Ach ja? Kommt mir nicht so vor." Julia hatte ihre Arbeit sinken lassen und sah ebenfalls ihre Mutter an. „Das ist keine Trauer, das ist Unfreundlichkeit ..." Sie zögerte. „Wenn nicht sogar mehr."

„Sie fühlt sich hier bei uns nicht mehr wohl", nickte die Mutter. „Das Internat, ihre Freunde und Lehrer dort, das ist ihre Welt. Ich glaube, sie empfindet sich denen mehr zugehörig als uns." Sie seufzte schon wieder, dieses Mal war es ein sehr langer Seufzer. „Ich habe auch Angst, dass sie mich im Stich lässt mit Isi", sagte sie dann. „Allerdings denke ich eher, dass sie Sonntag einfach verschwindet und mich mit der Kleinen sitzen-lässt. Und was mache ich dann? Ich kann sie schließlich nicht mit in das Geschäft nehmen."

„Mama, ich bleibe hier." Julia sprang auf und umarmte ihre Mutter. Wie auf Kommando begannen beide zu weinen, Zeit für mich, sich zu ver-ziehen. Das war nichts, was ich mit ansehen musste.

6

Katharina

„Du, stell dir vor, was mir passiert ist!" Kaum hatte ich unser Haus betreten, sprudelte es aus mir heraus.

Manfred war angemessen schockiert und ließ sich die Geschichte haarklein erzählen. „Nur gut, dass dir nichts geschehen ist", sagte er aufatmend und zog mich in seine Arme. „Eine Welt ist das heute." Dieser Spruch hätte auch von Elisabeth, seiner Mutter stammen können. Diese stand dem Zeitgeschehen äußerst kritisch gegenüber und brachte diese Kritik auch in sämtlichen Foren, die es gab, unter. Sie war mittlerweile bei Facebook und Twitter eine bekannte Persönlichkeit und hatte, man sollte es kaum glauben, jede Menge Follower, also Anhänger, wie ich mir hatte von ihr erklären lassen müssen. Peinlich, peinlich, sie, die Ältere, war in allem, was die neuen Medien betraf, informierter als ich.

„Ach ja, deine Mutter." Ich löste mich aus Manfreds Armen und ließ meinen Blick suchend umherschweifen. Wo hatte er bloß wieder das Telefon hingelegt. Das war eine der Angewohnheiten meines Mannes, die mich zur Weißglut treiben konnte. Nie stellte er es in die Station, die sich in der Diele befand, zurück. Und obwohl ich in einem Anflug von Frust eine zweite Anlage dazu gekauft hatte, war auch dessen Mobilteil ständig verschwunden.

„Meine Mutter? Wie kommst du jetzt auf die?"

Natürlich hatte Manfred meinem Gedankengang nicht folgen können. „Mir ist gerade eingefallen, dass ich sie noch anrufen wollte. Wo ist das Telefon?"

„Äh." Auch er sah forschend um sich. „Das eine ist im Arbeitszimmer", erklärte er erleichtert. „Ich habe eben mit Markus telefoniert und es wohl leider dort liegen gelassen. Übrigens hat er gefragt, ob wir ihm und Christa nächste Woche beim Renovieren helfen können. Sie wollen die unteren Räume streichen. Ich kann ja leider nicht", er warf mir einen Dackelblick zu. „Die nächsten Tage bin ich ständig im Einsatz. Aber ich habe angedeutet, du könntest vielleicht …?"

Oh nein! Auf keinen Fall. Beide hatten noch nie in ihrem Leben einen Pinsel oder eine Rolle in der Hand gehalten und wollten trotzdem gleich Küche, Diele und Wohnzimmer auf einmal bewältigen? „Wie hat Markus sich das denn vorgestellt?", fragte ich vorsichtig.

„Er dachte, einer von uns könnte ihm zeigen, wie man das macht."

Klar und ihm dabei am besten gleich sämtliche Wände streichen. Mein Frust kam nicht von ungefähr. Diese Pärchen nannte ich im Geheimen sowieso schon die Schnorrer, sie hatten genug Geld, sich Handwerker zu leisten, sprachen aber bei jedem Projekt Freunde und Bekannte an mit der Bitte, ihnen zu helfen. Und diese Hilfe sah dann so aus, dass sie dabeistanden und die anderen machen ließen. Nicht mit mir!

„Warum nehmen sie denn keinen Anstreicher?", fragte ich süffisant lächelnd. „Christa ist doch so penibel. Und da sie doch noch nie selbst gestrichen haben …"

„Es war eine spontane Idee. Markus hat nächste Woche Urlaub und heute schon die Farbe gekauft. Sie dachten, sie könnten sich das Geld sparen."

„Um davon zum vierten Mal in diesem Jahr zu verreisen?", platzte ich heraus.

„Kathi!" Manfred sah mich vorwurfsvoll an. „Bist du etwa neidisch?"

Ich lachte laut auf. „Nein, dafür gefällt es mir zu Hause viel zu gut." Ich wurde wieder ernst. „Trotzdem, ich sehe es echt nicht ein …" Hatte ich gerade tatsächlich echt gesagt? Ein Wort, das ich regelrecht verabscheute? Ich musste wirklich aufpassen, Richies Ausdrucksweise begann langsam, auf mich abzufärben. „… mich für die beiden abzuarbeiten. Besonders, da ich gerade erst von einer Grippe genesen bin", erinnerte ich ihn. Täuschte ich mich oder wirkte mein Mann tatsächlich immer schuldbewusster? „Naja, eigentlich hatte ich deine Hilfe bereits zugesagt", gestand er.

„Ohne mich zu fragen?"

„Nächste Woche sind noch Ferien, ich dachte, du hättest genügend Zeit."

Das war nun wirklich die Höhe. „Ich habe elf anstrengende Wochen mit zwei Kleinkindern hinter mir", erinnerte ich ihn, „und war dazu die letzten vierzehn Tage stark erkältet." Die Krankheit hatte sich endlos hingezogen, weil mein lieber Mann seinen eigenen Schnupfen pflegen musste und deshalb nicht in der Lage war, mich bei den Kleinen, die mit hohem Fieber im Bett lagen, zu unterstützen. Kaum genesen musste er all seine liegengebliebene Arbeit nachholen und wieder stand ich völlig allein da. „Meinst du nicht, ich habe mir ein paar ruhige Tage verdient?" Immerhin stand ich neben dem Haushalt, montags, mittwochs und freitags als Hilfe in der Obdachlosenküche zur Verfügung, Samstag war Taufe, Sonntag der normale Gottesdienst, meine Freizeit war allein damit schon ziemlich beschränkt.

„Ach, Kathi, nein, daran habe ich nicht gedacht." Manfred versuchte, mich zu umarmen. „Es tut mir leid."

Ich wich zurück. „Gut, dann ruf Markus an und sag ihm, dass ich leider auch keine Zeit habe, zu helfen."

„Kannst du das nicht machen?" Wieder versuchte er es mit seinem Dackelblick.

„Habe ich zugesagt oder du?"

„Und was soll ich ihm sagen?"

Meine Güte, mein armer Mann! Hartherzig zuckte ich die Schultern. „Vielleicht die Wahrheit? Dass du einfach über meinen Kopf hinweg entschieden hast und ich nun nicht zur Verfügung stehen will?"

„Ah, zur Verfügung, gute Idee." Mit einem Lächeln auf dem Gesicht eilte er Richtung Arbeitszimmer.

Als ich ihn so sah, wich auch meine Verärgerung. Wetten, dass er sich irgendeine plausible Ausrede einfallen ließ, anstatt zu sagen, ich hätte keine Lust, ihnen zu helfen?

Vor mich hinlächelnd ging ich in die Küche – und meine Wut kehrte zurück. Der Tisch war abgeräumt, aber Teller und Töpfe stapelten sich auf Herd und Spüle. Das Spülwasser, das ich eingelassen hatte, dümpelte im Becken vor sich hin, noch nicht einmal die übrig gebliebenen Kleckse seines Mittagessens hatte er vom Tisch entfernt.

Während ich begann, seine Hinterlassenschaften zu beseitigen und dabei ganz nebenbei auch noch das zweite Telefon auf dem Küchenschrank entdeckte, steigerte sich meine Wut immer mehr. Manfred hatte heute um drei Uhr Feierabend gemacht und da wohl auch gegessen, wie ich an den eingetrockneten Speiseresten erkennen konnte. Warum war er nicht in der Lage gewesen, hinter sich aufzuräumen, sondern überließ all das mir?

Mein Ärger hatte sich auch nach der Arbeit nicht gelegt. Dafür verspürte ich plötzlich einen Riesenhunger. Ich war gerade dabei, mir zwei Brote zu schmieren, als Richie auftauchte. Er musste wohl an meinem Gesicht erkannt haben, wie genervt ich war, denn bevor er zu erzählen begann, fragte er: „Na? Wieder Stress mit Manni?"

Er wusste ganz genau, dass ich diesen Spitznamen hasste, eigentlich immer schon gehasst hatte, aber nun besonders, seitdem die Ice-Age-Folgen im Kino gelaufen waren. Fast alle unsere Kinder hatten sich den Spaß erlaubt, meinem Mann zu einem seiner Geburtstage eines dieser Mammutstofftiere zu schenken, die er im Gegensatz zu mir, als Liebesbeweis ansah und ihnen einen Ehrenplatz auf unserer Bettumrandung gab, sodass mein Blick jeden Morgen als Erstes auf sie fiel. Deshalb antwortete ich ziemlich grummelig: „Es ist immer dasselbe. Es lohnt nicht, darüber zu sprechen."

Natürlich musste er mir trotzdem wieder seine Meinung mitteilen: „Kathi, du bist selbst schuld. Stell neue Regeln auf und achte auf deren Einhaltung. Sonst wird sich nie etwas ändern."

„Was hat sich bei dir ergeben?", versuchte ich ihn abzulenken. Seine Einstellung zu diesem Thema kannte ich zur Genüge und mir war auch klar, dass ich mit Manfred reden musste, um die Dinge, die mich störten, zu klären. Aber ärgern tat ich mich solange eben trotzdem!

„Ich hatte recht", erklärte er triumphierend. „An der Sache ist was faul, oberfaul sogar. Stell dir vor, die Diebe haben nichts anderes mitgehen lassen als zwei alte Computer und sämtliche Speichermedien. Das stinkt doch zum Himmel!"

„Wieso, wahrscheinlich sind sie nur nicht mehr dazu gekommen, den Rest abzutransportieren", widersprach ich. „Als sie den Schlüssel im Schloss hörten, sind sie sofort geflohen."

„Kathi." Als wäre ich nicht mehr fähig, ihm zu folgen. „Glaube mir. Ich weiß schließlich, wovon ich rede. Zuerst durchsuchst du alles und bunkerst gleich die wertvollsten Dinge, wie zum Beispiel Geld und Schmuck. Alles andere platzierst du dort, wo du abhauen willst. Stattdessen …"

„Das haben die doch getan", unterbrach ich ihn.

„Nein." Hätte er noch selbstgefällig den Kopf schütteln können, wäre dies die passende Gelegenheit für ihn gewesen. „Die haben nach irgendetwas Schriftlichem gesucht, sonst hätten die nicht die Computer mitgenommen und sämtliche Papiere auseinandergerissen. Oder vielleicht auch nach einem Foto, die Speicherkarten der Fotoapparate waren auch alle weg. Dafür aber, halt dich fest Kathi, waren Schmuck, Wertpapiere und eine wertvolle Münzsammlung nicht angerührt worden. Die leere Schatulle, die wir gesehen haben, enthielt nur die ziemlich wertlosen Alltagsschmuckstücke und selbst die fanden sich ja unten vor dem Balkon."

„Vielleicht waren die Sachen zu gut versteckt."

Er lachte mich aus. „Ich bitte dich, oben auf dem Schrank, hinter dem Regal, was sind denn das für Verstecke?"

„Die Polizei sah das aber anders", wandte ich ein.

„Die wussten auch nichts von diesen zurückgelassenen Wertgegenständen. Nee, Kathi, ich habe den richtigen Riecher, da ist was faul."

7

Richard
Kathi zu überzeugen, war jedes Mal schwer. Immerhin erklärte sie sich dazu bereit, morgen mit Elisabeth über die Glasers zu sprechen. Manfreds Mutter kannte diese Doris seit Jahren und ging auch genauso lange schon in deren Frisiersalon. Und da beim Haareschneiden bekanntlich viel gequatscht und getratscht wird, war die alte Dame bestimmt ein Mekka an Auskünften.

Was ich tun konnte, um mehr Licht in die Sache zu bringen, wusste ich leider noch nicht. Bevor ich es geschafft hatte, Kathi darauf anzusprechen, war Manfred aufgetaucht und sie hatte sich mit der Ausrede, sie müsse jetzt unbedingt Elisabeth anrufen, aus der Küche verkrümelt. Was sie auch tatsächlich tat, ohne sich weiter um mich zu kümmern!

Unentschlossen schwebte ich durch die Straßen. Wo sollte ich ansetzen? Ich hatte echt keine Ahnung.

Deshalb beschloss ich, die Nacht bei meinen Kindern zu verbringen, Benjamin und Annika konnten schließlich nichts dafür, dass ihre Mutter sich einen Hausfreund zugelegt hatte, der fast jeden Abend, aber auf jeden Fall jedes Wochenende zur Stelle war.

Nur, bis zur Schlafenszeit der beiden war es noch etwas hin. Sollte ich etwa danebenstehen, während die vier es sich im Wohnzimmer gemütlich gemacht hatten? Nee, das war echt nicht mein Ding.

In meine Gedanken versunken hatte ich nicht darauf geachtet, wo es mich hintrieb, jetzt erkannte ich, dass ich mich instinktiv in den Süden der Stadt bewegte. Ja, ich würde mich erst einmal weiter um diese Diebesbande kümmern, so, wie schon in den Tagen zuvor. Irgendwann mussten die wieder zuschlagen und dann wollte ich zur Stelle sein.

Kathi hatte mich ausgelacht, als ich ihr den Vorschlag unterbreitet hatte, wir könnten versuchen, die Einbrecher dingfest zu machen. Dabei standen die Chancen nicht schlecht: Die Kerle schlugen immer, die hereinbrechende Dunkelheit nutzend, in den frühen Abendstunden zu, sie beschränkten sich auf einen übersichtlichen Radius, nämlich drei nebeneinanderliegende Stadtteile und ich hatte massenhaft Zeit, dieses Gebiet abzupatrouillieren. Warum also nicht es wenigstens ausprobieren?

Ich trieb mich fast bis Mitternacht in den Straßen herum – ohne Erfolg. Dafür entdeckte ich allein drei Betrunkene, die vor der Kneipe in ihr Auto stiegen, zwei Graffiti-Sprüher, die sich gerade eine Eisenbahnbrücke vornahmen, und neben einer Diskothek ein verdächtiges Fahrzeug, bei dessen Insassen ich auf Kleindealer tippte, die sich bereitmachten, ihren abendlichen Verkauf zu starten.

Doch bevor ich mir die Kerle näher vornehmen konnte, drang ein leiser Schrei an mein Ohr, ein weiblicher Schrei. Ich düste los.

Ups, der Typ war dabei, seine Freundin zu erwürgen, zumindest war das mein erster Eindruck, als ich den Schauplatz erreichte. Die zwei befanden sich vor einem aufgemotzten Opel, dessen vordere Türen weit offenstanden. Der Kerl hatte die Kleine auf die Motorhaube gedrückt, seine Hände umklammerten ihren Hals.

„Bitte Marco." Es war kaum mehr als ein Krächzen. „Es war nicht so, wie es aussah."

„Ha!" Der junge Mann, wahrscheinlich gerade mal zwanzig, lachte, es war ein böses Lachen. „Du hast wie wild mit ihm geflirtet. Ich bin nicht blöd."

Er drückte fester zu, sodass ihre Antwort in einem Röcheln erstarb. Ihre Hände krallten sich in seine Arme, in einem hilflosen Versuch, ihn zu stoppen, doch er war viel zu stark für sie. Der Kerl machte wirklich Ernst!

Panisch sah ich mich um. Natürlich, weit und breit niemand zu sehen. Was sollte ich bloß machen? Schon lange war ich mir nicht mehr so ohnmächtig vorgekommen.

Wie ein Irrwisch begann ich, um seinen Kopf herumzutanzen, erreichte damit aber natürlich gar nichts. Und der Typ ließ immer noch nicht locker. Mit hochrotem Gesicht drückte er weiter zu. Das Mädchen erschlaffte, ihre weit geöffneten Augen nahmen einen erstaunten Ausdruck an. Mist, sie war kurz davor abzukratzen.

Ich warf mich geradezu in seinen Rachen. Noch nie hatte ich mich derart auf einen menschlichen Energiefluss gestürzt. Ich zog ihm die Lebenskraft ab, so schnell ich konnte, füllte mich damit, bis ich fast platzte. Erst als ich ihn erbeben spürte, ließ ich los. Gerade noch rechtzeitig genug, mit einem dumpfen Laut sackte er auf den Boden.

Das Mädchen, lebte sie noch? Ich musste ganz dicht an sie heran, um den leise flatternden Atem zu spüren. Puh, ich hatte gerade noch rechtzeitig reagiert.

Jetzt begann sie sich zu regen, eine zitternde Hand kroch zu ihrer Kehle, sie holte pfeifend Luft. Ungläubig starrte sie mich an. „Wer ... bist ... du? Was ... bist ... du?"

Ich konnte spüren, dass ihr jedes Wort Schmerzen bereitete. Schlimmer jedoch war der Umstand, dass sie mich anscheinend sehen konnte. Statt mit ihr zu reden, preschte ich pfeilschnell davon und wartete die weitere Entwicklung der Dinge in sicherer Entfernung ab.

Ihr Blick war mir wohl gefolgt, denn nun, nachdem ich verschwunden war, fasste sie sich an den Kopf und richtete sich vorsichtig auf. Aufmerksam sah sie sich in der Dunkelheit um, doch ich hatte mich gut versteckt, sie konnte mich nicht mehr sehen. Sich mit einer Hand auf der Motorhaube abstützend, machte sie einen kleinen Schritt nach vorn und stieß dabei gegen den am Boden liegenden Typen. In diesem Moment kehrte schlagartig der überstandene Schrecken in ihr Gedächtnis zurück, das konnte ich an ihrem Gesicht erkennen und an dem gepressten Schrei hören, den sie ausstieß. Unwillkürlich wich sie zurück, stieß gegen den Wagen und rutschte panisch an diesem entlang, bis sie ins Leere taumelte. So schnell sie ihre Füße trugen, wankte sie davon.

Na, ich konnte wohl annehmen, dass sie ihre Lektion gelernt hatte. Der Kerl war ein Macho, wie er im Buche stand – und dazu aus einem Milieu, das mit Sicherheit nicht das ihre war. Trotzdem hoffte ich, dass ich ihn nicht umgebracht hatte. Diese Aktion gerade, das war das erste Mal, dass ich dermaßen viel Energie aus einem einzigen Menschen abgesaugt hatte. Man munkelte zwar unter den Geistern, dass auf diese Weise allerhöchstens Alte, Schwache und sehr Kranke ins Jenseits gebracht werden konnten, andererseits war ich fast am unteren Level meiner Kraft gewesen und hatte enorm zugeschlagen, so voller Leben hatte ich mich schon lange nicht mehr gefühlt.

Zum Glück regte sich der Typ mit einem schwachen Stöhnen auf den Lippen und schlug gerade die Augen auf, als ich prüfend auf ihn zu glitt. „Verfluchte Scheiße." Er machte echt lächerliche Anstrengungen, sich zu erheben, schlug mit den Armen um sich, scharrte mit den Füßen über den Boden, als sei er ein Stier in der Kampfarena und stieß dabei die lästerlichsten Flüche aus. Naja, er war so schwach, dass er sich mit letzter Kraft in eine sitzende Stellung hochziehen konnte, wobei er sich mit dem Rücken gegen sein Auto lehnen musste, um nicht wieder umzufallen.

Fast hätte ich Mitleid mit ihm gehabt. Tatsächlich überlegte ich bereits, ob ich nicht versuchen sollte, ihm einen kleinen Teil seiner Energie zurückzugeben, etwas, was ich bisher noch nie gemacht hatte und von dem ich gar nicht wusste, ob es überhaupt funktionierte. Dennoch hätte ich es beinahe darauf ankommen lassen. Aber als er sein Handy aus der Tasche zog und einen seiner Kumpel unter wüsten Beschimpfungen zu sich zitierte, beschloss ich, dass er diese kleine Lektion verdient hatte. Ein, zwei Tage in diesem Zustand würden ihm wohl nicht schaden.

Ich klopfte mir selbst auf die Schulter – natürlich imaginär, ich habe ja leider keine mehr – als ich den Rückzug antrat und beschloss, für heute Feierabend zu machen. Diese gute Tat hatte mir genug Stoff zum Nachdenken für die ganze Nacht gegeben. Völlig neue Perspektiven taten sich mir auf. Ich war auch ohne Kathi nicht völlig nutzlos auf dieser Welt. Hatte ich nicht eben erst eigenhändig ein Leben gerettet?

Die Kleine würde dieses Abenteuer nicht so schnell vergessen. Dass sie von einem Geist gerettet worden war dagegen, hatte hoffentlich keine Spuren bei ihr hinterlassen. Ich hatte mich nicht zu erkennen gegeben, sie würde diesen hellen, unförmigen Fleck vor ihren Augen – dank Kathis Beschreibung wusste ich ja, wie ich seit gut zwei Jahren aussah – ihrer schlechten körperlichen Verfassung zuschreiben und mit etwas Glück kreuzten in den nächsten Jahren keine weiteren Geister ihren Weg, sodass sie erst einmal in Ruhe weiterleben konnte.

Dieses „du kannst plötzlich Geister sehen" war, wie ich von Kathi erfahren hatte, keine besonders angenehme Situation. Sie, die Ärzte und komischerweise besonders ihr Mann hatten damals echt an ihrem Geisteszustand gezweifelt. Dabei war der Pfarrer und glaubte doch an ein Leben nach dem Tod!

Aber dass die Kleine mich hatte sehen können, deutete ja leider daraufhin, dass sie wirklich kurz vor dem Abnibbeln gewesen war, da nur Menschen, die dem Tod gerade noch einmal von der Schippe gesprungen waren, in der Lage sind, Geistwesen wahrzunehmen. Also hatte mein beherztes Eingreifen sie gerettet!

Ha, ich der Retter. Das wär's doch, ich würde der neue Robin Hood der Straße!

8

Katharina

„Nein, Richie, das ist eine ausgesprochene Schnapsidee", sagte ich, nachdem er direkt nach dem Frühstück bei uns aufgetaucht war und mir aufgeregt von seinem Abenteuer und seinem Geistesblitz erzählt hatte. „Überleg doch mal, wie viele Zufälle zusammenkommen müssen, damit das, was du gestern gemacht hast, wieder funktioniert."

„Aber …"

„Erstens warst du wohl ziemlich ohne Energie", fuhr ich ungerührt fort. „Zweitens hast du wahnsinniges Glück gehabt, dass dieser Typ genau im richtigen Moment zusammengebrochen ist und drittens, dass du dich nicht mit der aufgenommenen Menge an Lebenskraft übernommen hast. Diese Konstellation ist einzigartig. Du …"

„Ich muss einfach nur mit meinem Level am unteren Limit arbeiten", unterbrach mich Richie. „Das ist überhaupt kein Problem."

Ich schüttelte energisch den Kopf. „Du hast mir selbst erzählt, dass die Menge an Energie in jedem Menschen unterschiedlich ist, ziehst du zu viel ab, stirbt derjenige, nimmst du zu wenig, wird der entsprechende Unhold seine Absicht fortsetzen. Außerdem", fiel mir genau in diesem Moment ein, „was machst du, wenn es mehrere Täter sind?"

„Ich konzentriere mich eben auf Einzelpersonen", gab Richie mürrisch zurück. Seine gute Laune hatte sich mittlerweile aufgelöst, für mich ein Indiz, dass er die Unsinnigkeit dieser Aktion einsah. Trotzdem machte ich weiter: „Am Wichtigsten ist mir allerdings der letzte Punkt. Ich will nicht, dass dir etwas zustößt. Du weißt selbst nicht, was passiert, wenn die Menge der aufgenommenen Lebenskraft zu groß wird. Vielleicht ist es dann endgültig aus mit dir."

Dieses Argument schien zu wirken, zumindest dauerte es fast fünf Minuten, bis antwortete. „Hm, stimmt. Im Eifer des Gefechts habe ich nur darauf gewartet, dass er endlich zusammenbricht. Erst, als alles vorbei war, ist mir klar geworden, dass ich noch nie so vor Energie gestrotzt habe." Er lachte auf: „Anschließend bin ich wie ein Irrer durch die Straßen gedüst, um etwas davon wieder abzubauen. Trotzdem", er wurde wieder ernst, „es wäre doch zu schade, wenn ich meine Fähigkeiten nicht irgendwie einsetzen könnte. Du glaubst nicht, was ich in der kurzen Zeit alles gesehen habe. Da waren zum Beispiel diese Dealer vor der Diskothek, die …"

„Das hast du mir noch gar nicht erzählt."

„Will ich ja gerade. Unterbrich mich nicht! Also vor der Diskothek am Stadewäldchen stand ein Auto mit vier Typen drin. Die sahen aus wie Kleindealer …"

„Hast du dir das Kennzeichen gemerkt?"

„Nein, genau in dem Moment, als ich sie mir näher ansehen wollte, ertönte der Schrei."

„Na, in dem Fall hast du deine Aufgabe doch schon gefunden", sagte ich erleichtert darüber, dass sein großer Traum vom einsamen Kämpfer für das Gute sich nun doch noch bewahrheiten konnte. „Du hast ein exorbitantes Gedächtnis. Für dich ist es ein Leichtes, nicht nur das Kennzeichen abzuspeichern, sondern auch viele weitere Einzelheiten, die wichtig sein können." Je länger ich über diesen Teil der Geschichte nachdachte, desto mehr gefiel er mir. Durch seine Unsichtbarkeit war Richie in der Lage, die Kleinganoven ungestört zu observieren, bis sie ihn zu den ganz Großen im Drogenmilieu führten. Unerkannt konnte er Beweise sammeln, die ich an die ermittelnden Beamten weiterleiten würde. Ich …

„Aber zuerst kümmern wir uns um unseren aktuellen Fall", unterbrach Richie meine Gedanken. „Mein Gefühl, dass da etwas nicht stimmt, wird immer stärker."

„Du sprichst doch nicht von Simon Glaser, oder?"

„Von wem sonst?" Geduld war noch nie Richies Stärke gewesen. „Er hat einen tödlichen Unfall und kurz darauf wird die Wohnung gezielt durchsucht. Das stinkt doch zum Himmel! Ich mache mich gleich auf den Weg zu der Familie. Mal sehen, was ich an Punkten finde, an denen wir ansetzen können."

„Okay." Eigentlich hatte ich das Gegenteil sagen wollen, jedoch noch rechtzeitig umgeschwenkt. Warum eigentlich nicht? Hauptsache, Richie fühlte sich gebraucht.

„Echt?" So ganz schien er meiner Aussage nicht zu trauen. „Du hilfst mir also?"

Mir blieb nichts anderes übrig, als bestätigend zu nicken. Schließlich schadete es ja keinem, wenn wir ein paar Hintergrundinformationen einholten.

„Dann kannst du gleich heute Elisabeth über die Glasers ausfragen", bestimmte Richie.

Ich fügte mich seufzend. Was tat man nicht alles für seinen Freund!

„Das Beste wäre", sinnierte er, „du würdest nächste Woche auf die kleine Isabelle aufpassen. So kommst du an alle Zusatzinformationen, die ich vielleicht benötige."

„Ich?" Jetzt ging er eindeutig zu weit. „Frau Glaser braucht mich nicht, sie hat zwei Töchter, die das erledigen können."

„Luisa will nicht und Julia kann bestimmt nicht", triumphierte er. „Die steckt mitten im Studium und hat bereits eine Woche Sonderurlaub genommen. Gibt es da nicht irgendwelche Regeln, dass man in den Seminaren nicht zu oft fehlen darf?"

Tja Richie, alles weißt du eben doch nicht. „Das ist immer vom jeweiligen Dozenten abhängig", konterte ich. „Und wenn dieser nicht gerade ein ausgesprochener Fiesling ist, wird er in ihrem Fall bestimmt ein Einsehen haben."

„Schade", gab er unumwunden zu. „Das wäre auch zu schön gewesen. − Ha! Dann musst du dir eben die Haare schneiden lassen. Oder noch besser, wie wäre es mal wieder mit Färben? Das dauert länger und du hast Zeit, dich ausführlich mit ihr zu unterhalten."

Dieses Biest! Er hatte schon wieder eines meiner Gespräche mit Manfred belauscht! „Wir werden sehen", sagte ich so ruhig wie möglich. „Warten wir ab, was Elisabeth zu erzählen hat und welche Neuigkeiten du bei der Familie erfährst."

„Kathi?" Das war Manfred. „Weißt du, wo meine braune Jacke abgeblieben ist?"

„Sie hängt noch im Heizungskeller", - den ich als Trockenraum benutzte - gab ich zurück.

„Kannst du sie mir eben holen? Ich bin spät dran?"

Wie immer, dachte ich rebellisch. Würdest du eine halbe Stunde eher aufstehen, wärest du rechtzeitig fertig. „Ich ...", kann nicht, wollte ich eigentlich zurückrufen, besann mich aber eines Besseren. „... gehe schon." Das war das kleinere Übel, denn Richie würde sich nun bestimmt schnell verabschieden. Und auf weitere Diskussionen mit ihm hatte ich noch weniger Lust, als das Gewünschte zu holen.

„Bis später", kam es prompt von ihm, während ich die Kellerstufen hinabstieg. Er wusste, dass ich ihn nicht in der Nähe haben wollte, wenn Manfred zugegen war. Nicht nur, damit mein Mann mich nicht irgendwann für psychisch krank hielt, weil ich ständig mit mir selbst redete, sondern viel wichtiger, weil ich es nicht mochte, wenn Richie unsere privaten Gespräche belauschte.

„Kathi, ich warte", kam es jammernd aus der Diele. Er blieb tatsächlich an Ort und Stelle, bis ich direkt vor ihm stand. Mit Autoschlüssel, Handy und Brieftasche schwer bepackt, streckte er mir auffordernd die Hände entgegen. „Kannst du mir das mal abnehmen?"

„Nein", ich warf die Jacke auf den Schuhschrank. „Ich kann das Essen nicht länger allein lassen." Das war gelogen, ich hatte noch nicht einmal angefangen zu kochen. Ich sah nur nicht ein, weiter für ihn das Dienstmädchen zu spielen. Es würde ihm kein Zacken aus der Krone fallen, wenn er diese Dinge selbst verstaute.

„Ah, was gibt es heute?" Für gutes Essen war Manfred immer zu haben.

„Gulasch mit Nudeln", rief ich über die Schulter zurück, ich befand mich nämlich bereits im Kücheneingang. „Aber nur, wenn ich endlich weitermachen kann." Gott sei Dank hatte mein Mann überhaupt keine Ahnung vom Kochen, sonst hätte er gewusst, dass das Fleisch, wenn es zubereitet war, keiner Aufsicht mehr bedurfte.

„Lecker!" Ihm war nicht einmal aufgefallen, dass es noch gar nicht nach Gebratenem roch. „Ich denke, dass ich um drei zurück bin."

Das passte gut. „Dann bin ich schon weg. Ich treffe mich um zwei mit Elisabeth."

„Schon wieder?"

Meine Güte hatte dieser Mann ein Gedächtnis. „Alle vierzehn Tage samstags", erinnerte ich ihn.

„Wollt ihr auf den Friedhof?"

Was wohl sonst? „Es ist nicht zu kalt und es regnet nicht. Deine Mutter freut sich schon auf den Spaziergang."

„Viel Spaß." Weg war er und vor mir lagen fast vier Stunden freie Zeit, in denen ich all das machen konnte, wozu *ich* Lust hatte.

9

Richard

Gerettet. Gut, dass Manfred dazwischengekommen war. Da hatte ich gleich die Gelegenheit genutzt, zu verschwinden. Ich wusste, dass Kathi sich sonst doch wieder an dem Thema „du sollst keine Gespräche belauschen", hochgezogen hätte. Dabei war es oft gar nicht zu erkennen, ob sich eines entwickeln würde.

Bei dem Beispiel mit dem Haare Färben war es so gewesen, dass ich ganz ruhig in einer Zimmerecke darauf gewartet hatte, dass Kathi kurz den Raum verlassen würde, damit ich ihr meine Neuigkeiten mitteilen konnte. Manfred hatte ferngesehen und sie gelesen, dass daraus eine Unterhaltung entstehen würde, konnte ich schließlich nicht erahnen. In der Werbepause war es um ein Haarfärbemittel gegangen, was Manfred zu der Aussage veranlasste, er wisse überhaupt nicht, warum die Frauen nicht zu ihren grauen Haaren stehen würden. Seiner Ansicht nach sollte jeder mit der Haarfarbe zufrieden sein, die der liebe Gott ihm geschenkt hatte – das sagte er tatsächlich so – und das Grau wäre nun mal altersspezifisch, warum sich also jünger machen, als man sei?

Kathi, die ihre Haare regelmäßig tönte, sah das natürlich anders. „Warum nicht?", gab sie immerhin ziemlich friedfertig zurück. „Lass den Menschen, die sich dadurch besser fühlen, doch dieses Vergnügen. Es schadet niemandem."

„Ich finde, es zeugt von Eitelkeit", hatte Manfred nicht lockergelassen. „Oder meinetwegen auch von Unsicherheit. Warum kann man diese Alterserscheinungen nicht einfach hinnehmen?"

„Und warum sollte man nicht mit Chemie nachhelfen, wenn man sich damit besser fühlt?", hatte Kathi geantwortet.

„Weil ich den Sinn des Ganzen nicht verstehe. Ich jedenfalls finde dich mit grauen Strähnen interessanter."

Aha, jetzt ging er auch noch zu einem persönlichen Angriff über. Natürlich wollte ich wissen, wie sich Kathi aus der Affäre zog. Also blieb ich.

„Ich mich nicht."

Ui, sie wurde langsam sauer, diesen Gesichtsausdruck kannte ich.

„Meine Meinung zählt nicht?"

„Ich fühle mich ohne Grauanteil zurzeit wohler." Kathi blieb noch relativ ruhig. „Genauso, wie du dich mit deinem Bauch wohlfühlst. Du hast dich schließlich auch dafür entschieden, nicht abzunehmen, obwohl ich dir gesagt habe, dass es dir viel besser stehen würde."

Wie nicht anders zu erwarten, zog Manfred ein langes Gesicht. „Das kann man überhaupt nicht miteinander vergleichen. Du weißt, wie schwierig es ist, an Gewicht zu verlieren. Du dagegen bräuchtest bloß auf die Farbe zu verzichten."

Das hätte er nicht sagen dürfen. „Ende der Diskussion", verkündete Kathi knapp und verließ mit ihrem Buch das Zimmer.

Ich verzog mich danach ebenfalls, darauf hoffend, dass sie mich nicht gesehen hatte. Denn ihr nach diesem Disput noch unter die Augen treten? Das konnte ich vergessen. Sie wäre überhaupt nicht fähig gewesen, auf meine Probleme einzugehen, so zornig, wie sie war.

Dabei hatte sie in meinen Augen vollkommen recht. Nicht nur, dass Manfred in den letzten Monaten wirklich reichlich zugelegt hatte – er musste die Hose mittlerweile unter dem Bauch tragen – Kathi sah mit dem getönten Haar tatsächlich ausnehmend gut aus. Ich meine, sie hatte nie viel hergemacht, - nicht so, wie meine Carmen - mit ihrer leicht fülligen Figur, der Stupsnase und dem runden Gesicht. Ihre Ausstrahlung war immer von ihrer Fröhlichkeit und Warmherzigkeit hergekommen, da hatte keiner mehr auf ihr Aussehen geachtet. Jetzt aber, mit dieser rotbraunen Tönung und dem kürzeren Haarschnitt wirkte sie total verändert, jünger, hübscher, eleganter. Genau wie von mir hatte sie von allen anderen Komplimente eingeheimst – nur nicht von Manfred. Diese Krittelei, die hatte er nicht zum ersten Mal losgelassen.

Ha! Vielleicht war genau das der Punkt. Vielleicht war er einfach nur eifersüchtig! Ich musste unbedingt mit Kathi darüber reden.

Ein lautstarker Streit riss mich aus meinen Gedanken. Ich hatte gerade ein halb geöffnetes Fenster der Wohnung der Glasers angesteuert, als ich Luisas laute Stimme hörte. „Immer ich!", schrie sie. „Immer soll ich verzichten!"

Die Antwort konnte ich nicht verstehen, aber es war eindeutig die Schwester, die antwortete. Ohne länger zu zögern, wischte ich ins Innere, wo mich gleich ein fröhliches Krähen von Isabelle begrüßte, die auf dem Boden zwischen den beiden Streithähnen lag, scheinbar vollkommen unbeeindruckt von der schreienden Luisa.

Diese fuhr mit hochrotem Kopf, aber deutlich gemäßigter Lautstärke fort: „Ich kann nichts dafür, dass Mama Isi am Hals hat. Warum soll ausgerechnet ich darunter leiden?"

Julia verdrehte seufzend die Augen, ein Zeichen dafür, dass auch sie langsam mit ihrer Geduld am Ende war. „Das hatten wir gerade schon. Du weißt, dass ich von Montag bis Donnerstag ein wichtiges Seminar habe, sonst würde ich mich um sie kümmern. Außerdem war es Papa, der Tante Inge überredet hat, diese Reise zu buchen."

Bei der Erwähnung ihres Vaters schossen der Kleinen die Tränen in die Augen. „Ich würde es ja machen", schluchzte sie. „Aber ich muss da unbedingt mit. Ich kann nicht hier bleiben, es ist immens wichtig für mich."

„Ein Junge?" Julia hatte umgeschaltet auf mitfühlend.

„Ja, nur sag Mama bitte nichts davon." Jetzt seufzte Luisa, allerdings klang dieser Seufzer richtig sehnsuchtsvoll. „Er ist total süß."

„Und er kommt ebenfalls mit."

„Genau. Das ist meine Chance, verstehst du? In der Schule sehe ich ihn kaum, dort ist er ständig anderweitig beschäftigt."

„Ist er nicht in deiner Klasse?"

„Nein." Luisa wirkte echt entrüstet. „Roman macht im Moment sein Referendariat bei uns, leider gibt er in meiner Stufe nur Deutsch."

„Wie alt ist der denn?" Julia gab sich Mühe, interessiert zu wirken, aber es kam doch rüber, dass sie leicht alarmiert war.

„So einundzwanzig, zweiundzwanzig, denke ich."

„Luisa, du bist erst fünfzehn!"

„Ja, und?" Die Kleine reckte zornig ihr Kinn vor. „Das sieht nur jetzt seltsam aus, später kräht kein Hahn mehr danach."

„Hast ja recht", gab Julia nach. „Erzähl mal, wie sieht er aus?"

Während die beiden einträchtig die Köpfe zusammensteckten und über diesen Kerl, der sich sogar nach der Beerdigung extra nach Luisas Befinden erkundigt hatte, tratschten, inspizierte ich die Wohnung, nachdem ich für Isabelle, die unbeachtet auf der Decke lag, einige Kapriolen gedreht hatte. Die drei waren echt fleißig gewesen, von Unordnung keine Spur mehr. Die Mutter konnte ich nirgendwo finden.

Die beiden Mädchen hatten nichts Relevantes zu berichten. Nachdem sie endlich das 'hoffentlich zukünftiger Freund' Thema abgehakt hatten, unterhielten die zwei sich nur noch über Allerweltsdinge, Schule, Uni, gemeinsame Freunde, etc., etc. Der gestrige Einbruch oder der Tod des Vaters fanden keine Erwähnung.

Interessanter wurde es, als um halb drei Frau Glaser von der Arbeit heimkam. Hätte ich mir ja eigentlich denken können, dass sie nicht zwei Tage hintereinander aus dem Laden bleiben konnte. So gut schien es der Familie nämlich nicht zu gehen, die Möbel waren alle eher zweckmäßig und die Couch im Wohnzimmer schon ziemlich durchgesessen. Nur der riesige Wohnzimmerschrank passte irgendwie nicht ins Bild, nicht gerade mein Ding, aber wohl recht teuer. Ich tippte drauf, dass es sich hierbei um ein Erbstück handelte, da er sich qualitätsmäßig echt von den restlichen Einrichtungsgegenständen abhob, die alle aus billigem Pressspan bestanden. Nicht dass es hier nicht gemütlich gewesen wäre, die Glasers hatten sich mit einfachen Mitteln ein anheimelndes Zuhause geschaffen, ich hätte mich jedenfalls in dieser Wohnung wohlgefühlt.

Doris Glaser und die drei Mädchen aßen gemeinsam zu Mittag, wobei Isabelle in ihrem Rollstuhl neben Julia stand und von dieser gefüttert wurde. Die Unterhaltungsthemen drehten sich um Anekdoten aus dem Friseursalon und Julias bevorstehende Abreise – grässlich langweilig!

Erst nachdem der Tisch ab- und die Küche aufgeräumt worden war, wurde es interessant. „Mama, meinst du, du könntest Frau Klingenberg bitten, nächste Woche auf Isi aufzupassen?", fragte Luisa in geradezu flehendem Tonfall. „Ich würde ihr auch die Stunden von meinem Ersparten bezahlen."

„Nein, Kind, das ist zu kurzfristig. Ich muss ihr dankbar sein, dass sie wegen der Beerdigung eingesprungen ist. Noch einmal kann ich sie unmöglich bitten."

Statt gleich hochzugehen, zog die Kleine einen Flunsch. Nur gut, dass sie nicht gesehen hatte, dass Julia hinter ihrem Rücken der Mutter Zeichen gab und vehement den Kopf schüttelte. „Du könntest sie doch wenigstens fragen", versuchte sie es noch einmal. „Wenn sie dann Nein sagt, muss ich eben hierbleiben."

„Ach, Lu, es tut mir wirklich leid", seufzte Doris Glaser und versuchte, ihre Tochter in den Arm zu nehmen.

Diese entwand sich schlangengleich und wich zurück. „Und wenn ich sie anrufe?", fragte sie mit dünner Stimme. Gleich würden Tränen fließen, ich sah es ihr an.

Anscheinend bemerkte auch die Mutter, wie es um Luisa stand, vielleicht meldete sich aber auch ihr schlechtes Gewissen, weil sie sah, wie todunglücklich ihre Jüngste war, auf jeden Fall nickte sie und sagte: „Gut, versuche es, nur sei nicht zu enttäuscht, wenn sie dir eine Absage erteilt."

„Super, Mama. Danke. Ich rufe sie gleich an."

Nein, zuerst würde *ich* mit Kathi sprechen und sie anflehen, den Job zu übernehmen. Wir brauchten für diesen Fall jede Hilfe, die wir bekommen konnten, das spürte ich.

10

Katharina

Richie fing mich ab, als ich gerade in die Garage fuhr. „Luisa hat versucht, dich anzurufen", überfiel er mich gleich. „Sie will dich bitten, nächste Woche auf Isabelle aufzupassen. Du musst unbedingt zusagen, hörst du. Ich erzähle dir nachher alles, auf jeden Fall hatte ich den richtigen Riecher."

Diese Aussage war natürlich völlig unbefriedigend, aber leider stand Manfred, der den Wagen gehört hatte, bereits in der Haustür, sodass ich nicht weiter nachfragen konnte. Daher verkniff ich mir eine Antwort und verließ, ohne ihn weiter zu beachten, die Garage.

„Bitte, Kathi!", rief er hinter mir her.

„Kathi, eine junge Dame hat versucht, dich zu erreichen", sagte Manfred fast gleichzeitig. „Sie hat ihre Telefonnummer hinterlassen und erwartet deinen Rückruf."

„Wer war es denn?", stellte ich mich ahnungslos.

„Die Tochter von Frau Glaser, nettes Mädchen, sehr höflich und zuvorkommend."

Aha, anscheinend konnte Luisa auch anders. Nein, nicht so gehässig, Kathi. Nach allem, was ich von Elisabeth erfahren hatte, war die Kleine gar nicht so schlimm. Im Gegenteil, sie war es, die bereits ausreichend schlechte Erfahrungen gesammelt und eine Menge durchgemacht hatte.

„Ich rufe sie gleich zurück." Ich entledigte mich nur meiner Jacke und der Schuhe und griff zum Telefon.

Luisa klang geradezu flehend, als sie ihr Anliegen vorbrachte. Selbst wenn Richie nicht gewesen wäre, hätte ich wahrscheinlich zugesagt, die Aufgabe zu übernehmen.

„Prima!" Ich konnte ihr Strahlen fast durch den Hörer sehen. „Dann kommen Sie bitte am Montag um halb vier in den Laden. Mama meint, es ist vielleicht besser, wenn sie dort auf Isi aufpassen. Dann ist sie in der Nähe, falls etwas passiert."

Jetzt war ich doch erleichtert. Immerhin war die Kleine schwer krank und ich hatte keinerlei Erfahrung in diesen Dingen. Mit Richie an meiner Seite hätte ich mein Bestes gegeben, allerdings mit einem sehr mulmigen Gefühl. Dieses Arrangement war wesentlich besser.

„Ich komme gern für ihre Unannehmlichkeiten auf", fuhr Luisa fort. „Sagen Sie mir ..."

„Nein", unterbrach ich sie schnell. „Das ist nicht nötig. Vor nicht allzu langer Zeit hat deine Mutter mir und meiner Tochter geholfen, so kann ich mich dafür endlich erkenntlich zeigen."

„Äh, nein …" Sie kam ins Stottern.

„Ich kläre das mit deiner Mutter am Montag." Ich ließ mich auf keine weiteren Diskussionen ein, schließlich war meine Unterstützung nicht ganz uneigennützig.

„Du willst dich also schon wieder in die Arbeit stürzen?", fragte Manfred mit vorwurfsvollem Unterton, kaum dass ich das Gespräch beendet hatte.

„Das ist ein echter Notfall", gab ich spitz zurück. „Frau Glasers Töchter sind beide außer Haus und sie hat kein Geld, einen professionellen Betreuer zu bezahlen."

„Ich dachte ja nur, weil du doch gesagt hattest, du bräuchtest erst einmal Ruhe."

„Bei Christa und Markus, das wäre Knochenarbeit gewesen." Ich merkte, wie der Ärger langsam in mir hochstieg. „Bei Isabelle muss ich nur danebensitzen und sie ein bisschen beschäftigen." Hoffte ich zumindest, was genau auf mich zukam, wusste ich schließlich selbst nicht. Beim letzten Sitten war ja der Einbruch dazwischengekommen und Richie hatte sich fast die gesamte Zeit um die Kleine gekümmert. „Es handelt sich ja auch nur um einige Stunden am Nachmittag", setzte ich nach.

„Du denkst aber an die Taufe am Samstag?"

„Die ist um drei, bis dahin bin ich garantiert zurück."

Damit war das Thema endlich erledigt, Manfred verkrümelte sich in sein Arbeitszimmer. „Deiner Mutter geht es übrigens wieder besser!", konnte ich mir nicht verkneifen, hinter ihm herzurufen, doch Ironie war an meinen Mann verschwendet.

„War sie denn krank?", fragte er verblüfft und steckte seinen Kopf aus der Tür.

„Sie hatte die Grippe."

„Ach, das war doch, als wir beide auch krank waren."

Nur dass sie wesentlich älter und gebrechlicher ist, fügte ich stumm hinzu, äußerte mich jedoch nicht weiter zu diesem Thema, sondern nahm die Treppe hinauf ins Obergeschoss. Ich vermutete, dass Richie sich nicht allzu weit entfernt hatte. Im Schlafzimmer konnten wir ungestört miteinander reden, ohne dass Manfred meine Stimme hören würde. Kaum hatte ich das Licht eingeschaltet und das Fenster einen Spalt geöffnet, glitt er herein.

„Also?", fragte ich.

„Nee, du zuerst", bestimmte er.

Ich war des Streitens müde. „Elisabeth kennt die Glasers schon urlange. Sie waren mal Nachbarn im selben Haus. Doris und Simon haben die Wohnung neben ihrer gleich nach der Hochzeit bezogen und bis zur Geburt von Luisa dort gewohnt. Kurz danach starben seine Eltern bei einem Campingurlaub. Sie erbten genug Geld, um sich eine Eigentums- wohnung zu kaufen. Das ist die, in der …"

„Was hat sie getötet?"

„Elisabeth sagt, der Gasofen sei defekt gewesen, das Gas ist ausgeströmt, sie sind beide erstickt. Aber das ist schon fünfzehn Jahre her und hat bestimmt nichts mit unserem Fall zu tun."

„Interessierte mich trotzdem."

Klar, für Richie war jeder Todesfall interessant, besonders, da er ja auch keines natürlichen Todes gestorben, sondern von seiner Schwiegermutter ins Jenseits befördert worden war. Nicht direkt von ihr, aber sie hatte den Auftrag gegeben. Durch Zufall war Richie dahintergekommen, be- ziehungsweise seine Frau Carmen hatte Nachforschungen angestellt und den Täter ermittelt. Da die Schwiegermutter schwer krank war, verzich- tete Carmen auf eine Anzeige bei der Polizei, entzog sich ihrer Mutter jedoch völlig und traf sich mit ihrem Vater nicht mehr in ihrem Eltern- haus. Der alte Schweinehund, wie Richie ihn nannte, entpuppte sich als verständnisvoller Vater und liebender Opa, der sich seit dieser Zeit rüh- rend um die kleine Familie kümmerte. Sehr zum Leidwesen meines Freundes, der diesen Mann zeit seines Lebens gehasst hatte.

Doch ich schweifte ab. „Kurz nach dem Umzug eröffnete Doris ihren Frisiersalon und Simon blieb bei den Kindern zu Hause. Später arbeitete er dann in verschiedenen vierhundert-Euro-Jobs. Vor fünf Jahren mach- te er sich als Allroundhandwerker selbstständig, laut Elisabeth hat aber seine Frau weiterhin das Geld zum Leben verdient. Er war anscheinend ein etwas seltsamer Kauz, hat all sein Erspartes in sein Motorrad gesteckt und in diverse andere Hobbys."

„Woher weiß deine Schwiegermutter das alles?"

„Der Kontakt zwischen Doris und ihr ist nie ganz abgerissen, sie haben früher regelmäßig miteinander telefoniert. Ja", ich musste grinsen, „und seitdem sie sich einmal in der Woche die Haare machen lässt, ist sie so- wieso über alles informiert." Ich wusste, was Richie jetzt dachte: Verste- he einer die Frauen, die freiwillig diese für Männer äußerst langweilige

Prozedur regelmäßig über sich ergehen ließen und daran und an dem unvermeidlichen Smalltalk auch noch ihren Spaß hatten.

„Erkläre genauer, wie war die Beziehung zwischen den beiden Eheleuten?", fragte er, ohne auf die letzte Information weiter einzugehen.

„Laut Elisabeth früher ziemlich problematisch. Simon ist eigentlich Elektriker, konnte es aber in keinem Arbeitsverhältnis lange aushalten. Mal war es der böse Chef, mal die unsozialen Kollegen, mal die niveaulose Arbeit – er hatte immer etwas zu meckern. Sehr oft wurde er relativ schnell wieder gekündigt, in den anderen Fällen tat er es selbst. Dadurch war Doris gezwungen mitzuarbeiten. Nach der Geburt von Luisa wurde Simon wieder arbeitslos und fand auch nichts Neues. Durch die Erbschaft sind sie dann auf die Idee gekommen, dass Doris sich selbstständig macht und damit Hauptverdiener wird. Simon blieb zu Hause und kümmerte sich um die Kinder."

„Und das hat funktioniert?"

Richies Stimme klang skeptisch. Für ihn wäre dieses Arrangement bestimmt nichts gewesen. „Ja, zumindest bis Luisa ins Internat kam und Julia alt genug war, sich selbst zu versorgen. Dann wurde Doris wohl fordernder. Daraufhin machte Simon sich als Handwerker selbstständig. Aber so gut, wie er es darstellte, lief es wohl nicht. Elisabeth meint, wenn er fünfzig Stunden im Monat gearbeitet hat, war das schon viel."

„Wovon hat er dann seine Ausgaben für die Hobbys finanziert?"

„Von dem, was er noch schwarz dazu verdient hat. Das durfte ja nirgendwo auftauchen und ist deshalb direkt in seine eigene Tasche geflossen. Nur den Lohn für die offiziell angegebene Arbeit hat er in den gemeinsamen Haushalt gesteckt."

„Was für ein Arsch!"

„Du sagst es." Gut, ich hatte meine Differenzen mit Manfred, aber bei uns war es von jeher so gewesen, dass sein Geld auch meines war und umgekehrt. Größere Anschaffungen wurden gemeinsam besprochen, zuerst war immer die Familie gekommen, danach erst unsere Bedürfnisse – und daran hatte sich nichts geändert. Ach ja, manchmal musste man anscheinend mit der Nase darauf gestoßen werden, wie gut es einem doch eigentlich ging.

11

Richard

Kathi war schon vor einer ganzen Weile verstummt und starrte sinnend vor sich hin. Ich glaubte zu wissen, was in ihr vorging, sie verglich ihre Situation mit der von Doris. Na, da konnte Manfred ja nur gewinnen! Kathis Ehemann war herzensgut, nur hatte sie ihn unheimlich verzogen. Nie brauchte er zu Hause auch nur einen Finger zu rühren. Gut, als die beiden noch ihre Großfamilie hatten, war Kathi für den Haushalt zuständig und er für seine Arbeit. Um die Kinder haben sie sich gemeinsam gekümmert. Dann verließ der Nachwuchs nach und nach das Haus und Kathi wandte sich anderen Dingen zu: Sie gab Klavierunterricht, half dreimal in der Woche in der Obdachlosenküche der Kirche und hatte immer noch ihre Notfallpflegekinder, eine ganze Menge Dinge also, für die sie Zeit aufbrachte. Und sie war ja nicht mehr die Jüngste!

Aber egal wie viel sie zu tun hatte, Manfred fühlte sich für Haushaltsdinge weiterhin nicht zuständig, selbst wenn Kathi offensichtlich mehr Arbeit hatte als er. Dazu drückte er ihr ohne nachzudenken noch weitere Verpflichtungen auf, wie dieses Renovieren bei Markus und Christa. Kein Wunder, dass sie darauf sauer reagierte.

Ich hatte ihr schon mehrmals versucht klarzumachen, dass sie neue Regeln aufstellen musste, sonst änderte sich nie was. Bis jetzt hatte sie sich davor gedrückt, warum auch immer. Glaubte sie wirklich, Manfred würde sich freiwillig ändern? Und ihr von sich aus unter die Arme greifen? Dann konnte sie lange warten. Nicht nur, dass Männer eben faul sind, sie haben zu dem ganzen Haushaltskram auch eine lockerere Einstellung und sehen vieles nicht, was gemacht werden muss. Nee, da half nur ein ernsthaftes Gespräch und etwas Zwang.

„Die Schwierigkeiten mit Luisa sind allerdings eine schlimmere Belastung gewesen", sagte Kathi in meine Gedanken hinein. „Mit ihr gab es schon im Kindergarten Scherereien, die sich in der Grundschule noch steigerten. Eine Vertretungslehrerin gab den Eltern den Tipp, die Kleine testen zu lassen und es stellte sich heraus, dass sie hochbegabt ist und in der Schule völlig unterfordert. Sie hat die vierte Klasse übersprungen und kam dann auf ein Gymnasium. Drei, vier Monate lief alles gut, danach war alles wie vorher. Nach langem Suchen fanden sie …"

„Was für Probleme gab es denn?", unterbrach ich sie. Das machte Kathi nämlich oft mit mir. Sie erzählte nur das Wichtigste und ließ das, was sie für wenig relevant hielt, weg. Nur, in diesem Fall konnten wir mit dem

Bisschen, was wir bisher herausgefunden hatten, überhaupt nicht entscheiden, was bedeutend war und was nicht.

„Sie war aufsässig, störte in der Schule und stritt ständig mit ihrer
Schwester, zudem wurden die Noten schlechter und schlechter. Sie kap-
selte sich ab und ließ niemanden mehr an sich heran, selbst ihren heißge-
liebten Papa nicht, der für sie immer an erster Stelle gekommen war. Die
Eltern gingen schließlich wieder zu einem Kinderpsychologen, um sich
Rat zu holen. Der empfahl eine Therapie, die es ihr ermöglichen sollte,
die Langeweile besser zu ertragen. Sie müsse lernen, trotz ihrer Andersartigkeit in einer normalen Klasse klarzukommen, ohne dabei zu blockie-
ren.“

„Das kann es doch nicht sein.“ Gut, ich hatte von Hochbegabung bei
Kindern keine Ahnung. Bisher hatte ich eher gedacht, das wären kleine
Einsteins, denen alles zufliegen würde. Dass es Schwierigkeiten geben
konnte, war mir nicht bewusst gewesen. Aber dass diese komische Therapie nicht funktionieren konnte, sah selbst ich.

„Doris und Simon wagten trotzdem einen Versuch, einen anderen Ausweg schien es ja nicht zu geben.“

„Und der ging gründlich schief“, vermutete Richie.

„Luisa weigerte sich nach der sechsten Sitzung vehement, dort hinzuge-
hen. Bisher hatte sich ihr Zustand nicht gebessert, im Gegenteil, es war
eher schlimmer mit ihr geworden. Durch Zufall erfuhren die Eltern kurze Zeit darauf von einer neu eröffneten Schule gerade für solche Kinder
wie ihre Tochter, also Hochbegabte. Die ist zwar hier ganz in der Nähe,
wird aber nur als Internat angeboten. Weil sie mittlerweile total verzweifelt waren – Luisa hatte einen Jungen, der sie beleidigte, verprügelt und
war für eine Woche von der Schule suspendiert worden – sahen sie sich
die Schule mit ihrer Tochter zusammen an und führten ein erstes Gespräch mit dem Direktor.“

„So ein Internat muss doch sauteuer sein“, konnte ich mir nicht verkneifen einzuwerfen. „Wie wollten sie das denn stemmen?“

„Das ist der Clou am Ganzen.“ Kathi lachte. „Die Schule wurde von
einer christlichen Vereinigung gegründet und die nehmen nur einen kleinen prozentualen Anteil vom Einkommen der Eltern als Honorar. Sie
sehen es als ihre Aufgabe, diesen Kindern zu helfen, sowohl schulisch als
auch sozial, denn viele von ihnen weisen durch das, was sie erlitten haben, ziemliche Macken auf. Und um ganzheitlich arbeiten zu können,
müssen die Schüler eben mehr als nur die Unterrichtszeit dort verbringen.“

„Lass mich raten: Luisa wurde aufgenommen und lebt jetzt dort."

„Ganz genau. Sie konnte sogar direkt nach den Osterferien wechseln. Es hat eine Weile gedauert, aber mittlerweile soll sie genauso fröhlich und stabil sein, wie andere Teenager in dem Alter."

Eher genauso biestig und ich-bezogen! Aber ich hütete mich, diese Worte laut auszusprechen. Durch ihre neun Kinder, ein eigenes und acht, die sie und ihr Mann aufgenommen hatten, kannte Kathi die Probleme mit Teenagern aus dem Effeff. Nur hatte sie eine viel gemäßigtere Einstellung dazu als ich. Für sie war diese Rebellion unabdingbar, um sich von den Eltern abzulösen. Meiner Meinung nach war meine Freundin einfach nur viel zu gutherzig und leidensfähig. „Und Julia?"

„Die scheint keine großen Probleme gemacht zu haben, Einser-Schülerin, beliebt bei ihren Klassenkameraden, großer Freundeskreis. Sie hat mit achtzehn Abitur gemacht und studiert jetzt in Passau Wirtschaftsrecht."

„Das heißt, mit den Kindern ist zurzeit alles paletti", sagte ich nachdenklich. „Von dieser Seite gibt es bisher keine Erklärung für Simons Tod. Was ist mit seinen Schwiegereltern?"

Kathi lachte. „Ich glaube, du bist die glorreiche Ausnahme. Die Hansens liebten ihren Schwiegersohn, zu denen war er immer besonders aufmerksam und hilfsbereit. Sie leben in Hagen in einem Altersheim, er hat Parkinson, der sich so verschlechterte, dass seine Frau ihn nicht mehr allein pflegen kann. Simon ist mindestens einmal in der Woche bei ihnen vorbeigefahren und hat sie besucht. Sie trauern fast mehr als Doris, sagt Elisabeth."

„Apropos Doris. Meinst du, sie hätte vielleicht …?"

„Und was ist mit dem Einbruch? Ich dachte, dadurch wärest du erst misstrauisch geworden?"

Mensch, Kathi hatte recht, ich war dabei, mich zu verrennen. „Das heißt, er ist irgendjemandem gewaltig auf die Füße getreten", überlegte ich laut. „Und er muss irgendwie in den Besitz von irgendwelchen Unterlagen gekommen sein, die für diesen Jemand höchst brisant sind, so brisant, dass sie ihn dafür umbrachten."

„Oder es war doch nur ein schrecklicher Unfall und der Einbruch hat überhaupt nichts damit zu tun."

Dass Kathi aber auch immer querschießen musste! „Nein, das hängt garantiert zusammen. Erst wurde Simon kaltgemacht und anschließend haben die das sie belastende Material gesucht. Wahrscheinlich hatte er es nicht bei sich."

„Gut, gehen wir einmal davon aus, dass es so ist, wie du vermutest", sagte sie überraschend friedfertig. „Meinst du, sie haben gefunden, wonach sie suchten?"

„Nein, die waren noch bei der Arbeit, als wir aufgetaucht sind. Sonst hätten sie die Computer nicht mitgenommen. Die hofften wohl, das Gewünschte befände sich auf einer der Festplatten."

„Vielleicht sind sie schon fündig geworden."

„Vielleicht aber auch nicht. Außerdem ist das auch egal", fegte ich ihren Einwand zur Seite. „Wir müssen zuerst einmal herausbekommen, wer hinter Simon her war und warum. Alles andere klärt sich anschließend selbst."

„Die Frage ist nur, wie sollen wir Hinweise finden?"

„Na genau deshalb sollst du nächste Woche Isi sitzen! So hast du die Möglichkeit, Doris alles Wissenswerte aus der Nase zu ziehen." Manchmal stellte sich Kathi wirklich blöd an. „Ich versuche dann, die Personen zu überprüfen, mit denen Simon in letzter Zeit Kontakt hatte."

„Warum kümmerst du dich nicht zuerst um diesen Unfall?", fragte sie allen Ernstes.

„Und wie stellst du dir das vor?", gab ich zurück. „Ich kenne weder den Unfallort noch den Namen des Unfallgegners."

Ich musste wohl etwas zu harsch geklungen haben, denn Kathi schickte mich mit dem Hinweis, ich könne gleich bei den Glasers mit meinen Nachforschungen weitermachen, aus dem Zimmer.

Anderseits, wir hatten alles Notwendige besprochen, besser war es, ihrer Aufforderung zu folgen. Sinnloses Herumspekulieren war noch nie mein Ding gewesen.

Ich verbrachte einen relativ langweiligen Samstagabend und einen ebensolchen Sonntag mit der Familie Glaser. Das einzig Interessante, was sich ergab, war, dass Doris die Anschreiben für die Versicherung fertigmachte, eins für die Hausratversicherung wegen des Einbruchs, eins für die Lebensversicherung wegen des Unfalls und ich dadurch den Unfallbogen einsehen konnte, auf dem der Unfallgegner mit Namen und Adresse eingetragen war.

Doch, allein dafür hatte sich die ganze Warterei gelohnt. Schon bald würde ich dem Täter persönlich gegenüberstehen.

Katharina

Ach, sollte er sich ruhig mit dieser Geschichte beschäftigen. Es war für ihn zumindest ein angenehmerer Zeitvertreib, als ständig über Carmen und ihre neue Beziehung nachzugrübeln. Und zumindest blieb ich erst einmal außen vor.

Bis auf Richies Besuch am Montagmorgen, wo er mir aufgeregt mitteilte, dass er sich nun um den Unfallfahrer kümmern würde, verlief der Vormittag ereignislos. Nachmittags stand ich dann pünktlich vor dem Frisörladen. Dieser befand sich in einer kleineren Einkaufsstraße zwischen einem Fleischer und einem Bäcker. Außerdem gab es noch einen Juwelier, eine Apotheke und einen Imbiss, genug Laufkundschaft also, um einen vernünftigen Betrieb zu gewährleisten.

Ich hatte schon mehrmals Janine von der Arbeit abgeholt, im Geschäft selbst war ich allerdings bisher noch nicht gewesen. Es hatte eben seine Vorteile, eine Tochter als Friseurin zu haben, sie kam immer zu uns nach Hause, um Manfred und mir die Haare zu schneiden. Bei ihrem letzten Besuch hatte sie mich überredet, mal etwas Neues auszuprobieren und mir nicht nur einen anderen Schnitt, sondern auch eine neue Tönung verpasst. Beides gefiel mir ausnehmend gut, bisher hatte ich, außer von Manfred, nur positives Feedback bekommen, sogar von Richie.

Ich betrat den Laden, in dem rege Geschäftigkeit herrschte. Janine drehte gerade einer Kundin Lockenwickler ins Haar, eine weitere saß unter einer Trockenhaube. Doris Glaser war dabei, einem älteren Herrn einen Umhang um die Schultern zu legen. Als sie mich sah, entschuldigte sie sich bei ihm und kam auf mich zu. „Frau Klingenberg, schön, dass Sie gekommen sind. Hier bitte!" Sie nahm meinen Arm und führte mich in einen, durch einen Vorhang abgetrennten Nebenraum. „Isabelle kommt in fünf bis zehn Minuten. Machen Sie es sich solange gemütlich und trinken Sie einen Kaffee, für Gebäck habe ich ebenfalls gesorgt." Sie wies auf einen kleinen Tisch, auf dem mehrere Teilchen vom Bäcker lagen. „Bedienen Sie sich." Mit einem entschuldigenden Lächeln wandte sie sich ab. „Ich muss zurück, die Arbeit ruft."

Jetzt war mir doch etwas beklommen zumute, ich kam mir vor wie eine Hochstaplerin. Ohne Richie hatte ich keine Ahnung, wie ich die Stunden mit Isabelle bewältigen sollte. Beim letzten Mal hatte er sich fast allein um sie gekümmert, während ich mit der Polizei beschäftigt gewesen war.

Ich ließ mich auf einen der zwei Stühle fallen, die nebeneinander vor dem an die Wand gerückten Tisch standen, und sah mich um. Der Raum war relativ klein, hohe, mit Haarpflegemitteln bestückte Regale zogen sich fast bis zur Decke, neben einer Spüle mit integriertem Kühlschrank lief eine Waschmaschine auf Hochtouren. In der Mitte des Zimmers lag eine übergroße, plüschige Decke auf dem PVC, die wahrscheinlich für Isabelle gedacht war, denn daneben stand eine Kiste mit Kinderspielzeug. Ich entdeckte einen bunten Kassettenrekorder, eine übergroße Rassel und ein wolliges Schaf mit einer kleinen Glocke um den Hals.

Jetzt fiel mir auch wieder ein, was die Kinder von Frau Glaser mir für Tipps gegeben hatten, als ich am Tag vor der Beerdigung bei ihnen vorbeigeschaut hatte, um mich einweisen zu lassen.

„Isi ist wie ein Baby." Julia, die sanft den Bauch der Kleinen massierte, hatte mich angelächelt. „Sie hört gern Musik, wenn Sie ihr etwas vorsingen, findet sie das besonders toll. Sie können ihr auch nacheinander ihre Spielzeuge geben, damit beschäftigt sie sich immer wieder aufs Neue. Ach ja", sie hatte auf ihre Hände hinuntergesehen, die weiterhin mit dem Bauch der Kleinen beschäftig waren. „Massagen liebt Isi auch. Sie ist immer so fürchterlich verkrampft, die Arme."

Gut, ein großes Baby hatte ich gedacht, damit kommst du klar, Kathi. Als ich jedoch erfuhr, dass die Kleine zu epileptischen Anfällen neigte und mir Julia die Medikamente zeigte, die ich ihr notfalls einzuführen hatte, „wenn es nicht nach fünf Minuten besser wird, rufen Sie sofort einen Notarzt", hätte ich am liebsten einen Rückzieher gemacht. Was, wenn ich nicht rechtzeitig genug reagierte?

Aber angesichts Julias Unbekümmertheit, die selbstsicher und gelassen mit der Kleinen umging, war ich mir albern vorgekommen. Außerdem hatte ich ja Richie als Unterstützung.

Ich beruhigte mich langsam, ich würde es schon schaffen, die Kleine zu beschäftigen. Und hier war ich schließlich nicht allein, wenn irgendetwas passierte, konnte ich mich an Doris wenden.

So war ich in der Lage fröhlich zu lächeln, während Isabelle in den Raum geschoben wurde. Der Fahrer, der sie hereinbrachte, nickte mir nur kurz zu und fuhr fort, mit Isabelle zu plaudern, derweil er sie losschnallte, aus dem Rollstuhl hob und sanft auf die Decke legte. „Bis morgen, meine Kleine", verabschiedete er sich.

„Hallo Isi." Ich ließ mich neben ihr auf dem Boden nieder. Aufmerksam fixierte sie mich mit ihren fast schwarzen Augen. Dann sah sie suchend an die Decke. „Er ist leider nicht hier." Sie hatte die Verbindung von mir zu Richie schnell gezogen. Wahrscheinlich, weil sie letztes Mal so viel Spaß mit ihm gehabt hatte. „Aber wir können uns auch ein paar schöne Stunden machen. Möchtest du Musik hören?" Ich zog den Kassettenrecorder zu mir herüber und schaltete ihn an. Sofort ertönte fröhlicher Kindergesang. Dank meiner beiden Kleinen, die bis vor Kurzem bei mir gelebt hatten, war ich auf dem neuesten Stand und konnte nicht nur mitträllern, sondern auch die zu den Liedern passenden lustigen Bewegungen machen. Isi war jedenfalls zufriedengestellt, aufmerksam folgte sie meinen flatternden Händen und fing schließlich sogar an zu lächeln. Wir hörten die gesamte erste Seite der Kassette. Zum Schluss wurden Isis Augen immer kleiner und fielen passend zum letzten Lied zu.

„Na, haben Sie sie in den Schlaf gesungen?" Frau Glaser war unbemerkt von mir eingetreten und winkte mir jetzt, mich zu ihr an den Tisch zu setzen. „Die Kleine muss immer wieder zwischendurch schlafen. Sie brauchen sie auch nicht die ganze Zeit zu beschäftigen, sie ist auch zufrieden, wenn einfach nur jemand bei ihr ist, beziehungsweise, eigentlich liegt es an mir, dass ich möchte, dass sie nicht ohne Aufsicht ist. Wenn etwas passieren sollte und ich bekomme es zu spät mit …"

Ich nickte verständnisvoll. „Mit Fremdkindern ist es immer komplizierter als mit den eigenen. Man fühlt sich viel mehr verantwortlich."

„Ja, Sie kennen das ja auch." Doris Glaser war sichtlich erleichtert, dass ich ihre Beweggründe verstanden hatte. „Und bei Isi kann jederzeit etwas passieren, das macht es ja so schwierig."

„Mama kommt schon klar", Janine hatte den Kopf zur Tür hereingesteckt. „Doris, deine Dauerwelle ist so weit."

„Ich komme." Im Aufstehen lächelte Frau Glaser mir noch einmal dankbar zu.

Ich blieb am Tisch sitzen, behielt die Kleine aber unablässig im Auge. Trotzdem war mir ein Stein von der Seele gefallen, im Endeffekt war ich hier nur der Aufpasser, die Entscheidungsgewalt lag bei Isis Tante und die erschien mir schon sehr kompetent.

Der Verlauf des weiteren Nachmittages gestaltete sich relativ einfach. Ich gab ein Fläschchen - eine meiner leichtesten Übungen – ließ das Schäfchen hin-und herspringen, rasselte zur zweiten Seite der Kassette und wurde zuletzt noch in die hohe Kunst der entspannenden Massage eingewiesen. Trotzdem waren Frau Glasers Augen feucht vor Dankbarkeit, als ich mich um halb sieben verabschiedete.

„Bis Morgen." Ich winkte nur kurz und verschwand leise nach draußen, um Isi, die gerade eingeschlafen war, nicht zu wecken. So schlimm, wie ich erwartet hatte, waren die Stunden wirklich nicht gewesen, ja, ich freute mich sogar schon auf den nächsten Nachmittag.

13

Richard

Ich war gleich am frühen Morgen gestartet und hatte wieder einmal Glück gehabt. Der Geschäftsmann im Mercedes, den ich mir ausgesucht hatte, brachte mich bis kurz vor Großholthausen, wo der Unfallfahrer lebte. Kaum hatte ich sein Fahrzeug verlassen, entdeckte ich einen Radfahrer, der in meiner Richtung unterwegs war. Perfekt, so konnte ich in aller Ruhe die Straßennamen kontrollieren.

Er wackelte auch nur ganz kurz, als ich aufsprang, und hatte sich schnell wieder gefangen. Naja, er war schließlich ein gestandenes Mannsbild, Bauarbeiter oder Bauer schätzte ich, und laut Kathi verspürte der von mir Vereinnahmte nur ein leichtes Ziepen in der Brust. Trotzdem hütete ich mich davor, dasselbe bei Motorradfahrern zu versuchen, auch bei diesen magersüchtigen Modepüppchen zögerte ich lieber, ich wollte schließlich keinen Unfall verursachen! Mein eigener war mir noch viel zu gut in Erinnerung geblieben.

Der Mann radelte fröhlich pfeifend vor sich hin, wir erreichten die Dorfstraße, eine Art Hauptstraße, von der viele kleine Seitengässchen abgingen. Zu meinem Glück bog mein Fahrer erst fast am Dorfausgang in die Zufahrt zu einem großen Bauernhof ein, so hatte ich einen gewissen Überblick bekommen können.

Es ist natürlich nicht so, dass ich halb aus ihm herausluge, um sehen zu können, aber irgendwie kriege ich durch die Verbindung, die ich mit ihm eingehe, mit, was er sieht. Nur sieht wohlgemerkt, aus seinen Gedanken halte ich mich wohlweislich heraus. Dieser Ansturm der Gefühle und Gedanken, wenn ich aufspringe, ist schon schlimm genug, dieses Chaos will ich gar nicht für einen längeren Zeitraum ertragen. Kann ich irgendwie auch nicht. Einmal habe ich es tatsächlich versucht, bei meiner Frau Carmen, kurz nach meinem Tod, ich wollte unbedingt wissen, was sie dachte, was sie fühlte. Es endete in einem Desaster, ich verwirbelte geradezu in ihrem Gefühlssturm und auch sie schien irgendetwas Grauenhaftes dabei zu empfinden, sie schrie auf und umfasste ihren Kopf, als wenn dieser gleich platzen würde. Da hatte ich aber schon genug und die Verbindung gekappt. Noch Stunden danach fühlte ich mich krank. Und erfahren hatte ich gar nichts, ich war nicht in der Lage gewesen, in diesem ganzen Chaos auch nur einen einzigen vernünftigen Gedanken aufzunehmen. Nach dieser Erfahrung habe ich es nie wieder versucht.

Die Straße, die ich suchte, schien nicht von der Hauptstraße abzugehen, deshalb machte ich mich auf, das Gewirr der Gässchen und Wege zu durchkämmen, ein mühsames Unterfangen, aber was blieb mir anderes übrig, fragen konnte ich ja nicht.

Es war fast zwölf, als ich endlich fündig wurde. Der Unfallwagen stand sogar in der Garageneinfahrt neben einem kleinen Einfamilienhaus. Ich inspizierte das Fahrzeug. Vorne links hatte es eine Beule und mehrere Kratzer, mehr war nicht zu sehen. Ich wandte mich dem Haus zu. Früher war es sicherlich einmal sehr gepflegt gewesen, in letzter Zeit hatte wohl niemand mehr Hand angelegt, von den Holzfensterrahmen war der Lack abgesplittert, das Mauerwerk wies mehrere Risse auf und der Glaseinsatz in der Haustür war gesprungen. Das kleine Rasenstück dagegen wirkte gepflegt, die Steine frisch gefegt – seltsam.

Ich wischte durch das gekippte Küchenfenster hinein. Drinnen stand eine grauhaarige Frau am Herd und rührte in einem Topf. Sie summte leise eine Melodie mit, die aus einem eingeschalteten Radio kam. Uh, Schlagermelodien der fünfziger Jahre, wenn ich mich nicht irrte.

Bevor ich nach weiteren Bewohnern suchen konnte, hörte ich schlurfende Schritte, die sich näherten. Dann tauchte ein alter, gebeugt gehender Mann auf, wirklich alt, mindestens achtzig war der. „Elsie, ich habe keinen Hunger, ich lege mich hin", murmelte er, in der Tür stehenbleibend. „Ewald, du musst was essen", gab sie zurück, die Sorge in ihrer Stimme war nicht zu überhören. „Das kann nicht so weitergehen."

Er schüttelte nur stumm den Kopf und wollte sich abwenden. Mit drei kleinen Schrittchen war sie bei ihm und legte ihm die Hand auf den Arm. „Was geschehen ist, lässt sich nicht mehr ändern. Es wird nicht dadurch besser, dass du dich nun jeden Tag selbst strafst."

Wie! Was! Das war der Unfallfahrer? Ich hatte gedacht, da gäbe es vielleicht einen Sohn oder Enkel bei dem Alter des Alten. Der war gefahren? Niemals!

Leider gelangte ich schon bei den nächsten Sätzen des Mannes zur gegenteiligen Ansicht.

„Ich bekomme diese Bilder einfach nicht aus dem Kopf", stöhnte dieser. „Wie der dalag und dieses Stück Metall aus seinem Bauch ragte. Ach, hätte ich nur auf dich gehört. Ich bin zu alt, ich hätte nicht mehr fahren dürfen, ich hab ihn noch nicht einmal kommen sehen."

„Du warst abgelenkt durch den Hund", versuchte sie ihn zu beschwichtigen, während mir zu dämmern begann, dass sich gerade meine ganze

54

schöne Theorie in ein Nichts verwandelte. Dieser Opa hatte garantiert nicht vorsätzlich gehandelt.

„Früher wäre mir das nicht passiert", beharrte der Alte. „Ralf und du, wie oft habt ihr mir gesagt, dass ich nicht mehr fahren soll." Jetzt schluchzte er. „Altersstarrsinn, das ist es. Ich hätte einfach nicht mehr fahren dürfen."

„Komm, Ewald", resolut führte ihn seine Frau zum Tisch und drückte ihn auf den danebenstehenden Stuhl. Sie holte von der Spüle eine halbvolle Flasche Schnaps und schüttete eine großzügige Portion davon in ein Wasserglas. „Hier, trink. Und beruhige dich."

„Davon wird es auch nicht besser." Trotzdem griff er gehorsam nach dem Glas und nahm einen großen Schluck. „Ich bin schuld an dem Tod dieses Mannes. Darüber werde ich nie hinwegkommen."

„Hätte und wenn", sie setzte sich neben ihn und griff nach seiner Hand. „Du bist nun mal gefahren und hast diesen Fahrfehler gemacht. Egal, wie sehr du dich grämst, du kannst es nicht mehr ungeschehen machen. Du wirst lernen müssen, damit zu leben."

„Das kann ich nicht."

Obwohl ich mir nun langsam zusammenreimen konnte, was passiert war und ich ihm im Prinzip zustimmen musste - wie hatte er noch fahren können, der konnte sich kaum bewegen und alles lief bei ihm in Zeitlupe ab - verspürte ich Mitleid mit ihm. Der litt echt unter dem, was er da angerichtet hatte.

„Du wirst es müssen", beharrte seine Frau. „Vielleicht wäre es ein guter Anfang, wenn wir der Witwe einen Brief schreiben, in dem du dich entschuldigst." Mit der freien Hand strich sie ihm liebevoll über den Arm. „Es wird Zeit, die Geschichte zu verarbeiten."

Ihr Mann verzog gequält das Gesicht. „Ich weiß gar nicht, was ich schreiben soll."

„Ich helfe dir." Ein letztes Mal drückte sie seine Finger, dann erhob sie sich. „So, und nun isst du einen Teller Suppe und danach halten wir unseren Mittagsschlaf. Nach dem Kaffee können wir gemeinsam überlegen, wie wir ihr dein Mitgefühl und dein Entsetzen über den Ausgang dieses Unfalls am Besten übermitteln."

Sie nahm einen Teller aus dem Schrank, füllte ihn randvoll mit einer echt lecker aussehenden Gemüsesuppe und stellte ihn mit einem aufmunternden Lächeln vor den Alten. Als sie sich umdrehte, um diese Prozedur für sich zu wiederholen, entglitt ihr das Lächeln und sie sah plötzlich sehr alt und sehr müde aus.

Ich verzog mich nach draußen. Zum einen konnte ich das Leid der beiden nicht mehr mitansehen, zum anderen hatte ich genug gehört. Meine ganze tolle Theorie hatte sich in Luft aufgelöst. Das war kein geplanter Mordanschlag gewesen, sondern ein Unfall, zu dem es wahrscheinlich nur gekommen war, weil ein alter Mann nicht hatte einsehen wollen, dass seine Fahrtüchtigkeit durch seine vielen Gebrechen kaum noch vorhanden war. Traurig zwar, aber kein Verbrechen.

14

Katharina
Heute, am Donnerstag, war meine Nachmittagsverabredung mit Isabelle schon fast Routine. Die Kleine begrüßte mich mit einem Lächeln und fuchtelte mit den Ärmchen, damit ich sie selbst aus ihrem Rollstuhl hob. Anschließend sangen wir, wie in den Tagen zuvor, gemeinsam zu der Musik von der Kassette, das heißt, ich sang und sie stieß immer wieder helle kreischende Töne aus. Beim ersten Mal hatte sie mich damit richtig erschreckt, doch Frau Glaser, Doris, wie sie seit gestern für mich hieß, konnte mich schnell beruhigen. „Sehen Sie, was sie für einen Spaß hat", hatte sie erfreut festgestellt, als sie auf mein Rufen nach hinten geeilt kam. „Das macht sie nur, wenn sie richtig glücklich ist."
Ich wurde wirklich von Tag zu Tag routinierter. Für das Schaf erfand ich immer neue kleine Geschichten, die Isabelle zum Lachen brachten, anschließend gab es eine ausgedehnte Massage und danach etwas Brei, zwischendurch, wenn sie Durst hatte, Saft aus dem Fläschchen. Mittlerweile konnte ich an Isis Gesichtsausdruck erkennen, wie es ihr ging. War sie müde, nahm ich sie in den Arm und wiegte sie ein bisschen hin und her, quälten sie Blähungen, massierte ich ihr mit kreisenden Bewegungen den Bauch.
Glücklicherweise hatte sie in meiner Anwesenheit noch keinen epileptischen Anfall bekommen, doch mit dem Wissen um Doris Glasers Anwesenheit war auch die Angst davor gewichen. Diese hatte genug Erfahrung, damit fertigzuwerden, war überhaupt eine sehr kompetente Mutter, Friseuse und Chefin, wie ich in den letzten Tagen hatte feststellen können.
Leider war sie in allem, was ihr persönliches Leben betraf, sehr verschwiegen. Bisher hatte ich nichts in Erfahrung gebracht, was Richie und mir geholfen hätte. In den kurzen Pausen, in denen wir uns unterhalten konnten – der Laden lief wirklich gut, es war viel zu tun – erfuhr ich zwar einiges über das Geschäft, dessen Aufbau und die diversen Stammkunden, von den Kindern und ihrem verstorbenen Mann sprach sie dagegen kaum. Ich wollte natürlich auch nicht zu neugierig erscheinen, deshalb bohrte ich nicht nach, wenn sie auf meine Fragen, wirklich harmlose Fragen, was ihre Kinder zurzeit machten, welcher Arbeit ihr Mann nachgegangen war und ähnliches, nur einsilbig antwortete.

Nun gut, würde sich Richie eben darum selbst kümmern müssen. Wo er bloß so lange steckte? Ich hatte seit Montag nichts mehr von ihm gehört. Hatte er vielleicht sogar schon die alles entscheidende Spur gefunden?

„Kathi!" Ich wurde durch diesen Ausruf aus meinen Gedanken gerissen. Elisabeth, meine Schwiegermutter stand in der Tür. „Wie lieb von dir, dass du eingesprungen bist. Hast du nachher Zeit, mich rumzubringen?"

„Ah." Mir war ein Licht aufgegangen. „Waschen, Schneiden, Legen?"

„Ja, morgen ist doch Feiertag. Und samstags ist es immer so voll."

„Oma? Komm endlich", tönte es aus dem Salon. „Du kannst dich gleich noch mit Mama unterhalten."

Elisabeth blinzelte mir zu. „Mein Typ wird dringend verlangt. Ich darf meine Enkelin nicht verärgern, sonst bekomme ich keine entspannende Kopfmassage, sondern eine anregende und kann heute Abend nicht schlafen."

Lachend winkte ich ihr zu und wandte mich dann wieder zu Isabelle: „Diese Frau ist wirklich unmöglich", teilte ich ihr mit, das heißt, wollte ich ihr mitteilen, doch sie beachtete mich gar nicht, ihre Augen starrten nach oben an die Zimmerdecke und irrlichterten von einem Punkt zum nächsten. Mir wurde richtig angst und bange. Stand da etwa ein Anfall bevor?

Ich hatte schon den Mund geöffnet, um nach Doris zu rufen, da sah ich aus den Augenwinkeln den huschenden Lichtstreifen, der sich gerade aus dem Zimmer stahl. „Richie!"

Er reagierte nicht, auch nicht, als ich alle Vorsicht vergessend ein zweites Mal etwas lauter rief. Verunsichert, ob ich mich nicht doch verguckt hatte, sah ich auf die Kleine. Sie zeigte eindeutig ihren Missmut, mit verzogenem Mündchen und zusammengekniffenen Augen starrte sie in die Richtung, in die er verschwunden war. Also doch!

Aber warum hatte er sich nicht gemeldet, nachdem Elisabeth verschwunden war? Doris und Janine hatten so viel zu tun, dass sie uns garantiert nicht gestört hätten. Und Isi liebte Richie, mit seinen Tanzeinlagen für sie wie in der Wohnung nach dem Einbruch, hätte er sie genug beschäftigt, dass wir alles, was nötig war, besprechen konnten.

Ich wartete, aber er tauchte nicht wieder auf. Stattdessen erschien eine Stunde später meine Schwiegermutter und ließ sich schnaufend auf einem der Stühle am Tisch nieder. „Du brauchst mich doch nicht nach Hause zu bringen. Doris hat mich eingeladen, noch mit zu ihr zu kommen. Ich nehme mir dann ein Taxi." Sie beugte sich verschwörerisch vor: „Das Kind muss sich mal aussprechen, sie hat ja sonst keinen."

Danke auch. Doch ich konnte Doris verstehen, ich würde mich schließlich auch nicht jedem x-beliebigen Fremden anvertrauen. Und das war ich auch nach diesen gemeinsamen Tagen für sie noch. Dazu die Mutter ihrer Angestellten, die, das hatte ich schon in Erfahrung gebracht, von den häuslichen Umständen nicht viel wusste. Das bisschen, was Doris ihr im Laufe der Zeit mitgeteilt hatte, war: Julia hatte ein anstrengendes Studium zu bewältigen und kam dadurch kaum heim. Trotzdem war sie ihrer Mutter sehr zugetan, rief häufig an und verbrachte, wann immer es ihr möglich war - sie arbeitete in den Semesterferien - ein paar Tage zu Hause. Luisa und Doris hatten schon seit jeher ein eher schwieriges Verhältnis zueinander, die Mutter war strenger als der Vater und wesentlich konsequenter. Als die Schwierigkeiten im Kindergarten begonnen hatten, war sie der Meinung gewesen, die Kleine müsse lernen, sich anzupassen. Dieselbe Einstellung hatte sie auch zu Beginn der Schulzeit vertreten. Dafür war sie diejenige, die nach der Testung und Einschätzung durch den Psychologen alles unternommen hatte, ihrer Tochter zu helfen. Luisa war erst nur widerwillig einverstanden gewesen, das Internat zu besuchen. Die Trennung von ihrem Papa war ihr als unüberwindbares Hindernis erschienen. Erst als dieser über seinen Schatten sprang und ebenfalls zu diesem Versuch riet, hatte sie sich darauf eingelassen. Schon kurze Zeit darauf war der holprige Beginn vergessen, sie liebte die Schule, die Lehrer und die meisten ihrer Mitschüler.

Über Simon Glaser wusste Janine noch weniger. Er war zwar häufiger auf ein Schwätzchen im Laden aufgetaucht, hatte aber immer nur über belanglose Themen gesprochen. Seiner Frau schienen diese Stippvisiten nicht besonders gepasst zu haben, sie sei immer kurz angebunden gewesen und habe Arbeit vorgeschoben, selbst wenn wenig zu tun gewesen wäre. Sie, Janine, hätte ihn eigentlich ganz nett gefunden, das Einzige, was ihr aufgefallen sei, war, dass Doris Glaser ihn ständig an seine Termine habe erinnern müssen. „Der vergaß sogar seine Arzttermine, Mama."

Sonst hatte die Chefin nie viel Privates erzählt. Klar, mal von einem Fest oder einer gemeinsamen Unternehmung am Wochenende, aber eher im Allgemeinen, ohne in Einzelheiten zu gehen. Selbst von Isabelle hatte Janine erst erfahren, als es darum ging, jemanden zu finden, der sie während der Beerdigung versorgte. Natürlich hatte sie gewusst, dass Glasers eine Nichte und zwei Neffen hatten und dass der Nachkömmling irgendwie behindert war. Was genau diese hatte, wusste sie jedoch bis zum Tod des Ehemannes nicht.

Bei den Erzählungen von Janine hatte ich schmunzeln müssen. Meiner Tochter, die selbst ihr Herz auf der Zunge trug und jedem von allem, was sie erlebte und bewegte, erzählte, ohne sich etwas dabei zu denken, war bis zu diesem Moment gar nicht bewusst gewesen, wie zurückhaltend ihre Chefin sich all die Jahre verhalten hatte. „Ist das normal, dass ich so wenig von ihr weiß, sie dagegen so viel von mir?", hatte sie mich gefragt.

„Die Menschen sind verschieden", hatte ich versucht zu erklären. „Die einen öffnen sich schnell, die anderen eher langsam, manche gar nicht. Ich finde, ihr habt trotz allem ein gutes Verhältnis, das ist das Wichtigste."

„Kathi!" Meine Schwiegermutter holte mich in die Gegenwart zurück.

„Ja, dann viel Spaß heute Abend."

„Du bist doch nicht böse?"

Ich lachte. „Nein, natürlich nicht. Da spare ich mir den Umweg und bin schneller zu Hause." Und das war noch nicht einmal gelogen.

15

Richard

Ich war echt am Boden zerstört. Mein ganzer schöner Fall hatte sich in Luft aufgelöst. Es war eindeutig ein Unfall gewesen und ein tragischer dazu. Am Straßenrand hatte jede Menge Baukram gelegen, ordnungsgemäß abgesperrt natürlich, aber das hatte Simon Glaser auch nichts genutzt. Er war erst hinter die Absperrung geflogen und dann direkt in einem Haufen Stahlpfähle gelandet. Einer von diesen hatte ihn regelrecht aufgespießt.

An dieser Verletzung war er dann auch gestorben, so hatte es zumindest in der Zeitung gestanden, die der Alte wie eine ständige Anklage offen auf dem Wohnzimmertisch ausgebreitet hatte – ich war nämlich doch noch einmal in das Haus zurückgekehrt, irgendwie hatte ich das soeben Gehörte nicht verarbeiten können. Danach aber war an diesem Unfall echt nicht mehr zu rütteln. Ich hatte mich in ein Hirngespinst verrannt. Das war's, Ende, aus, Feierabend.

Erst in der Nacht, die ich bei meiner Familie verbrachte, kehrte mein gesunder Menschenverstand zurück. Das eine hatte vielleicht mit dem anderen gar nichts zu tun! Der Einbruch nämlich war trotzdem seltsam, das konnte ich als Profi wohl beurteilen. Die vermeintlichen Diebe hatten gezielt gesucht, das war keine Zufallstat. Simon Glaser musste in irgendetwas verstrickt gewesen sein. Etwas, das zwar nichts mit seinem Tod zu tun hatte, aber immerhin einen Einbruch rechtfertigte. Und da konnten wir sehr wohl einhaken.

Trotzdem wollte ich Kathi in den nächsten Tagen lieber nicht über den Weg laufen. Besser war es, wenn ich zuerst handfeste Beweise für meinen Verdacht bringen konnte – oder vielleicht sie etwas erfuhr, dass uns weiterhelfen würde. Wenn ich jetzt bei ihr aufgetaucht wäre, hätte sie die ganze Aktion wahrscheinlich abgeblasen.

Also hängte ich mich an Doris Glaser, war schon, bevor der Wecker klingelte, in ihrer Wohnung, begleitete sie zum Geschäft und holte sie dort abends wieder ab, um den gesamten Abend mit ihr zu verbringen. Ich war mir sicher, über sie würde ich irgendwann etwas erfahren, das mir weiterhelfen konnte.

Am Mittwochabend wurde meine Geduld belohnt. Kaum hatte sie die Tür hinter sich geschlossen, klingelte das Telefon. „Lothar!" Sie schien völlig überrascht. Ich drängte mich dicht an sie, sodass ich mithören konnte. „Ich rufe an, weil ich dich fragen wollte … weißt du, der Simon hat mich ja besuchen wollen … das war wegen … hat er dir davon erzählt?"

Meine inneren Alarmleuchten gingen an. Der stammelte dermaßen herum, da musste irgendetwas Außergewöhnliches vorgefallen sein.

„Er hat nur gesagt, dass er dringend zu dir müsste, weil du ihn darum gebeten hättest." Sie war sichtlich irritiert.

„Nein! Er wollte was von mir. Er hat mich am Samstagnachmittag angerufen und wollte, dass ich mir so schnell wie möglich Zeit für ihn nehme. Er hätte da was ganz Außerordentliches entdeckt, das er mit mir besprechen müsste."

„Und was sollte das sein?"

„Das hat er mir nicht gesagt, nur, dass er und ich beide davon profitieren würden."

„Davon weiß ich nichts." Doris Glaser klang eher abweisend als neugierig.

Zu meinem Glück gab dieser Lothar nicht so schnell auf. „Es muss sehr wichtig gewesen sein. Sogar der Polizist, der ein paar Tage nach dem Unfall bei mir anrief, hat gefragt, ob ich wüsste, was für Material Simon mir bringen wollte, beziehungsweise, ob ich das bereits vorher erhalten hatte."

„Wieso hat denn die Polizei bei dir angerufen und wann war das?"

„Kurz vor der Beerdigung. Der Beamte sagte, angeblich würde Simon verdächtigt, einen Erpressungsversuch unternommen zu haben."

„Und, hat er?"

Na, die schien ja nicht allzu viel von ihrem Mann zu halten!

„Woher soll ich das wissen? Er hatte mir doch nichts gesagt. - Nur dass wir beide damit viel Geld verdienen könnten", gab er nach einer kurzen Pause zu. „Aber ich habe ihn eher so verstanden, dass er meine Dienste als Journalist ansprach, dass er was herausgefunden hatte, dass sich gut an die Zeitungen verkaufen lassen würde."

„Davon weiß ich nichts", wiederholte Doris Glaser, aber ich konnte sehen, dass es begonnen hatte, hinter ihrer Stirn zu arbeiten.

„Hast du vielleicht irgendwelche Dinge gefunden, Fotos oder Aufzeichnungen, die uns weiterhelfen könnten?", ließ Lothar nicht locker. „Er müsste sie bei sich gehabt haben, als der Unfall geschah."

„Nein, da war nichts."

„Bist du dir sicher?"

„Ich wusste ja nichts von eurem Vorhaben", sagte Doris nun schärfer. „Natürlich habe ich weder die Packtaschen noch seine Kleidung gründlich durchsucht. Es bestand für mich gar keine Veranlassung dazu."

„Bitte, hol das nach." Lothar wurde richtig aufgeregt. „Und ruf mich dann sofort an, ich helfe dir natürlich, wie ich ihm geholfen hätte. Das ist ja wohl klar."

Doris verzog das Gesicht, sie dachte wohl das gleiche, wie ich: Geld ist ein großartiges Lockmittel. „Ich kümmere mich am Freitag darum und melde mich anschließend bei dir."

Dass tat sie natürlich nicht, sie begann sofort mit der Suche. Hätte ich auch so gemacht.

Die Kleidungsstücke, die Simon bei seinem Unfall getragen hatte, lagen noch verpackt in dem Karton vom Krankenhaus, wie ich erkennen konnte. Sorgfältig durchsuchte Doris jede einzelne Tasche, wurde jedoch nicht fündig. Nachdem sie alles wieder verstaut hatte, blieb sie stirnrunzelnd vor dem Schrank stehen und dachte nach. Endlich schien ihr die Erleuchtung zu kommen, sie eilte in die Diele und griff nach ihrem Schlüsselbund. Wo wollte sie denn so spät abends noch hin?

Nirgendwo, wurde mir zwei Minuten später klar. Sie nahm den Anhänger in Form eines Motorrades ab – ich hatte mich schon die ganze Zeit gewundert, dass sie so ein Ding benutzte, war irgendwie nicht ihr Stil, fand ich – und lief damit ins Wohnzimmer.

Der Anhänger entpuppte sich als USB-Stick, den sie in den Fernseher schob. Tja, und dann sahen sie und ich die heimlich aufgenommenen Fotos von einem Jungen, mal allein, mal in Gesellschaft, auf dem Sportplatz, vor dem Eingang eines großen Gebäudes, in einem Park. Dass der Aufgenommene nichts von dieser Aktion gewusst hatte, war offensichtlich. Für ihn hatte die Kamera nicht existiert.

Das hörbare Atemholen von Doris ließ meinen Blick vom Fernseher zu ihr schweifen. Entweder hatte sie den Jungen erkannt oder sie wusste zumindest, wo sich der Ort befand, an dem diese Aufnahmen gemacht worden waren. Mehrmals hintereinander ließ sie sämtliche Bilder durchlaufen und blieb anschließend nachdenklich auf ihrer Unterlippe kauend davor stehen. Schließlich schien sie zu einem Entschluss gekommen zu sein, sie packte den Stick zurück in seine Hülle und vergrub ihn in ihrer Hosentasche.

Aha, hatte mich meine Nase also doch nicht getrogen. Irgendetwas ging hier vor, irgendetwas, das so wichtig war, dass es sogar einen Einbruch rechtfertigte.

Deshalb beschloss ich, sie, bis ich genau Bescheid wusste, keinen Augenblick mehr aus den Augen zu lassen. Ich übernachtete bei ihr, fuhr am nächsten Morgen mit ihr zur Arbeit und blieb den ganzen Tag bei ihr. Dass mich Kathi entdeckte, war echt Pech. Eigentlich hatte ich nur hören wollen, ob Elisabeth etwas Neues zu berichten hatte und leider nicht widerstehen können, einige Extrakapriolen für Isi, die mich sofort bemerkte, zu absolvieren. Naja, gut, dass ich nicht auf ihr Rufen reagiert hatte, sonst wäre mir wahrscheinlich das Gespräch zwischen Elisabeth und Doris entgangen. Natürlich erzählte sie ihr nichts von den Bildern, machte aber genug geheimnisvolle Andeutungen, dass die alte Dame neugierig wurde und versprach, abends mit zu ihr zu kommen, um in Ruhe reden zu können.

Das war natürlich viel wichtiger als mein Gespräch mit Kathi. Also war klar, wen ich begleiten würde.

16

Katharina

Ab morgens früh wartete ich gespannt auf Richie. Ich war mir mittlerweile sicher, ihn gestern gesehen zu haben. Wahrscheinlich hatte er im Salon mit mir sprechen wollen, es dann aber doch auf später verschoben. Und sehr wahrscheinlich war er dann stattdessen mit Elisabeth zu Doris gefahren. Ich kannte schließlich seine Neugier.

Deshalb war ich ziemlich irritiert, als er sich bis mittags immer noch nicht gemeldet hatte. Ja, und dann erschien er gleichzeitig mit dem Läuten der Türklingel. „Jetzt nicht", zischte ich, während ich mich schon in die Diele aufmachte. „Das sind Chris und Burkhard, ich habe sie für heute zum Kaffee eingeladen. Ruth und Bruni kommen ebenfalls."

Seine Antwort ging in Lottis forderndem Kläffen unter, die sich gleich begeistert auf mich stürzte und ihn zum Rückzug zwang. Ich schmunzelte innerlich. Gut, dass die beiden den Hund mitgebracht hatten, er reagierte wie eine Alarmanlage, wenn Richie in der Nähe war. So konnte er uns keinesfalls belauschen.

Hinter meiner Freundin und ihrem Mann tauchten in diesem Moment Ruth und Bruni auf, auch Manfred gesellte sich nun zu uns. Es gab ein großes Hallo, weil alle Parteien sich schon länger nicht mehr gesehen hatten. Dadurch gingen uns auch bei Kaffee und Kuchen die Gesprächsthemen nicht aus. Bruni berichtete stolz von den Fortschritten, die Anna gemacht hatte. Ruth als Therapeutin hielt sich zurück, nickte aber zu den Ausführungen der Tante bestätigend.

Chris, die Initiatorin des Ganzen, lehnte sich zufrieden zurück. „Das freut mich, dass es endlich die ersten sichtbaren Erfolge gibt. Trotzdem wird es noch ein langer Weg werden."

„Das weiß ich", Bruni nickte heftig. „Aber es ist schön zu sehen, dass das Kind endlich beginnt, sich anderen gegenüber etwas zu öffnen. Sie hat eine Einladung von einer Arbeitskollegin bekommen und diese tatsächlich angenommen. Bella wird sich bestimmt freuen, das zu hören."

„Haben die zwei immer noch Kontakt?", fragte Chris.

Annas Tante nickte „Natürlich, sie telefonieren mindestens einmal in der Woche."

Das Thema wandte sich jetzt meiner Pflegetochter zu und ich musste ausführlich berichten, wie es ihr und ihrem Basti im fernen Amerika erging. Die Männer hatten sich mittlerweile aus unserem Gespräch zurückgezogen und widmeten sich anderen, wichtigeren Angelegenheiten.

So konnten wir vier Frauen in aller Ruhe klatschen. Ich erfuhr allerhand Neues von Chris, Bruni und Ruth über Anna, viele Dinge, die Bella bestimmt auch noch nicht wusste. Da hatte ich ihr bei unserem nächsten Chat einiges zu erzählen.

Dank der Technik hielten wir ungefähr alle zwei Wochen eine Videokonferenz ab, ich konnte mein Mädchen sehen, während ich mit ihr sprach und unsere Unterhaltung so lange andauern lassen, wie wir beide wollten, es kostete uns ja noch nicht einmal Geld. Mit Anna lief es übrigens genauso, nur Tante Bruni sprach immer noch vom Telefonieren.

Für Anna war es fast noch schwerer gewesen als für Manfred und mich, dass Bella ihren Freund, beziehungsweise jetzigen Ehemann, nach Amerika begleitet hatte, war diese doch die Erste, zu der das Mädchen Vertrauen fasste. Und Bella war es zu verdanken, dass Anna sich endlich zu einer Therapie durchgerungen hatte. Jahrelang von ihrem Stiefvater missbraucht und anschließend, als sie endlich den Missbrauch mit Tante Brunis Hilfe anzeigte, noch von ihrer eigenen Mutter als Lügnerin beschimpft, hatte sich Anna mehr und mehr zurückgezogen und jeglichen Kontakt zu anderen auf ein Minimum beschränkt. Wir, das heißt Richie und ich, waren durch einen anderen Fall, den wir damals bearbeiteten, auf sie aufmerksam geworden. Es war in meinen Augen geradezu eine Schicksalsfügung gewesen, dass ausgerechnet zu diesem Zeitpunkt Bella uns einen ihrer unverhofften Besuche abstattete.

Meine Tochter, die selbst eine bewegte Kindheit hinter sich hatte, war sofort bereit gewesen, sich um Anna zu kümmern. Chris hatte dann ihren Teil dazu beigetragen, indem sie Ruth ins Spiel brachte, die Therapeutin. So hatten sich meine Freundin und Annas Tante denn auch kennengelernt, die ersten Kontakte waren über uns gelaufen. Mittlerweile trafen die beiden sich auch oft ohne mich, Bruni hatte nämlich vor Kurzem beschlossen, einen Teil ihrer kargen Freizeit, sie führte eine gutgehende Tierpension, Christinas Projekt, der Hilfe für missbrauchte Kinder und Jugendliche, zu widmen. Das würde Bella besonders freuen zu hören, da diese sich einer ähnlichen Gruppe angeschlossen hatte. Gleichzeitig arbeitete sie daraufhin, ihren Abschluss nachzuholen, der es ihr ermöglichte zu studieren, ihr Ziel war es, Psychologin zu werden.

Unsere Tochter! Bis sie Bastian kennengelernt hatte, war sie eher unentschlossen durchs Leben gedümpelt, hatte in der Punkerszene gelebt und allerhöchstens einmal über den Winter in einer Einrichtung für Kinder dieses Personenkreises gearbeitet. Manfred und ich waren schon fast am Verzweifeln gewesen.

Das bestritt mein Mann heute natürlich. „Also hat unsere Erziehung doch gefruchtet", war sein stolzer Kommentar, nachdem Bella uns von ihren Zukunftsplänen erzählt hatte. Dabei war es wohl eher die Liebe gewesen, die unsere Tochter hatte erwachsen werden lassen. Und diese Geschichte mit Anna. Bella hatte wirklich alles versucht, ihr zu helfen. Was würde sie sich freuen, wenn sie von deren Fortschritten hörte.

Es wurde Abend, bis wir unsere Runde auflösten, und das auch nur, weil Burkhard noch mit seiner Frau Essen gehen wollte. „Wir haben etwas zu feiern", erklärte er mir stolz, als ich die beiden zur Tür brachte. „Unser neues Leben besteht jetzt seit genau einem halben Jahr." Er drückte seine Frau an sich. „Und es wird von Tag zu Tag besser."

Ja, die beiden hatten sich unübersehbar wiedergefunden, fast hätte man sie für ein frisch verliebtes Paar halten können. „Viel Spaß", wünschte ich ihnen.

Nun verabschiedeten sich auch Ruth und Bruni. „Du musst uns mal wieder besuchen kommen", mahnte Letztere. „Carmen hat auch schon nach dir gefragt. Du hast dich wirklich rargemacht in den vergangenen Wochen."

„Die zwei Pflegekinder haben all meine Kräfte gefordert", versuchte ich mich zu entschuldigen, hatte aber trotzdem ein schlechtes Gewissen, dass ich mich nicht einmal hatte aufraffen können, die beiden zu besuchen.

„Du hättest sie ruhig mitbringen können", gab Bruni prompt zurück. „Benjamin und Annika freuen sich auch immer auf die vielen Tiere. Ach, übrigens, hast du schon gehört", sie grinste. „Zwischen Carmen und ihrem Neuen ist es wohl ernster, als wir alle wussten, sie sind heute bei seinen Eltern eingeladen."

Ha, jetzt wusste ich, warum Richie sich nicht eher hatte blicken lassen. Bestimmt war er ebenfalls dort gewesen. „Das freut mich für Carmen. Ich denke, sie hat endlich den Richtigen gefunden."

Nachdem ich versprochen hatte, mich gleich nächste Woche bei Bruni und Anna zu melden, schloss ich aufatmend die Tür hinter ihnen. So schön dieser Nachmittag auch gewesen war, ich sehnte mich nun nach etwas Ruhe. Anscheinend wurde ich langsam wirklich alt.

Aus der Ruhe wurde natürlich nichts. Noch während ich den Tisch abräumte, tauchte Richie auf. Manfred hatte sich bereits in sein Arbeitszimmer zurückgezogen, angeblich, weil er noch etwas Dringendes zu erledigen hatte, allerdings war die Musik, die bis zu mir schallte, meiner Meinung nach viel zu laut, um dabei arbeiten zu können. Ich hatte eher den Verdacht, dass er wie immer keine Lust auf die Aufräumarbeiten gehabt hatte, die so wieder an mir hängenblieben.

Na gut, so konnte ich mich jedenfalls ungestört mit Richie unterhalten.

17

Richard

Gut, dass die Arbeitsteilung zwischen Manfred und Kathi wie immer funktionierte, ich hatte nun wirklich lange genug gewartet. „Und, wie war dein Vormittag?", begrüßte sie mich. „Sind Karstens Eltern nett?"

„Ganz okay", brummte ich, das war nicht das Thema, über das ich jetzt mit ihr reden wollte. Und ehrlich gesagt hatte ich gedacht, sie würde darauf brennen, endlich mehr über unseren Fall zu erfahren. „Ich habe viel wichtigere Neuigkeiten", verkündete ich daher. „Der Einbruch hatte doch ein Ziel. Simon besaß Fotos, die für irgendjemanden sehr wichtig gewesen sein müssen. Um sie ging es dabei."

„Und was für Fotos sind das?" Kathi schien irgendwie nicht sehr interessiert, sie fuhr einfach fort, die Spülmaschine einzuräumen.

„Er hat immer wieder denselben Jungen fotografiert, versteckt natürlich, das konnte man anhand der Aufnahmen erkennen."

„Und wer ist das?" Jetzt ließ sie sogar noch seelenruhig Spülwasser ein und begann, den Küchentisch und den Herd zu säubern!

„Keine Ahnung, weder Doris noch Elisabeth wussten, wer das sein könnte", musste ich zugeben.

Komischerweise hatte ich nun plötzlich Kathis gesamte Aufmerksamkeit. „Nun erzähl mal der Reihe nach", verlangte sie, wischte sich die nassen Hände an der Jeans ab und ließ sich auf einen Stuhl fallen.

„Eigentlich wollte ich gestern zu dir", begann ich folgsam. „Doch dann hat Doris deine Schwiegermutter gefragt, ob sie ihr bei einem Problem helfen könne. Sie klang ziemlich verstört, deshalb beschloss ich, mich an die beiden anzuhängen. Weißt du, ich dachte mir nämlich schon, dass es um den Anruf von diesem Lothar gehen würde und um die Fotos, die sie entdeckt hatte. Ich …"

„Nein, weiß ich nicht, woher auch? Ich habe dich ja seit Montagmorgen nicht mehr gesehen", unterbrach mich Kathi. „Ich weiß ja noch nicht einmal, wie dein Besuch bei diesem Unfallfahrer gewesen ist. Hat sich dein Verdacht bestätigt."

„Äh nein, den können wir abhaken", verdammt, sie hatte mich völlig aus dem Konzept gebracht. Das war doch Schnee von gestern.

„Wieso?", fragte sie da auch schon nach. „War es etwa kein Mordanschlag?"

„Der Fahrer ist uralt, tatterig und völlig am Boden zerstört, über das, was geschehen ist. Da war ein großer Hund, der Anstalten machte, über die

Straße zu laufen. Deshalb hat er abgebremst. Als das Tier wieder umdrehte, gab er Gas. Den Motorradfahrer hat er gar nicht wahrgenommen – und dann vor Schreck das Lenkrad verrissen. Nee, nee, das war eindeutig ein Unfall."

„Damit hat sich unser Fall wohl in Luft aufgelöst."

„Eben nicht", triumphierte ich. „Der Einbruch war eindeutig getürkt, das weiß ich hundertprozentig."

„Nochmal zurück zu dem alten Mann. Hast du das alles überprüft?" Meine Güte, wie immer hielt sie sich mit jedem Kleinkram auf! „Das war gar nicht nötig. Ich habe die beiden gehört, wie sie darüber gesprochen haben, ich habe einen Zeitungsartikel gelesen, der den Unfall genauso schilderte, was willst du mehr? Es passte alles zusammen. – Ah doch, etwas fällt mir noch ein", konnte ich mich nicht zurückhalten, ihr eins auszuwischen. „Die Frau des Alten, du, die war total lieb, statt ihm Vorwürfe zu machen, hat sie versucht, in aufzubauen. Das hättest du sehen sollen. Ich glaube, solche Ehen gibt es heute gar nicht mehr, wo der eine bedingungslos zum anderen hält, über alle Fehler hinaus."

Ich hatte Kathi echt getroffen, sie wurde blass und biss sich auf die Lippe. Jetzt tat sie mir schon wieder leid. Gut, sie war manchmal richtig biestig und an dem, was sich zwischen ihr und Manfred abspielte, meiner Meinung nach zum Teil auch selbst Schuld, trotzdem, im Großen und Ganzen war sie mir eine super Freundin und hatte immer alles in ihrer Macht Stehende getan, um mir zu helfen – auch wenn sie manchmal dabei rumnörgelte. Diesen Spruch hatte sie nicht verdient.

„Aber ich habe ja diese neue, viel interessantere Spur entdeckt", fuhr ich schnell fort. „Das mit dem Einbruch war mir ja von Anfang an suspekt vorgekommen. Deshalb habe ich mich, kaum dass ich zurückgekehrt bin, an Doris gehängt. Mittwochabend hat sie dann einen seltsamen Anruf von einem Typen namens Lothar erhalten. Das ist der, zu dem Simon am Tag seines Unfalls unterwegs war. Der Typ ist Reporter, Simon hatte ihm wohl einen Knaller versprochen, den er mitbringen würde. Dieser Lothar hat also nun bei Doris vorgefühlt, was sie darüber wisse."

Ich machte eine kleine Kunstpause, doch Kathi sprang nicht darauf an, sondern wartete ruhig darauf, dass ich fortfahren würde. Meine Güte, ich musste sie mit meinen Worten schlimmer getroffen haben als gedacht.

„Leider hatte Doris keine Ahnung, worum es sich bei diesem Knaller handeln konnte. Also durchsuchte sie die Klamotten, die Simon am Tag seines Unfalls getragen hat. Erst ganz zuletzt hatte sie schließlich die richtige Eingebung. Der Schlüsselanhänger, den ihr Mann benutzte, ist nämlich ein USB-Stick in Form eines Motorrades – darauf waren dann die Bilder von diesem Jungen."

Endlich zeigte Kathi Interesse. „Hat Doris das diesem Lothar gesagt?"

„Nein, sie wollte zuerst mit Elisabeth darüber sprechen. Erstens, weil sie nicht weiß, wer der Typ auf den Fotos ist und zweitens, weil sie überhaupt keine Ahnung hat, was daran so wichtig war, dass Simon so kurzfristig und im Prinzip gegen ihren Willen, weil er ihr eigentlich mit Isabelle helfen sollte, deshalb zu seinem Freund fuhr. Sie glaubt, die beiden wollten irgendeine Story daraus machen, die ihnen viel Geld bringen würde. Sonst hätte dieser Lothar sich nicht so schnell nach der Beerdigung bei ihr gemeldet. Sie hatte das Gefühl, das Gespräch wäre ihm ziemlich unangenehm."

Es wurde Zeit für eine weitere meiner kleinen Kunstpausen. Dieses Mal funktionierte es. „Doris hat Elisabeth alles erzählt und ihr die Fotos gezeigt, aber diese wusste ebenfalls nicht, um wen es sich dabei handeln könnte", nahm Kathi den Faden auf.

„Richtig. Auf die Idee, dass der Einbruch damit zusammenhängt, sind sie übrigens auch nicht gekommen. Sie haben nur herumgeraten, was an diesen Bildern so besonders sein könnte. Doris meint, sie zeigen einen der Schüler aus dem Internat, weil im Hintergrund die Schule und der Wohnkomplex zu sehen sind."

„Könnte es sich um irgendeine Berühmtheit handeln? Eine, über die manche der Illustrierten seitenweise berichten und die deshalb für solche Fotos oder sogar einen fertigen Artikel viel Geld bezahlen würden?"

„Dann wäre es höchstens das Kind einer Berühmtheit", verbesserte ich sie. „Der Junge ist erst so zehn, zwölf, würde ich mal sagen."

„Und du bist der festen Überzeugung, dass diese Bilder der Grund für den Einbruch waren?" Kathi klang sehr skeptisch.

„Es muss so sein, denk mal nach, die Täter haben was gesucht, sonst hätten sie nicht alle Speicherkarten und die Computer mitgenommen und zusätzlich noch sämtliche Papiere durchwühlt. Der Polizist, der nach dem Unfall bei Lothar anrief, sprach ja auch von Erpressung."

„Wie? Welcher Polizist? Und woher wusste der von Lothar?"

„Na, wahrscheinlich von Doris."

„Wer wurde denn erpresst?"

„Das weiß ich nicht."

„Aber warum sollte er diese Fotos seinem Freund anbieten, wenn er gleichzeitig schon jemanden damit erpresste?"

„Keine Ahnung." Langsam nervte sie. Hatte ich nicht schon genug relevante Neuigkeiten mitgebracht? „Auf jeden Fall ist an der ganzen Sache mehr dran als gedacht", fuhr ich fort. „Findest du das nicht auch?"

Statt zu antworten, starrte Kathi lange vor sich hin. „Gut, nehmen wir mal an, du hast recht. Dann wäre es nun deine Aufgabe, in Erfahrung zu bringen, wer dieser Junge ist."

„Nichts leichter als das", ich konnte das Grinsen in meiner Stimme nicht unterdrücken. „Am Sonntag ist ein großes Fest an der Schule, für alle Eltern und sonstigen Angehörigen. Doris geht natürlich hin und ich auch."

„Da wäre ich ebenfalls gern dabei", seufzte Kathi.

Tja, manchmal hatte es eben durchaus seine Vorteile, wenn man ein Geist war.

18

Katharina

Manchmal hatte es tatsächlich Vorteile, wenn man nett und hilfsbereit war. Als ich am Samstagmittag nach Hause kam, empfing Manfred mich schon an der Tür. „Die kleine Luisa hat angerufen und uns für morgen auf ein Schulfest eingeladen, als kleines Dankeschön an dich sozusagen. Ich habe schon gesagt, dass wir nicht vor zwölf Uhr da sein können, aber sie meinte, das sei kein Problem."

Ich war so überrascht und erfreut, dass ich die bissige Bemerkung, die mir schon auf der Zunge gelegen hatte, hinunterschluckte. Ich hasste es nämlich, wenn Manfred in meinem Namen Einladungen annahm, ohne mich vorher zu fragen, ob ich überhaupt daran teilnehmen wollte.

„Uns?", fragte ich nur.

„Ja, sie meinte, es wäre doch nett, wenn wir beide kommen würden. Sie will extra für uns eine Führung organisieren", berichtete er stolz.

Eigentlich war es mir sogar ganz recht, dass Manfred mitkam, vier Augen sahen mehr als zwei. „Fein", ich schielte auf meine Armbanduhr. „Du, ich esse nur schnell ein Brot, dann müssen wir los. Hast du gegessen?" In weiser Voraussicht hatte ich morgens gleich zwei Fertigpizzen aus der Kühltruhe genommen, meine würde ich allerdings erst nach der Kirche in den Ofen schieben können. Im Frisiersalon war es heute rappelvoll gewesen, also keine Chance für mich, vor zwei Uhr dort wegzukommen.

„Nein, ich esse später mit dir."

Mein verfressener Manfred? Manchmal geschahen wirklich noch Wunder. Ich schmierte ihm gleich zwei Brote mit, aß beim Umziehen und dann trabten wir auch schon los.

Während meines Orgelspiels – ich bin die Organistin, zur Freude meines Mannes – ließ ich meinen Gedanken freien Lauf. Das waren interessante Neuigkeiten gewesen, die Richie mitgebracht hatte, so interessant, dass ich vergessen hatte zu fragen, wie denn nun Carmens Besuch bei ihren zukünftigen Schwiegereltern gewesen war. Freiwillig hatte er mir nichts erzählt, natürlich nicht, diese neue Beziehung seiner Exfrau war ihm bei allem guten Willen ein Dorn im Auge.

Ich konnte ihn verstehen, es war nicht einfach mitanzusehen, wie die geliebte Familie ein neues Leben ohne einen selbst begann. Und dieses Mal schien es ernst zu sein. Nach etlichen Fehlversuchen hatte Carmen einen netten Mann gefunden, der sie und ihre Kinder auf Händen trug.

Der Neue war Kinderarzt und sie hatte ihn bei ihrer Arbeit als Steuerberaterin kennengelernt. Er hatte sofort einen Draht zu Benjamin und Annika gefunden, mittlerweile lebten die vier zumindest schon am Wochenende zusammen, der Umzug in eine gemeinsame Wohnung stand bestimmt kurz bevor.

Kein Wunder, dass Richie sich kaum noch bei seinen Lieben blicken ließ und sich auf alles stürzte, was wie ein neuer Fall aussah. Irgendwie musste er ja seine Zeit totschlagen.

Haha, der war gut. Nein, im Ernst, eigentlich wunderte ich mich, dass er nicht längst aufgegeben und sich ins Jenseits verabschiedet hatte. Er hatte mir von Anfang an gesagt, dass er, sobald er Carmen und seine Kinder wieder in guten Händen wusste, sein Geisterleben aufgeben und sich der Ewigkeit, oder was auch immer ihn erwarten würde, stellen wollte. Gefragt, wie er nun zu dieser Aussage stand, hatte ich ihn noch nicht. Ehrlich gesagt war er mir in diesen beiden Jahren ein guter Freund geworden, ich würde ihn sehr vermissen, wenn er nun wirklich von uns ginge.

Manfred hatte seine Predigt beendet, ich stimmte ein neues Lied an, musste aber jetzt aufpassen, da nur die ersten zwei Strophen gesungen wurden, während sich die Eltern und Paten mit dem Täufling zum Taufbecken begaben.

Obwohl selbst nicht gläubig liebte ich die nun folgende Zeremonie. Sie hatte so etwas Hoffnungsvolles; ein neues Leben war entstanden und jeder der Anwesenden hatte das Bestreben, dieses Leben zu behüten und zu formen, sodass das kleine Wesen zu einem glücklichen Menschen heranwachsen konnte.

Natürlich wusste ich durch die Erfahrung mit meinen acht Pflegekindern und der Bereitschaftspflege, die ich immer noch ab und zu machte, dass dieser gute Wille in einigen Fällen noch nicht einmal bis zum nächsten Tag hielt. Trotzdem, für mich zählten Taufen zu den schönsten Feiern in einer Kirche.

Der restliche Nachmittag gehörte ganz Manfred und mir. Nach unserem verspäteten Mittagessen unternahmen wir einen langen Spaziergang, auf dem ich meinem Mann schon einmal die wichtigsten Dinge über Luisa erzählte, damit er am nächsten Tag keine allzu dummen Fragen stellte, wenn er dieses besondere Internat näher kennenlernte.

„Hochbegabt, das arme Kind", war seine erstaunliche Antwort nach meinem kurzen Bericht.

Ich musste wohl ein ziemlich verwirrtes Gesicht ob dieses Kommentars gemacht haben, denn er lachte kurz auf. „Ja hast du denn gedacht, ich lebe hinter dem Mond?"

„Ich hatte, bis Elisabeth mir von Luisa erzählte, gedacht, Hochbegabte sind kleine Einsteins, denen alles zufliegt", gestand ich und wählte damit fast dieselben Worte wie Richie bei unserem Gespräch über dieses Thema. „Wenn du darüber was in der Zeitung liest, handelt es sich fast immer um Jugendliche, die schon zwei, drei Jahre eher als die anderen ihr Abitur machen, oder die neben der Schule bereits studieren, oder die einen dieser wissenschaftlichen Wettbewerbe gewonnen haben. Dass es Kinder gibt, die daran verzweifeln, wusste ich bisher nicht."

„Wir hatten vor Kurzem einen Fall im Kindergarten, daher besitze ich mittlerweile genauere Kenntnisse", erklärte Manfred. „Ich bin sogar in dieser Selbsthilfegruppe gewesen, da hörst du Dinge, das glaubst du kaum."

„Und das erfahre ich jetzt so nebenbei. Warum hast du mir nie davon erzählt?"

„Ach, du warst immer so beschäftigt", war die lapidare Antwort. „Aber wenn du dich dafür interessierst, kann ich dir einiges an Material geben."

„Erzähl lieber", forderte ich ihn auf. Nun waren wir schon einmal zusammen unterwegs und hatten reichlich Zeit für ein ausgiebiges Gespräch, da konnte ich die Gunst der Stunde nutzen und ihn ausfragen.

„Stell dir vor, du hast ein Kind, das rasend schnell lernt. Alles, was du ihm einmal erklärst, versteht es und ist dazu in der Lage, selbstständig weiterzudenken. Trotzdem befindet sich dieses kleine Hirn in einem Kinderkörper, das heißt, die Kleinen haben die Gefühle und die Reaktionen ihres Alters. Nicht altersentsprechend dagegen ist ihr Geist, das führt schon zu einigen Problemen. Einerseits erwarten nun alle, dass das Kind viel vernünftiger zu reagieren hat als die anderen, andererseits soll es sich mit demselben Spiel- und Lernangebot zufriedengeben. Doch Zuhause sind die Probleme eher gering, wie ich finde. Eltern lernen rein instinktiv, ihr Kind richtig zu behandeln."

Ja, du und ich, und wahrscheinlich auch viele weitere Mamas und Papas dachte ich, aber beileibe nicht alle.

„Viel schlimmer stellt sich die Situation im Kindergarten und in der Schule dar. Die Hochbegabten sind dort schnell unterfordert, wollen viel mehr und viel schneller lernen als all die Normalen – und werden ständig ausgebremst."

„Gibt es denn nicht irgendwelche Programme zur Förderung?", erkundigte ich mich.

„Zunächst muss erst einmal erkannt werden, dass eine besondere Intelligenz vorliegt." Manfred lachte. „Stell dir das nicht so einfach vor. Oft siehst du nicht die positiven, sondern eher die negativen Auswirkungen, besonders, wenn bei den Kindern schon der Frust über ihre Andersartigkeit überwiegt. In dem Alter ist den meisten nur bewusst, dass sie anders sind, woran das liegt, können sie jedoch selbst noch nicht erkennen."

Diese Probleme hatte mir Elisabeth schon am Beispiel Luisa erklärt.

„Gehen wir davon aus, der oder die Kleine ist als hochbegabt identifiziert, wie sieht denn nun entsprechende Förderung aus?"

„Geben tut es da mittlerweile vieles, nur welcher Kindergarten und welche Schule nutzt diese Programme? Wir sprechen hier von Hochbegabten, das sind nur etwa zwei Prozent eines jeden Jahrgangs. Das heißt, nicht einmal in jeder Klasse befindet sich ein solcher Schüler." Manfred zuckte die Achseln. „Und normalerweise wird diese Besonderheit eben nicht so früh entdeckt. Bisher sind diese Kinder bei uns auch unerkannt geblieben und irgendwie mit durchgelaufen. Hätten wir nicht diese neue engagierte Erzieherin bekommen, währe wahrscheinlich alles beim Alten geblieben. Sie war es, die den Besuch bei einem Kinderpsychologen initiierte. Anschließend haben wir uns von diesem beraten lassen. Unsere Kleine spricht sehr gut auf die Extras an und kommt wieder gerne zu uns. Nur mit den anderen Kindern gibt es nach wie vor Probleme. Sie zu integrieren ist fast genau so schwer, wie bei dem behinderten Julian." Er seufzte. „Manchmal habe ich das Gefühl, dass es selbst bei den ganz Kleinen schon normal ist, alle, die anders sind, zu mobben. Und deren Eltern sind auch nicht besser."

„Das heißt dann vermutlich, kommen die Kinder in die Schule und, gibt es kein geschultes Personal, haben sie die Hölle auf Erden", stellte ich fest.

„Genau. Ich schätze mal, nach allem, was ich so gelesen habe, geht ungefähr die Hälfte unter."

„Na, da bin ich wirklich gespannt auf morgen."

19

Richard

Ich hatte lange überlegt, ob ich mich an Manfred und Kathi oder an Doris hängen sollte. Den Ausschlag gab schließlich, dass Letztgenannte wesentlich eher losfahren wollte und ich dadurch den Moment garantiert nicht verpasste, wenn sie ihre Tochter nach dem unbekannten Jungen fragte.

Mit Kathi hatte ich vereinbart, dass, wenn sie dies wider Erwarten doch nicht tun würde, diese nach dem Knaben Ausschau halten und so tun sollte, als würde er ihr irgendwie bekannt vorkommen, sie aber nicht auf seinen Namen käme. Spätestens damit müssten wir Erfolg haben.

Elisabeth und Doris waren sich bei ihrem Gespräch einig gewesen, erst abzuklären, wer der Junge war, bevor sie wiederum gemeinsam überlegen wollten, ob sie die Fotos nun an Lothar weitergaben oder nicht. Beide hatten wohl eine andere Art von Ehrgefühl als der verstorbene Simon und sein Freund. Doris hatte gemeint, dass, selbst wenn der Junge der Sohn irgendeiner Berühmtheit wäre, man ihm die Anonymität der Schule lassen sollte. Elisabeth war derselben Ansicht, sie hatte es zwar nicht gesagt, aber ich hatte ihr deutlich ansehen können, dass sie Simons Verhalten, erst die heimlichen Fotos, dann der Versuch diese zu Geld zu machen, nicht guthieß.

Die Verbindung zu dem Einbruch hatten die beiden natürlich nicht gezogen, also blieb nun Kathi und mir vorbehalten zu schauen, warum diese Bilder etwas Derartiges wert waren und wer wohl dahinter steckte. Ich war frohen Mutes, auch diesen Fakt heute noch zu klären.

Übrigens hatte Doris Elisabeth nichts von dem Erpressungsverdacht erzählt, den dieser Polizist geäußert hatte. Das war ihr wohl doch zu peinlich gewesen. Kathi hingegen hatte gemeint, da könne etwas nicht stimmen, weil der Beamte nur bei Lothar und nicht einmal bei seiner Ehefrau nachgefragt hätte. Das wäre mehr als ungewöhnlich und daher wohl nur ein Versuch Lothars gewesen, Doris in die Enge zu treiben, damit die sich Mühe gab, das wertvolle Material zu finden. Ich tendierte ebenfalls zu dieser Erklärung, schließlich hatte ich Doris lange genug beobachtet – weder war ein Anruf noch der Besuch eines Polizisten erfolgt. Ganz schön gemein von diesem Lothar, so zu handeln, fand ich.

Um halb zehn holte Doris den Wagen aus der Garage und wir fuhren los. Ich hatte schon bei dem Gespräch mit Elisabeth erfahren, dass das Internat eine knappe halbe Stunde Fahrzeit entfernt lag und zum Umkreis von Hagen gehörte, allerdings etwas außerhalb lag. Davon konnte ich mich jetzt überzeugen. Mitten im Nirgendwo ging ein schmaler Weg von der Landstraße ab, führte bestimmt fünf Kilometer durch einen Wald und mündete dann auf einem großen, zu zwei Dritteln gefüllten Parkplatz, der zu beiden Seiten von Feldern und Wiesen umgeben war. Vor uns, ebenfalls von großen Rasenflächen eingesäumt, erhob sich eine eindrucksvolle Kirche, mindestens aus dem achtzehnten Jahrhundert, ich kannte mich mit solchen Dingen nicht aus, jedenfalls schon sehr alt, mit kleinen, schmalen Fenstern und jeder Menge Verzierungen. Davor standen viele Menschen in kleinen Grüppchen zusammen und unterhielten sich angeregt.

In dem Moment, als Doris die Tür des Wagens öffnete, begannen dröhnend die Glocken zu läuten und die Menge strömte auf die geöffneten Türen der Kirche zu. Doris beschleunigte ihre Schritte und lief zu einer der drei Gestalten, die weiterhin auf dem Vorplatz warteten.

„Luisa." Mutter und Tochter umarmten sich und schritten gemeinsam ins Innere.

Ich hielt mich dicht neben ihnen, aber das Gespräch drehte sich ausschließlich um Luisas Erlebnisse bei dem Ausflug. Ja, und dann trennten die beiden sich schon wieder, Doris nahm auf einer der Sitzbänke im hinteren Teil der Kirche Platz, ihre Tochter schlüpfte neben ihre Klassenkameraden, die ganz vorn an der Seite saßen.

Das Glockengeläut verklang, die letzten Ankömmlinge huschten herein und der Gottesdienst begann. Ich musste sagen, ich, der ich nie ein großer Kirchgänger gewesen war, fand diesen echt kurzweilig. Er wurde hauptsächlich von den Schülern bestritten, es gab viele Gesangseinlagen, teilweise richtig fetzige und auch die kurze Predigt des Pastors, der gar nicht wie einer aussah und ziemlich leger gekleidet war mit schwarzer Hose und Hemd, klang wesentlich moderner, als alles, was ich bisher gehört hatte. Schade, dass Manfred sie nicht miterleben konnte. Die paar Mal, die ich Kathi zum Sonntagsgottesdienst begleitet hatte, wäre ich bei seinen Litaneien beinahe eingeschlafen.

Doris dagegen schien über den Verlauf dieser Stunde – es war mir gar nicht so lange vorgekommen – nicht erstaunt. Sie lobte ihre Tochter kurz für deren Gesangseinlage, anschließend wandte sich das Gespräch sofort wieder anderen Dingen zu. Luisa fragte, ob die Mutter schon etwas Neues von der Polizei gehört hätte, was diese verneinte, Doris erzählte vom gestrigen Besuch ihrer Schwägerin, die Isabelle abgeholt hatte und von deren Reiseeindrücken. Dabei erwähnte sie nur ganz beiläufig, wie Simons Schwester auf dessen Tod und ihre Nichtbenachrichtigung reagiert hatte. Trotzdem konnte ich erkennen, dass diese wohl nicht sonderlich begeistert von deren Rücksichtnahme gewesen war. Arme Doris, dabei hatte sie es doch nur gut gemeint.

Luisa waren der veränderte Tonfall und die kurzen, knappen Worte ihrer Mutter nicht aufgefallen, sie plapperte bereits wieder über diesen tollen Ausflug, der wirklich spitze gewesen wäre. Sie sei ja sooo froh, dass sie ihn nicht verpasst hatte und sooo dankbar, dass die Frau Klingenberg eingesprungen sei. Ob Doris schon wüsste, dass sie und ihr Mann gleich auch kämen? Sie würde sich um die beiden kümmern, ihnen eine Führung angedeihen lassen und auch sonst dafür sorgen, dass sie einen schönen Nachmittag hätten, fuhr sie fort, ohne ihrer Mutter überhaupt Zeit für eine Antwort zu lassen. Das wäre hoffentlich in Doris Sinne, sie kenne sich ja mittlerweile hier aus und könne sich bestimmt auch allein amüsieren.

Tja, davon war diese nicht begeistert, aber was blieb ihr anderes übrig, als zuzustimmen. Immerhin war Luisa Kathi wirklich verpflichtet. Andererseits verstand ich ehrlich gesagt nicht, warum die vier nicht alle zusammen herumlaufen konnten. Ich wäre auf diese krude Idee nie gekommen.

Zum Glück blieb Doris gelassen. Sie hängte sich bei ihrer Tochter ein und zog diese hinter den anderen Besuchern her, die auf einem schmalen Weg die Kirche umrundeten. Dahinter tat sich wiederum ein großer offener Platz auf, der heute mit vielen Ständen vollgestellt war.

„Oh, ein Basar, wie schön!", rief Doris aus.

„Ja, wir verkaufen hier die Dinge, die wir in der letzten Woche hergestellt haben." Luisa war rot angelaufen. „Meine Werke sind da drüben, bei den Antiksachen."

„Das hattest du gar nicht erzählt."

„Ach", Luisa winkte ab. „Du weißt doch, dass wir immer einen Kreativtag einlegen, an dem wir themenspezifisch basteln oder handwerkeln."

„Los", Doris zog ihre Tochter vorwärts, „zeig mal!"

Sichtlich widerstrebend fügte sich Luisa.

Der Stand wurde von zwei jungen Männern betreut. Der eine, groß, schmal, dunkelhaarig, lächelte erfreut, als er die Kleine auf sich zukommen sah. „Na, Lu, zeigst du deiner Mutter deine neuesten Werke?"

Das Gesicht der Angesprochenen wurde noch röter. „Mama, das ist Roman Becker, einer meiner Lehrer."

Aha, der Angebetete - und der Kerl hielt sie immer noch auf Abstand. War wohl auch besser für ihn, Lehrer und Schüler durften, soweit ich wusste, keine Beziehung eingehen. Ob das dem Mädchen eigentlich nicht klar war?

Doris jedenfalls war anscheinend von Julia informiert worden. Sie ging über Luisas Verlegenheit ohne ein Wort hinweg und begrüßte den Lehrer herzlich, musterte ihn dabei aber prüfend. Dieser fand viele lobende Worte für seine Schülerin, die an seinem Projekt teilgenommen und sich durch besonders eifrige Arbeit und ständige Präsenz ausgezeichnet hatte. Auch Doris lobte nun Luisas Arbeiten, nachdem sie sie begutachtet hatte, machte aber keine Anstalten, eine davon zu erwerben.

Ganz ehrlich? Ich hätte mir davon auch nichts hinstellen wollen. Die Schüler hatten wohl irgendwas mit Archäologie gemacht und anschließend einige zu diesem Thema passende Gegenstände angefertigt, von denen mir die meisten noch nicht einmal sagten, wofür sie eigentlich hätten dienen sollen. Die von Luisa waren nicht besser und nicht schlechter als die der anderen, es gab hier nichts, was sich zu kaufen lohnte.

Nach ein paar Abschiedsworten bummelte Doris mit ihrer Tochter im Schlepptau zum nächsten Stand. Dort wurden buntgefärbte Tücher verkauft, die wesentlich besser gelungen waren und deshalb auch einen wesentlich größeren Absatz fanden. Der Tisch war von etlichen Eltern umlagert. Auch hier warf Doris nur einen flüchtigen Blick auf die ausgelegte Ware und wanderte weiter zum nächsten Angebot.

„Ich kann mir im Moment keine Zusatzausgaben leisten", flüsterte sie Luisa dabei zu. „Anschauen will ich mir eure Arbeiten natürlich trotzdem gern."

„Macht nichts, Mama", winkte die Kleine großzügig ab. „Das wird bestimmt jeder verstehen."

Wie? War man als Eltern etwa gezwungen, eine der Schöpfungen zu erwerben?

Leider gingen weder Doris noch Luisa weiter darauf ein, mir fiel jedoch auf, dass, während sie weitergingen, die Mutter immer wieder möglichst unauffällig in die Runde sah. Es dauerte natürlich nicht lange, bis dieser Umstand der Tochter ebenfalls auffiel. „Suchst du jemanden?"

„Ja, ich sehe Gabi nirgendwo." Doris war echt nicht auf den Kopf gefallen.

„Die sind doch weggezogen."

„Was? Wann denn?"

„Irgendwann letzte Woche, deshalb ist die Franzi auch nicht mit auf unseren Ausflug gekommen."

Ich sah, dass Doris weiter nachfragen wollte, doch in diesem Moment entdeckte sie fast gleichzeitig mit mir den Jungen vom Foto. „Sag mal, wer ist das denn? Irgendwie kommt der mir bekannt vor." Sie deutet mit einer Kopfbewegung in die Richtung, wo dieser völlig allein an einem Stand lehnte.

„Wer?" Luisa hatte gerade einen Blick auf ihre Armbanduhr geworfen.

„Na der mit dem blauen Hemd und der roten Kappe."

„Keine Ahnung, der ist nicht in meiner Stufe. Du ..."

„Wohnt der nicht bei uns in der Nähe?" Gut, Doris ließ nicht locker.

„Glaub ich nicht", Luisa hatte den Jungen keines zweiten Blickes gewürdigt. „Ich muss weg, Kathi und ihr Mann kommen." Mit diesen Worten ließ sie ihre Mutter einfach stehen.

20

Katharina

Der Parkplatz war fast bis auf den letzten Platz besetzt. Trotzdem entdeckte ich Luisa sofort. Das Mädchen stand direkt neben einer großen Lücke und winkte heftig.

„Hallo", sagte sie mit einem strahlenden Lächeln, während sie erst mich und dann meinen Mann begrüßte. „Ich freue mich, dass Sie beide gekommen sind."

„Ihr habt da ja eine tolle Kirche." Manfred schielte verlangend auf das offene Eingangsportal.

„Möchten Sie eine Besichtigung?" Luisa war sein Blick nicht entgangen.

„Wenn sich das einrichten lässt, gern."

Ohne mich! „Geht ruhig. Ich bleibe lieber hier draußen in der Sonne." Ich ließ meinen Blick über die parkenden Autos schweifen. „Ist deine Mutter auch hier?"

„Ja, sie ist auf dem Marktplatz. Sie gehen einfach außen um die Kirche rum, dann können Sie ihn nicht verfehlen." Die Kleine sah mich besorgt an. „Oder soll ich lieber mitkommen?"

„Nein, nein, du tust mir einen großen Gefallen, wenn du meinen Mann begleitest und ich das nicht übernehmen muss." Ich lächelte sie beschwichtigend an. „Ehrlich gesagt mache ich mir nichts aus alten Kirchen."

Manfred verdrehte die Augen, enthielt sich aber eines Kommentars. Luisa lachte, zuckte mit den Schultern, packte meinen Mann am Ärmel und zog ihn hinter sich her. „Wir treffen uns dann auf dem Marktplatz!", rief sie mir zu.

Ich nickte und setzte mich langsam in die Richtung, die sie mir vorgegeben hatte, in Bewegung. Kaum waren sie im Inneren der Kirche verschwunden, verhielt ich und sah mich um. Gut, es war niemand in meiner Nähe, der mich hätte hören können. „Richie?"

„Hier", erklang es direkt neben meinem Ohr, sodass ich, obwohl ich ja damit gerechnet hatte, dass er sich in der Nähe aufhielt, erschrocken zusammenfuhr.

„Doris hat den Jungen entdeckt, Luisa weiß jedoch angeblich nicht, wer er ist", begann er gleich zu berichten. „Jetzt musst du versuchen, sie nach ihm zu fragen. Er trägt heute eine graue Jeans, ein blaues Hemd und eine rote Kappe. Komm, am Besten zeige ich dir, wo wir ihn gesehen haben."

Ich schüttelte den Kopf. „Nein, wir müssen dringend reden. Lass uns ein Stück in Richtung des Parkplatzes gehen, da hält sich im Moment niemand auf. – Wir haben völlig falsche Schlüsse gezogen", fuhr ich fort, als wir uns meiner Meinung nach weit genug von allen, die vielleicht plötzlich in der Nähe auftauchen konnten und mich somit im Gespräch mit mir selbst gesehen hätten, entfernt hatten. „Wenn Simon tatsächlich jemanden Wichtiges fotografiert hätte und dabei beobachtet worden wäre und dieser jemand dann nicht gewollt hätte, dass diese Bilder veröffentlicht werden, warum hat er sich nicht direkt an Simon gewandt. Und selbst wenn er das vielleicht getan hat und dieser nicht kompromissbereit war, meinst du wirklich, diese Person hätte bis zur Beerdigung gewartet und nicht wesentlich eher versucht, an die Fotos zu kommen?"

Wie immer hatte ich mir meine Sätze vorher nicht richtig zurechtgelegt und konnte nun nur abwarten, ob Richie aus diesen Worten schlau wurde. Die Pause, die nun folgte, ließ das Beste hoffen.

„Willst du damit etwa sagen, der Einbruch kann gar nichts mit den Fotos zu tun haben?"

Ah, ich hatte mich verständlich gemacht. „Genau, das Risiko, dass er sie längst weitergegeben hatte, wäre viel zu groß gewesen."

„Nee, deshalb haben die ja die Rechner mitgenommen, so konnten sie feststellen, ob und mit wem Simon Kontakt gehabt hat."

„Aber erst so spät? Und von dem Reporter haben die nicht erfahren?", warf ich ein.

„Ha! Genau! Kathi, du bist ein Genie! Lothar hat doch diesen angeblichen Anruf erhalten, nur war der weder von ihm getürkt, noch hat die Polizei bei ihm angerufen, das waren diese Typen! Die wollten in Erfahrung bringen, ob er eingeweiht ist und sich die Unterlagen vielleicht schon in seiner Hand befinden."

„Sehr unwahrscheinlich, finde ich. Außerdem, was ist mit diesem Stick? Warum haben die Einbrecher ihn nicht mitgenommen?"

„Weil Doris ihn in ihrer Tasche hatte. Julia benutzte ihren Schlüssel, solange sie zu Hause war, Luisa hatte einen eigenen und Doris nahm den Bund von Simon."

„Und warum sollten die Einbrecher sämtliche Papiere durchwühlen, wenn sie nur nach Fotos gesucht haben?", wandte ich ein.

„Und die Garage und das Auto", murmelte er leise.

„Was?"

„Doris hat mit dem Hausmeister der Wohnanlage telefoniert, er solle das Schloss der Garage reparieren, es klemme seit einiger Zeit, sie könne es jetzt kaum noch schließen. Da hat garantiert einer dran rumgefummelt."

„Vor oder nach dem Einbruch?"

„Woher soll ich das denn wissen?" Richie wurde richtig unwirsch. „Aber ich denke mal, davor. So hätte ich es wenigstens gemacht. In der Wohnung war ja ständig jemand, zumindest nach Simons Tod bis zur Beerdigung. Das Auto ist nie abgeschlossen und die Papiere lässt sie im Handschuhfach. Wer da rumschnüffeln will, kann es problemlos tun."

„Also müssen wir davon ausgehen, dass er die ominösen Fotos erst am Freitag oder am Samstag aufgenommen hat", folgerte ich. „Sonst ergibt das alles keinen Sinn."

„Genau." Richie hatte wieder Oberwasser. „Wir sind auf der richtigen Spur."

„Nur haben die Einbrecher nichts gefunden", warf ich ein. „Meinst du, die haben aufgegeben?"

„Woher soll ich das wissen." Seine Stimmung wechselte von enthusiastisch zu mürrisch.

Ich enthielt mich weiterer Kommentare und sah demonstrativ auf meine Armbanduhr: „Ich muss langsam anfangen, mich wie ein normaler Gast zu benehmen." Mit diesen Worten setzte ich mich bereits in Bewegung. „Es kann nicht mehr lange dauern, dann sind Manfred und Luisa mit ihrer Besichtigungstour fertig. Ich sollte mich endlich mal in Richtung Marktplatz begeben."

„Aber Kathi", tönte es hinter mir her.

Ohne mich umzudrehen, schüttelte ich den Kopf. „Wir reden später weiter. Halt du nur schön die Augen offen."

Der Marktplatz entpuppte sich als rechteckiger, gepflasterter Übergang zwischen Kirche und Schule, auf dem dichtgedrängt etwa zwanzig Tische mit den verschiedensten, selbstgebastelten Dingen darauf standen, von Ketten und Tüchern über Vasen bis hin zu kleinen Werkzeugen, die erkennen ließen, dass das Motto des diesjährigen Ausfluges die Steinzeit gewesen war. Ich erstand einen kleinen Blumenübertopf mit erdfarbigem Muster, der Elisabeth bestimmt gefallen würde.

Ich bezahlte gerade den dafür geforderten Betrag, als ich auch schon Manfreds Stimme hinter mir hörte. „Siehst du, das ist typisch meine Frau. Bei schönen Dingen kann sie nicht Nein sagen."

„Eher bin ich diejenige, die jede Gelegenheit nutzt, um nach originellen Geschenken für unsere Lieben zu suchen", hielt ich dagegen, während ich meinen gut verpackten Topf entgegennahm. „Bald ist Weihnachten. Das hier wird deiner Mutter bestimmt gefallen."

Luisa grinste, als Manfred in gespielter Qual aufstöhnte. „Wollen Sie den im Auto verstauen oder erst weiterschauen?"

„Ich muss unbedingt noch da drüben hin." Mit dem Kopf wies ich auf einen Stand ganz am Rand, der anscheinend mit selbst hergestellten Leckereien gefüllt war. „Mein Mann liebt derartige Präsente."

„Ich hatte schon Geburtstag", protestierte dieser, folgte mir aber gehorsam dorthin. „Mhm, Gewürzkuchen, den gab es bei uns schon urlange nicht mehr."

Ich erstand zwei davon, dazu ein Glas Marmelade und einen Beutel mit bunten, klebrigen Bonbons, von denen Luisa behauptete, sie würden köstlich schmecken. Anschließend führte das Mädchen uns an der Schule vorbei zum Sportplatz, wo für das leibliche Wohl der vielen Gäste gesorgt wurde. Dort luden Tische und Bänke zum Verweilen ein, während man die an den Grillständen gekauften Leckereien verzehren konnte.

Ich entdeckte Doris, die ganz allein vor einem riesigen Steak mit Salat saß und trübsinnig vor sich hinstarrte. „Da ist deine Mutter. Ich setze mich zu ihr. Manfred, bringst du mir bitte auch so einen bunten Teller, bitte?"

Ich wartete nicht auf eine Antwort, sondern steuerte gleich ihren Tisch an. Doris schien erfreut, mich zu sehen. „Hallo, Kathi. Oh, du hast ja richtig zugeschlagen."

So verging die Mittagszeit mit netter Plauderei. Luisa war zwar ziemlich mürrisch ihrer Mutter gegenüber, aber Manfred und ich zogen die beiden immer wieder beharrlich in unser Gespräch mit ein, sodass es insgesamt eine entspannte Mahlzeit wurde.

Kaum hatten wir aufgegessen, sprang das Mädchen auf. „Ich wollte Ihnen noch die Schule und das Internat zeigen. Wollen wir?"

Wieder hatte sie sich nur an Manfred und mich gewandt. Ich wurde langsam sauer, das hier nannte sich schließlich Familientag! „Doris, hast du Lust, dich uns anzuschließen?", fragte ich deshalb. „Ich würde mich freuen, wenn du dabei wärest."

Da nun auch mein Mann in die gleiche Kerbe schlug, gab Doris, die sich anfangs geziert hatte, nach. Trotzdem, ich war überzeugt, dass sie eigentlich ganz froh war, uns zu begleiten, sie hatte auf mich richtig einsam gewirkt, wie sie da ganz allein gesessen hatte. War das hier Usus, dass man sich nur mit seiner eigenen Familie beschäftigte und untereinander keinen Kontakt hatte?

21

Richard
Meine Güte war das langweilig. Bisher hatte sich nichts Neues ergeben, ja, Kathi dachte anscheinend überhaupt nicht mehr an unseren Fall. Und der Junge war auch nirgends zu sehen.

Naja, jetzt kam wenigstens etwas Bewegung in die ganze Sache. Ich würde mich dicht neben Kathi halten und sie sofort darauf aufmerksam machen, wenn ich ihn entdeckte.

Zuerst kam die Schule dran. Von außen sah das Gebäude uralt aus, mit dicken Backsteinmauern und großen Fenstern, umso überraschter waren wir alle, dass sich die Räume, selbst die Eingangshalle als funktionell aber modern erwiesen. Die Klassen der Jüngeren waren noch ziemlich konventionell eingerichtet mit Tafel, Tischen, die zu Zweiergruppen zusammengeschoben waren und normalen, wenn auch wesentlich komfortableren Stühlen, als ich sie in meiner Schulzeit kennengelernt hatte. Die der älteren Schüler dagegen wiesen Computerarbeitsplätze mit bequemen Drehsesseln auf, die im Halbkreis zum Pult des Lehrers hin ausgerichtet waren. Hinter diesem befand sich ein großer Monitor, auf dem, so erklärte Luisa, der Lehrer für alle sichtbar Aufgabenstellungen und Lösungen anzeigen konnte.

„Wie viele Kinder sind denn in einer Klasse?", frage Kathi, der genau wie mir aufgefallen war, dass die Räume zwar sehr großzügig geschnitten, die Anzahl der Arbeitsbereiche aber wesentlich geringer waren.

„Fünfzehn, allerhöchstens sechzehn", erwiderte Luisa. „Und es gibt jeweils eine Parallelklasse. Der Unterricht ist sehr speziell auf die Bedürfnisse des Einzelnen zugeschnitten, wir haben von der fünften Klasse an durchweg ein Kurssystem, in dem entweder Grundkurse oder Fortgeschrittenenkurse belegt werden können, das heißt, dass die rund dreißig Schüler eines Jahrgangs teilweise drei verschiedene Gruppen bilden, je nach Anforderungsprofil."

„Wahnsinn", staunte Manfred. „Ist das nicht enorm teuer?"

„Zum Glück ist dies eine kirchliche Schule", mischte sich Doris ein, bevor ihre Tochter antworten konnte. „Der Unterricht und auch der Internatsaufenthalt werden größtenteils über eine Stiftung finanziert, die Eltern sind daran nur unerheblich beteiligt, und zwar nach dem, was sie verdienen. – Sonst hätten wir uns das hier gar nicht leisten können."

„Dafür bringen wir uns auch ein, wo wir können." Luisa wurde schon wieder zickig. „Wir gestalten jedes Jahr drei Basare, geben ein Theaterstück heraus, halten den Schulgarten und die umliegenden Wiesen in Schuss und leisten in einem Teil unserer Ferien gemeinnützige Arbeit, helfen zum Beispiel dabei, die Zimmer zu renovieren oder putzen alle gemeinsam die Kirche."

„Trotzdem, es ist ein Segen für uns, dass es diese Einrichtung gibt. Der Staat hat es ja anscheinend nicht nötig, für seinen besonders intelligenten Nachwuchs zu sorgen. Dabei geht es auch bei diesen Kindern nur mit Fordern und Fördern."

„Mama, bitte!" Oha jetzt war Luisa richtig sauer. „Lasst uns dieses Thema nicht weiter vertiefen, kommt, wir gehen nun hinüber in den Internatsbereich."

Manfred folgte Luisa gehorsam zum Hinterausgang und begann, sie in ein Gespräch über die Kirchengemeinde zu verwickeln. Doris und Kathi fielen etwas zurück und nutzten die Zeit zu einem weiteren Gespräch über das Thema.

„Luisa ist hier glücklich und zufrieden und liebt ihre Schule", begann Doris. „Trotzdem mag sie nicht daran erinnert werden, wie es davor war. Ich glaube, sie sieht es als ihr persönliches Versagen an, dass sie, bevor sie hier gelandet ist, nicht zurechtkam."

„Mein Mann kennt sich mit diesem Thema besser aus als ich", gestand Kathi. „Er hat selbst schon einen Fall im Kindergarten gehabt und sich deshalb weitergehend informiert. Das scheint ja entgegen der allgemeinen Meinung kein Honigschlecken zu sein mit dieser Begabung."

„Ach, es gibt auch einige, die trotzdem durchkommen, andere wie Luisa eben leider nicht. Ich sage extra trotzdem, denn es ist nun mal eine Tatsache, dass die Hochbegabten in der normalen Schule eher behindert statt gefördert werden." Doris zog an Kathis Ärmel und die beiden ließen sich noch etwas weiter zurückfallen.

Mittlerweile hatten wir die Schule durch den Hinterausgang verlassen und sahen uns drei weiteren, wesentlich moderneren Gebäuden gegenüber. Links und rechts befanden sich dem Anschein nach normale Wohnhäuser, allerdings bestimmt neun Stockwerke hoch, die in der Mitte durch einen flachen, gläsernen Anbau verbunden waren.

„Der Jungentrakt, der Mädchentrakt", erklärte Luisa. „In der Mitte ist der Speiseraum, den wir abends auch als Aufenthaltsraum nutzen. Wollen Sie mein Zimmer sehen?"

Notgedrungenermaßen hatten Doris und Kathi zu den beiden aufgeschlossen. „Gern", nickte Letztere.

Luisa wandte sich nach rechts und öffnete die Eingangstür. „Hier in Parterre wohnen die Fünftklässler, darüber die Sechstklässler, und so weiter, dazu ein Lehrer auf jeder Etage." Sie wandte sich zu den Aufzügen. „Ich wohne im siebten Stock."

Das Zimmer selbst war nichts Besonderes, ein Bett, ein Schreibtisch, darauf ein Laptop, ein Regal und ein Schrank auf jeder Seite, mit den vier Besuchern darin war es schon relativ eng.

„Das ist meine Seite", erklärte Luisa und zeigte auf das Bett, über dem viele Zeichnungen hingen. Porträtzeichnungen, wie ich erkennen konnte und, auch wenn ich die betreffenden Personen nicht kannte und daher nichts über die Ähnlichkeit sagen konnte, hervorragend gezeichnet. Die Kleine war eine echte Künstlerin.

„Zeichnen ist mein Hobby", sagte diese gerade auf Kathis Frage, ob die alle von ihr seien. „Mathe liebe ich allerdings noch mehr", sie grinste. „Deshalb werde ich lieber Mathematikerin statt Malerin. Ist wahrscheinlich auch lukrativer."

„Was ist das denn da?" Manfred war ans Fenster getreten und wies nun nach draußen.

„Das Vordere ist eine Doppelturnhalle, dahinter befindet sich das Schwimmbad und dahinter, das können Sie leider von hier aus nicht sehen, steht unser Gewächshaus."

„Da habt ihr ja hier ein Riesengelände", Kathi drängelte sich an Manfred vorbei, um auch hinaussehen zu können. „Aber reichlich abgeschieden. Was macht ihr denn, wenn ihr mal was kaufen wollt?"

„Im hinteren Teil des Speiseraums gibt es einen kleinen Laden, außerdem sind wir jedes zweite Wochenende zu Hause."

„Und es gibt auch noch das Handy", ergänzte Doris. „Da können Mama und Papa schon diverse Dinge im Voraus besorgen."

„So, Führung beendet." Luisa blickte auf ihre Armbanduhr. „In zehn Minuten beginnt das Konzert in der Kirche. Wir sollten sehen, dass wir pünktlich sind."

Kaum hatten wir das Haus verlassen, ließen sich Kathi und Doris wieder unauffällig zurückfallen. „Wenn es diese Schule nicht gegeben hätte, ich weiß wirklich nicht, wie es mit Luisa weitergegangen wäre", berichtete Doris, kaum dass sie außer Hörweite waren. „Die Kleine war fix und fertig."

„Wie bist du denn auf dieses Internat aufmerksam geworden?", fragte Kathi.

„Durch eine meiner Kundinnen. Die hatte ein ähnliches Problem mit ihrer Tochter. Naja", sie sah verlegen zur Seite. „Beim Haare Machen kommt man ja von Hölzchen auf Stöckchen, und wenn man dann jemanden gefunden hat, der einen bei diesem Thema versteht, nutzt man jede Gelegenheit sich auszutauschen. - Jedenfalls hatte die ihre Tochter schon auf dieser Schule und drängte mich, dass wir sie uns wenigstens mal ansehen sollten. Simon und ich waren ja anfangs gegen ein Internat und Luisa eigentlich auch, aber als es dann gar nicht mehr ging, sind wir drei hin und haben uns alles angeschaut. Die Kleine ist erst nur zur Probe gewechselt, zwei Wochen später wollte sie, dass wir sofort den Vertrag unterschreiben. Und nun ist sie hier immer noch glücklich."

„Gab es denn so einfach einen Platz?", fragte Kathi.

„Wir hatten Glück, die Schule war noch im Aufbau, erst ein Jahr zuvor gegründet worden", erklärte Doris hastig, denn sie hatten die Kirche fast erreicht. „Heute gibt es ellenlange Wartelisten. Das zeigt ja wohl, wie viele verzweifelte hochbegabte Kinder existieren."

„Mama, wir müssen rein!" Luisa wedelte auffordernd mit der Hand.

„Sie haben auch eine hervorragende psychologische Betreuung", flüsterte diese Kathi noch zu und nickte bedeutungsvoll.

Leider waren die beiden Frauen nun in Hörweite und verstummten. Schade, ich hätte gern noch mehr zu diesem Thema gehört. Zudem beschloss ich, mich mal intensiver um meine Tochter Annika zu kümmern. Die Kleine war mir immer als besonders intelligent erschienen, nicht dass wir bald vor demselben Problem standen.

22

Katharina

„Richie, ich glaube nicht, dass sie hochbegabt ist. Intelligent schon, aber nicht so extrem, dass sie Probleme bekommt", versuchte ich, ihn zu beruhigen. Dabei konnte ich nur ganz leise vor mich hinmurmeln, da er, kaum dass das Konzert angefangen hatte, mit dieser Vermutung herausgeplatzt war.

„Aber Kathi, woher willst du das wissen?" Er schien vollkommen entrüstet, dass ich seinen Verdacht nicht bestätigte. Dabei kannte man dieses Problem doch von allen Eltern, jeder hielt sein Kind für etwas ganz Besonderes. Wenn ich da an die Zeit in der Krabbelgruppe zurückdachte, die ich damals kurz nach Kirstens Geburt gegründet hatte. Was wurde da verglichen und geprahlt. Ich war mir meist ziemlich seltsam vorgekommen, weil ich das Gefühl hatte, ich wäre die Einzige, die ihr Kind realistisch einschätzte. Naja realistisch, soweit eine Mutter dazu überhaupt in der Lage ist. Jedenfalls bemühte ich mich immer um eine möglichst objektive Sicht der Dinge und das tue ich heute noch.

„Sie ist genauso weit wie andere Kinder ihres Alters und sie hat keinerlei besonders geartete Interessen", murmelte ich leise, aber wohl nicht leise genug, da Manfred mir einen scheelen Blick von der Seite zuwarf. Deshalb schüttelte ich abschließend leicht den Kopf und beschloss, das Thema auf später zu vertagen.

Das Konzert dauerte ungefähr eine Stunde, eine sehr kurzweilige Stunde. Ich bin wahrlich nicht der Typ, der sich normalerweise freiwillig diesem Genuss hingibt – selbst die musikalischen Events meiner Kinder an ihren diversen Schulen gestalteten sich für mich eher zu Pflichtübungen – aber diese Mischung aus rein instrumentalen Liedern, Choreinlagen und den zwei, drei Solosängern war bemerkenswert. Vielleicht lag es auch daran, dass der organisierende Lehrer hauptsächlich modernere Stücke mit hohem Bekanntheitsgrad ausgewählt hatte, ich war nicht die Einzige, die leise mitsang.

Ganz zum Schluss trat noch einmal der Chor zusammen mit einer Solosängerin auf, die 'My Way' zum Besten gab – und da entdeckte ich ihn. Dieses Mal hatte der Chor sich im Halbkreis aufgestellt und er konnte sich wohl nicht mehr hinter seinen Kameraden verstecken, das erschien mir zumindest als der einleuchtendste Grund, warum ich ihn nicht schon viel früher gesehen hatte, denn immerhin war ich die ganze Zeit aufmerksam gewesen. Schon allein, weil das hier Dargebotene mir wirklich gefiel!

„Da ist er", zischte in diesem Moment auch schon Richie. „Los, frag Doris, wer das ist!"

Ich wartete lieber das Ende des Liedes ab und während sich alle erhoben und begeistert klatschten, versuchte ich, sie auf den Jungen aufmerksam zu machen.

„Ach, kommt er dir auch bekannt vor? Seltsam, mir geht es genauso." Sie schüttelte bedauernd den Kopf. „Ich komme nur nicht darauf, woher ich ihn kennen könnte."

Und dann war es mein Mann, der den entscheidenden Hinweis gab. „Wenn ich mich nicht irre, ist das der Sohn unseres ehemaligen Bildungsministers. Ich glaube, die Eltern haben sich vor einiger Zeit scheiden lassen." Er grinste. „Ganz schönes Armutszeugnis für ihn und unsere Regierung finde ich."

Bevor ich ihn nach weiteren Einzelheiten fragen konnte, wurde er durch Luisa abgelenkt, die mit einem großen, schlanken Mann auf uns zukam.

„Pastor Klingenberg, Frau Klingenberg, darf ich vorstellen? Bruder Claudius, der Leiter unserer Schule."

Dieser nickte uns zur Begrüßung nur kurz zu und wandte sich an Doris. „Frau Glaser." Er ergriff ihre beiden Hände. „Wie geht es Ihnen? Wie kommen Sie zurecht? Wenn ich Ihnen in irgendeiner Form helfen kann, sagen Sie es bitte."

„Ich ... äh ...", sie gab sich einen Ruck. „Da gibt es tatsächlich etwas. Mein Mann hatte doch zuletzt für Sie gearbeitet und dann wurde sein Computer gestohlen und ich ... ich kann Ihnen nun gar keine Rechnung zukommen lassen, weil ich ja gar nicht weiß, wie oft er hier war und wie lange seine Arbeiten gedauert haben." Sie war vor lauter Verlegenheit rot geworden.

„Das ist überhaupt kein Problem", beruhigte sie Bruder Claudius. „Ich schicke Ihnen eine Aufstellung über die geleisteten Stunden und Sie schreiben mir dann darüber eine Rechnung aus. Kann ich denn sonst noch etwas für Sie tun?"

„Nein, nein. Das ist sehr großzügig von Ihnen, danke. Das hilft mir schon weiter."

Meine Güte, die wand sich richtig. Noch immer hielt er ihre Hände und ich hatte das Gefühl, dass sie ihm diese gerne entzogen hätte, sich aber nicht traute. Hatte sie etwa Angst vor diesem Mann?

Wieder war es Manfred, der die Situation rettete. „Bruder Claudius, ich bin mehr als beeindruckt von dem, was Sie hier geleistet haben. Hätten Sie einen Moment Zeit, mir Ihr Konzept zu erklären? Ich würde gern mehr darüber erfahren."

„Leider nur einen ganz kurzen", erklärte dieser. „Es stehen heute noch eine Reihe von Gesprächen an. Wenn die Eltern schon mal die Gelegenheit zu einem kleinen Plausch mit mir haben, wollen sie diese nutzen, Sie verstehen?"

Komisch, obwohl der Internatsleiter durchaus liebenswürdig und höflich reagierte, hatte ich das Gefühl, dass er uns liebend gern sofort stehengelassen hätte. „Wir gehen schon mal Richtung Auto." Ich nickte den beiden Männern zu und zog Doris mit mir.

„Puh, danke." Sie warf einen hastigen Blick um sich, ob auch niemand ihre Äußerung gehört hatte. „Ich weiß nicht, es liegt bestimmt an mir, aber ich mag Bruder Claudius nicht", fuhr sie fort, als sie sich vergewissert hatte, dass sich niemand in unserer Nähe befand. „Die anderen Eltern, die Schüler, Simon, alle sind schlichtweg begeistert von ihm. Und es ist ja nicht so, dass es etwas Greifbares gäbe. Ich bin nur nicht gern in seiner Nähe." Sie brach ab und sah mich entschuldigend an.

„Ich kann das nachvollziehen", beruhigte ich sie. „Manchmal hat man eine Aversion gegen jemanden, ohne dass man diese näher bezeichnen kann." Tatsächlich war es mir ähnlich gegangen wie ihr. Irgendetwas an dem Mann stieß mich ab, wobei er sich mir und Manfred gegenüber sowieso nicht von seiner netten Seite gezeigt hatte. Wenn es möglich gewesen wäre, hätte er uns wohl lieber übersehen und mit Doris allein gesprochen.

„Hast du Manfreds Worte eben mitbekommen", wechselte ich schnell zu dem Thema, das mich wesentlich mehr interessierte.

„Das mit dem Sohn des Bildungsministers?", fragte sie zurück und grinste. „Das ist wirklich ein Ding. Wo doch unsere Schulen sooo toll sind."

„Es kann allerdings auch sein, dass diese Entscheidung von der Mutter getroffen wurde", gab ich zu bedenken. „Manfred meinte, die Eltern wären geschieden."

„Trotzdem, jeder Reporter würde sich nach so einer Story die Finger …" Sie verstummte abrupt.

Wir hatten fast gleichzeitig die Verbindung gezogen. Das war Simons Absicht gewesen, gemeinsam mit seinem Freund, dem Reporter, hatte er eine große Bildgeschichte herausbringen wollen, wahrscheinlich war es ihm nur um das Geld gegangen, das er dabei hätte verdienen können.

„Na, ihr beiden?" Manfred hatte heute ein ausnehmend gutes Talent, immer zum richtigen Zeitpunkt einzugreifen. „Müde und erschöpft von diesem erlebnisreichen Tag?"

Dankbar bestätigten wir seine Theorie. „Ich verabschiede mich nur noch von Luisa, dann geht's nach Hause." Doris bedachte mich mit einem Lächeln. „Ich weiß, dass Janine dir zu Hause die Haare schneidet, aber kannst du dir vielleicht vorstellen, zu uns in den Salon zu kommen? Ich würde mich freuen, wenn wir uns weiterhin ab und zu sehen könnten."

„Gern." Ich fuhr mir prüfend durch die Haare. „Wir sehen uns spätestens in zwei Wochen. Danke, für das Angebot."

„Nein, ich habe zu danken. Du hast mich im wahrsten Sinne des Wortes gerettet. Ohne dich hätte ich den Laden für diese eine Woche zumachen können."

„Lasst das bloß nicht Janine hören", scherzte Manfred.

Luisas Auftauchen rettete uns vor einer langen Abschiedsszene mit weiteren gegenseitigen Dankesbekundungen. Zwei Minuten später waren wir bereits auf dem Weg zu unserem Auto.

„Und? Wie war dein Gespräch mit Bruder Claudius?" Ich hoffte, dass Richie ebenfalls daran teilgenommen hatte, von ihm würde ich garantiert jede Einzelheit erfahren.

Manfred verzog das Gesicht. „Sehr kurz. Hinter mir standen die Eltern schon Schlange, um ein paar Worte mit ihm wechseln zu können. Schade, ich hätte wirklich gern mehr über sein Konzept erfahren. Es scheint sich auszuzahlen, wenn man die ganzen zufriedenen Gesichter betrachtet. Ich werde auf jeden Fall meinen Kontakt bei der Selbsthilfegruppe darauf ansprechen. Wäre doch gut, eine vernünftige Alternative hier in der Nähe zu haben, nicht wahr?"

Ich grunzte nur zustimmend, denn in genau diesem Moment verspürte ich das vertraute Ziehen, das ankündigte, dass Richie gedachte, mich zu begleiten.

23

Richard

Ha, da hatte sich der Ausflug zuletzt ja doch noch gelohnt. Zu meinem Glück verschwand Manfred, nachdem wir zu Hause angekommen waren, in seinem Arbeitszimmer. Kathi und ich hatten das Wohnzimmer für uns allein. „Und, was hältst du davon?"

„Tja." Sie biss sich nachdenklich auf die Unterlippe. „Ich kann mir nicht vorstellen, dass der Einbruch tatsächlich wegen des Jungen stattgefunden hat."

Leider sah ich es genauso. „Für die Schule wäre es kostenlose Werbung gewesen, dem Jungen hätte es nicht groß geschadet, wenn sein Verbleib dort bekannt geworden wäre, der Einzige, der reichlich Spott und Häme abbekommen hätte, wäre der ehemalige Bildungsminister gewesen. Aber der kann sich immer noch darauf herausreden, dass diese Idee von seiner geschiedenen Frau stammt, er selbst dagegen es bestimmt nicht für nötig erachtet, sein Kind dort hinzuschicken."

Manfred hatte uns auf der Rückfahrt aufgeklärt. Seine Informationen stammten aus einer Illustrierten, die er bei seinem Zahnarzt gelesen hatte. Das war allerdings schon zwei Jahre her, ein Gedächtnis hatte der Mann! Da war über die Scheidung geschrieben worden und es gab auch ein kleines Foto von den beiden Jungen, den wahren Leidtragenden in dem Krieg zwischen den beiden Parteien. Natürlich war eine andere Frau mit im Spiel gewesen, jünger, gutaussehender – und schwanger. Mehr wusste Manfred nicht zu berichten, immerhin erstaunlich, dass er all diese Fakten nach dem verstrichenen Zeitraum immer noch abrufen konnte.

„Also doch ein ganz normaler Einbruch."

„Nein, Kathi! Niemals!" Meine Güte, wie oft musste ich ihr das noch erklären! „So würden Profis niemals vorgehen. Es muss da etwas anderes geben, etwas, was wir und Doris bisher nicht entdeckt haben. Deshalb wurden auch all die Papiere aus den Ordnern gerissen. Die suchten ganz gezielt danach."

„Angenommen du hast recht, glaubst du, sie haben es gefunden?"

„Nein, dann hätten die nicht die Rechner zur Überprüfung mitgenommen", erinnerte ich sie.

„Das Dumme ist nur, wer sucht nach was?", brachte es Kathi auf den Punkt. „Wir haben keinerlei Vorstellungen, wer die Täter sind und nach was sie suchen. Ich sehe nichts, wo wir ansetzen könnten."

„Ich auch nicht", gestand ich.

„Tut mir leid, das war's dann wohl mit deinem Fall."

Ha, typisch Kathi, jetzt war es auf einmal wieder ganz allein mein Fall.

„Nein, ich mache weiter."

„Und wie willst du vorgehen?"

„Weiß ich noch nicht. Ich schnüffle hier ein bisschen und dort ein bisschen. Irgendein Motiv muss sich finden."

„Hm, wenn du meinst." Sie klang ungewohnt fügsam. Ah, ich wusste, woher der Wind wehte. „Und das hat überhaupt nichts mit Carmen zu tun. Ich rieche einfach, dass hinter dieser Geschichte mehr steckt, als wir bisher ahnen."

„Was hältst du von der Schule und dem Leiter?", fragte sie, ohne auf meine Ausführungen einzugehen. Wahrscheinlich dachte sie, es würde sowieso nichts bringen, mit mir darüber zu reden. Tat es auch nicht, ich war wild entschlossen, weiterzumachen.

„Also da will ich auf jeden Fall wieder hin und mir den Unterricht anschauen." Nee, ich würde ihr nicht sagen, dass ich trotz ihrer Worte sehen wollte, ob diese Schule nicht auch für Annika infrage käme, wenn sie die Grundschule abgeschlossen hatte. „Das, was Luisa erzählte und das, was dieser Bruder von sich gab, hat mich neugierig gemacht."

„Was denn genau?"

„Echt nur das, was Manfred dir auch gesagt hat. Bevor er nachfragen konnte, wurden sie schon das erste Mal unterbrochen."

„Das heißt, wir wissen nur, diese Kirche hat es sich zum Ziel gemacht, hochbegabten Kindern zu helfen und deshalb mehrere Internate aufgebaut."

„Vier bisher", ergänzte ich. „Über ganz Deutschland verteilt. Und auf die Idee sind sie gekommen, weil ein vermögendes Mitglied der Gemeinde in seiner Kindheit schwer gelitten hat und jetzt viel Geld lockermacht, um für seinesgleichen endlich Chancengleichheit zu schaffen."

Kathi musste grinsen. „Das liebe ich so an dir, dass du die Gespräche Wort für Wort wiederholst und nicht nur allgemein wiedergibst, so wie Manfred."

„Ja, es geht doch nichts über ein gutes Gedächtnis", konnte ich mich nicht zurückhalten, zu erwähnen. Was hatte sie ihn im Auto gelobt, dafür, dass er diese Geschichte von dem Jungen und der Scheidung noch wusste. Dabei war es bei Manfred wie bei mir. Wenn man viel mit Menschen zu tun hatte – ich als ehemaliger Barkeeper, er als Pfarrer - trainierte das das Gedächtnis, sich Gesichter und Begebenheiten zu merken.

Es war also schon eine Leistung, aber keine, die man so besonders hervorheben musste, wie sie es getan hatte.

„Hat dieser Bruder Claudius eigentlich noch irgendwas über diese Kirche erzählt, zu der er gehört?", fragte Kathi.

„Nee. Bevor Manfred weiterfragen konnte, wurden sie zum zweiten Mal gestört."

„Kathi?!"

„Ich komme."

Na, so würde sie ihm seine Art nie abgewöhnen, wenn sie gleich immer sprang, wenn er rief. Er wollte schließlich was von ihr, da hätte er sich eigentlich her bequemen müssen.

Doch dann stellte sich heraus, dass es dieses eine Mal doch ganz gut gewesen war, zu springen. Manfred saß vor seinem Monitor und wies darauf, als Kathi eintrat. „Hier, ich habe die Web-Seite der boozanischen Kirche aufgerufen. Es ist eine freie, christliche Glaubensgemeinschaft, die sich vor gut dreißig Jahren gegründet hat. Mittlerweile haben sie schon den offiziellen Status erlangt, das heißt, sie müssen jede Menge Anhänger haben."

Er klickte eine andere Seite an. „Die Homepage der Schule. Und hier die der anderen drei. Seltsamerweise gibt es keine weiteren Artikel im Netz, weder über die Kirche noch über die Internate."

Kathi setzte sich neben ihn. „Was gibt es denn Wissenswertes, was sagen die denn selbst über sich?"

Manfred sprang zurück auf die Anfangsseite. „Sie haben sich von der evangelischen Kirche abgespalten, weil sie der Meinung waren, diese lebe und lehre nicht das Wort Jesu Christi, wie, wieder ihrer Meinung nach, alle anderen Glaubensrichtungen auch. Sie sagen, die ursprünglichen Werte sind verloren gegangen."

„Als da sind?"

Manfred grinste. „Eigentlich müsstest du bei denen einsteigen, Kathi. Für sie steht der Mensch im Vordergrund und das Bedürfnis, denen zu helfen, die der Hilfe bedürfen, ganz egal aus welchem Grund. Gleichzeitig sehen sie aber auch die zunehmende Ich-Bezogenheit des Einzelnen und das Streben nach immer mehr Annehmlichkeiten um jeden Preis. Sie sehen sich als eine Art Wächter der Menschheit und wollen dem Einzelnen wieder zurückhelfen auf den rechten Weg."

„Klingt gut", musste Kathi zugeben. „Und wie finanzieren die sich?"

„Wie jede andere Kirche auch, durch die Kirchensteuer und durch Spenden. Außerdem haben sie eine große Anzahl reicher Gönner in ihren Reihen, sogar einen Aktienmillionär."

„Gibt es da eine Art Hierarchie, zum Beispiel Gründungsmitglieder, die hohe Posten bekleiden oder so was in der Art?"

Das hatte Manfred noch nicht recherchiert, bot sich aber an, daran zu arbeiten, wenn Kathi ihm im Gegenzug ein paar Brote schmierte.

„Warum interessierst du dich eigentlich dafür?", frage ich, als wir die Küche betraten.

„Mich wundert eben, dass es einer derart kleinen, christlichen Glaubensgemeinschaft gelingt, ich meine klein im Vergleich mit der evangelischen und katholischen Kirche, ein derartig kostspieliges Unterfangen zu stemmen, und das nur aus reiner Nächstenliebe."

„Du hast doch gehört, was dein Mann gesagt hat, die sprechen aus leidvoller Erfahrung."

„Es schadet trotzdem nichts, mehr herauszufinden. Ich bin eben neugierig." Sie säbelte bereits die fünfte Brotscheibe ab.

„Kathi, meinst du nicht, das reicht langsam?"

Sie lachte. „Vier sind für Manfred und eine ist für mich, ich kenne ihn, der hat schon wieder richtig Hunger." Sie begann, dick Butter darauf zu verstreichen.

„Etwas weniger würde deinem Mann auch nicht schaden", konnte ich mir nicht verkneifen zu mahnen.

„Ach, er hat für seine Verhältnisse heute wenig gegessen und außerdem gibt es Geflügelwurst als Belag, die muss ich ihm halt immer noch mit Butter versüßen, sonst isst er sie nicht." Kathi grinste schelmisch. „Was meinst du, warum ich mich bereit erklärt habe, die Brote zu schmieren? So kann ich ihm gleich Kalorien abziehen."

Ganz schön clever die Frau! „Ich glaube, ich bin dann mal weg." Ich sah keinen Sinn in dieser Recherche, das war bloß reine Neugier bei Manfred und Kathi. „Ich melde mich, wenn ich Neuigkeiten habe."

„Eins noch." Sie hob die Hand. „Wie fandst du diesen Bruder Claudius?"

„Ein zweiter George Clooney", platzte ich sofort heraus. „Ich wette, alle Mamas stehen auf ihn. Du etwa auch?"

Sie schüttelte energisch den Kopf. „Ich meine nicht sein Aussehen, sondern seine Art."

„Normal." Ich wusste echt nicht, worauf sie hinaus wollte.

„Fandst du ihn nicht irgendwie …", sie suchte nach Worten. „Na seltsam halt, irgendwie kalt und abweisend."

„Weibliche Intuition?", versuchte ich das Ganze ins Lächerliche zu ziehen. So ganz konnte ich Kathi nicht glauben. War sie gerade nicht rot geworden, als ich das mit George Clooney gesagt hatte?

„Ach, lassen wir das." Sie winkte ab und nahm ihren Teller mit den fertigen Broten. „Melde dich mal ab und zu, damit ich weiß, was du so treibst."

24

Katharina

Dass ich mit diesem seltsamen Internatsleiter nicht klarkam, schien wohl an mir zu liegen – und an Doris ebenfalls. Auch Manfred hatte nichts gegen ihn und seine Art einzuwenden. Er gehörte übrigens selbst zu den Gründungsmitgliedern und hieß mit bürgerlichem Namen Klaus Neuhaus. Klaus – Claudius, was hätte er gemacht, wenn sein Name Wolfgang gewesen wäre?

Es gab noch neun weitere Vorstandsmitglieder, die Namen waren uns alle unbekannt. Mein Mann googelte einen nach dem anderen, aber nur über das offizielle Oberhaupt, den Vorstandsvorsitzenden Frank Boozen gab es interessante Dinge zu erfahren. Der Mann, es waren übrigens alles Männer dort an der Spitze, hatte schon in jungen Jahren mit Risikoaktienspekulationen ein Vermögen gemacht und sich mit dreißig aufs Altenteil zurückgezogen. Danach gab es nichts Relevantes mehr über ihn. Klaus Neuhaus, Bruder Claudius, wurde gar nicht erwähnt, was Manfred aber nicht besonders seltsam fand. „Normale Leute, so wie dich und mich, findest du dort nicht. Das ist eher positiv."

Trotzdem, irgendwie hatte ich eine Aversion gegen diesen Mann. Und der Vergleich mit Georg Clooney hinkte ebenfalls, dafür waren seine Augen viel zu stechend. Ich hatte bei diesem Kerl zum ersten Mal diesen Begriff verwenden können, allein deshalb fand ich ihn schon seltsam.

Wir beendeten unsere Computerstunde und verzogen uns ins Wohnzimmer, um gemeinsam einen Film zu schauen. Manfreds und meine Leidenschaft waren Krimis und gerade sonntags liefen immer irgendwelche, die wir noch nicht kannten – ein geruhsamer Ausgleich zu diesem ereignisreichen Tag.

Auch die nächsten Tage verliefen sehr ruhig. Von Richie sah und hörte ich nichts. Ich hatte auch nichts anderes erwartet, ich glaubte nicht, dass er auf irgendeine Spur stoßen würde. Aber sollte er sich ruhig mit diesem Fall beschäftigen, dadurch kam er wenigstens auf andere Gedanken. Ich wusste, dass die Sache mit Carmen sehr an ihm nagte.

Eigentlich hatte er für seine Frau nur das Beste gewollt. Damals nach seinem Tod war er in ihrer Nähe geblieben, um sich zu versichern, dass sie ihr Leben auch ohne ihn vernünftig regeln konnte. Natürlich war ihm von Anfang an bewusst gewesen, dass sie sich irgendwann neu verlieben würde und seine Kinder somit einen neuen Papa bekamen, Carmen war knapp über dreißig, Annika gerade sechs geworden und Benjamin zwei als Richie starb.

Leider hatte seine Frau sich in den Kopf gesetzt, denselben Mann noch einmal finden zu wollen. Richie war vor seiner Liaison mit Carmen ein Kleinkrimineller gewesen, von ihr jedoch auf den rechten Weg gebracht worden. Nach seinem Tod versuchte sie krampfhaft, dieses Ereignis zu wiederholen, übersah aber dabei völlig, dass alle Menschen unterschiedlich und die Möglichkeit auf einen zweiten Richie zu treffen, deshalb mehr als gering waren.

Glücklicherweise hatten wir uns da schon kennengelernt. Mit meiner Hilfe konnte er drei Mal diese unseligen Beziehungen beenden. Durch einen glücklichen Zufall hatte ich in der Zwischenzeit ebenfalls Carmens Bekanntschaft gemacht und versucht, ihr mit einem Gleichnis auf die Sprünge zu helfen, dessen Resümee es war, dass sie sich lieber etwas völlig Neues suchen sollte, als Altes wieder aufleben zu lassen.

Normalerweise mischte ich mich ungern in das Leben anderer, aber bei ihr war es so eindeutig, dass sie aus den völlig falschen Gründen dabei war, sich nicht nur ihr Leben, sondern auch das ihrer Kinder zu verbauen, dass ich einfach mit ihr reden musste. Sie war nicht nur intelligent und gutaussehend, sondern auch lieb und fürsorglich, sie hatte einfach etwas Besseres verdient.

Richie selbst hatte mich gebeten einzugreifen und erleichtert aufgeatmet, nachdem sie endlich diese Kreise mied. Ungefähr drei Monate danach hatte Carmen bei ihrer Arbeit diesen netten Kinderarzt kennengelernt. Beide waren sich von Anfang an sympathisch gewesen, mehrere Wochen lang hatte Carmen sich allein mit ihm getroffen und ihn dann ihren Kindern vorgestellt. Mittlerweile sprachen sie davon, zusammenzuziehen.

Anfangs war Richie durchaus erfreut über diese Beziehung gewesen, doch nach und nach wurde er immer unglücklicher. Ach ja, die liebe Eifersucht.

Deshalb suchte er nun in den letzten Wochen krampfhaft nach einer anderen, sinnvollen Beschäftigung. Und da wir schon ein Verbrechen gemeinsam gelöst hatten, war ein weiteres aufzuklären, ihm als die ideale Möglichkeit erschienen.

Ehrlich gesagt hatte ich eher erwartet, dass er nun bereit gewesen wäre, sein Erdenleben hinter sich zu lassen und ins Licht zu gehen. Was es genau damit auf sich hatte, wussten wir allerdings beide nicht. Gab es nun ein Leben nach dem Tod, oder löste sich die Seele in diesem Licht endgültig auf?

Vielleicht lag es an dieser Ungewissheit, dass er bleiben wollte. Ihn zu fragen, hütete ich mich, denn ich hatte in ihm einen guten Freund gefunden. Nein, eher einen engen Vertrauten, dem ich mehr erzählte als selbst meiner besten Freundin Christina. Ihn zu verlieren würde für mich bestimmt sehr schwer werden. Deshalb sollte ich lieber froh sein, dass er bereit war, sich in ein neues Abenteuer zu stürzen.

Ihm helfen konnte ich im Moment nicht, aber meine eigenen Nachforschungen betreiben. Ich wollte mehr wissen über diese Kirche und ihre Schulen und sei es auch nur aus reiner Neugier. Dafür würde ich mich am Besten an Elisabeth wenden. Die hatte durch ihre vielen Facebook-Freunde mehr Möglichkeiten als ich, gezielt Recherche zu betreiben. Und den nötigen Biss! Ich musste ihr nur vernünftig erklären, warum ich diese Informationen haben wollte.

Mittwochs hatte ich einen angemessenen Grund, mich bei ihr zu melden. Das Wetter, das in den letzten Tagen viel zu freundlich und warm für Anfang November gewesen war, schlug nun plötzlich um. Es war kalt und regnerisch und die Prognosen für die nächsten Tage ließen wenig Platz für Hoffnungen. Da wir an diesem Samstag wieder zum Friedhof hatten gehen wollen, mussten wir eine Alternative finden, das vierzehntätige Treffen mit ihr sollte auf jeden Fall stattfinden.

„Du kommst zu mir und wir beide machen uns einen gemütlichen Nachmittag", sagte sie prompt. „Dann können wir ausgiebig quatschen."

„Ja, es gibt sowieso etwas, das ich mit dir besprechen wollte", begann ich zögernd und hoffte, dass sie anbiss.

„Ich habe Zeit, wenn du willst, erzähle es mir jetzt."

Ha, ich wusste, dass auf Elisabeth Verlass war. „Manfred und ich waren am Sonntag zum Herbstfest im Internat eingeladen", ließ ich mich nicht lange bitten. „Das war Luisas Dankeschön, weil ich mich um Isi gekümmert habe."

„Ja, ich weiß, Doris erzählte bereits davon."

Hätte ich mir eigentlich denken können! Natürlich musste diese ihr von unserer Entdeckung berichten und mit ihr absprechen, wie sie nun weiter vorgehen sollte. Wobei ich mir ziemlich sicher war, sie würde den Namen und die Fotos des Kindes nicht an den Reporter weitergeben. Sie hätte auch nicht gewollt, dass man über ihre Tochter Artikel in marktschreierischer Art und Weise veröffentlichte. „Nun, ich wusste ja vorher, dass es sich um eine kirchliche Einrichtung handelt, aber nicht genau, wer oder besser gesagt, welche Glaubensgemeinschaft sich dahinter verbirgt", fuhr ich fort.

„Das ist keine Sekte, das ist eine ordentlich eingetragene christliche Kirche." Im Kopf war Elisabeth klar wie eh und je. Sie hatte gleich gemerkt, worauf ich hinaus wollte.

„Ja, das habe ich selbst schon herausgefunden. Es ist nur", ich zögerte, beschloss aber dann, völlig offen zu sein. „Manfred und ich haben diesen Leiter, Bruder Claudius, kurz kennengelernt, beziehungsweise Manfred hat sogar ein paar Worte mit ihm gewechselt, während ich ihn eigentlich nur begrüßt habe." Ich zögerte wieder. Wie sollte ich ihr meine Gefühle beschreiben? Irgendwie kam ich mir im Moment selbst gehässig vor.

„Du magst ihn nicht", kam Elisabeth mir zuvor.

„Nicht mögen ist zu viel gesagt. Ich kenne ihn ja gar nicht richtig. Nur ist er mir regelrecht unheimlich", gab ich zu. „Mein Instinkt sagt mir, mit dem stimmt was nicht, ohne dass ich meinen Finger auf einen direkten Punkt legen könnte."

„Und da hast du dir gedacht, deine liebe Schwiegermutter ist die Richtige, um die Kirche, diesen Mann und sein Wirken einmal zu überprüfen", Elisabeth lachte. „Werde ich tun. Schön vorsichtig natürlich, damit keiner etwas merkt."

Mir fiel ein Stein vom Herzen, unabhängig von Richies Ansinnen, daraus vielleicht einen Fall konstruieren zu können, hatte ich meine Bedenken gegen den Mann nicht zur Seite schieben können. „Du bist die Beste."

„Weiß ich. Bis Samstag, vielleicht habe ich dann schon Neuigkeiten für dich."

Ja, Elisabeth einzuschalten, war eine gute Idee gewesen.

25

Richard

Ich machte mich gleich an die Arbeit. Zuerst ließ ich mich bei Doris blicken, fest entschlossen, sie erst zu verlassen, wenn sie ihren Laden aufschloss. Dort würde sich bestimmt nichts ereignen, und wenn doch, würde Janine alles sofort haarklein Kathi berichten. Abends würde ich sie dort wieder abholen und dieses Prozedere die nächsten Tage so fortsetzen. Irgendwann passierte garantiert irgendetwas, das uns weiterhelfen konnte. Diese Sache war noch nicht abgeschlossen, das spürte ich.

Doris telefonierte gerade mit Elisabeth, als ich eintraf. „Nein, das sehe ich genauso. Ich weiß wirklich nicht, was Simon sich dabei gedacht hat." Ui, die war ganz schön sauer. „Aber wehe, wenn Luisa betroffen gewesen wäre. Dann wäre er der Erste gewesen, der sich aufgeregt hätte. Nein, ich werde Lothar sagen, ich hätte keinerlei Unterlagen oder Fotos gefunden. Ja, genau, ich werde ihm sagen, wahrscheinlich hätte sich Simon Notizen auf dem Handy gemacht und auch damit fotografiert", sie lachte bitter. „Für irgendwas muss das teure Ding ja gut gewesen sein. Und da dieses bei dem Unfall leider in seine Einzelteile zerlegt worden ist, kann ich ihm leider nicht helfen. Ja, genauso werde ich es machen."

Elisabeth stimmte ihr zu und sie beendeten das Gespräch für Frauenverhältnisse relativ zügig. Anschließend rief Doris Lothar an. Es wurde ein sehr kurzes Telefonat, die beiden hatten sich nichts zu sagen, nachdem Doris ihm die Tatsachen von dem kaputten Handy und ihrer erfolglosen Suche aufgetischt hatte. Ich schätzte, von dem würde sie nie wieder etwas hören.

Danach nahm sich Doris ein Buch und begann zu lesen, für sie schien die Sache damit erledigt. Klar, sie hatte ja auch nicht Kathis und meine Vermutungen den Einbruch betreffend. Von sich aus würde sie nichts mehr unternehmen. Ich konnte nur hoffen, dass sich trotzdem noch irgendetwas Interessantes ergeben würde.

Zunächst sah es nicht so aus. Sie las, bis sie ins Bett ging, stand am nächsten Morgen gerade noch rechtzeitig genug auf, um einen schnellen Kaffee zu trinken und fuhr anschließend zur Arbeit. Als Janine fünf Minuten später kam, verabschiedete ich mich und machte mich auf den Weg zum Internat.

Der Unterricht hatte schon angefangen, ich platzte in die zweite Stunde. Da ich blöderweise vergessen hatte nachzufragen, in welchem Raum sich Luisa befand, musste ich nun wohl oder übel sämtliche Klassenzimmer durchsuchen. Aber ich blieb gleich bei meinem ersten Versuch hängen. Das, was ich hier geboten bekam, gefiel sogar mir.

Die Schüler hatten alle einen Laptop vor sich stehen und waren gerade dabei, darauf Pflanzen zuzuordnen. Jedes Mal, wenn sie ein Projekt abgeschlossen hatten, leuchtete entweder ein grünes Licht auf oder es wurden einzelne Bereiche, nämlich die, die falsch benannt oder eingeordnet worden waren, rot hinterlegt. Wer nach einigen Versuchen immer noch nicht weiterkam, konnte sich an den Lehrer um Hilfe wenden. Sonst wäre der glattweg über gewesen. Alle waren mit echter Begeisterung dabei, so hätte mir Schule auch Spaß gemacht.

Nach dieser Stunde folgte eine weitere, die Pause kam wohl erst später. Ich verließ mit dem Lehrer zusammen das Klassenzimmer, wanderte allerdings nur eine Tür weiter. Wenn schon, dann würde ich mir der Reihe nach jede Unterrichtsstunde und jede einzelne Klasse anschauen, Zeit hatte ich ja genug.

Ich blieb nur zehn Minuten, die Matheaufgaben waren für mich viel zu schwer. Und bei den Erklärungen des Lehrers verstand ich nur Bahnhof. Dies hier war aber auch wohl eine Abschlussklasse kurz vor dem Abitur, zumindest hatte ich diesen Eindruck durch die Ernsthaftigkeit, mit der gearbeitet wurde. Altersmäßig konnte man die meisten überhaupt nicht schätzen, die Jungen sahen aus wie zwölf, dreizehn, die Mädchen dagegen wie achtzehn, neunzehn. In dem Raum davor hatte ich die Kinder so auf zehn, elf geschätzt, fünfte oder sechste Klasse, leider waren an den Türen nur Nummern befestigt.

Ich verfluchte, dass ich gestern bei der Führung nicht besser aufgepasst hatte, das Gespräch zwischen Doris und Kathi war mir interessanter erschienen. Aber egal, ich wollte ja sowieso jede einzelne Klasse inspizieren, irgendwann würde ich dadurch automatisch einen besseren Einblick bekommen.

Obwohl ich Luisa in der nachfolgenden Pause entdeckte, blieb ich bei meinem Schema, mich von Raum zu Raum vorzuarbeiten. Wenn ich sie morgen oder übermorgen in Aktion sah, war es früh genug. Sie war zwar das einzige bekannte Gesicht, aber ich erwartete hier ja keine besonderen Erkenntnisse. Immerhin war noch nicht einmal ihr Computer gestohlen worden, was sollte es da … Moment mal! Genau das war das Seltsame. Das Schlafzimmer, wo sich ihr Laptop aller Wahrscheinlichkeit nach befunden hatte, war durchwühlt und alle Kleidung aus dem Schrank gerissen worden – und auch aus den Koffern der Mädchen. Die Einbrecher hatten die relativ alten Computer der Eltern mitgehen lassen und ihren hochwertigen Laptop – ich hatte mich noch nicht davon überzeugt, ging aber davon aus, nachdem ich die der anderen Schüler hier gesehen hatte, das dem so war – stehen lassen?

Klar, er war neben der Balkontür zusammen mit diversen anderen Sachen gestapelt gewesen, damit es hinterher so aussah, als hätte irgendjemand die Einbrecher gestört und sie wären geflohen. Vielleicht hatten Kathi und ich sie ja tatsächlich überrascht, aber dann wohl eher bei der Suche nach irgendwelchen Papieren.

Das schrie ja geradezu danach, dass die Täter gewusst hatten, wem was gehörte und dass das, was sie suchten, sich nicht auf dem Laptop des Mädchens befinden konnte. Ich musste unbedingt mit Kathi darüber sprechen.

Naja, nach dem ersten Tag war ich sowieso nicht mehr so erpicht darauf, an dem Unterricht teilzunehmen. Nicht dass er nicht etwas ganz Besonderes gewesen wäre. Die Schüler saßen meist in kleinen Gruppen zusammen und es ging ausgesprochen familiär zu - mit Ausnahme der unteren Klassen, da zickte schon mal der eine oder andere rum. Einer wurde sogar aus dem Unterricht ausgeschlossen und zum hauseigenen Psychologen geschickt! Aber der Stoff, der hier behandelt wurde, war echt nichts für mich. Da konnte ich nicht mehr mithalten. Dazu wurde bei den Großen nur Englisch gesprochen, in einer Schnelligkeit und Wortgewandtheit, dass ich nur noch Bahnhof verstand, obwohl ich mir bisher eingebildet hatte, relativ gute Kenntnisse in dieser Sprache zu besitzen.

Nach insgesamt sechs Schulstunden war anscheinend Mittagspause. Die meisten Schüler strömten jedenfalls zu der hauseigenen Schulkantine. Luisa belegte mit fünf anderen zusammen einen Tisch am Fenster. Lachend und plaudernd verzehrten sie das durchaus beachtliche Menü: Hackbraten mit Kartoffelpüree und Möhrengemüse, als Nachtisch Schokoladenpudding mit Vanillesoße.

Jana, Natascha, Dennis, Tobias und Fabian waren wohl mit Luisa in einer Klasse, denn die meiste Zeit unterhielten sie sich über irgendein Projekt, dass sie für Biologie zu machen hatten. Tobias war eindeutig an der Kleinen interessiert, meine Güte, wie der die anschmachtete!

Sie dagegen behandelte ihn von allen am schlechtesten, fiel ihm andauernd ins Wort und verdrehte sogar mehrmals die Augen, wenn er etwas sagte. Jana und Natascha waren da viel netter. Und ehrlich, der war ja nicht doof oder irgendwie seltsam, mir schien er eher der intelligenteste von allen zu sein.

Zu meinem Glück trennten die sechs sich direkt nach dem Essen, die Jungen gingen zurück zur Schule, die Mädchen schlenderten hinüber zur Schwimmhalle.

„Warum bist du nur immer so biestig zu Tobi?", fragte Jana, gleich nachdem sie außer Hörweite waren. „Du vergraulst ihn noch. Dabei hat er angeboten, die gesamte Computersimulation zu übernehmen."

„Ich kann diesen waidwunden Blick nicht mehr ertragen." Luisa warf den Kopf in den Nacken und schnaubte.

„Verliebtheit lässt sich nicht einfach so abstellen." Natascha seufzte theatralisch. „Was würde ich darum geben, wenn mich ein Junge so anschauen würde."

„Er ist eben nicht mein Typ." Die Kleine kniff die Augen zusammen und funkelte ihre Freundinnen böse an. „Der wird nie bei mir landen."

„Ja", Jana kicherte. „Du strebst nach Höherem."

„Hast du in der Zwischenzeit irgendwelche Fortschritte gemacht?", wollte Natascha wissen.

„Nein." Jetzt seufzte Luisa und bei ihr war es ehrlich gemeint. „Diese blöde Camp-Woche hätte ich mir schenken können. Oh ja, er war nett zu mir – genauso wie zu den anderen auch. Er hat allen geholfen, fand für jeden ein freundliches Wort, war immer ansprechbar – und das alles auf der Lehrerebene. Ich wäre besser mit in eure Gruppe gegangen, dann hätte ich mir wenigstens auch eines dieser tollen Tücher machen können."

„Und mit uns jede Menge Spaß gehabt." Jana kicherte wieder. „Ich fand es dort supertoll."

„Er ist angehender Lehrer und du seine Schülerin. Für den spielst du in einer ganz anderen Liga", gab Natascha zu bedenken.

Ah, genau, wie ich schon gedacht hatte, es ging um diesen Roman.

Mittlerweile hatten die drei den Eingangsbereich der Schwimmhalle erreicht. Dort drängten sich bestimmt an die zwanzig Mädchen verschiedensten Alters. Luisa gab Jana einen warnenden Rippenstoß und diese klappte ihren Mund wieder zu. Schweigend gesellten sie sich zu den anderen.

26

Richard

Jetzt schon zu Kathi? Nein. Ich hatte schließlich gerade erst angefangen zu graben. Bei Doris würde sich in nächster Zeit auch nichts mehr ereignen, Wohnung, Garage und das Auto waren durchsucht worden, ein zweiter Einbruch wäre viel zu auffällig gewesen. Und die wusste garantiert von nichts. Wenn, dann würde ich die Antwort hier finden, davon war ich mittlerweile überzeugt. Erstens mussten die Täter meiner Meinung nach gewusst haben, dass es sich nicht lohnen würde, Luisas Computer mitzunehmen, das hieß also, der Kreis engte sich auf die Personen ein, denen diese Tatsache bekannt war. Zweitens hatte Simon Glaser die letzten zwei Wochen vor seinem Tod hier gearbeitet, was den Verdacht nahelegte, dass das, was er gefunden hatte, aus dem Internat stammte. Dabei handelte es sich garantiert nicht um die Fotos, Simon musste etwas anderes, wesentlich Relevanteres in die Hände gefallen sein. Nur was?

Anscheinend war er sich dessen, was er entdeckt hatte, gar nicht bewusst gewesen – sonst hätte er bestimmt versucht, ebenfalls einen finanziellen Vorteil daraus zu ziehen. Oder zumindest mit Doris darüber gesprochen. Die war jedoch völlig ahnungslos, darauf hätte ich wetten können.

Ich beschloss, auch die Nacht im Internat zu verbringen. Anfangs hatte ich heimlich über Kathi gelacht, als sie mir klarzumachen versuchte, dass sie diesen Leiter Bruder Claudius suspekt fand. Je mehr ich nun nachdachte, desto sicherer wurde ich mir, dass sie mal wieder recht gehabt hatte. Es konnte gar nicht anders sein, als dass jemand aus dem Internat seine Finger im Spiel hatte, und warum nicht er? Morgen würde ich ihn mir vornehmen.

Dieser Tag lief noch öder ab, als der zuvor. Meine Güte, ich hätte nie gedacht, dass seine Arbeit hauptsächlich aus langweiligem Bürokram bestehen würde. Er arbeitete einen riesigen Stapel Post durch, diktierte mehrere Briefe und führte ellenlange Telefongespräche mit Eltern, Handwerkern und einem der anderen Internatsleiter. Selbst das Mittagessen ließ er sich an seinen Schreibtisch bringen.

Als er endlich aufstand, dachte ich schon, jetzt würde endlich etwas Interessantes passieren, aber Bruder Claudius ging schnurstracks zur Turnhalle und begann, mit einigen Lehrern zusammen Badminton zu spielen. Danach duschte er ausgiebig, ein Umstand, den ich nicht verstand, wohnte er nicht ebenfalls hier im Haus?

Doch die meisten anderen der Lehrer taten es ihm nach. Es wurden ein paar nichtssagende Worte gewechselt, dann ging jeder seiner Wege. Bruder Claudius verschwand in einer Wohnung unter der Schule, ich folgte natürlich. Wieder eine Niete, es handelte sich um einen Besuch beim Hausmeister, mit dem er über die Arbeiten sprach, die dieser in den nächsten Tagen zu erledigen hatte.

Ich notierte auf meiner imaginären Liste: Kathi fragen, warum Simon hier einen Auftrag durchgeführt hatte. Der Hausmeister erschien mir als sehr kompetent. Was also hatte Doris' Mann eigentlich gemacht?

Endlich, endlich ging der Internatsleiter zu dem linken Wohnhaus und fuhr mit dem Aufzug ganz nach oben. Auf diesem Flur gab es nur drei Türen, Bruder Claudius steuerte die mittlere an und schloss auf. Wow, die Wohnung hatte bestimmt hundert Quadratmeter, war mit edlen Holztüren ausgestattet und der Boden bestand aus Granit. Die Einrichtung war ebenso edel und im Wohnzimmer konnte ich durch bis zum Boden reichende Fenster auf einen großen Balkon mit einer sagenhaften Aussicht schauen.

Während Bruder Claudius in der Küche verschwand, um sich einen kleinen Abendsnack zuzubereiten, huschte ich neugierig von Raum zu Raum. Lebte der Kerl ganz alleine hier?

Das Schlafzimmer beherbergte zwar ein großes Doppelbett und einen, eine ganze Wand einnehmenden Schwebetürenschrank, trotzdem deutete nichts auf die Anwesenheit einer zweiten Person hin. Diese Mutmaßung fand ich im Badezimmer, ganz aus Marmor und bis zur Decke gefliest, bestätigt. Eine einzige Zahnbürste stand im Becher, es gab keinerlei Frauenutensilien zu entdecken, das Duschgel versprach einen herbmännlichen Geruch, der Rasierer war eindeutig zur täglichen Entfernung des Bartwuchses gedacht.

Der einzige Raum, den ich noch nicht begutachtet hatte, entpuppte sich als Arbeitszimmer, natürlich genauso edel eingerichtet wie der Rest der Wohnung. Kaum hatte ich den Raum betreten, klingelte das Telefon, das auf dem massiven Schreibtisch stand und Bruder Claudius kam herein. „Ja?"

Ich beeilte mich, in seine Nähe zu kommen. „... keine Probleme. Und bei dir?", hörte ich gerade noch.

„Alles läuft völlig normal. Jeder scheint unsere Erklärung zu schlucken", erwiderte der. „Ich erwarte auch nicht, dass sich daran etwas ändert."

„Gut, sehr schön", drang es aus dem Hörer, es handelte sich übrigens um eine männliche Stimme. „Wenigstens etwas, das klappt."

„Das heißt, ihr habt nichts gefunden?"

„Nein, es gibt keinerlei Hinweise. Sie bleibt aber jetzt hartnäckig bei dieser neuen Version."

„Versucht euer Bestes, wir müssen wissen, was wirklich geschehen ist."

„Ich melde mich, wenn wir Fortschritte machen. Bis dann."

Nachdem Bruder Claudius aufgelegt hatte, starrte er nachdenklich vor sich hin. Schließlich schüttelte er den Kopf und begab sich ins Wohnzimmer. Ich folgte ihm auf dem Fuße. Doch statt irgendetwas zu unternehmen, das Licht in diese Angelegenheit bringen konnte, setzte er sich in den ausladenden Sessel, griff nach der Fernbedienung des überdimensionalen Flachbildfernsehers und begann, durch die Kanäle zu zappen. Gleichzeitig widmete er sich seinem hübsch angerichteten Teller mit Schnittchen, den er auf dem Glastisch zusammen mit einer Flasche Bier abgestellt hatte. Was? Noch nicht einmal ein Glas? Das hätte ich von diesem Herrn nicht erwartet.

Ich war gelinde gesagt ziemlich enttäuscht. Dieses Telefongespräch konnte die Spur sein, auf die wir gewartet hatten. Nur, worum es dabei nun genau ging – ich hatte nicht die leiseste Ahnung. Und wer war diese Sie, über die die beiden gesprochen hatten? Verdammt mysteriös das Ganze.

Zumindest aber war dadurch für mich deutlich geworden, dass ich mit meiner Überwachung des Schulleiters richtig lag. Er war an irgendetwas Geheimnisvollen beteiligt.

Ehrlich gesagt war ich erstaunt, so schnell auf Informationen gestoßen zu sein. Ich hatte mich auf eine viel längere und mühsamere Suche eingestellt. Gut, würde ich eben den Schulleiter nun auf Schritt und Tritt überwachen.

Hatte ich gedacht, der letzte Tag wäre schon öde gewesen, der nächste und übernächste toppten das Ganze noch. Langweilig, das war das Einzige, was es als Beschreibung dazu zu sagen lohnte.

Ich rächte mich, indem ich ihm am Donnerstagabend so viel Energie entzog, dass er am nächsten Morgen derart blass und geschwächt aussah, dass seine Sekretärin ihm besorgt riet, doch lieber einen Arzt aufzusuchen.

„Nein, mir geht es gut", wehrte er mit matter Stimme ab. „Ich bin nur etwas müde und überarbeitet. Ich mache heute einfach früher Schluss."

Ich hatte schon fast ein schlechtes Gewissen, ehrlich.

Mein schlechtes Gewissen wuchs ins Unermessliche als Frau Huber, die Sekretärin, gegen elf ein Ehepaar hereinführte, das sich als verzweifelte

Eltern entpuppte, die dringend einen Internatsplatz für ihre Tochter suchten.

„Uns ist bewusst, dass es normalerweise nicht üblich ist, in der Zwölf zu wechseln", begann der Vater umständlich, nachdem die beiden vor dem Schreibtisch Platz genommen hatten. „Wir ..."

„Nadine hat einen Tag, bevor die Schule wieder losging, einen Selbstmordversuch unternommen", unterbrach ihn seine Frau. „Sie ist in der Kinderpsychiatrie behandelt worden und dort auch vorübergehend unterrichtet worden. Jetzt ist sie relativ stabil. Aber sie will unter keinen Umständen zurück an ihr altes Gymnasium. Wir haben von dem freien Platz bei Ihnen erfahren und uns sofort gemeldet. Sie sind unsere letzte Hoffnung."

„Warum kam es zu diesem Selbstmordversuch?", fragte Bruder Claudius.

„Sie sagt, sie wäre völlig am Ende gewesen." Die Mutter schluckte. „Das ganze letzte Jahr war schon äußerst schwierig und hat sie sämtliche Kraftreserven gekostet. Sie sagt, für sie würde es keinerlei Perspektive geben. Es wäre für sie und uns besser, sie sei tot."

„Beinahe hätte es geklappt", fügte der Vater hinzu. „Meine Frau ist zufällig in ihrer Mittagspause nach Hause gefahren, was sie normalerweise nicht macht. Und da hat sie sie gefunden, gerade noch rechtzeitig genug. Sie war schon bewusstlos."

„Also kein Schrei nach Hilfe, sondern eine ernsthafte Absicht", nickte Bruder Claudius. „Was genau war die Ursache für diese Tat?"

Ja, genau, die Eltern lamentierten herum und kamen nicht zum Punkt. Warum hatte die Tochter denn nun versucht, sich umzubringen?

Ja, und dann breiteten die beiden abwechselnd eine wahre Horrorstory vor uns aus. Die Kleine hatte den ganzen üblichen Kram eines hochbegabten Underachievers mitgemacht: Unterforderung in der Schule, worauf sie mit Rückzug reagierte, eine uneinsichtige Grundschullehrerin, die der Meinung war, die Probleme lägen daran, dass sie ein Einzelkind sei und die Eltern sie zu sehr in den Mittelpunkt gestellt hätten, ein einmaliges Überspringen, das nur vorübergehende Besserung gebracht hatte. Eine Zeit lang konnte sie mit diversen anspruchsvollen Freizeitaktivitäten aufgefangen werden, dann verschlechterte sich ihr Zustand wieder, wahrscheinlich lag es auch daran, dass sie keine richtigen Freunde fand.

„Es war zuletzt so, dass sie nur noch herumgammelte. Sie konnte sich zu nichts mehr aufraffen", versuchte die Mutter zu erklären. „Selbst im privaten Bereich gab es nichts, dass ihr Spaß machte. Freunde oder Bekannte, mit denen sie etwas unternehmen konnte, gab es nicht, sie war völlig isoliert."

„Bis vor Kurzem wollte Nadine unbedingt Chemikerin werden. Dieser Wunsch zieht sich eigentlich schon durch ihre ganze Kindheit. Aber auf einmal hat sie angeblich keinerlei Interesse mehr daran", übernahm der Vater. „Wir sind mittlerweile selbst am Ende unserer Kraft. Sie sind unsere einzige Hoffnung."

27

Katharina

Irgendwie ließ mich die Erinnerung an diesen seltsamen Bruder Claudius nicht los. Ich hatte immer noch ein sehr schlechtes Gefühl, und es wurde von Tag zu Tag schlimmer. Außerdem – hatte Simon Glaser nicht bis direkt vor seinem Tod bei diesem gearbeitet? Konnte das ein Zufall sein oder hatte er vielleicht doch etwas entdeckt, etwas so Wichtiges, dass deshalb bei ihm eingebrochen worden war?

Gut, Manfred war der Ansicht, ich würde mich leicht in etwas hineinsteigern, das hatte er mir schon mehr als einmal gesagt. Aber trotzdem, ich kam einfach nicht zur Ruhe. Ich musste selbst irgendetwas unternehmen. Da ich wusste, dass am Donnerstagmorgen Janines freier Vormittag war – sie hatte einen Arzttermin – entschloss ich mich spontan zu einem Frisörbesuch. Hoffentlich war es nicht so voll, dass Doris kaum Zeit erübrigen konnte.

Ich hatte Glück, sie beendet gerade den Haarschnitt eines älteren Mannes, als ich in den Laden trat. Der Wartebereich war leer, sie winkte mich zu einem Stuhl vor den großen Spiegel. „Ich komme sofort!"

„Hallo Kathi!" Sie strahlte richtig. „Und, was hättest du denn gern?" Prüfend betrachtete sie meine Haare. „Den Schnitt lassen wir, nur etwas kürzen, würde ich sagen. Aber du könntest neue Farbe auf dem Ansatz gebrauchen."

„Äh, das macht sonst immer Janine", stammelte ich verlegen. Meine Tochter sah es als ihr Privileg an, der gesamten Familie kostenlos ihre Künste zur Verfügung zu stellen. Und ich freute mich, dass ich sie so relativ regelmäßig zu Gesicht bekam.

„Wir sagen ihr, das sei mein Dankeschön an dich wegen Isi. Und das ist nicht nur so dahingesagt. Bitte zier dich nicht weiter, ich will mich wirklich revanchieren."

Ich schenkte mir jeden weiteren Protest, weil ich erstens sehen konnte, dass es Doris ein dringendes Bedürfnis war, sich auf diese Weise zu bedanken und ich zweitens dadurch einige Zeit hier bei ihr verbringen konnte. „Einverstanden", nickte ich deshalb.

Prüfend ließ Doris eine meiner Haarsträhnen durch ihre Finger gleiten. „Ich würde dir einen etwas anderen Braunton empfehlen, einverstanden?"

„Mach du ruhig, ich habe vollstes Vertrauen zu dir." Man brauchte sich nur Doris anzuschauen, stilsicher bis ins Letzte. Aber auf eine vollkommen unaufdringliche Art. Ihre Haare waren bestimmt ebenfalls gefärbt, doch sie wirkten natürlich, der Stufenschnitt passte hervorragend zu ihrem schmalen, länglichen Gesicht, die Jeans und die wollene Karobluse verstärkten den legeren Eindruck, ohne dass es gewollt wirkte.

Unsere Augen begegneten sich im Spiegel, sie hatte genau gesehen, dass ich sie einer Musterung unterzogen hatte. „Dein Stil gefällt mir", gab ich zu.

„Ich muss in meinem Beruf darauf achten", lächelte sie. „Nicht nur bei mir, sondern auch bei meinen Kunden. Was bringt es zum Beispiel dem sportlichen Typen, der sich leger kleidet, wenn ich ihm einen Haarschnitt à la Vorstandsvorsitzender verpasse? Und wenn sich eine Frau, zu der dieser überhaupt nicht passt, einen Afrolook zulegen will, muss ich versuchen, sie von einer wesentlich kleidsameren Variante zu überzeugen. Das gehört zu meinem Job dazu – zumindest sehe ich das so. Ich möchte zufriedene Kunden, die gerne wiederkommen und ihnen nicht auf Biegen und Brechen die teuerste Variante verkaufen."

Das Schöne bei dieser Art von Arbeit ist, dass sie geradezu zum Plaudern einlädt. Und so dauerte es auch nicht lange, bis Doris das Thema anschnitt, das mich am meisten interessierte. „Und, wie hat es dir und deinem Mann gefallen?"

„Wir waren sehr beeindruckt", gab ich unumwunden zu. „Von dem Internat, der Schule, dem Konzert – von dem ganzen Projekt eigentlich."

„Ja, es hat sich für unsere Lu als echter Segen erwiesen."

„Diese Kundin, die dir den Tipp gegeben hat, war sie auch auf dem Fest?", fragte ich neugierig.

„Leider nein, sie und ihre Familie sind wohl ganz plötzlich umgezogen." Doris, die mir in der Zwischenzeit die Haare gewaschen hatte, legte mir ein Handtuch um den Kopf. „Schade, ich hatte gedacht, sie würde sich wenigstens von mir verabschieden."

„Du wusstest nichts davon?"

„Nein, Luisa hat es ganz beiläufig auf dem Fest erwähnt. Dieses Biest." Sie schüttelte den Kopf. „Meint immer noch, alles, was sich dort abspielt, interessiert mich nicht."

„Wieso das denn?"

Doris seufzte und begann, vorsichtig das Wasser aus den Haaren zu drücken. „Lu war immer schon ein Papakind. Mich bekam sie ja erst abends zu sehen, er dagegen war den ganzen Tag für sie da. Als das mit ihrer Hochbegabung und den daraus resultierenden Schwierigkeiten deutlich wurde, war ich die böse Mama, die sie zwang, weiterhin in die

Schule zu gehen. Simon konnte sich ihr gegenüber nie durchsetzen. Wenn sie den Unterricht schwänzen wollte, ließ er sie einfach zu Hause und schrieb ihr eine Entschuldigung. Doch damit war ja ihm Prinzip nichts gewonnen. Er bedauerte sie wortreich, Alternativen konnte er aber genauso wenig bringen wie ich."

Sie griff nach der Schere und begann zu schnippeln. „Dazu kam, dass ich weiterhin ein sehr gutes Verhältnis zu Julia hatte und bei den endlosen Streitigkeiten oft ihre Partei ergreifen musste. Simon mischte sich nie ein. Die Schwestern sollten ihre Differenzen untereinander klären, war seine Devise. Nur, Luisa war zu dem Zeitpunkt so voller Hass, sie griff ohne Grund an, sowohl körperlich als auch verbal. Ich musste dazwischen gehen."

„Aber du warst diejenige, die schließlich von dem Internat erfuhr", wandte ich ein.

Unsere Augen begegneten sich wieder im Spiegel. Doris lachte bitter. „Ja und, war das etwa mein Verdienst? Nein, ich gab ja nur die Information weiter. Simon war es, der Kontakt aufnahm und den Vorstellungstermin vereinbarte. Ich durfte zwar mit, aber das Reden übernahm er."

Sie drückte meinen Kopf nach unten. „Für Luisa war ihr Papa der Held in allen Lebenslagen. Ihm war es zu verdanken, dass sie aufgenommen wurde, er organisierte ihren Umzug, er war ihr Ansprechpartner, sowohl bei Schwierigkeiten als auch bei guten oder lustigen Dingen, die sie zu berichten hatte. Und bedingt durch meine langen Öffnungszeiten, konnte ich ja sowieso nicht an den freitäglichen Veranstaltungen teilnehmen."

„War dieses Fest am Sonntag die Ausnahme?", murmelte ich mit gesenktem Kinn.

„Eher schon. Es ist üblich, diese auf den Abholtag der Kinder zu legen, das heißt, vor den Ferien finden immer kleinere Präsentationen oder Konzerte statt, an denen die Eltern dann teilnehmen. Und der Abholtag ist nun mal der Freitag. Das war somit von vornherein Simons Aufgabe, sie am Heimfahrtwochenende zu fahren. Normalerweise nahm er sich an diesen Tagen nie etwas vor, sondern unternahm viel mit ihr ..."

Sie hielt im Scheiden inne und schwieg so lange, dass ich es wagte hochzuschauen.

Sie bemerkte meinen Blick. „Eigentlich ist mir gerade erst bewusst geworden, dass die beiden grundsätzlich die Samstage verplant hatten und längst unterwegs waren, wenn ich von der Arbeit kam. Sonntags faulenzten wir meist alle zusammen." Wieder hielt sie inne. „Bei schönem Wetter fuhren die beiden oft mit dem Motorrad, längere Touren natürlich, dann aßen sie unterwegs zu Mittag und tauchten oft erst kurz vor Luisas Abfahrt wieder auf." Sie schüttelte den Kopf. „Irgendwann war das für mich völlig normal, ich merke erst jetzt, dass wir wirklich sehr wenig Zeit miteinander verbracht haben." Ihre Augen verengten sich zu schmalen Schlitzen. „Oft machte Simon Vorschläge, was wir unternehmen könnten, meine Ideen wurden von den beiden rundweg abgelehnt." Sie stieß geräuschvoll die Luft aus. „Mensch, war ich denn blind?"

„So was kommt nicht plötzlich, sondern entwickelt sich nach und nach", versuchte ich zu erklären. „Dadurch fällt es einem dann nicht auf."

„Genau", sie nickte heftig und wandte sich wieder meinen Haaren zu. „Früher haben wir alle vier zusammen gefaulenzt, manchmal haben er und Luisa etwas gemeinsam unternommen und ich etwas anderes mit Julia, wesentlich seltener sind wir als Familie irgendwo hingefahren. Ja, die beiden hatten ihr Faible für Motorräder, damit waren die Sommermonate verplant." Wieder hielt sie inne. „Ich glaube, das war mit ein Grund, warum ich Julia so vermisst habe, da hätte mir eigentlich klar werden müssen, dass ich bei den beiden mittlerweile außen vor war."

„Und deshalb ist Luisa jetzt so, so …", ich suchte nach Worten.

„Biestig", half Doris mir aus. „Du kannst es ruhig sagen. Ich habe das Gefühl, sie hasst mich, weil in ihren Augen der falsche von uns gestorben ist."

„Das wird sich geben", versuchte ich sie zu trösten. „Die Zeit ist dein Verbündeter."

„Nein, leider nicht." Sie fuhr mit der Hand durch meine Haare und musterte prüfend ihre Arbeit. „So, das reicht, sieht wieder viel besser aus, frischer und lebendiger, findest du nicht?"

Ich konnte ihr nur Recht geben „Super. Hoffentlich ist meine Tochter jetzt nicht gekränkt. Ich finde, ich habe noch nie besser ausgesehen."

„Ich habe auch jahrelange Erfahrung. Janine wird später einmal ebenso gut. Sie hat wirklich Talent."

„Du weißt", führte ich sie wieder zum Thema zurück, „dass wir mit ihr ebenso unsere Schwierigkeiten hatten. Das legt sich über kurz oder lang."

„Bei Luisa dann wohl eher über lang", seufzte Doris. „Im Moment habe ich eher das Gefühl, dass sie am liebsten gar nichts mehr mit mir zu tun hätte. Das Internat ist mittlerweile zu ihrer wahren Heimat geworden. Ich warte eigentlich nur darauf, dass sie anfragt, ob sie nicht auch die Heimfahrtwochenenden dort verbringen darf."

116

Jetzt hatte ich sie da, wo ich sie haben wollte. „Jaaa", sagte ich gedehnt. „Das Internat. Da gibt es etwas, was ich gerne mit dir besprechen wollte."

28

Richard

Statt den Eltern in irgendeiner Form Hoffnungen zu machen, fragte Bruder Claudius nach weiteren Einzelheiten. Warum sie ihre Tochter nicht ein weiteres Mal hatten überspringen lassen und ähnliche Dinge. Hieß das nun, er wollte prüfen, ob sie in den Rahmen der Schule passte oder was sollte das?

„Sie war so klein und zart, die Kleinste von allen", verteidigte die Mutter ihre damalige Entscheidung. „Wir dachten, es wäre ein Fehler, wenn sie sich optisch noch mehr von ihren Mitschülern abheben würde. Sie kam ja sowieso schon mit den meisten Klassenkameraden nicht gut zurecht."

„Man merkte ihr ihr Anderssein an, sie benutzte Fremdworte, die die anderen nicht kannten, sie rechnete komplexe Matheaufgaben im Kopf, sie bemühte sich in jeder Fremdsprache um eine exzellente Aussprache", ergänzte der Vater. „Nadine war fordernd, wenn ein Lehrer auf sie einging, beteiligte sich bei für sie langweiligen Themen gar nicht und brachte wenig Verständnis für ihre langsamen Mitschüler auf. Darüber hinaus lag sie von ihrer Leistung her gerade mal im unteren Mittelfeld."

„Sie war mit Sicherheit in den Augen ihrer Lehrer kein liebenswertes Kind." Oh, Mama hatte bereits Tränen in den Augen, die sie nur mühsam zurückhielt.

„Die meisten Lehrer haben von dem Thema Hochbegabung keine Ahnung", nickte Bruder Claudius. „Es gibt Kinder, die sich anpassen, die die Langeweile hinnehmen und trotzdem gute Leistung bringen können und sich in ihrer Freizeit austoben und dann gibt es die anderen, für die das unmöglich ist. Es ist kein böser Wille oder gar Widerborstigkeit, sie können es wirklich nicht."

„Genau das hat unser Psychologe auch gesagt." Die Mutter schnäuzte sich energisch. „Diese Kinder sind so und fallen eben aus dem System, wir müssen versuchen, ihnen zu helfen, es trotzdem zu schaffen."

„Aber bei Nadine hat diese Hilfe irgendwann nicht mehr funktioniert", stellte Bruder Claudius fest und, als die Eltern unisono nickten, kam er endlich zur Sache: „Würde sie denn überhaupt an unsere Schule wechseln wollen?"

„Ehrlich gesagt haben wir ihr von diesem Termin gar nichts erzählt." Die Frau wurde puterrot im Gesicht. „Als wir erfuhren, dass bei Ihnen ein Platz freigeworden ist, erschien uns das als rettender Anker, als Gottesgeschenk. Deshalb haben wir sofort angerufen und um ein Gespräch gebeten."

„Wir wollten ihr keine falschen Hoffnungen machen", verdeutlichte der Vater. „Das kann sie im Moment nicht verkraften."

„Nun", der Internatsleiter räusperte sich umständlich. „Sie muss natürlich schon wollen. Und sie müsste bereit sein, sehr kurzfristig zu wechseln. In der Oberstufe zählt jeder Tag."

„Das heißt, Sie würden sie nehmen?" Nadines Mutter sprang auf und ich dachte schon, sie würde sich auf ihn stürzen und ihn umarmen. Dieser dachte wohl ähnlich, denn er lehnte sich, so weit es ging, in seinem Stuhl zurück. „Wenn sie es selbst will, ja."

Auch der Vater erhob sich. „Wir werden sie sofort fragen!"

„Es reicht, wenn Sie uns Montagmorgen Bescheid geben." Bruder Claudius drückte, ohne dass die Eltern es sahen, einen Knopf. „Meine Sekretärin gibt Ihnen gleich die erforderlichen Unterlagen und bespricht alles Weitere mit Ihnen."

Perfektes Timing. Schon während seiner letzten Worte trat diese ein und führte die Eltern, die sich immer weiter bedanken wollten, aus dem Raum. Bruder Claudius wirkte total erschöpft, seine Gesichtsfarbe hatte mittlerweile von Weiß nach Grau gewechselt. Ich überlegte ernsthaft, ob ich ihm nicht einfach etwas von seiner Energie zurückgeben sollte. Allein der Umstand, dass ich so etwas noch nie gemacht hatte, hielt mich davon ab. Vielleicht hätte ich ja dabei ein noch schlimmeres Desaster angerichtet. Ein, zwei Tage Ruhe und er würde sich wieder erholt haben. Da er sich nun mit geschlossenen Augen zurücklehnte, konnte ich in Ruhe über das eben Gehörte nachdenken. Dass es derart schlimme Ausmaße mit dieser Hochbegabung annehmen konnte, hatte ich echt nicht gewusst. Die Kinder hier waren mir zufrieden und glücklich vorgekommen. Und dass, was Doris bisher erzählt hatte – naja, ich war davon ausgegangen, dass Luisa ein verwöhntes Balg gewesen war und ihr nur der richtige Ansporn gefehlt hatte. Jetzt sah ich die Dinge anders. Ob wohl alle, die hier gelandet waren, etwas Ähnliches durchgemacht hatten wie Luisa und Nadine?

Vielleicht war es doch ganz gut, dass Annika und Benjamin davon nicht betroffen waren. Ich konnte mich wohl hoffentlich dabei auf Kathis Aussage verlassen, die hatte schließlich genug Erfahrung gesammelt. Trotzdem beschloss ich, in der nächsten Zeit genauer hinzusehen. Ich fühlte mich immer noch für meine zwei verantwortlich.

Das Klingeln eines Telefons unterbrach unsere kurze Pause. Bruder Claudius kramte umständlich sein Handy aus der Tasche. „Ja?"

„Ich wollte dir nur Bescheid geben, unser Treffen heute Abend verschiebt sich um eine Stunde", drang eine männliche Stimme laut und verständlich aus der Hörmuschel.

„Ich hatte ebenfalls gerade vor, dich anzurufen", log mein Opfer. „Ich habe mir wohl einen Virus eingefangen und kann deshalb leider nicht kommen."

„Mist", fluchte der andere. „Ich hatte gehofft, du könntest dir anschließend das Mädchen vornehmen. Sie hält an dieser neuen Version fest. Ich bin mir aber immer noch nicht sicher, ob diese stimmt."

Bruder Claudius rieb sich müde die Augen. „Lasst nicht locker und ändert eure Vorgehensweise. Mit Samthandschuhen kommt ihr bei der nicht weiter", sagte er schließlich.

„Das haben wir schon längst versucht." Die Stimme des Mannes klang eindeutig empört. „Die ist stur bis zum Letzten."

„Herr im Himmel, euch wird schon etwas einfallen! Sie ist euer Problem, nicht meines."

„Gut, wenn du es so siehst", antwortete der andere im gleichen Tonfall, „dann habe ich freie Hand zu agieren, wie ich es will. Ich werde eine Gangart zulegen und ihr mit dem Wohlergehen ihrer Eltern und Geschwister drohen. So gesehen …"

„Bei mir klopft es, ich muss Schluss machen", unterbrach ihn der Internatsleiter. „Das werden die Eltern sein, die sich auf den freien Platz bewerben. Sieh du zu, dass du endlich die Wahrheit aus ihr herausbringst. Wir müssen die Kopien zurückbekommen. " Ohne eine Antwort abzuwarten, unterbrach er die Verbindung und ließ sich in seinem Stuhl zurückfallen. Ui, der hatte richtig böse geklungen. Und was war das mit dieser Kleinen? Um wen handelte es sich bei ihr und was hatte sie getan? Mist, warum hatte ich mich nur hinreißen lassen und dem Mann so viel Energie entzogen. Bei dem abendlichen Treffen hätte ich bestimmt alles erfahren.

So konnte ich gar nichts unternehmen, ich kannte keinen Namen, keinen Ort. Wo hätte ich ansetzen sollen?

Zumindest aber wusste ich nun sicher, dass der Kerl Dreck am Stecken hatte. Ob und inwieweit das mit dem Einbruch bei den Glasers zu tun hatte, konnte ich natürlich nicht sagen. War ja auch egal, hier gab es einen richtigen Fall direkt vor meiner Nase! Jetzt würde Kathi einsehen, dass uns nichts anderes blieb, als weiterzumachen.

Allerdings musste ich die Geschichte anders aufziehen, wenn ich ihre Unterstützung haben wollte. Ich wusste nicht das Geringste, die paar Fakten würden sie nicht sonderlich beeindrucken und halfen uns nicht weiter. Nein, im Prinzip hatte ich nichts Eindeutiges vorzuweisen.

Ich überlegte die ganze Nacht. Zeit hatte ich genug, Bruder Claudius war nach dem Mittagessen schnurstracks in seine Wohnung und ins Bett gegangen, wo er auch den Rest des Tages verbrachte. Nicht einmal telefoniert hatte er.

Hm, am besten wäre es, ich würde Kathi erzählen, dass bei diesem Telefongespräch über ein entführtes Mädchen geredet wurde und dass Bruder Claudius und mindestens noch ein weiterer Mann in diese Geschichte verwickelt waren. Danach konnte ich das vorbringen, was ich tatsächlich gehört hatte und mit den Fakten aus dem ersten Anruf mischen. Das hatte zusammen genug Aussagekraft und müsste eigentlich reichen, sie zur Mitarbeit zu bewegen.

Ich überlegte angestrengt, was ich sagen sollte. Kathi würde wie immer alles ganz genau wissen wollen. Und es musste überzeugend klingen. Also der Fremde hatte erwähnt, dass man die Kleine in einem Keller gefangen hielt, das kam bestimmt gut. Dazu noch seine Worte, dass man ihr nun mit dem Leben ihrer Familie drohen würde, damit müsste die Sache eigentlich geritzt sein.

Ein schlechtes Gewissen, Kathi anzulügen, hatte ich ehrlich gesagt nicht. Da war was oberfaul, das spürte ich klar und deutlich. Und wenn das einzige Mittel, sie zu einer Zusammenarbeit mit mir zu bewegen, war, dass ich dafür die Wahrheit ein bisschen ausdehnen musste, bitte. Sie würde es ja nie erfahren.

Am nächsten Morgen blieb ich nur noch so lange, bis sich meine Vermutung bestätigte. Bruder Claudius wankte regelrecht in die Küche, doch auch der starke Kaffee, den er sich kochte, konnte ihn nicht regenerieren. Kaum hatte er aufgegessen, verschwand er wieder im Schlafzimmer. Hier würde ich nichts verpassen. Also machte ich mich auf zu Kathi, um sie von unserem neuen Fall zu unterrichten.

29

Katharina

„Was guckst du denn da?"

Ich zuckte zusammen, erwischt. „Ich bügele", erwiderte ich kurz angebunden und ging zum Fernseher, um ihn auszuschalten.

„Und schaust dir dabei diesen Kram an?"

Er klang genauso abfällig wie Manfred. Dabei sind diese Gerichtssendungen so schlecht nun auch wieder nicht. Fand ich wenigstens. Gut, ich gebe zu, ich bin direkt süchtig nach dieser Art von Fernsehen. Es ist alles so herrlich vorhersehbar und ich weiß ja, dass es nicht der Wirklichkeit entspricht. Obwohl, diese prolligen Typen dort und die Probleme die gezeigt werden, die sind tatsächlich wie aus dem Leben gegriffen. Ich amüsiere mich jedenfalls köstlich bei diesen Programmen.

Weil mein Mann und meinem Gefühl nach Richie das ebenso wenig verstehen konnte, nutzte ich normalerweise die Samstagmorgen, an denen ich garantiert ungestört war. Und immerhin bügelte ich dabei die gesamte Wäsche von vierzehn Tagen weg – an den anderen Samstagen fand sich meist etwas zu nähen.

„Ich brauche einfach Unterhaltung bei dieser eintönigen Arbeit", schwindelte ich.

Er schnaubte, wobei ich mich wieder einmal fragte, wie er dieses Geräusch in seinem gasförmigen Zustand überhaupt erzeugen konnte. „Warum guckst du nicht irgendwas Vernünftiges?"

„Weil ich dann zu abgelenkt bin, um dabei zu bügeln." Ich nahm mir demonstrativ das nächste Teil von meinem noch ziemlich großen Haufen. „Aber jetzt bist du ja da. Komm, erzähl, was hast du herausgefunden?"

Er ließ sich nicht lange bitten. Bis ich alle Einzelheiten erfahren hatte, war mein Berg verschwunden. „Glaubst du denn, dass der Einbruch bei Glasers was mit dieser Geschichte zu tun hat?", fragte ich und ließ mich aufstöhnend auf die Couch sinken. Jetzt fünf Minuten Ruhe und die Beine hochlegen!

„Keine Ahnung. Ich weiß überhaupt nicht, was ich davon halten soll. Tatsache ist, die haben ein Mädchen in ihrer Gewalt und versuchen, irgendwelche Kopien von ihr zurückzubekommen, die für sie anscheinend sehr wichtig sind. Ich tippe darauf, dass es sich dabei um irgendwas Illegales handelt, sonst würden die nicht so vorgehen."

Ich ließ mir seine Geschichte noch einmal in aller Ruhe durch den Kopf gehen. „Nehmen wir mal an", sagte ich langsam, „dass es eine Schülerin gibt, die, wie auch immer, an irgendwelche Unterlagen gekommen ist, die nicht für die Öffentlichkeit bestimmt sind. Was würdest du mit so jemandem machen, wenn du nicht willst, dass diese Information bekannt wird?"

„Kathi, weißt du schon wieder Genaueres?"

„Nein, nicht direkt. Ich denke nur nach. Los, was würdest du machen?"

„Töten fällt flach?"

„Richie!"

„Äh, nun ich würde sie mir schnappen und ihr drohen, damit sie mir verrät, wo sie die Papiere …"

Er verstummte. Ich wartete, bis er seine Verbindungen gezogen hatte. „Der Einbruch bei Simon! Natürlich! Anscheinend hängt er auch irgendwie mit drin. – Aber wie können wir eingreifen?" fuhr er nach einer kurzen Pause fort. „Wir wissen nichts, nicht, wer die Kleine ist, nicht, wo sie gefangen gehalten wird, nicht, worum es überhaupt geht."

„Mir ist dazu spontan etwas eingefallen." Ich hielt inne. War das nicht zu weit hergeholt? „Doris hat mir von dieser Kundin erzählt, die, von der sie den Tipp mit dem Internat hat", begann ich trotz meiner Bedenken zu berichten. „Angeblich ist die Familie sehr, sehr kurzfristig umgezogen, so kurzfristig, dass die Frau sich nicht einmal von ihr verabschiedet hat. Und die Tochter war zu derselben Veranstaltung angemeldet wie Luisa, ist aber nicht erschienen. Genaueres wusste Doris leider nicht. Trotzdem, das wäre die geeignete Kandidatin findest du nicht?"

„Die Familie ist umgezogen, die ganze Familie, Kathi! Scheint nicht so, als ob die ihre Tochter vermissen würden."

„Die ganze Familie gehört dieser Glaubensgemeinschaft an." Das hatte ich von Doris erfahren. „Was, wenn der Vater, vielleicht sogar die Mutter, auch involviert sind?"

„Nee, das klingt nun echt zu utopisch." Richie, der nicht gerade zur Mäßigung neigte, schien Zweifel an meiner Theorie zu haben.

„Eine Entführung wurde jedenfalls nicht gemeldet", versuchte ich meine Idee zu rechtfertigen. „Das hätte ich über Radio oder Fernsehen mitbekommen. Fehlt denn sonst noch ein Schüler?"

„Das habe ich nicht überprüft. Bis gerade eben wusste ich nicht einmal von diesem Mädchen."

„Na, ich jedenfalls finde diesen plötzlichen Umzug zumindest so seltsam, dass ich da nachforschen würde." Irgendwie ließ mich dieser Gedanke nicht mehr los. Doris war ehrlich enttäuscht gewesen, dass sich Gabi weder von ihr verabschiedet, noch sich seitdem gemeldet hatte. „Wir waren nicht direkt befreundet, aber sie kam einmal im Monat zum Haareschneiden und dann haben wir über Gott und die Welt gesprochen. Trafen wir uns auf den Internatsfesten, verbrachten wir die meiste Zeit zusammen. Wir hatten dasselbe Level, verstehst du?"

Ja, ich konnte ihre Verstimmung verstehen, ich wäre ebenso enttäuscht gewesen, wenn sich eine gute Bekannte von mir ohne Verabschiedung davonstehlen würde.

„Kathi?"

„Hm?" Scheinbar hatte er noch weitere Einwände.

„Was ist mit der Tochter?"

„Hm?"

„Mit der Luisa. Weiß sie vielleicht mehr?"

„Die waren nicht in derselben Klassenstufe und wohl auch nicht befreundet. Das Problem ist, sie und Doris kommen zurzeit nicht miteinander klar, die Kleine blockt alles, was von ihrer Mutter kommt, ab."

„Tja, dann bist du eben gefragt." Die Häme in Richies Stimme war deutlich hörbar.

„Und du hältst dich so lange an Bruder Claudius?"

„Ach, das kann ich mir wohl schenken. Dem geht es im Moment nicht so gut, der wird die nächsten Tage wohl im Bett verbringen müssen."

War das etwa Schuldbewusstsein, das ich da aus seiner Stimme heraushörte? Was hatte er bloß gemacht? Ihn zu fragen war sinnlos, was er mir nicht erzählen wollte, hielt er zurück, egal, ob ich drohte oder bettelte. Deshalb kommentierte ich diese Aussage nicht. „Ich treffe mich morgen mit Elisabeth", sagte ich stattdessen. „Ich habe sie gebeten, mal ganz vorsichtig bei ihren Freunden von Facebook nachzufragen, ob einer etwas über diese Glaubensgemeinschaft weiß. Vielleicht erfahre ich bei diesem Besuch schon etwas Interessantes."

„Wieso die Kirche? Es geht ausschließlich um Bruder Claudius", protestierte er.

Was war denn mit Richie los? Sonst war er immer derjenige, der vorwärts sprintete, voller Enthusiasmus und ohne großartig zu überlegen. „Weil wir nicht ausschließen können, dass andere aus der Glaubensgemeinschaft ebenfalls involviert sind."

„Es kann doch sein, dass Bruder Claudius sein eigenes kleines Süppchen kocht. Wir wissen doch noch gar nicht, mit wem er telefoniert hat und was das, was ich mitgehört habe, überhaupt bedeutet."

„Das wirst du erfahren, sobald er wieder in der Lage ist, etwas zu unternehmen. Du darfst ihn halt nicht zu lange aus den Augen lassen."

„Der hat sich einen Virus eingefangen und liegt wahrscheinlich das ganze Wochenende im Bett."

Doch, ich hatte es mir nicht eingebildet, er klang eindeutig schuldbewusst. „Gut dann kannst du in der Zwischenzeit die anderen drei Internate überprüfen."

„Nee, Kathi. Das ist vertane Liebesmüh", protestierte er prompt.

Ich wechselte lieber das Thema. Sonst kam er vielleicht noch auf die Idee, die ganze Sache fallen zu lassen. Aber nicht mit mir! Dieses Mal hatte ich Blut geleckt. An diesem Bruder Claudius war irgendetwas Seltsames. Ob es nun ihn allein betraf oder eventuell sogar die gesamte Glaubensgemeinschaft, wir sollten an diesem Fall dranbleiben.

„Ich war nämlich am Donnerstag bei Doris zum Haareschneiden und Färben. Janine hatte einen halben Tag Urlaub, außer mir war keine andere Kundin da, so hatten wir Zeit zum Plaudern." Ich legte eine kleine Pause ein, aber von ihm kam nichts, kein einziges Wort über mein verschönertes Aussehen. Typisch Mann! Naja, Manfred war wenigstens aufgefallen, dass ich ‚irgendwie' verändert aussah, er tippte auf eine neue Bluse, ha!

„Ich habe sie auf die letzten Arbeitgeber ihres Mannes angesprochen, da sich mir diese Möglichkeit bot. Das waren bis auf einen alles alte Bekannte und dieser eine war ein Freund von Lothar. Ich glaube nicht, dass es lohnt, in dieser Richtung zu forschen. Aber Simon hat tatsächlich noch am Samstag vor seinem Tod im Internat gearbeitet. Wenn wir herausbekommen könnten, wann dieses Mädchen entführt wurde, haben wir vielleicht schon die richtige Verbindung gezogen."

„Du kennst nicht einmal ihren Namen."

„Den bekomme ich schon heraus", ließ ich mich nicht beirren. „Und du kümmerst dich um die restlichen Internate. Nicht, dass wir uns in eine völlig falsche Richtung verrennen."

„Ach, ich weiß nicht. Ist das wirklich nötig?"

Meine Güte so zurückhaltend kannte ich ihn überhaupt nicht. „Was hast du?", fragte ich ganz direkt.

Er ließ sich Zeit mit der Antwort. „Das ist wie mit deiner Freundin Christina. Weißt du noch, als ich sie damals verdächtigt habe, hinter den Vergewaltigungen der Richter zu stecken? Dann habe ich sie bei ihrer Arbeit beobachtet und gesehen, wie viel Gutes sie tut, was sie schon alles erreicht hat mit ihrem Engagement. Da hoffte ich, dass sie nichts damit

zu tun hat. Verstehst du, ich wollte sie am liebsten gar nicht mehr überführen!"

„Vielleicht ist die Kirche genauso unschuldig, wie sie es war", versuchte
ich ihm begreiflich zu machen. „Aber damals hast du auch nicht aufge-
hört zu recherchieren, was sich im Endeffekt als richtig herausstellte. Im
Moment haben wir nur wenig Anhaltspunkte, wir müssen in alle Rich-
tungen offen sein."

30

Richard
Wie sollte ich Kathi das bloß erklären? Klar, am Anfang war ich Feuer und Flamme gewesen, selbst noch auf dem Weg zu ihr fest entschlossen, diesen Bruder Claudius und seine Mittäter zu überführen. Bis, ja bis sie plötzlich die ganze Glaubensgemeinschaft ins Visier nahm. Da schob sich mir auf einmal das Bild dieser unglücklichen Mutter vor meine Augen, deren letzte Hoffnung dieses Internat war.
„Du müsstest die Kinder sehen", begann ich. „Der Unterricht, die Lehrer, sowas wie da habe ich noch nie gesehen. Es ist ein glückliches Lernen, ein Miteinander ohne Konkurrenz, eine echte Oase in der heutigen Zeit." Meine Güte, ich konnte ja richtig poetisch werden!
„Richie, noch wissen wir gar nicht, was vorgefallen ist." Kathi erhob sich energisch und begann, die Wäsche zu stapeln. „Wir müssen weitermachen. Das sind wir diesem Mädchen schuldig."
Sie hatte natürlich recht, wie immer. Trotzdem sperrte sich alles in mir.
„Es kann genauso gut sein, dass du dieses Telefongespräch missverstanden hast, das Mädchen tatsächlich freiwillig umgezogen ist und es sich bei dem angeblichen Opfer nur um eine Angestellte handelt, die Mist gebaut hat", fuhr sie fort. „Dann lachen wir beide erleichtert und legen den Fall ad acta." Sie nahm einen der Wäschestapel und schickte sich an, den Raum zu verlassen. „Los, an die Arbeit. Komm morgen wieder vorbei."
Es war zwecklos, weiter mit ihr zu diskutieren. Hatte sie einmal eine Marschrichtung vorgegeben, ließ sie nicht mehr davon ab. Ach hätte ich bloß nicht dermaßen übertrieben! Klar, dass sie die Gefangene unbedingt retten wollte.
Andererseits legte die mitangehörte Unterhaltung für mich eindeutig nahe, dass tatsächlich irgendjemand bedroht wurde. Kathi sah das garantiert genauso, trotz ihrer letzten Worte. Also blieb mir sowieso nichts anderes übrig, als weiterzumachen. Auch wenn mir die Richtung, in die unsere Ermittlung lief, nicht passte.
Als Erstes machte ich mich auf, um nach Bruder Claudius zu sehen. Hatte er sich doch noch aufgerafft, irgendwas zu unternehmen?
Nein, wie erwartet lag er ihm Bett und döste vor sich hin, seine Gesichtsfarbe hob sich kaum von dem weißen Kopfkissen ab. Den konnte ich für heute abschreiben.

Jetzt kam mir wieder mein außergewöhnliches Gedächtnis zugute, einmal auf Manfreds Monitor gesehen, hatte ich die Adressen der drei anderen Internate noch im Kopf. Ich beschloss, sofort mit meiner Erkundung anzufangen. Je eher ich diesen Teil meiner Ermittlungen abschloss, umso schneller konnte ich mich wieder um Bruder Claudius kümmern.

Leider war es fast schon Abend, bis ich das erste erreicht hatte – irgendwie hatte ich mich an der Autobahnabfahrt mächtig verpaddelt und eine Mitfahrgelegenheit in die falsche Richtung genommen. Dazu lag auch dieser Schulkomplex mitten in der Walachei, ich war am Ende meiner Geduld, als ich endlich den richtigen Weg fand.

Still und bis auf einige wenige erleuchtete Fenster dunkel, lag das Internat vor mir. Keine Stimmen, kein Gelächter drangen an mein Ohr. War diese Schule etwa längst geschlossen worden?

Nein, ich hatte bloß vergessen, dass dieses Wochenende alle Schüler heimfuhren. Naja, fast alle, ich fand fünfzehn über die Zimmer verstreut vor. Von den Lehrern schienen die meisten ebenfalls freizuhaben, eine Frau und ein Mann waren als Aufsicht zurückgeblieben, die sich ebenfalls in ihren eigenen Räumen aufhielten und lasen, beziehungsweise fern sahen.

Ich drückte mich eine Weile auf den verschiedenen Etagen herum, bis mir das Ganze zu unergiebig erschien, es tat sich nämlich gar nichts, dann machte ich mich auf die Suche nach dem Internatsleiter. Dessen Wohnung würde sich wahrscheinlich genau wie bei Bruder Claudius ganz oben in dem Wohnheim für die Jungen befinden, denn dieser Teil des Komplexes glich dem in Hagen wie ein Ei dem anderen. Die Schule und die Kirche hatte ich mir nicht so genau angesehen, meinem kurzen Blick nach schienen sie jedoch von Art und Bauweise jünger und schlichter zu sein.

Tja, ich fand zwar das Zimmer des Internatsleiters, aber er war nicht anwesend. Ich durchschnüffelte in aller Ruhe seine Räume, etwas Relevantes ergab sich jedoch nicht.

Und jetzt? Irgendwie wurde ich den Verdacht nicht los, dass dieser Mann einer derjenigen war, mit denen sich Bruder Claudius hatte treffen wollen. Verdammter Mist! Hätte ich nicht bei dem vorbeigeschaut und mich anschließend dermaßen verirrt, wäre ich bestimmt noch rechtzeitig genug gekommen, um an seiner heutigen Unternehmung teilzunehmen. Vielleicht hätte ich dadurch schon heute das Geheimnis lösen können.

Ich beschloss, zu warten. Es wurde eine lange Wartezeit. Es war fast Mitternacht, als der Typ endlich erschien – und schnurstracks ins Bett ging.

Am nächsten Morgen verfolgte ich ihn auf Schritt und Tritt. Er frühstückte mit den beiden Lehrern in der Mensa, erwähnte aber seinen nächtlichen Ausflug mit keinem Wort. Die Unterhaltung war überhaupt sehr oberflächlich, das einzig Positive war, dass ich endlich seinen Namen erfuhr, Bruder Meinolfus. Nein, halt! Nachdem ich ihn hatte sprechen hören, wusste ich definitiv, dass er nicht der unbekannte Anrufer war, der mit Bruder Claudius geredet hatte, ein weiterer Punkt, den ich abhaken konnte.

Nach dem Frühstück gab es einen kleinen Gottesdienst mit den Zurückgebliebenen, der etwa eine halbe Stunde dauerte. Dann verzogen sich die Erwachsenen wieder auf ihre Zimmer, während die Jugendlichen sich wohl zu einem Spiel verabredet hatten.

Was mir auch hier sofort wieder auffiel, war, wie harmonisch diese Kinder miteinander umgingen. Obwohl es vom Alter her eine große Spannbreite gab, war von Spott und Häme nichts zu spüren. Klar gab es ein paar Neckereien wie in normalen Familien üblich, aber nie richtige Gemeinheiten. Wenn ich da an meine Schulzeit dachte! Außerdem konnte ich ja bei meiner Tochter sehen, wie es an den öffentlichen Schulen lief. Besser war der Ton dort nicht geworden.

Diesen Aufenthalt hier hätte ich mir schenken können. Ich blieb bis spät in die Nacht, doch nichts Außergewöhnliches ereignete sich. Hm, sollte ich zurück zu Kathi fahren oder noch die anderen beiden Schulen untersuchen?

Ich entschloss mich zu Letzterem. Irgendwie konnte ich mir nicht vorstellen, dass sie etwas herausgefunden hatte. Anderseits – eigentlich hatte ich ihr versprochen, mich schon heute zurückzumelden. Und die restlichen Internate waren mindestens so weit entfernt, wie der Weg zurück. Ich würde mich doch lieber erst bei Kathi blicken lassen.

Einmal gewusst, wohin ich musste, gestaltete sich die Rückfahrt erheblich kürzer. Zu nachtschlafender Zeit erreichte ich ihr Haus. Hm, wecken konnte ich sie natürlich nicht, sollte ich mal wieder bei meiner Familie nach dem Rechten sehen? Ich hatte mich dort schon mehrere Tage nicht mehr blicken lassen, von Bruder Claudius war ich direkt hierhin und von hier zu ihm und anschließend direkt weiter gedüst. So lange war ich seit dem Fall mit den Richtern nicht mehr von ihnen getrennt gewesen.

Trotzdem zögerte ich zuerst, gab mir dann aber einen Ruck. Sch... auf den Neuen. Es war genauso gut meine Familie. Auf jeden Fall waren es meine Kinder, und das würden sie für immer bleiben.

Annika und Benjamin lagen friedlich schlafend in ihren Betten. Mein Sohn hatte sich freigestrampelt, das Schlafanzugoberteil war verrutscht, sodass man seinen kleinen runden Bauch sehen konnte. Er hielt seinen Teddy dicht an sich gepresst. Von meiner Großen dagegen waren nur die Nasenspitze und ein paar Haare zu sehen, alles andere war unter der Decke, die sie dicht um sich gewickelt hatte, verborgen. Ihr Pferdchen, das sie früher nie aus der Hand gelegt hatte, lag griffbereit neben dem Kopfkissen. Es wurde mittlerweile nur noch zum Trostspenden benutzt. Ja, meine beiden wurden immer selbstständiger. Ich konnte echt stolz auf sie sein. Auch wenn sie immer weniger nach mir fragten, würden sie doch nie vergessen, wer ihr Vater war. Carmen hatte ein großes Foto von mir im Wohnzimmer hängen, direkt neben dem Fernseher, meine Geburtstage feierte sie mit den Kindern, als wenn ich jeden Augenblick zur Tür hereinkommen würde und zu Weihnachten bastelten die drei immer ein Andenkengeschenk für mich. Ja, meine Frau würde mich in den Gedanken meiner Kinder lebendig halten.

Trotzdem hatten sie natürlich alle drei einen Anspruch auf ihr eigenes Glück. Das sagte ich mir nicht nur, nein, ich war sogar bisher der Meinung gewesen, dass, wenn ich hätte eingreifen können, ich ihnen eigenhändig einen Bilderbuchmann und -vater ausgesucht hätte.

Gut, die bisherigen Nieten waren keine echte Konkurrenz gewesen, außerdem hatte ich mit Kathis Hilfe dafür gesorgt, dass sie so schnell, wie sie aufgetaucht waren, auch wieder verschwanden. Der jetzige Heini dagegen war von einem ganz anderen Kaliber: Nett, höflich, zuvorkommend, kinderlieb – musste er ja wohl auch bei diesem Beruf sein - und höllisch in Carmen verliebt.

Ich gönnte ihr dieses Glück, ehrlich, trotzdem tat ich mich schwer damit, die vier zusammen zu erleben. Ich konnte einfach nicht dabei zusehen, wie er meine Frau küsste, von allem anderen ganz zu schweigen. Außerdem ging mir das alles viel zu schnell. Ich meine, die kannten sich erst ein paar Monate und wollten schon zusammenziehen?

Meine Hälfte des Bettes war tatsächlich besetzt, der Kerl wurde immer anhänglicher. Deshalb verzog ich mich wieder ins Kinderzimmer, würde ich eben nur meinen Kindern beim Aufwachen zusehen.

31

Katharina

Wie immer, wenn die erste Aufregung abgeklungen war, begann ich, unsere Vermutungen zu hinterfragen. Hatten wir nicht wieder viel zu vorschnell unsere Schlüsse gezogen? Wäre es nicht klüger gewesen, sich auf Bruder Claudius zu konzentrieren und diesen auf Schritt und Tritt zu überwachen? Aber der war ja, wie Richie mir berichtet hatte – aus welchen Gründen auch immer – für die nächsten zwei Tage ans Bett gefesselt und fiel daher als Informationsquelle aus. Nein, wir konnten nicht einfach nur abwarten, ein Kind wurde gefangen gehalten. Deshalb mussten wir alles in unserer Macht Stehende tun, es zu retten.

Kaum war ich bei Elisabeth angekommen, fragte ich nach Neuigkeiten. „Bisher hat sich noch nichts ergeben", bedauerte sie. „Allerdings bin ich auch sehr vorsichtig vorgegangen. Ich habe einen Artikel geschrieben, in dem ich so tat, als wäre ich bei diesem sonntäglichen Fest gewesen und begeistert über die Art und Weise, wie dort den Kindern geholfen wird."

„Hm." Ich hatte gedacht, sie würde es etwas offensiver angehen.

„Kathi, ich kann nicht einfach einen Aufruf starten, mir alles Wichtige über diese Glaubensgemeinschaft zu berichten. Das wäre viel zu auffällig."

„Hast du denn gar kein Feedback bekommen?"

„Zwei interessierte Mütter wollten die genaue Adresse wissen, das war leider alles." Sie rührte nachdenklich in ihrem Kaffee, der zusammen mit einem selbstgebackenen Kuchen schon in der Küche auf mich gewartet hatte. „Vielleicht ergibt sich auch überhaupt nichts", meinte sie dann. „Vielleicht liegen du und Doris mit eurer Einschätzung dieses Mannes völlig falsch. Jemanden nicht mögen, heißt ja nicht, dass dieser ein schlechter Mensch sein muss." Sie kicherte. „Erinnerst du dich noch an unseren Rektor? Ich konnte ihn und seine Art nicht ausstehen. Trotzdem war er fachlich kompetent und hat mit Sicherheit niemals etwas Ungesetzliches getan."

Ach, wäre es mir doch nur möglich gewesen, ihr von Richies Nachforschungen zu erzählen. „Ich weiß nicht", versuchte ich es auf einem anderen Weg. „Irgendwie kommt mir diese Glaubensgemeinschaft ziemlich seltsam vor. Überleg mal, die ist erst vor ungefähr dreißig Jahren gegründet worden und hat bereits vier Internate für hochbegabte Kinder aufgebaut. Findest du das nicht seltsam?"

„Warum involvierst du nicht Manfred?" Meine Schwiegermutter grinste verschmitzt. „Bei diesem Thema ist er doch der Ansprechpartner Nummer eins."

Ich hätte mich selbst in den Hintern treten können. „Du hast recht. Manchmal bin ich wirklich betriebsblind."

„Nein, du hast nur einen ziemlich sturen Kopf und bist zudem im Moment nicht besonders gut auf deinen Mann zu sprechen. Deshalb denkst du als Letztes an ihn, wenn du Hilfe benötigst."

„Das ist nicht wahr", protestierte ich.

„Bei euch ist es mittlerweile eher ein Gegeneinander als ein Miteinander", fuhr sie meinen Einwurf missachtend fort. „Darüber wollte ich schon seit einiger Zeit mal mit dir reden."

Ja, und dann folgte ein langer Vortrag, dass es eben nicht nur an meinem Mann lag, sondern ich auch ganz schön biestig sei – wahrscheinlich die Wechseljahre. Dass ich, statt in Ruhe mit ihm zu sprechen, mich über seine ‚Fehler' aufregte, beleidigt reagierte und ihn das auch spüren ließ.

„Hat er sich bei dir beschwert?", konnte ich es mir an dieser Stelle ihrer Ausführungen nicht verkneifen zu fragen.

„Das würde Manfred nie tun." Sie musterte mich lächelnd. „Zieh die Stacheln wieder ein, Kathi. Ich will dir helfen, nicht deine Fehler anprangern."

„Er ist so egoistisch", erklärte ich wütend. „In allem verlässt er sich auf mich. Und stöhnt rum, wenn er zu Hause mal was tun soll."

„Und an wem liegt das?" Ihr Grinsen wurde süffisant. „Du hast ihn doch immer von hinten bis vorn bedient. Jetzt passt dir das nicht mehr und du erwartest, dass er sich stillschweigend fügt."

„Mir sind meine Projekte wichtig", verteidigte ich mich. „Ich sehe nicht ein, dass der gesamte Haushalt und der Garten nur an mir hängen bleiben."

„Das ist dein gutes Recht", nickte sie. „Aber du musst um Hilfe bitten. Du kannst nicht erwarten, dass er diese Dinge von selbst sieht. Bisher hast du ja immer alles allein geschafft. Woher soll er wissen, dass sich das plötzlich geändert hat."

Hm, ja, irgendwo sah ich das ein. Andererseits … „Früher hat er sehr wohl mitgeholfen", platzte ich heraus. „Als die Kinder noch klein waren, hat er ohne zu murren seinen Teil der Arbeit erledigt."

„Ihr habt es versäumt, neue Regeln aufzustellen", nickte Elisabeth. „Die Kinder wurden groß, zogen nach und nach aus, Manfred hat sich mehr Zeit für die Gemeindearbeit genommen und du warst bereit, den Rest allein zu erledigen. Das funktioniert, solange du nicht durch deine Pflegekinder zusätzlich belastet bist. Doch statt dich mit ihm zu einigen, dass er dir in diesen Zeiten hilft, hast du erwartet, dass er das von sich aus tut. So ticken die meisten Männer aber nicht."

„Gut, was soll ich deiner Meinung nach also tun", knurrte ich. Ich gestehe, ich war richtig beleidigt. Ich hatte Streicheleinheiten erwartet, meinetwegen auch Zuspruch, zumindest aber die Versicherung, dass mein Mann der alleinige Übeltäter war. Stattdessen gab sie mir denselben Anteil an Schuld wie ihm.

Bevor sie antwortete, gönnte sich Elisabeth erst einmal den letzten Rest ihres Kuchens und zündete sich ihre erste Zigarette des heutigen Nachmittages an. „Du musst es mal so sehen", begann sie in versöhnlichem Tonfall. „Deinem Mann ist überhaupt nicht bewusst, was in deinen Augen falsch läuft. Er merkt nur, dass du oft gereizt und verärgert bist, schiebt das jedoch auf deine Wechseljahre." Sie grinste von einem Ohr zum anderen.

„Ist ja schon erstaunlich, dass er meine Launen registriert", bemerkte ich spitz.

„Oh ja, er ist mit eurer Situation zurzeit nicht glücklich. Das sagt er zwar nicht", kam sie mir zuvor, weil ich genau das hatte fragen wollen – das fehlte noch, dass er sich bei seiner Mutter über seine Frau ausheulte. „Aber ich sehe es ihm an. Ich bin oft genug bei euch, um das beurteilen zu können. Euer Umgang miteinander ist nicht besonders nett."

„Er führt sich auf wie ein Pascha", beschwerte ich mich. „Alles bleibt für mich liegen." Ich konnte mich nicht zurückhalten und zählte einige der Dinge auf, die mich in den letzten Tagen geärgert hatten.

„Warum klärst du diese Dinge nicht im Vorfeld?" Elisabeth verdrehte die Augen. „Sag ihm, dass du möchtest, dass er, wenn er nach dir zu Mittag isst, die Küche anschließend aufräumen soll. Bitte ihn, dir bei der Gartenarbeit zu helfen. Fordere seine Hilfe ein, wenn nötig. Das ist viel besser, als beleidigt zu regieren, weil er von sich aus nichts tut."

„Meinst du ernsthaft, das funktioniert?" Ich hatte da meine Zweifel. Manfred würde stöhnen und jammern und versuchen, sich aus der Arbeit herauszuziehen, sobald ich es zuließe.

„Zu allererst musst du natürlich in Ruhe mit ihm darüber sprechen und ihm klarmachen, dass du mit alldem überfordert bist."

„Haha." Jetzt verdrehte ich die Augen.

„Mensch, sei doch nicht so stur. Ihr Frauen von heute, ts, ts." Elisabeth schüttelte den Kopf. „Ich glaube, meine Generation weiß besser, was sie für Knöpfe drücken muss."

„Wir leben im Zeitalter der Gleichberechtigung", konterte ich. „Wir wollen einen Partner und keinen Despoten."

„Seltsamerweise bleibt bei euch dafür oft genug die Liebe auf der Strecke."

In mir blitzte die Erinnerung an Richies Beschreibung der beiden Alten auf: Und statt ihm zuzusetzen, hat sie versucht, ihn aufzubauen. Würde ich auch so reagieren können? Nein, musste ich mir eingestehen, ich an ihrer Stelle würde ihm wahrscheinlich eher Vorwürfe machen, dass er nicht auf mich gehört hatte und trotz seiner schlechten Verfassung und seines Alters weiter Auto gefahren war. „Ihr seid tatsächlich anders", gab ich zu. „Viel mehr bereit zu lieben – ohne Wenn und Aber."

„Natürlich gab es auch in meiner Zeit Ausnahmen von der Regel", wiegelte Elisabeth ab. „Nur sehe ich heutzutage fast den umgekehrten Faktor. Früher waren die Frauen stolz darauf, Hausfrau und Mutter und für diese beiden Bereiche verantwortlich zu sein. Heute will sich jeder beruflich verwirklichen, der Haushalt ist zur Nebensache degradiert worden, die Kinder sollen bitte den ganzen Tag in der Tagesstätte bleiben. Meinst du, das festigt die Verbundenheit als Familie?"

„Heutzutage wollen Frauen eben mehr als Küche und Kinder." Die Kirche, das letzte der drei Ks, ließ ich lieber außen vor. „Außerdem hat sich durch die viele Elektronik ja das meiste vereinfacht, man ist nicht mehr den ganzen Tag eingebunden. Zusätzlich gibt es ein größeres Spektrum an interessanten Angeboten."

„Selbstverwirklichung", brummte Elisabeth. „Da hast du das Schlagwort wieder. Es zählt nur noch, was du beruflich darstellst – und diese Sicht wird von unserem Staat gefördert."

„Findest du das falsch?"

„Sagen wir mal so, es gibt an jeder Neuerung Positives und Negatives. Mit Sicherheit gut ist, dass Frauen sich bilden und den Beruf ergreifen können, den sie wollen und damit nicht mehr abhängig sind von den Launen ihres Mannes. Schlecht ist meiner Meinung nach die veränderte Einstellung. Ehe, Kinder, Familie, hier sollten wieder höhere Stellenwerte gesetzt werden. Warum ist es heutzutage verpönt, sich hauptsächlich um seine Familie zu kümmern und Arbeit als Nebensache zu betrachten statt umgekehrt? Ich meine, gerade die Gleichberechtigung gibt völlig neue Möglichkeiten. Der Mann kann Zuhause bleiben und die Frau geht arbeiten. Oder beide nehmen Teilzeitjobs an. Die Familie muss dabei nicht auf der Strecke bleiben. Siehst du es nicht genauso? "

Nein, ich würde ihr hierauf keine Antwort geben, sie brannte regelrecht darauf, mir ihre Sicht darzulegen.

„Früher mussten die Eheleute sich zusammenraufen, sie waren mehr aufeinander angewiesen, konnten sich oft gar nicht trennen. Heute ist man mit der Scheidung wesentlich schneller bei der Hand." Sie seufzte.

„Das ist, weil die Menschen immer von einem Extrem ins andere fallen, ich ..."

Das Klingeln des Telefons unterbrach ihren Monolog. Hurra, gerettet!

32

Katharina

Es wurde eine längere Pause. Doris am anderen Ende der Leitung hatte anscheinend etwas Wichtiges mit meiner Schwiegermutter zu besprechen.

Ich schenkte mir aus der Warmhaltekanne eine zweite Tasse Kaffee ein und lehnte mich gemütlich in meinem Stuhl zurück. Meine Gedanken wanderten zurück zu Richie und unserem gemeinsamen Problem, die Äußerungen Elisabeths nahm ich nur am Rande war. Wieder einmal hatte er mich regelrecht in einen Fall hineingezerrt. Genau wie bei unserem letzten war ich anfangs skeptisch gewesen, hatte vermutet, er wolle auf Biegen und Brechen etwas erleben. Nur dass jetzt plötzlich ich diejenige war, die unbedingt weitermachen wollte. So zögerlich kannte ich ihn gar nicht. Was war nur in ihn gefahren? Hier war doch offensichtlich ein Kind, ein Mädchen in Not, da mussten wir helfen!

„Kinder!" Elisabeth hatte ihr Telefonat beendet. „Auf Ideen kommen die." Sie schüttelte den Kopf. „Luisa will sich ihr Erbe auszahlen lassen und mit dem Geld ihren weiteren Aufenthalt im Internat finanzieren. Doris ist völlig fertig."

„Verstehe ich nicht, ich dachte, sie bleibt sowieso dort."

„Ja, klar." Elisabeth schüttelte immer noch den Kopf. „Nur will sie offiziell umziehen, das heißt also, überhaupt nicht mehr nach Hause kommen. Sie sagt, sie fühlt sich den Menschen da nahe, nicht ihrer Mutter. Die könne ab und zu an den Besuchstagen teilnehmen, solle aber ihren Erziehungsauftrag an den Internatsleiter abgeben." Sie hob bedeutungsvoll eine Augenbraue. „Familienwechsel sozusagen."

„Ist das ein Biest. Die arme Doris." Ich war ehrlich erschüttert. „Hat Luisa denn überhaupt Anspruch auf Geld?"

„Leider hat Simon kein Testament gemacht. Laut Erbrecht steht dadurch Doris die Hälfte seines Vermögens zu und den beiden Mädchen die andere. Julia ist bereit, eine Verzichtserklärung zu unterschreiben, damit ihre Mutter nicht die Eigentumswohnung verkaufen muss, die beiden gehörte, Luisa besteht vehement auf Auszahlung ihres Anteils."

„Ich fasse es nicht. Wie kann sie nur derart …" Ich suchte nach einem passenden Ausdruck, fand aber keinen.

Elisabeth hatte mich trotzdem verstanden. „Ich werde morgen gemeinsam mit den beiden zu Mittag essen. Mal sehen, ob Luisa vielleicht auf mich hört."

„Gute Idee. Wie steht es denn im Moment um Doris' Finanzen?"

„Tjaaa." Dieses Wort sagte eigentlich schon alles. „Die Eigentumswohnung ist schuldenfrei und sie hatte auch etwas Geld gespart. Das wollte sie jedoch in den Umbau des Ladens stecken. Sie und ..." Sie verstummte und sah mich um Verständnis heischend an. „Das darf ich dir wirklich nicht erzählen, ich habe es versprochen. Tatsache ist, muss sie Luisa auszahlen, ist die Summe weg und sie wird eine Hypothek auf die Wohnung aufnehmen müssen." Wieder schüttelte sie den Kopf. „Das kleine Biest fängt sogar damit an, die Möbel aufteilen zu wollen, um ihren Anteil daran zu verkaufen."

Nein, das hatte Doris nun wirklich nicht verdient. „Sie soll sich bei Herrn Peschke erkundigen, ob Luisa überhaupt Ansprüche hat, falls du die Fronten nicht wieder vereinen kannst", schlug ich vor. „Die Kleine ist noch minderjährig. Vielleicht darf sie erst mit achtzehn über ihren Anteil verfügen. Ein Anwalt wird das wissen. Sag Doris, sie soll meinen Namen erwähnen, dann macht er ihr einen Sonderpreis." Ich hatte seinem Sohn Dominik jahrelang Klavierunterricht gegeben, er hatte mir mehr als einmal angeboten, mich bei Bedarf kostenlos zu vertreten. Bisher war ich nie in eine Notlage geraten, sollte er den Gefallen lieber an sie verwenden. Ich würde ihn gleich am Montag anrufen und darum bitten.

„Ich melde mich morgen Abend bei dir", versprach Elisabeth. „Das ist so lieb von dir, dass du helfen willst."

„Ich habe auch noch eine Bitte an dich." Langsam wurde es Zeit, das Gespräch in andere Bahnen zu lenken. „Kennst du eine Gabi soundso? Den Nachnamen habe ich leider vergessen. Die ging auch in den Frisiersalon von Doris und ihre Tochter auf dasselbe Internat wie Luisa."

„Ach, du meinst bestimmt Gabriele Michels. Wieso, was ist denn mit der?"

„Eine meiner Suppenküchenmitarbeiterinnen war mit ihr befreundet und wundert sich, dass diese urplötzlich verzogen ist und sich seitdem nicht mehr meldet", schwindelte ich. „Du hast doch Facebook. Könntest du mal überprüfen, ob es sie dort gibt?"

„Kann ich mir zwar nicht vorstellen, aber versuchen wir es halt." Bereitwillig setzte sich Elisabeth vor ihren eingeschalteten Computer und begann zu tippen. „Nein, zumindest nicht unter ihrem echten Namen", verkündete sie schon nach kurzer Zeit.

„Und die Tochter?" Das war ein Schuss ins Blaue, doch vielleicht wusste Elisabeth auch, wie die hieß.

„Okay, ich versuch's." Wieder begann sie zu tippen. „Bingo!" Triumphierend winkte sie mich zu sich. „Hier, sie nennt sich Franzi Fritzi. Ich habe sie in der Freundesliste von Luisa gefunden. Mit der bin ich nämlich auch befreundet."

War für mich alles Bahnhof, aber egal, das Ergebnis zählte. Neugierig trat ich näher – und erblickte eine als Hexe verkleidete Jugendliche, die einen Besen schwang. Die Haare waren unter einem spitzen Hut verborgen, das Antlitz mit geschminkten Runzeln und zwei aufgeklebten Warzen verziert, von dem ursprünglichen Gesicht war nichts mehr zu erkennen.

„Och", seufzte ich enttäuscht. „Gibt es kein besseres Bild."

„Die ist wenigstens vernünftig", belehrte mich Elisabeth, „und stellt keine Fotos von sich ins Netz. Aber warte mal."

Die Seite verschwand und eine neue tauchte auf, mit einem Porträt von Luisa. Geschickt klickte sich meine Schwiegermutter durch unterschiedliche Seiten und tippte dann auf den Monitor. „Hier, die Zweite von links, das ist Franziska."

Aha, jetzt hatte ich den kompletten Namen und ein Bild. Ich beugte mich weiter vor. Fünf Teenager lachten mich an, drei Mädchen und zwei Jungen. Franziska war mit Abstand die Hübscheste, lange braune, fast schwarze Haare, ein herzförmiges Gesicht mit großen, fragend blickenden Augen. Sie war nicht ganz so schlank wie die anderen beiden, wirkte aber wesentlich fraulicher. Ich hätte sie auf diesem Bild glatt auf einundzwanzig geschätzt.

„Wie alt ist sie?", wandte ich mich an Elisabeth.

„Moment." Diese wechselte wieder zurück auf Franziskas Profil. „Gerade sechzehn geworden. Sie geht in die zwölfte Klasse, ist also eine über Luisa."

„Sind die beiden befreundet?" Hier tat sich die Möglichkeit auf, an Informationen zu kommen.

„Nein, sie haben sich verkracht." Elisabeth verdrehte die Augen. „Wegen irgendeines Typen, soweit ich weiß - und natürlich war Luisa wieder das Biest."

„Kann man denn an diesem Facebook-Profil nichts ablesen?" Ich kniff die Augen zusammen und versuchte, die winzigen Buchstaben zu entziffern.

„Soll ich dir meine Lesebrille leihen?"

„Nein, die ist mir dann doch zu stark. Siehst du, wann sie zuletzt online war?"

„Hm." Elisabeth überflog die letzten Einträge. „Seltsam. Der letzte Post war am Freitag, bevor Simon verunglückt ist. Und da schreibt sie, dass sie sich auf die anstehende Exkursion freut. Die war doch schon eine Woche später. Und da wusste sie noch nicht, dass sie wegen des Umzugs gar nicht dabei sein kann?"

„Das verstehe ich sowieso nicht. Es waren Ferien. Was hätte es geschadet, trotzdem daran teilzunehmen?"

„Wahrscheinlich musste sie ihrer Mutter helfen, die kann ja mit den zwei Kleinen nicht alles allein regeln."

Sie lachte, als sie mein verständnisloses Gesicht sah. „Die Gabriele ist in zweiter Ehe verheiratet und hat einen Jungen von sieben und ein Mädchen von vier Jahren. Sie hat bis vor Kurzem halbtags im Kindergarten der Kleinen mitgearbeitet. Der Mann ist unter der Woche immer auf Montage, ich weiß nicht genau, was er macht. Der Vater von der Franziska lebt in München, der ist Herzchirurg, glaube ich."

Wie immer war meine Schwiegermutter bestens informiert. „Woher hast du nur immer all diese Informationen?"

Elisabeth grinste. „Die Gabriele war eine meiner Schülerinnen. Dann habe ich sie bei Doris wiedergetroffen und du weißt ja, beim Friseur wird viel gequatscht."

„Aber von dem Umzug wusstest du auch nichts."

„Nein, irgendwie seltsam." Sie zog die Stirn kraus und dachte nach. „Wenn ich mich nicht irre, habe ich sie noch kurz vor Simons Tod bei Doris getroffen. Da hat sie nichts von Umziehen gesagt."

„Na gut, ich sag meiner Bekannten, dass ich ihr leider nicht helfen kann." Ich streckte mich stöhnend. „So, ich muss langsam nach Hause. Bella wollte uns heute Abend anchatten."

„Bestell ihr schöne Grüße von mir." Elisabeth griff nach ihren Zigaretten. „Bei mir meldet sie sich erst nächstes Wochenende wieder."

Ich zog meinen Mantel an und umarmte meine Schwiegermutter. „Tschüss, danke für Kaffee und Kuchen."

„Ich ruf dich morgen an", versprach sie. „Und Kathi?" Ja?"

„Frag doch mal bei den Nachbarn nach, ob die was wissen." Sie zwinkerte mir zu. „Für deine Bekannte."

33

Richard

„Doof ist sie echt nicht." Wieder einmal staunte ich über Elisabeths Kombinationsgabe. „Was hast du geantwortet?"

„Gar nichts. Ich habe einfach nur genickt."

Sie hatte wesentlich mehr erreicht als ich, das musste ich Kathi neidlos zugestehen. „Was soll ich jetzt machen?"

„Das Beste wird sein, wenn du die anderen beiden Internate besuchst. Wir müssen herausfinden, ob Franziska sich dort aufhält."

„Du bist dir also mittlerweile hundertprozentig sicher, dass es sich bei dem Mädchen um sie handelt?"

„Natürlich nicht." Sie funkelte mich böse an. Ach, ich liebte es, Kathi zu ärgern. „Du musst genauso darauf achten, ob du sonst irgendetwas Ungewöhnliches entdeckst. Und überprüfe die Heimleiter! Natürlich kann ich mich irren, aber ich habe die starke Vermutung, dass einer von ihnen Bruder Claudius' unbekannter Anrufer ist. Ich habe mir die ganze Geschichte noch einmal durch den Kopf gehen lassen. Laut Doris lebt und arbeitet dieser Mann nur für seine Schule und Schüler. Wenn er also tatsächlich etwas Ungesetzliches getan hat, muss das in Verbindung mit diesen stehen. Zumindest liegt der Verdacht sehr nahe", schwächte sie ihre Aussage ab.

Tja, dann würde ich wohl oder übel auch das bereits inspizierte Internat noch einmal besuchen müssen, Bruder Meinolfus genauer unter die Lupe nehmen und sämtliche Internatszöglinge begutachten. Meine Güte, mit allen dreien war ich mindestens für eine Woche beschäftigt! „Soll ich mich nicht lieber an Bruder Claudius hängen?"

„Nein, der ist von heute bis Donnerstag auf einer Weiterbildung, an der Rektoren aus dem gesamten Bundesland teilnehmen." Kathi grinste. „Hat Elisabeth von Doris, die es wiederum von ihrer Tochter hat."

Mist, da würde es sich wirklich nicht lohnen, ihn zu beobachten. „Und du, was machst du in der Zwischenzeit?"

„Ich werde mich um die Nachbarn kümmern, vielleicht wissen die ja was." Kathi überlegte. „Wenn nicht, versuche ich, meine Kontakte spielen zu lassen. Die Familie muss sich ja umgemeldet haben, zumindest aber dürften die beiden schulpflichtigen Kinder irgendwo wieder auftauchen. Ja, und dann habe ich Manfred auf die Kirche angesetzt. Er soll mal bei seinen Kollegen nachhören, was die über diese Organisation wissen."

Das ging mir ehrlich gesagt zu weit. „Was hat das eine mit dem anderen zu tun?"

Obwohl ich echt harsch geantwortet hatte, blieb sie gelassen. „Wenn die nichts zu verbergen haben, schadet es ihnen auch nicht. Mensch, Richie, vertrau mir doch! Mir geht es in erster Linie um das Mädchen. Wenn die Kirche nichts damit zu tun hat, interessieren mich deren Machenschaften wenig."

„Aber wieso bist du so sicher, dass nicht er allein Dreck am Stecken hat?", beharrte ich.

„Ich bin mir überhaupt nicht sicher", gab sie seufzend zu. „Im Moment graben wir einfach ein bisschen herum und hoffen, dass wir dabei das Richtige finden. Andere Ansatzpunkte sehe ich im Moment nicht. Das Einzige, was wir definitiv wissen, ist, dass irgendwo ein Mädchen gefangen gehalten und bedroht wird. Wir müssen eben allem nachgehen, was uns auf ihre Spur bringen könnte."

Tja, ich war selbst schuld. Vielleicht hätte ich doch vorsichtiger sein sollen bei der Geschichte, die ich ihr auftischte. Jetzt musste ich ihren Anweisungen folgen, wollte ich nicht zugeben, dass ich die Fakten etwas abgeändert hatte, um sie zu ködern. Und das wollte ich ganz bestimmt nicht.

Ich verabschiedete mich und machte mich auf den Weg, meine Route schon im Kopf. Zuerst würde ich mir die Schule in Baden-Württemberg vornehmen, dann die in Schleswig-Holstein und zuletzt die an der holländischen Grenze, die ich mir bereits angesehen hatte. Also auf nach Baden-Württemberg.

Die hatten echt ein Faible für abgelegene Orte. Auch dieses Internat lag außerhalb einer Kleinstadt mitten zwischen Wiesen und Feldern. Bei der Kirche handelte es sich um einen modernen, nüchternen Bau, weder außen noch innen gab es irgendwelchen Schnickschnack. Das Schulgebäude war ähnlich einfach gehalten, die Wohngebäudeanlage ein genaues Duplikat derer, die ich schon gesehen hatte.

Da es mittlerweile Nachmittag war, hielt ich auf die beiden durch die Mensa verbundenen Häuser zu.

Stille schlug mir bei meinem Eintritt entgegen, ich dachte schon, die Räume wären total verwaist. Plötzlich jedoch ertönten eilige Schritte und dann kam ein etwa zehnjähriger Junge angelaufen und hielt auf die Toilette zu. Ich nahm den entgegengesetzten Weg und fand mich in einem großen Raum wieder, in dem Tisch an Tisch die jüngeren Schüler saßen und eifrig arbeiteten. Am Fenster, an einer Art Pult, saß eine Aufsichtsperson und musterte wachsam seine Zöglinge, beziehungsweise ihre, denn es war eine Frau, eine Lehrerin wahrscheinlich, da sie vor sich einen Haufen Hefte liegen hatte und ich in dem aufgeschlagenen auf dem kleineren Stapel rote Randbemerkungen lesen konnte. Jetzt wandte sie sich wieder ihrer Arbeit zu.

Ich huschte durch die Reihen. Die waren doch tatsächlich alle ernsthaft bei der Arbeit, ich sah nicht einen oder eine, die rumkritzelte oder Löcher in die Luft starrte. Wie machten die das bloß? Das war doch nicht normal!

Der Kleine von gerade betrat den Raum, setzte sich auf seinen Platz und begann ebenfalls zu arbeiten. Ich sah ihm über die Schulter. Matheaufgaben, aber was für welche! Das hier waren Fünft- oder Sechstklässler, rechneten die wirklich schon mit x und y? Also entweder hatte sich seit meiner eigenen Schulzeit eine Menge getan oder das hier war ein kleines Mathegenie.

Neugierig besah ich mir die Aufgaben des nächsten und des übernächsten und des darauffolgenden - und machte weiter, bis ich die ganze Reihe durchhatte. Da hatte tatsächlich jeder sein eigen konzipiertes Blatt. Es gab welche, die waren ähnlich weit wie das kleine Genie am Anfang. Andere rechneten nur mit x, allerdings waren die Zahlen durchweg Brüche, wieder andere beschäftigten sich mit komplizierten Textaufgaben, bei denen ich allein schon wegen der mathematischen Begriffe nicht folgen konnte, ein oder zwei benutzten sogar einen dieser computerähnlichen Taschenrechner, deren Aufgabenstellungen las ich mir erst gar nicht durch.

Ich beschloss, mich ein Stockwerk höher zu begeben. Hier unten hatte es sich um Fünft-, Sechst- und Siebtklässler gehandelt, mal sehen, wie die anderen lernten.

Die nächsten zwei Etagen waren verwaist – hätte mir eigentlich klar sein müssen. Die saßen ja alle in Parterre an der Arbeit. Hier gab es nur jede Menge Zimmer. Naja, was die Ordnung anging, wurde wohl kein sehr strenges Regiment geführt, dreckige Wäsche auf dem Boden, kunterbuntes Tohuwabohu in den meisten Kisten und gnadenlos zugemüllte Schreibtische. Ob das wohl daran lag, dass ich mich in dem Haus der Jungen befand?

Nächste Etage. Hier gab es wieder einen großen Arbeitsraum, aber deutlich weniger Schüler. Ein flüchtiger Blick belehrte mich, dass hier nur die Klassen acht und neun vertreten waren, die englische und italienische Aufsätze schrieben, ebenfalls in aller Stille natürlich.

Im übernächsten Stock lernten die Jungen auf ihren Zimmern, allerdings bei geöffneten Türen und einem Lehrer als Aufpasser, der in einer kleinen Sitzecke auf dem Gang in einem Buch schmökerte. Ich flitzte kurz durch die ersten drei Zimmer, dann hatte ich genug gesehen. Alle Schüler arbeiteten konzentriert, einige sogar mit Beschallung ihrer MP3-Player im Ohr, die Ordnung hatte sich etwas verbessert, allerdings nicht viel.

Bei den Elfern und Zwölfern bot sich mir ein ähnliches Bild, nur war hier kein Lehrer vorhanden, der aufpasste. Dafür gaben sich die Jugendlichen untereinander Hilfen, einer erklärte seinem Zimmergenossen irgendeine komplizierte Matheaufgabe, ein anderer hörte unter viel Gelächter Vokabeln ab, unterbrochen von zahlreichen Zwischenrufen aus den angrenzenden Räumen.

Diese Atmosphäre, so ungezwungen und locker, gefiel mir am Besten. Trotzdem wurde auch hier ernsthaft gearbeitet, sogar als ein Gong ertönte, der wohl das Ende der Hausaufgabenzeit ankündigte, blieben die meisten sitzen und beendeten ihre Arbeit.

„Na, Benni, noch nicht fertig?" Ein hochaufgeschossener Hänfling war in der offenen Zimmertür erschienen und störte den dunkelhaarigen Jungen, den ich gerade beobachtete, bei seiner komplizierten Berechnung.

„Ich liege in den letzten Zügen", erwiderte der ruhig. „Hab am Anfang zu viel Zeit auf den Deutschaufsatz verwandt." Er grinste. „Du weißt ja, fasse dich kurz, ist nicht meins."

„Mach hinne, wir wollen vor dem Essen noch ne Runde schwimmen."

„Komme gleich nach." Er wandte sich wieder seiner Arbeit zu.

Ich hatte genug gehört. Anscheinend stand jetzt Freizeit auf dem Programm. Durch das gekippte Fenster verließ ich das Gebäude und wandte mich dem der Mädchen zu. Auch hier herrschte Aufbruchsstimmung. Trotzdem durchkämmte ich gewissenhaft jedes Zimmer. Naja, viel ordentlicher ging es jedenfalls nicht zu, bei den meisten waren noch nicht einmal die Betten gemacht. Dafür gab es jede Menge Schminkutensilien und Parfümfläschchen. Nur gut, dass ich nichts mehr riechen konnte.

So, Arbeit erledigt. Alle Räume waren voll belegt, die einzelnen Gesichter würde ich mir beim Essen vornehmen. Ein Hoch auf Kathi! Die hatte doch tatsächlich ihre Schwiegermutter überredet, ihr die Zugangsdaten für ihren Facebook-Account zu geben, sodass ich mir das Foto von Franziska hatte ansehen können. Sonst wäre meine Recherche mit Sicherheit wesentlich schwieriger verlaufen.

Als Nächstes checkte ich den Schulleiter, dessen Wohnung sich, wie ich bereits erwartet hatte, unter dem Dach des Jungenwohnheimes befand. Die hatten bestimmt jedes Mal denselben Architekten genommen, die Internate glichen sich wie ein Ei dem anderen. Auch diese Wohnung war sehr großzügig angelegt und hochwertig ausgestattet, nur die Möbel unterschieden sich von denen der anderen Leiter. Bruder Ignatius – wie hieß denn der, vielleicht Ingo? - war wesentlich jünger als seine Kollegen, ich schätzte ihn mit viel Wohlwollen auf Anfang vierzig. Er hatte eindeutig ein Faible für das Moderne, was sowohl die Möbel als auch die Bilder an den Wänden betraf. Ich konnte mir nicht vorstellen, dass man in diesen seltsam geformten Sesselchen bequem sitzen konnte. Und die nierenförmige Couch war ebenfalls nicht mein Ding. Ich jedenfalls hätte mich ausstrecken und nicht völlig verkrümmt liegen wollen. Auf dem dazu passenden, dreieckigen Glastisch war nicht ein Fingerflecken zu entdecken, noch nicht einmal auf den Chrombeinen. Ob der wohl eine eigene Putzfrau hatte?

Der Hausherr, der Zeitung lesend in einem der Sessel gehockt hatte, erhob sich und ging hinüber in das Arbeitszimmer. Kaum hatte er hinter seinem, natürlich auch hypermodernen Schreibtisch Platz genommen, griff er nach dem Telefon und drückte einen der Kurzwahlspeicher. „Christoph soll sich umgehend bei mir melden", bellte er in den Hörer und drückte das Gespräch, ohne eine Antwort abzuwarten, weg. Doch dieser eine Satz hatte mir gereicht, ich hatte in ihm den unbekannten Anrufer gefunden.

34

Katharina
Gut, dass Richie gleich früh am Morgen aufgetaucht war. So schaffte ich meine komplette Hausarbeit, bis ich zum Kirchendienst musste. Anschließend aß ich gemeinsam mit Manfred zu Mittag, wie immer an den Montagen erst um zwei Uhr, und machte mich danach auf den Weg zu der Adresse, die Elisabeth mir genannt hatte. Diese war am Tag zuvor noch auf einen Sprung vorbeigekommen, um zu erzählen, wie ihr Gespräch mit Doris und Luisa verlaufen war.

Das Mädchen hatte sich völlig uneinsichtig gezeigt, bis schließlich selbst meiner Schwiegermutter der Kragen geplatzt war und sie ihr empfohlen hatte, doch erst einmal persönlich mit dem Schulleiter zu sprechen, ob dieses Arrangement, wie sie es sich denke, überhaupt möglich sei. Selbst Manfred war entsetzt gewesen, dass die ‚liebe Kleine' sich derart verhielt. Wir Erwachsenen konnten uns eigentlich nicht vorstellen, dass sie sich mit ihrer Auffassung durchsetzen würde. Kein vernünftig denkender Mensch, so mein Mann, dürfte sich auf so eine Vereinbarung einlassen. Er war sich ziemlich sicher, dass Bruder Claudius zu dieser Spezies gehörte.

Trotzdem hatte ich Elisabeth Telefonnummer und Adresse meines Anwalts gegeben, diesen gleich am Montag früh angerufen und über das Problem informiert. Doris könne sich jederzeit an ihn wenden, hatte er mir versprochen. Diese war fast zu Tränen gerührt, wollte jedoch abwarten, wie sich die Internatsleitung zu Luisas Ansinnen stellte, bevor sie weitere Schritte unternahm.

Elisabeth hatte übrigens nicht nur die Adresse von Gabi herausgefunden, sondern war sogar an weitere Informationen gekommen. Nach Luisas Angaben hatte Franziska keinerlei Mitteilungen an irgendeinen ihrer Mitschüler gemacht, dass sie demnächst umziehen würde. Es hätte auch keiner gewusst, dass sie nicht an der geplanten Exkursion teilnahm. Vielmehr sei sie ungefähr eine Woche vorher plötzlich verschwunden, ohne sich zu verabschieden, wie Luisa hervorhob. Ihre Sachen seien dann, während alle anderen auf dem Ausflug waren, vom Vater abgeholt worden. Sie hätten erst bei ihrer Rückkehr von dem Umzug erfahren. Zuvor habe es geheißen, Franziska sei nach Hause gerufen worden. Ja, und seitdem habe sie sich bei keinem Einzigen mehr gemeldet, obwohl – sie sei in der letzten Zeit sowieso sehr seltsam gewesen, richtige Freundinnen oder Freunde hätte sie schon länger nicht mehr gehabt.

„Die war total hochnäsig", hatte Luisa gesagt. „Kein Interesse mehr an unseren Aktivitäten, keine vernünftigen Gespräche mehr. Ich hatte vorher schon wenig mit ihr zu tun, zuletzt war es so, als seien wir für sie nur noch Luft. Die wusste bestimmt schon länger, dass sie nicht mehr lange bleibt, und hatte uns schon abgeschrieben."

Elisabeth hatte mich bei ihrem Bericht bedeutungsvoll angesehen und selbst Manfred wollte ihre Worte nicht unkommentiert stehen lassen. „Das Ganze klingt sehr seltsam. Meinst du nicht auch?"

Klar, nur wollte ich ihn nicht noch mit der Nase darauf stoßen, dass ich gerade an dieser Geschichte besonders interessiert war. „Ach", hatte ich deshalb abgewunken. „Wer weiß, ob Luisa nicht das meiste völlig falsch verstanden hat. Für mich sieht es eher so aus, als sei sie in erster Linie mit sich und ihren Problemen beschäftigt."

Dass ich jetzt unterwegs war, um genau zu diesem Thema zu recherchieren, wusste er ebenfalls nicht. Ich hatte ihm vorgeschwindelt, ich sei mit einer Freundin in der Stadt verabredet. Gut, Gabi und ihre Familie hatten nur zwei Straßen von der Fußgängerzone entfernt gewohnt, die Richtung stimmte also.

Das Haus entpuppte sich als viergeschossiger Bau mit zwei Wohnungen auf jeder Etage. Die linke im zweiten Stock stand offensichtlich leer. Ich schloss daraus, dass diese die besagte sein musste. Deshalb drückte ich auf den Klingelknopf, der sich direkt unter dem leeren Schildchen befand, in der Hoffnung, dass die direkten Nachbarn am meisten wissen würden. Leider reagierte niemand, auch nicht auf meinen zweiten Versuch. Es war offensichtlich niemand zu Hause.

Hm, wo sollte ich es als Nächstes versuchen?

Ich stand noch da und studierte die Namen, als ich von jemandem hinter mir angesprochen wurde. „Wen suchen Sie denn?"

Ich fuhr herum. Hinter mir stand ein altes, verhutzeltes Mütterchen, wie Richie sagen würde. Nein, Scherz beiseite, die Dame war bestimmt schon über neunzig, aber anscheinend noch relativ rüstig, mit in korrekte Dauerwellen gelegten, weißsilbernen Haaren, roten Apfelbäckchen und hinter der dicken Brille klein wirkenden, flinken Augen, die mich ebenso neugierig musterten wie ich sie.

„Ich wollte eigentlich die Michels besuchen." Diese Ausrede hatte ich mir bereits zuvor zurechtgelegt. „Ich habe schon länger nichts von der Gabi gehört und das Telefon scheint auch nicht mehr zu funktionieren."

„Haben Sie denn nicht ihre Handynummer?"

Oha, die alte Dame war ganz schön auf Zack. „Da geht immer nur die Mailbox dran und zurückrufen tut sie nicht", schwindelte ich. „Als ich nun hörte, dass die Franziska aus dem Internat ausgeschieden ist, habe ich angefangen, mir Sorgen zu machen. Man kann ja nie wissen heutzutage."

Ich dachte, ich hätte das Eis gebrochen, aber sie starrte mich immer noch geradezu misstrauisch an. „Wer hat Ihnen das denn erzählt?"

„Eine gemeinsame Bekannte, Doris Glaser, die den Frisiersalon in der …"

„Ach, hätten Sie das doch gleich gesagt." Auf einmal wirkte die Dame viel freundlicher. „Zu ihr bin ich früher auch gegangen, wenigstens so lange, wie meine Beine mich noch eine größere Strecke getragen haben." Sie sah missmutig auf ihren Stock. „Aber anderseits, man soll nicht klagen. Ich muss froh sein, dass ich in der Lage bin, mich selbst zu versorgen, in meinem Alter."

„Wie alt sind Sie denn?", wagte ich zu fragen.

Anscheinend hatte sie nur darauf gewartet. „Neunundachtzig", erklärte sie stolz. „Ach wissen Sie was? Kommen Sie besser mit hinein, dann können wir uns weiter unterhalten. Mir wird es langsam zu kalt."

Ich seufzte erleichtert, nicht nur, weil ich von ihr bestimmt zusätzliche Einzelheiten über die Michels erhalten würde, sondern auch, weil ich mittlerweile ebenfalls zu frieren begonnen hatte. Der scharfe, eiskalte Wind ließ eher an Winter als an Herbst denken.

Drinnen in ihrer völlig überheizten Wohnung bekam ich erst einmal eine Tasse Kaffee und dazu einen Teller mit vertrockneten Keksen, von denen ich anstandshalber einen nahm und ihn im Kaffee aufweichte, bevor ich es wagte hineinzubeißen. Er schmeckte genauso, wie er aussah, ich spülte mit viel Kaffee nach.

„Ja, die Michels", sagte die alte Frau bedächtig, während sie ebenfalls an einem der Kekse lutschte. Im Gegensatz zu mir hatte sie ihren einfach in die Tasse hineinfallen lassen und erst nach ein paar Minuten mit dem Löffel wieder herausgeholt. „Das war schon sehr seltsam. Ich meine, sie hat sich ja noch von mir verabschiedet, aber es ging alles unheimlich schnell. Den einen Tag ist der Mann weg und eine Woche später fängt sie an zu packen und nach weiteren drei Tagen kommt der Mann mit einem großen Laster und er und sein Helfer nehmen die gesamte Wohnungseinrichtung mit. Ich meine, die hat mir schon gesagt, dass sie umziehen, weil der Mann ein ganz tolles Jobangebot bekommen hat. Trotzdem hätte ich nie gedacht, dass das alles so schnell geht."

„Ja", nickte ich. „Doris Glaser erzählte mir, dass die Franziska auch ganz plötzlich aus der Schule genommen wurde, sozusagen ohne Vorwarnung."

Das reichte, um ihr alles zu entlocken, was sie wusste, beziehungsweise, ihre Worte flossen nun wie von selbst. Ich erfuhr, dass Gabi Michels die einzige nette Frau hier im Haus gewesen sei, immer bereit für ein kleines Schwätzchen. Eine, die sich kümmerte, wie es Auguste Meier ausdrückte, die half, wenn es nottat. „Wissen Sie, mein Mann und ich hatten keine Kinder, meine Nichte kommt ab und zu vorbei, sonst habe ich niemanden. Da ist Frau Michels eben eingesprungen."

Das mit dem Job habe sich ganz plötzlich ergeben, erzählte sie weiter. Einer aus dieser Kirche sei gestorben und man habe Herrn Michels dessen Stelle angeboten. Allerdings sei die Bedingung gewesen, dass er sofort habe wechseln müssen. Es sei wohl erst überlegt worden, dass Frau Michels hierbleiben solle, damit der Große nicht mitten im Schulhalbjahr in eine neue Klasse komme, dann habe Herr Michels aber eine wunderschöne, preisgünstige Wohnung gefunden und deshalb sei die ganze Familie ihm schneller gefolgt als gedacht. Über die Große habe sie nichts erfahren, sie sei davon ausgegangen, dass diese in ihrem Internat verblieben wäre.

„Ich halte ja nichts von diesen kirchlichen Randgruppen", teilte sie mir mit. „Ich bin evangelisch und bleibe es auch bis zu meinem Tod. Nicht dass Frau Michels versucht hat, mich zu bekehren, nein, die hat sich eher bedeckt gehalten, was ihre Religion anging." Sie seufzte schwer. „Leider bin ich nicht mehr in der Lage, an den Gottesdiensten teilzunehmen, die Beine, wissen Sie."

Ich outete mich als Pfarrersfrau und lud sie ein, gleich am nächsten Sonntag unsere Kirche zu besuchen. Wozu hatten wir schließlich den Freiwilligenfahrdienst.

35

Richard

Mehr Neuigkeiten hatte ich leider an diesem Tag nicht zu erwarten. Christoph stellte sich als Schüler der Oberstufe heraus, der gegen einen der Neuen aus der Fünften etwas zu rabiat vorgegangen war und sich nun eine Strafpredigt anhören musste.

Obwohl, die war schon beeindruckend. Es wurde gar nicht so sehr seine begangene Tat angeprangert, sondern ihm vielmehr nahegelegt, sich doch an seine eigene Ankunft hier zu erinnern. „Weißt du noch, wie schwer es dir anfangs fiel, dich an Regeln zu halten", hieß es darin. „Und wieviel Wut du in dir hattest?"

Christoph schien auch angemessen zerknirscht zu sein, auf jeden Fall mehr, als es echte Vorwürfe erreicht hätten. Er versprach, sich in Zukunft gelassener zu zeigen und wurde nach fünfzehn Minuten wieder entlassen.

Anschließend griff sich Bruder Ignatius einen der Briefe von seinem Schreibtisch und begann damit, die liegengebliebene Post aufzuarbeiten. Langweilig, langweilig, langweilig. Wann in welcher Gemeinde was gemacht wurde, ein Aufruf an alle, mehr Mitglieder für die diesjährige weihnachtliche Spendensammlung zu gewinnen, die Wahlergebnisse aus dem niedersächsischen Kirchenbezirk und, und, und.

Ich war geradezu erleichtert, als ich die Kinder endlich zur Mensa strömen sah. Da mein Beobachtungsobjekt keinerlei Anstalten machte, seine Tätigkeit zu unterbrechen, beschloss ich, ihn nun zu verlassen. Franziska zu entdecken, war eindeutig wichtiger. Vielleicht wurde sie ja gar nicht gefangen gehalten, sondern stand nur hier unter besonderer Aufsicht. Wenn es sich bei dem Mädchen, das ich suchte, überhaupt um diese handelte.

Leider hatte ich kein Glück, sie war definitiv nicht dabei. Und ich hatte mir tatsächlich jedes einzelne Mädchen genau angesehen! Abgezählt hatte ich ebenfalls, hundertzehn Betten, ergo hundertzehn weibliche Wesen, die ich kontrollieren musste.

Um wirklich jede einzelne Möglichkeit auszuschließen, durchsuchte ich anschließend sämtliche Räume des gesamten Komplexes. Nein, unsere Zielperson wurde auch nirgendwo gefangen gehalten, sie war ganz einfach nicht hier.

Den nächsten Tag verplemperte ich damit, Bruder Ignatius zu beobachten. Ohne Erfolg, er tat seine Arbeit als Internatsleiter, aß in der Mittagspause mit den anderen Lehrern zusammen in der Mensa, verbrachte den Nachmittag mit Büroarbeiten und schwamm anschließend, während seine Schüler an ihren Hausaufgaben saßen, im Schwimmbad ganz allein seine Runden. Am Abend, als erkennbar wurde, dass er ausgehen wollte, jubelte ich bereits innerlich. Leider zu früh. Er traf sich im nächsten Dorf mit einer Frau zum Essen. An der Art ihrer Unterhaltung merkte ich sehr schnell, dass er hoffte, bei der zum Zug zu kommen, das war alles. Sie schien ebenfalls nicht abgeneigt, zierte sich aber noch. Er brachte sie um zehn nach Hause, saß dann bis zwölf vor dem Fernseher und ging ins Bett, ohne dass ich irgendwelche neuen Erkenntnisse bekommen hätte.

Gut, ich hätte natürlich noch ein paar Tage dranhängen können, besonders, da ich ja nun wusste, dass er und Bruder Claudius beide in diese Geschichte verwickelt waren. Andererseits hatte die Zeit ausgereicht um festzustellen, dass es noch jemand anderen geben musste, der sich um das unbekannte Mädchen kümmerte, sonst hätte mich Bruder Ignatius längst zu ihr geführt.

Zur nächsten Schule entschied ich deshalb und machte mich gleich auf den Weg. Zuvor drehte ich allerdings noch eine Runde und besorgte mir von den Lehrern und natürlich auch von Bruder Ignatius die nötige Energie, um die folgenden Tage durchhalten zu können.

Da ich von jedem nur ein bisschen nahm, würden sie morgens außer einem leichten Schwächegefühl nichts merken. So was, wie bei Bruder Claudius tat ich normalerweise nicht. Ich war halt nur so fürchterlich frustriert gewesen.

Ich klinkte mich an einen dicken, gemütlichen Brummifahrer, der mich im Morgengrauen an meinem Ziel absetzte. Mittlerweile kannte ich die Gepflogenheiten der Kirche gut genug, sodass ich nicht lange nach dem Gebäudekomplex suchen musste. Pünktlich zu Schulbeginn fitschte ich mit hinein.

Dieses Mal hielt ich mich nicht lange in den einzelnen Klassen auf, sondern zählte nur die anwesenden Mädchen durch. Anschließend wiederholte ich das Prozedere im Wohnheim und verglich mein Ergebnis mit der Zahl der Betten. Neunundachtzig Mädchen, hier gab es mehr Jungen, was mir die Sache vereinfacht hatte, und genauso viele belegte Betten. Und auch hier sah nicht eine der Jugendlichen Franziska ähnlich.

Um nichts übersehen zu haben, durchforstete ich zusätzlich noch sämtliche Gebäude. Ohne Erfolg, kein Anzeichen von dem Mädchen zu entdecken.

Mittlerweile war es Nachmittag geworden. Ich beschloss, dem Schulleiter einen Besuch abzustatten. Das Sekretariat war bereits verwaist, der Schreibtisch jungfräulich leer, aber ich konnte schon durch die geschlossene Tür eine dröhnende Stimme hören. Bruder Franzius, wie ich auf dem Schild an der Tür lesen konnte, tat noch seinen Dienst.

Er telefonierte, wie ich erkennen konnte, nachdem ich mich durch den schmalen Spalt am Boden gequetscht hatte, der so winzig war, dass selbst ich kaum hindurchpasste. Leider ging er im selben Moment zu den üblichen Abschiedsfloskeln über und beendete das Gespräch. Ich hatte noch nicht einmal mitbekommen, ob derjenige am anderen Ende der Leitung ein Mann oder eine Frau gewesen war. Jetzt wandte er sich wieder der Mappe zu, die vor ihm auf dem Tisch lag. Ich blieb die ganze Zeit neben ihm, während er Brief für Brief unterschrieb, doch es handelte sich ausschließlich um langweilige Geschäftspost, Briefe an Eltern mit einem Überblick über den Leistungsstand ihrer Kinder, Bestellungen für die Schule, Überweisungsaufträge für Handwerkerrechnungen.

Als er die Mappe endlich durchgearbeitet hatte – der las wirklich jede einzelne Seite, dazu in einem Tempo, dass selbst ich als langsam empfand – war es bereits Abend. Nachdem er sich ausgiebig gereckt und gestreckt hatte, verließ er endlich sein Büro und ging hinüber in seine Privaträume, das heißt, er trippelte in schnellen Schritten über den Platz, der die Schule und das Wohnheim voneinander trennte, da es wie aus Kübeln schüttete. Bis er den Eingangsbereich erreichte, war er pitschnass geworden.

Während er ins Badezimmer zu einer heißen Dusche verschwand, inspizierte ich die restlichen Räume. Ich fand genau das vor, was ich erwartet hatte, nämlich eine total altmodische Einrichtung – über die Aufteilung musste ich ja wohl kein Wort mehr verlieren, hier war wieder derselbe Architekt am Werk gewesen. Bruder Franzius war ja auch schon alt, mindestens Ende fünfzig schätzte ich. Das spiegelte sich in seinen Möbeln, in seinen Büchern und in dem diversen Nippes, der herumstand, wieder. Was mich allerdings echt wunderte, war, dass sich weder bei ihm, noch bei den anderen Internatsleitern irgendwelche christlichen Symbole fanden, kein Jesus am Kreuz im Schlafzimmer, keine Bilder mit Bibelszenen, keine Skulpturen, gar nichts. Wobei, wenn ich so darüber nachdachte, gab es auch in den Wohnheimen und in der Schule keinerlei Hinweise darauf, dass es sich hier um eine kirchliche Einrichtung handelte. Es sah echt so aus, als wäre das Gotteshaus der einzige Bezugspunkt zum Glauben.

Ich notierte in Gedanken, diesen Punkt unbedingt mit Kathi besprechen zu müssen, dann wandte ich mich wieder Bruder Franzius zu, der, gewandet in einen legeren Rollkragenpullover und Stoffhosen in die Küche gegangen war und sich ein üppiges Abendessen gönnte. Kein Wunder, dass er so wohlbeleibt war – fast so ein Posaunenengel wie Manfred – zwei Doppelscheiben dick belegt mit Schinken und ein Töpfchen Heringssalat wurden mit stark gesüßtem Tee hinuntergespült. Anschließend nahm er sich noch einen Teller mit Keksen mit hinüber in Wohnzimmer, wo er sich aufseufzend auf eine überdimensionale Couch fallen ließ und zu einem dicken Wälzer über die geschichtlichen Ereignisse des letzten Jahrhunderts griff. Das war es ja dann wohl.

Trotzdem wartete ich, bis Bruder Franzius geruhte, ins Bett zu gehen. Glücklicherweise war das schon um halb elf der Fall und ich beschloss, mich sofort auf den Weg zu machen. Die Suche nach Franziska oder einem anderen Mädchen in Not war die eine Sache, die ich auch echt als erforderlich ansah. Ganz anders verhielt es sich mit der Observation der Internatsleiter. Ich konnte mir sprichwörtlich tagelang die Beine in den Bauch stehen und warten, dass etwas passierte und wenn ich Pech hatte, tat sich ausgerechnet bei dem einen, den ich überwachte, gar nichts. Gut, so, wie es aussah, hingen zumindest Bruder Claudius und Bruder Ignatius in der Sache mit drin. Im Zweifelsfall würde ich mich eben wieder an den ersteren hängen. Doch blieb abzuwarten, ob ich nicht in der Zwischenzeit im letzten Internat fündig werden würde.

So mein Tun vor mir selbst rechtfertigend machte ich mich auf den Weg zu dem Internat an der holländischen Grenze, dem ich schon vor ein paar Tagen einen kurzen Besuch abgestattet hatte. Wenn alles klappte, konnte ich schon am Freitag wieder bei Kathi aufschlagen. Ich war jetzt schon gespannt, ob sie etwas Interessantes herausgefunden hatte.

Mensch, ich war nun einmal nicht der Typ, der Däumchen drehen konnte. Hier abzuwarten, bis sich endlich etwas tat, war nicht mein Ding!

Es war die richtige Entscheidung, wie sich noch herausstellen sollte. Zuerst sah es allerdings nicht so aus. Ich erledigte das übliche Prozedere, sah mir die Gesichter der Mädchen an, stellte ihre Anzahl und die der Betten fest und durchsuchte das gesamte Gelände. Vergebens. Ich entdeckte keinerlei Hinweise auf Franziska oder ein anderes, verzweifelt wirkendes Mädchen.

Eigentlich vertrödelte ich nur noch die restlichen Stunden, da ich nicht unbedingt heute schon bei Kathi eintreffen wollte. Die würde nur wieder vermuten, ich hätte meine Aufgaben nicht richtig erledigt. Also hing ich mit ein paar Jugendlichen aus der Abschlussklasse ab, die ein witziges Namensspiel machten und sich dabei gegenseitig veralberten. Echt lustig das Ganze.

Danach wurde es Zeit, zum Abendessen zu gehen. Ich folgte der Gruppe, darauf hoffend, dass sie mir die restliche Zeit weiter versüßen würde. Tja, kaum hatten sie Platz genommen, wandte sich das Gespräch ernsteren Themen zu: Was mache ich nach dem Abitur. Ich wollte mich schon zum nächsten Tisch wenden, da schnappte ich so gerade eben noch die Worte, freiwilliges soziales Jahr und Farm auf. Häh? Ich bezog erneut Posten.

36

Katharina

Am Dienstagmorgen bediente ich mich wieder meiner diversen Kontakte, um an die neue Adresse der Michels zu kommen. Eine Freundin von einer meiner Töchter arbeitete bei der Stadt. Die wiederum hatte einen Freund, der, Gott sei es gedankt, immer noch beim Einwohnermeldeamt saß, von wo er schon seit Längerem verzweifelt versuchte wegzukommen. Bisher leider vergeblich.

Von Frau Meier wusste ich, dass die Michels keinen Nachsendeantrag gestellt hatten, weshalb ich mir den Gang zur Post sparen konnte. Auch meine Nachforschungen im Internet waren erfolglos geblieben. Nicht einmal eine aktuelle Telefonnummer hatte ich finden können.

Zu meinem Glück erreichte ich Franziska, tatsächlich eine Namensvetterin, sofort. Sie versprach, meine Anfrage umgehend weiterzuleiten.

Es war natürlich nicht so, dass sie mir einfach jede gewünschte Anfrage beantwortete, nein, ich hatte mir eine halbwegs plausible Geschichte einfallen lassen und erzählte ihr, eine entfernte Bekannte hätte mir vor längerer Zeit ein Buch geliehen, das ich versäumt hätte, ihr zurückzugeben. Jetzt sei es mir wieder in die Hände gefallen und ich hatte es ihr vorbeibringen wollen. Aber die Familie sei unbekannt verzogen, sie hätten auch keinen Nachsendeantrag gestellt. Das Ganze wäre mir fürchterlich peinlich, ob sie mir wohl helfen könne?

Ich kannte Franzi von klein auf, sie war Kirstens beste Freundin gewesen und bei uns ein und ausgegangen. Tatsächlich hatte sie, ein Einzelkind, unheimlich gern bei uns gespielt und auch übernachtet. Für sie waren wir zur zweiten Familie geworden. Auch heute noch liebte sie es, an unseren Familientreffen teilzunehmen und war ein gern gesehener Gast.

Daher zierte ich mich nicht lange, sie um diesen Gefallen zu bitten, schließlich war es erst das zweite Mal, dass ich sie um so etwas bat. Trotzdem wurde ich über und über rot bei meiner Lügerei und war wieder einmal froh, dass es noch kein Bildschirmtelefon gab. Kleinere Schwindeleien, wie man sie fast täglich benutzte, ich nannte sie Gefälligkeitslügen, machten mir nichts aus, aber so richtig das Blaue vom Himmel herunterlügen, nein, das war einfach nicht meine Art.

Knapp eine Stunde später rief sie zurück und gab mir die gewünschte Adresse. Ich bedankte mich und lud sie im Gegenzug gleich zu unserem nächsten Familientreffen am zweiten Weihnachtstag ein. So verstreut meine Kinder auch mittlerweile lebten, bemühten sie sich doch, zumindest das Oster- und Weihnachtsfest ganz oder teilweise mit uns und ihren Geschwistern zu verbringen.

Allersheim, hm, sagte mir gar nichts. Ich googelte den Ort und stellte fest, dass er sich zwischen Bocholt und Borken befand, nahe der holländischen Grenze. Dank Google Maps konnte ich mir sogar das besagte Haus von außen anschauen. Naja, billig ja, aber Traumwohnung? Bei dem Ort handelte es sich eher um ein kleines Dorf, durch das sich die Landstraße Richtung Niederlande zog. Das Gebäude stand direkt an der Hauptstraße, ein grauer, ziemlich heruntergekommen wirkender Bau mit jeweils einer Wohnung auf den drei Etagen. Auch der schmale Garten hinter dem Haus wirkte nicht gerade einladend. Mehr als die Hälfte war mit halb verfallenen Schuppen bebaut, der Rest glich eher einer Schutthalde als einer Wiese.

Vielleicht war das Haus aber auch in der Zwischenzeit renoviert worden und tatsächlich so schön, wie Gabi Michels behauptet hatte. Richie würde es bald herausfinden.

Doch bis dahin wollte ich nicht warten. Irgendetwas musste ich doch unternehmen können. Nur was?

Ich erledigte gedankenversunken meine Hausarbeit, kochte meinem Mann ein aufwändiges Essen als Entschädigung für die Suppe vom Vortag und hatte immer noch keine Eingebung, was ich tun sollte. Selbst dort vorbeifahren? Nein, Richie würde viel besser herumschnüffeln können. Doris die Adresse geben? Ebenfalls nein, falls bei dieser Familie etwas im Argen lag, wären sie durch ihren Besuch vorgewarnt und im Zweifelsfall wieder untergetaucht, bevor ich Richie auf ihre Fährte setzen konnte. Am besten gefiel mir noch die Idee, Janine einfach telefonisch nach Franziska fragen zu lassen und sich als deren Freundin auszugeben. Mit ihrer Stimme wäre sie glatt für sechzehn durchgegangen. Aber auch diesen Gedanken verwarf ich schließlich. Was hätte sie sagen sollen, wie sie an Gabis Handynummer gekommen sei – die ich sicherlich von Doris bekommen konnte - und was hätte ich ihr sagen sollen, warum ich an dem Mädchen interessiert war?

Abends war ich regelrecht frustriert. Also googelte ich nun selbst noch einmal die boozanische Kirche. Manfred war in eine politische Sendung vertieft, er würde mich garantiert nicht stören.

Neues erfuhr ich nicht. Insgeheim hatte ich gehofft, dass sich dieses Internat an der holländischen Grenze in der Nähe von Allersheim befinden würde und dass Franziska deshalb dorthin gewechselt war, doch es

155

lag in der Nähe von Viersen und damit fast genauso weit von ihrem neuen Zuhause weg wie das alte in Hagen.

Als Nächstes googelte ich noch einmal das Dorf. Es gab nur einen Kindergarten und eine Grundschule, zur weiterführenden Schule fuhr ein Bus in den nächstgrößeren Ort. Vielleicht hatten die Eltern Franziska ja dort angemeldet.

Schwachsinn, sagte mein Verstand. Eigentlich bist du dir doch sicher, dass das Mädchen die Gesuchte ist. Da wird sie wohl kaum ganz normal auf eine öffentliche Schule gehen. Richie und du seid doch der Meinung, sie würde irgendwo gefangen gehalten.

Und die Eltern wissen davon?, fragte ein anderer Teil meines Verstandes. Wie schwachsinnig ist das denn!

So kam ich nicht weiter. Ich musste wohl oder übel auf Richie warten. Es sei denn: „Wie bekomme ich heraus, wohin ein Kind nach einem Schulwechsel umgemeldet worden ist?", fragte ich meinen Mann, kaum dass der Abspann seiner Sendung lief.

„Das läuft alles über das Schulamt", murmelte er abgelenkt, weil er gleichzeitig versuchte, mitzulesen.

„Meinst du, die würden mir Auskunft geben?"

Endlich hatte ich seine volle Aufmerksamkeit. „Dir? Nein. Was steckt denn dieses Mal dahinter, Kathi?"

„Ach, ich weiß auch nicht. Ich bekomme dieses komische Gefühl nicht weg, dass diese Kleine aus dem Internat irgendwie verschwunden ist. Und da hatte ich gedacht …"

„Du fragst einfach beim Schulamt nach, ob die dir die neue Schule nennen?" Manfred lachte. „Die werden sich hüten. Du bist weder mit ihr verwandt, noch hast du irgendeinen anderen berechtigten Grund, diese Information abzurufen. Nein, du würdest keine Auskunft bekommen."

„Wer weiß denn sonst noch Bescheid?"

„Die abgehende und die neu aufnehmende Schule natürlich. Die Akte des Kindes muss ja weitergeführt werden."

Tja, so wie es aussah, keine Chance für mich, an diese Information zu kommen. Weder konnte ich in Franziskas altem Internat nachfragen, noch machte es Sinn, jede weiterführende Schule im Umkreis von Allersheim anzurufen. Was hätte ich sagen sollen, wofür ich diese Angaben benötigte? Und selbst wenn mir ein plausibler Grund eingefallen wäre, wahrscheinlich hätte ich ohne Überprüfung meines Status trotzdem keine Antwort bekommen.

„Kathi, ich glaube, du interpretierst viel zu viel in diese Sache hinein", bohrte mein Mann nun unwissentlich in meiner Wunde. „Natürlich ist es seltsam, dass diese Familie so urplötzlich umgezogen ist, aber ich denke nicht, dass ein Verbrechen dahinter steckt. Wenn es dir jedoch gar keine Ruhe lässt, frag doch Bruder Claudius nach dem Verbleib des Mädchens. Ich bin mir sicher, er kann dich beruhigen."

„Nein, das ist mir zu albern. Du hast recht, ich sehe wieder Elefanten, wo in Wirklichkeit Mücken sind."

Nach diesem Gespräch war ich noch frustrierter als zuvor. Bruder Claudius um Rat zu fragen war das Letzte, was ich wollte. Viel schlimmer war jedoch, dass Manfred es geschafft hatte, meine Zweifel, die mir schon selbst gekommen waren, zu verstärken. Irgendwie hatte ich nämlich das Gefühl, dass wir, Richie und ich, uns völlig verrannt hatten. Waren unsere Schlussfolgerungen nicht völlig idiotisch? Wir hatten uns regelrecht auf diesen Fall gestürzt und immer neue, gewagtere Schlussfolgerungen gezogen. Was würde am Ende davon übrig bleiben?

Aber irgendetwas stimmte an dieser ganzen Geschichte trotzdem nicht, das sagte mir nicht nur mein Gefühl, dafür gab es auch genug Fakten, die nicht zueinanderpassten. Deshalb würden Richie und ich nicht nachlassen, bis wir die Wahrheit gefunden hatten.

Mein Mann hatte seine Kontakte bereits aktiviert, um mehr über diese boozanische Kirche zu erfahren. Das konnte bestimmt nicht schaden, selbst wenn am Ende nur deren vollkommene Unschuld stand. Damit wäre zumindest mein vages Gefühl der Beklommenheit zu beruhigen.

Vielleicht hatte Richie ja in der Zwischenzeit schon relevante Neuigkeiten ausgegraben oder irgendwelche Ansatzpunkte gefunden, mit denen wir weiterarbeiten konnten. - Es half alles nichts, ich musste warten, bis mein Geisterfreund sich meldete oder ich irgendwelche Ansatzpunkte von meinem Mann erhielt.

37

Richard

Aus irgendeinem Grund zog es mich am Freitagmorgen statt zu Katharina zurück ins Internat. Bevor ich mit ihr sprach, wollte ich wenigstens einmal kurz nach Bruder Claudius sehen. Nicht dass ich ein schlechtes Gewissen gehabt hätte, der würde schon am Montag wieder vollkommen der Alte gewesen sein. Nein, ich wollte mich bloß kurz informieren, ob es Neuigkeiten gab.

Gut, dass ich diesem Gefühl nachgegeben hatte. Als Erstes stellte ich fest, dass Franziskas Platz schon wieder belegt war. Und so wie es aussah schon seit Anfang der Woche, denn die Neue benahm und bewegte sich nicht mehr wie ein Neuankömmling, sie schien bereits in die Gemeinschaft aufgenommen.

Das Nächste, was ich mitbekam, war jedoch noch interessanter. In der ersten großen Pause rief der Schulleiter Luisa zu sich in sein Büro.

„Du wolltest mich dringend sprechen?", fragte er, kaum dass sie eingetreten war.

„Frau Huber sagte, Sie wüsste nicht genau, wann Sie zurückkämen, deshalb hatte ich sie gebeten, Ihnen eine Notiz hinterlassen zu dürfen." Die Kleine balancierte ganz vorn auf der Kante des Stuhles und war sichtlich aufgeregt. „Ich wollte nicht bis nächste Woche warten, wissen Sie."

„Ja, nun, was kann ich denn für dich tun?"

Nicht nur Bruder Claudius erwartete gespannt ihre Antwort. Ging es etwa immer noch um diese dämliche Idee von ihr?

Es ging. „Also ich würde gerne ganz offiziell hier wohnen", begann Luisa zögerlich. „Ich meine, so richtig, mit Hauptadresse und so. Ich kann jetzt auch für meinen Aufenthalt bezahlen. Aus dem Erbe meines Vaters bekomme ich genug Geld, sodass ich sämtliche erforderlichen Ausgaben davon bestreiten kann." Ihre Stimme war zum Schluss immer eifriger geworden, man merkte richtig, wieviel ihr dieses Ansinnen bedeutete.

Bruder Claudius schien trotzdem nicht sehr begeistert. „Und deine Mutter?", fragte er. „Ist sie mit dieser Lösung einverstanden?"

„Ach die", Luisa machte eine wegwerfende Handbewegung. „Mein Vater war meine Hauptbezugsperson und nun, da er tot ist", sie schluckte und ihre Augen füllten sich mit Tränen. „Ich will nicht immer wieder dorthin zurückkehren müssen und an ihn erinnert werden", gestand sie leise. „Es ist schon so schwer genug."

„Trotzdem ist da noch deine Mutter." Der Internatsleiter legte tatsächlich eine Menge Einfühlungsvermögen an den Tag. Seine Stimme klang besänftigend, aber auch eindringlich, als er nun fortfuhr: „Sie liebt dich, das konnte man deutlich bei ihrem letzten Besuch erkennen. Du bist ihr nicht egal. Und sie ist deine Erziehungsberechtigte. Im Prinzip entscheidet sie, wie es weitergehen soll."

„Das will ich aber nicht! Ich will nicht zu ihr zurück. Ich will hierbleiben!"

„Wie? Ist es denn ihr Wunsch, dass du unsere Schule verlässt." Ha! Bruder Claudius verstand nur Bahnhof.

„Nein", beeilte sich Luisa zu versichern. „Das ist es nicht. Ich möchte ein vollwertiges Mitglied eurer Gemeinschaft werden. Ohne dass sie noch irgendeine Entscheidungsgewalt hat."

„Tja Luisa." Diese gedehnte Sprechweise kannte ich. Er war dabei, ihr eine nett verpackte Abfuhr zu erteilen. Gar nicht schlecht der Mann. „Ich freue mich natürlich darüber, dass es dir hier bei uns so gut gefällt. Und sobald du achtzehn bist, steht es dir völlig frei, zu tun, was du allein möchtest. Bis dahin ist allerdings deine Mutter als Erziehungsberechtigte die Weisungsgebende. Und ehrlich gesagt möchte ich daran auch nichts ändern. Ich bin mir sicher, sie wird immer zu deinen Gunsten entscheiden, das tun, was nötig, was wichtig für dich ist."

„Kann man ihr nicht einfach das Sorgerecht entziehen?" Meine Güte, die Kleine war echt hartnäckig.

„Nein." Bruder Claudius schüttelte nachdrücklich den Kopf. „Sie vernachlässigt dich nicht, im Gegenteil, sie ist sehr um dein Wohl bemüht. Misshandelt worden bist du auch nie. Mir fällt wirklich kein Grund ein, gegen sie vorzugehen. Außerdem", er wurde sehr ernst. „Das, was du vorschlägst, würde sie nur schwer verkraften können. Das wäre ja, als wenn sie nach ihrem Mann auch noch ihre Tochter verliert. Das kannst du ihr nicht antun."

Jetzt begannen die Tränen, bei Luisa zu fließen. „Ich mag aber nicht mehr bei ihr bleiben."

„Vielleicht lässt sich ja ein Kompromiss finden." Der Internatsleiter ließ sich nicht anrühren. „Dass du zum Beispiel nur einen Teil der Ferien bei ihr verbringst und nicht jedes zweite Wochenende. Ich kann gerne mit ihr darüber sprechen."

Luisa ließ den Kopf hängen. Sie hatte verstanden, er würde sich nicht erweichen lassen. „Das muss ich mir erst überlegen", flüsterte sie, rutschte von der Stuhlkante und verließ mit hängenden Schultern das Zimmer.

Der wahre Hammer folgte jedoch erst jetzt. Kaum war sie verschwunden, griff Bruder Claudius zu seinem Handy und wählte eine Nummer aus dem Speicher. „Roman, komm bitte sofort in mein Büro."

Oha, was hatte das zu bedeuten? Das war doch der Typ, in den Luisa sich verknallt hatte.

Drei Minuten später tauchte der Kerl bereits auf, noch keuchend vom schnellen Lauf. Da zeigte sich wieder, wer der Herr und Meister war.

„Hör zu." Der Internatsleiter winkte ihm, Platz zu nehmen. „Du musst dich von der kleinen Luisa fernhalten. Zeig ihr die kalte Schulter oder noch besser, bevorzuge eines der anderen Mädchen." Er überlegte kurz. „Die Nina wäre eine gute Wahl."

„Aber wieso?" Roman schien völlig perplex. „War ich nicht vorsichtig genug?"

„An dir hat es nicht gelegen. Die Kleine dreht im Moment völlig durch. Sie wollte ihrer Mutter das Sorgerecht entziehen und es auf uns übertragen lassen. Diese Art von Publicity können wir nun wirklich nicht gebrauchen. Die Mutter hat Haare auf den Zähnen, die würde bis zum Letzten um ihr Kind kämpfen."

„Ach herrje." Der Typ war blass geworden. „Okay, ich habe verstanden. Ich werde Abstand halten."

„Aber nicht zu offensichtlich", befahl Bruder Claudius. „Mach es ganz langsam. Kümmere dich heute noch wie immer um sie und lass es dann nach und nach weniger werden. Sie soll keinen Verdacht schöpfen."

„Verstanden, du kannst dich auf mich verlassen."

Das war ja wohl ein Knaller, was? Dieser Kerl war anscheinend auf Luisa angesetzt gewesen. Nur, was hatten die damit bezwecken wollen? Langsam verstand ich gar nichts mehr.

Obwohl ich darauf brannte, mich mit Kathi zu beraten, blieb ich noch so lange, bis ich sicher sein konnte, dass der Typ sich um nichts anderes mehr kümmern würde, als um die Papierstapel, die sich auf seinem Schreibtisch gebildet hatten. Naja, wäre wohl auch zu schön gewesen, wenn wir sofort weitere relevante Neuigkeiten serviert bekommen hätten.

Es war schon Mittag, als ich endlich bei ihr ankam. Sie und Manfred saßen gerade beim Essen und unterhielten sich lebhaft. Entgegen unseres Abkommens begab ich mich in Hörweite, vielleicht handelte es sich um irgendetwas Wichtiges, was dort besprochen wurde. Und richtig, Manfred berichtete gerade von dem Ergebnis seiner Nachforschungen diese boozanische Kirche betreffend.

„Allen Kollegen, mit denen ich gesprochen habe, ist diese Glaubensgemeinschaft völlig unbekannt. Gerald ist die einzige Ausnahme. Der scheint allerdings nicht gerade begeistert von denen zu sein. Er hat anscheinend die Vermutung, dass es sich dabei um eine aggressiv vorgehende Sekte handeln könnte. – Naja, so direkt hat er sich nicht ausgedrückt, du kennst ihn ja. Er ist ziemlich vorsichtig in seinen Aussagen gewesen. Das meiste musste ich zwischen dem, was er sagte und dem, was er wirklich meinte, heraushören. Aber ich bin mir sicher, dass er genau das rüberbringen wollte. Zumindest hat er mich gewarnt, das Internat nicht zu direkt zu empfehlen."

Kathi, die während seines Berichts die Gabel hatte sinken lassen, begann weiter zu essen. „Hast du ihm von unserem Besuch im Internat erzählt?"

„Das war mein Aufhänger bei allen Kollegen. Diese Internatsgeschichte ist nun mal interessant. Einige von ihnen kennen bestimmt auch verzweifelte Eltern, die genau nach so einer Schule suchen."

„Und Gerald? Wieso hat der Einwände?"

„Er kennt anscheinend jemanden, der eines der Internate besuchte, und zwar das erste, das aufgebaut wurde. Das existiert mittlerweile seit fünfzehn Jahren." Manfred machte eine Pause, um sich genüsslich seinem Essen widmen zu können. Kathi hatte sich wieder mal selbst übertroffen. Es gab Blumenkohl und Broccoli in einer holländischen Soße, dazu Kartoffeln und einen großen Braten, der so zart war, dass er schon beim Schneiden zerfiel. Manfred, ganz der Gourmet, hatte sich großzügig bedient und kaute nun erst einmal andächtig.

„Ja und weiter?" Kathi war mit ihrer wesentlich kleineren Portion schon fertig.

„Nun lass mich bitte erst essen, bevor alles kalt ist", presste Manfred zwischen zwei Bissen hervor.

Kathi, zappelig wie immer, begann daraufhin den Tisch abzuräumen. „Gut, aber du erzählst mir den Rest, bevor du die Vanillecreme bekommst."

„Nachtisch gibt es auch noch?", fragte Manfred, dachte ich.

„Die hattest du dir doch gewünscht." Kathi, die gerade den Gemüsetopf zurück auf den Herd stellte, drehte sich um – und erblickte natürlich mich, der ich neugierig nähergekommen war, um einen Blick in die große Schüssel werfen zu können, die auf der Spüle stand. Oh weh, das gab nachher bestimmt wieder Ärger.

38

Katharina

Zum ersten Mal war ich trotz seiner Lauschaktion, die ich normalerweise verabscheute, froh, Richie zu sehen. So konnte er Manfreds Geschichte gleich aus erster Hand erfahren und wir brauchten nicht unnötig Zeit darauf zu verschwenden, sondern konnten uns gleich über das austauschen, was er und was ich erfahren hatten.

Endlich war Manfred fertig mit Essen und lehnte sich aufstöhnend zurück. „Das war superlecker, ich glaube, den Nachtisch esse ich erst später. Es passt beim besten Willen nichts mehr rein."

„Du bekommst dasselbe morgen noch einmal." Ich grinste. „Ich habe gleich für zwei Tage gekocht."

„Du bist die beste Ehefrau, die man sich denken kann." Er warf mir eine Kusshand zu.

Meine Güte, was war nur mit meinem Mann los? Hatte Elisabeth etwa auch mit ihm gesprochen?

„Du, Kathi, ich habe mir da was überlegt. Meinst du nicht, wir sollten uns aus dieser Pflegestellengeschichte zurückziehen? Wir werden beide langsam alt. Du hast den Haushalt, die Obdachlosenhilfe und deine Klavierschüler. Ich bin völlig geschafft, wenn ich nach Hause komme und dir bestimmt keine große Hilfe mehr, weder bei deiner Arbeit noch bei den Kindern. Meinst du nicht auch, wir haben uns langsam etwas mehr Ruhe verdient?"

Ausgerechnet jetzt fing er mit diesem Thema an. Ich wollte wissen, was Gerald noch gesagt hatte!

„Ich werde darüber nachdenken", versprach ich deshalb schnell, ohne mich auf eine längere Diskussion einzulassen – obwohl ich jede Menge dazu zu sagen gehabt hätte. „Du musst mir aber ein paar Tage Zeit lassen. Ich will mir das erst in Ruhe überlegen." Verzweifelt überlegte ich, wie ich ihn zum Thema zurückführen konnte.

„Ach ja, die Geschichte mit Gerald", begann er nach einer kurzen Pause von selbst. „Er meint, dass fast alle Jugendlichen, die die Schule verlassen, vorher bei einer Feierstunde in die Glaubensgemeinschaft eintreten. Die, die das nicht machen, könne man an einer Hand abzählen. Also gezwungen wird da keiner, da ist er sich sicher, seltsam findet er es aber trotzdem. Gerade heute, wo die meisten jungen Erwachsenen mit Kirche nicht mehr viel am Hut haben, gewinnen die so neue Mitglieder dazu."

„Du meinst aus Dankbarkeit?"

„Er meint, nicht ich", stellte Manfred richtig. „Ja, er vermutet in dieser Internatsgeschichte eine Art Mitgliederanwerbung."

„Das wäre aber eine sehr teure", rutschte es mir heraus, bevor mich die Erleuchtung traf.

„Das sehe ich ähnlich", bestätigte Manfred, der zum Glück nicht gesehen hatte, dass ich wie vom Blitz getroffen zusammengezuckt war. „Vor allem, da Gerald im Prinzip nichts Relevantes gegen diese Kirche vorzubringen hatte. Weder werben sie aggressiv um Mitglieder, noch hat er irgendwelche Beweise, noch nicht einmal Verdachtsmomente, dass es sich dabei um eine Sekte mit entsprechendem Gebaren handeln könnte. Die agieren seit ihrem Bestehen völlig unauffällig."

„Dann sieht er wohl Gespenster", erwiderte ich.

„Ja, denke ich auch. Du kannst ihn ruhig anrufen, wenn du mehr erfahren möchtest." Manfred erhob sich. „Du, ich muss los."

„Bis heute Abend." Noch nie war ich so froh gewesen, dass er ging. Ich lief ihm sogar bis zur Tür nach und warf ihm eine Kusshand zu, als er ins Auto stieg.

„Junge Liebe", spöttelte Richie hinter mir.

Ich schloss die Tür und lehnte mich dagegen. „Da haben wir unser Motiv. Genau das ist es, wonach wir gesucht haben."

„Du glaubst wirklich …?" Er brach ab, an seiner gedehnt klingenden Stimme merkte ich, dass er nicht ganz meiner Meinung war.

„Gut, lass uns erst unsere Neuigkeiten austauschen." Ich wollte ihn nicht überreden, sich meine Sichtweise anzueignen, er sollte von selbst darauf kommen.

„Fang du an!", bestimmte er. Also erzählte ich ihm, was ich bisher herausgefunden hatte, ein zugegeben sehr kurzer Bericht.

Anschließend erfuhr ich von Richies Nachforschungen. „Im Endeffekt ist nichts dabei herausgekommen", schloss er. „Außerdem können wir überhaupt nicht sicher sein, ob es nicht doch um ein anderes Mädchen geht. Franziskas Platz ist seit Anfang der Woche schon wieder besetzt. Wer sagt uns, dass es in den anderen Schulen nicht ebenso schnell geht."

„Woher weißt du das denn?" Ich dachte immer noch, er wäre direkt von seinem Ausflug zu mir gekommen."

„Ich war etwas früh dran, heute Morgen." Das deutlich hörbare Grinsen in seiner Stimme sagte mir, dass er etwas Wichtiges entdeckt hatte. „Deshalb dachte ich mir, ich schaue eben noch bei Bruder Claudius vorbei. Gut, dass ich auf diese Idee gekommen bin."

Er machte eine längere Pause, wohl um mir die Gelegenheit zu geben, nachzufragen, doch ich tat ihm den Gefallen nicht, sondern begann damit, die Küche aufzuräumen.

„Kathi, jetzt setz dich doch mal hin! Das ist echt der Hammer, was ich dir erzählen will."

Gehorsam ließ ich mich auf einen Stuhl fallen.

„Heute Morgen war Luisa bei Bruder Claudius", begann er und erzählte mir fast wortwörtlich, was sich zugetragen hatte. Du meine Güte, wir waren wirklich auf der richtigen Spur, ich musste unbedingt sofort mit Gerald sprechen.

„Willst du ihn etwa einweihen?"

„Natürlich nicht", beruhigte ich den entsetzen Richie. „Ich möchte herausfinden, was er darüber weiß. Ich denke, er hat Manfred nur einen Bruchteil dessen gesagt, was er ausgegraben hat. Der ist sehr vorsichtig in seinen Äußerungen. Und wenn er merkt, dass er in seinem Gesprächspartner keinen Gleichgesinnten gefunden hat, wird er sich noch vorsichtiger ausdrücken."

„Gut, wie willst du vorgehen?"

„Ich werde teilweise bei der Wahrheit bleiben, ihm mitteilen, wie ich den Besuch im Internat empfunden habe und dass mir dieser Bruder Claudius irgendwie suspekt vorgekommen ist, ohne dass ich wüsste, was mich genau an ihm stört. Ja, und dann werde ich ihm von Franziska erzählen, dass die ganze Familie plötzlich verschwunden ist und sie sich seitdem nicht mehr bei ihren Freundinnen gemeldet hat. Das müsste reichen, seine Zunge zu lockern."

„Soll ich nicht lieber erst einmal in Allersheim die Lage checken? Vielleicht lebt das Mädchen doch mit der Familie zusammen und alle Aufregung war umsonst."

„Selbst wenn, irgendjemand wird irgendwo gefangen gehalten", erinnerte ich ihn.

„Auf der Farm", platzte er heraus.

„Was?"

„Ich habe ein Gespräch zwischen ein paar Jugendlichen mitangehört, die darüber redeten, was sie nach dem Abitur machen wollen. Es ist wohl so, dass die dafür, dass sie an dieser Schule lernen dürfen, eine Art Vertrag unterschreiben, in dem sie einwilligen, nach ihrem Abschluss ein soziales Jahr zu machen, und zwar in irgendeiner Einrichtung dieser Kirche. Oder sie gehen eben auf diese ominöse Farm, beziehungsweise, so weit ich das verstanden habe, wollen am liebsten alle dahin. Es werden aber nur ganz wenige genommen."

Er verstummte und wartete anscheinend auf einen Kommentar von mir. Ich dagegen kam mir vor, als hätte er mir einzelne Fragmente hingeworfen, die ich zuerst einmal zusammensetzen sollte. „Du bist dir sicher, dass du das richtig verstanden hast?", fragte ich nach einer kurzen Denkpause, in der ich das eben Gehörte sortierte.

„Klar, genauso war es."

Ich überhörte seinen beleidigten Tonfall und dachte weiter nach. „Ist das denn überhaupt erlaubt? Ich meine, sich im Nachhinein dafür bezahlen zu lassen, dass man etwas Gutes tut?"

„Ganz so ist es nicht", musste er zugeben. „Wenn ich das richtig verstanden habe, gehen die Jugendlichen freiwillig diesen Vertrag ein, und zwar erst dann, wenn sie ihr Abitur bestanden haben. Irgendeiner der Absolventen hat wohl mal damit angefangen und die anderen fanden das ebenfalls gut und haben mitgemacht. Mittlerweile ist da eine Art Tradition raus geworden."

Das war eine Angewohnheit, die ich an Richie hasste. Oft rückte er erst mit weiteren, genaueren Informationen raus, wenn ich gezielt nachfragte. „Das Internat von Luisa ist noch relativ neu", erinnerte ich ihn, obwohl dieses Argument im Moment gar nichts mit seiner Aussage zu tun hatte. „Die bringen erst nächstes Jahr den ersten Abiturjahrgang hervor."

„Ja und?" Dieses Mal klang er eindeutig überheblich. „Sollte es dir entgangen sein, dass bei diesen Ferienaktivitäten die Schüler der vier Internate aufeinandertreffen?"

„Das hast du mir bisher verschwiegen", reagierte ich empört.

„Du hättest ja Luisa fragen können", hielt er dagegen.

Ja klar, ich war selbst schuld, haha. „Du meinst also, dieser Brauch setzt sich so von einem zum anderen Internat fort?"

„Denke ich, ja. Ich kann mir nur nicht vorstellen, was daran so wichtig sein soll."

Ich schon. „Wir reden gleich weiter. Zuerst rufe ich jetzt Gerald an."

39

Richard

Und ich wurde wieder im Regen stehen gelassen. Was fand Kathi nur so bedeutend an dieser Tatsache? „Denk an die Farm!", erinnerte ich sie, während sie schon wählte.

Sie würdigte mich keiner Antwort, sondern zog nur die eine Augenbraue in die Höhe, was sie wie eine schrullige Lehrerin aussehen ließ. Ups, sie war ja früher mal eine gewesen. Na, da konnte ich mir nun zumindest genau vorstellen, wie sie auf ihre Schüler gewirkt haben musste, wenn sie die strafend angesehen hatte. Also ich hätte mich wahrscheinlich vor lauter Lachen auf dem Boden gewälzt.

„Hallo, Gerald", sagte sie gerade. „Du, ich musste dich unbedingt noch einmal selbst anrufen. Du weißt ja, dass Manfred dich wegen dieses Internats ..." Und so weiter und so weiter, bis sie die ganze Geschichte erzählt hatte.

Es wurde ein langes Gespräch. Netterweise hielt Kathi den Hörer weit genug vom Ohr, sodass ich mithören konnte. Obwohl sie gleich alle Fakten auf den Tisch gelegt hatte, wand sich dieser Gerald erst noch eine Weile, bevor er ihr die Informantin nannte, die ihn mit all den Tatsachen, die er kannte, versorgt hatte.

„Sie ist mein Patenkind und wir stehen uns ziemlich nah. Die Désirée ist wirklich sehr intelligent, zu intelligent würde ich fast sagen. Über was die sich alles Gedanken macht."

Meine Güte, wann kam der Mann endlich zum Thema?

„Sie war also auf dem Internat, das als erstes gegründet wurde?", fragte Kathi ihn unterbrechend nach.

„Ja, und es gefiel ihr ausnehmend gut. Sie hatte wieder Spaß am Leben und am Lernen. Nette Freundinnen fand sie auch, zum ersten Mal in ihrem Leben, Gleichgesinnte halt, von derselben Art. Aber dann ..." Er hielt inne.

„Begann sie, die Art und Weise dieser barmherzigen Leute, die sich ihrer angenommen hatten, zu hinterfragen", übernahm Kathi.

„Nein, ganz so war es nicht. Es lag irgendwie an der Art und Weise, wie das Ganze dort abläuft." Er seufzte. „Ich kann das nicht gut erklären, du müsstest mit ihr selbst sprechen, um das zu verstehen. Jedenfalls begann sie, sich irgendwann immer unwohler zu fühlen und vertraute sich mir an."

Aha, jetzt hatten wir ihn endlich am Haken.

„Und was geschah dann?" Kathi hatte es ebenfalls bemerkt.

„Nichts, was hätte sie machen sollen? Ich habe mehrfach mit ihr gesprochen, aber uns ist keine Lösung für ihr Problem eingefallen. Du darfst nicht vergessen, dass sie sich unter den anderen Jugendlichen ausgesprochen wohlfühlt – und im Endeffekt muss sie ja diesen Vertrag nach dem Abitur nicht eingehen, der ist freiwillig."

Kathi reagierte genauso verblüfft wie ich. „Wie, ist sie etwa immer noch auf diesem Internat?"

„Was hatte sie denn für eine Wahl." Gerald klang selbst für mich ziemlich verzweifelt, wahrscheinlich raufte er sich gerade seine Haare, wenn er denn noch welche hatte. „Ihre Mutter ist alleinerziehend, hat einen guten Job in der Stadt und seit Kurzem auch wieder einen neuen Lebenspartner. Das Gymnasium, auf dem sie vorher war, steht nicht zur Debatte, das andere, das hier in der Nähe ist, genauso wenig. Ich habe ihr geraten, trotz ihrer Bedenken dazubleiben, ihr Abitur zu machen und danach ihr Leben zu leben, wie sie es will. Es ist doch nur noch für ein knappes Jahr."

Kathi musste schlucken, bevor sie sprechen konnte. „Das heißt, etwas Direktes, Offensichtliches hast du, habt ihr nicht, das man verwenden könnte?"

„Nein, wie gesagt, Désirée könnte es dir bestimmt besser erklären, es ist mehr ein Gefühl, dass das Ganze nicht so uneigennützig ist, wie es sich anhört."

„Und was vermutet ihr, was dahintersteckt?" Gut, Kathi ließ nicht locker.

„Naja", jetzt wand er sich wieder. „Ich denke, die wollen Mitglieder rekrutieren. Was gibt es Besseres als dankbare Anhänger?"

„So etwas Ähnliches ist mir auch in den Sinn gekommen." Ja wirklich, Kathi? Gut, dass ich das endlich erfahre. Mir gegenüber hast du bisher kein Wort darüber fallen lassen. – Quatsch! Das war bestimmt ihr Gedankenblitz gewesen, weshalb sie unbedingt diesen Gerald hatte anrufen wollen. Ich war es, der völlig daneben gelegen hatte. Ich hatte doch tatsächlich gedacht, sie vermute eine viel größere Verschwörung. Dass die Kinder dort …. Nein, Schwamm drüber, ich war wohl viel zu weit übers Ziel hinausgeschossen.

Durch meine Gedanken abgelenkt, hatte ich nicht mitbekommen, was Kathi für eine Frage gestellt hatte. Ich hörte nur noch Geralds besorgte Antwort. „Ich weiß nicht, ob das geht. Ich muss sie erst fragen, ob sie das überhaupt will."

Was will? Da hörte man einmal nicht mit voller Konzentration zu und schon wusste man nicht mehr, worum sich das Gespräch gerade drehte. „Frag sie bitte." Das brachte mich auch nicht weiter.

„Sie ist erst nächstes Wochenende wieder zu Hause."

„Hm." Frustriert biss sich Kathi auf die Lippe. „Könnte ich nicht vorher mit ihr sprechen? Sie hat doch bestimmt ein Handy."

Ah, endlich, ich war wieder im Thema.

„Nein, auf keinen Fall! Ich möchte nicht, dass irgendwer von dieser Sache Wind bekommt. Wenn Désirée einverstanden ist, organisiere ich gern ein Treffen bei uns. Sie kommt an den Besuchswochenenden sowieso immer bei mir vorbei. Das fällt nicht auf."

„Gut, frage sie bitte."

Was? Kathi gab schon auf. Das konnte doch nicht wahr sein!

„Ach, Gerald, ein Letztes noch. Hast du im Zusammenhang mit dem Internat schon einmal von einer Farm gehört, die unter den Jugendlichen sehr beliebt sein soll?"

„Nein, davon hat Désirée nie gesprochen", war die enttäuschende Antwort.

Kathi beendete nun das Telefonat relativ schnell und wandte sich wieder mir zu. „Und? Was meinst du dazu?"

„Wenn ich deinen Gedanken richtig gefolgt bin, vermutest du, dass die Jugendlichen durch die Internate eingefangen und zu Mitgliedern gemacht werden sollen." So ganz konnte ich ihr immer noch nicht zustimmen. „Findest du nicht, dass das eine viel zu teure Methode ist?"

„Um an die Denkelite zu kommen?" Kathi grinste süffisant.

„Aber was wollen die mit denen? Sind die nicht viel zu schlau, sich für deren Zwecke einspannen zu lassen?" Gerade erst hatte ich selbst diesen Gedanken als Hirngespinst abgetan, jetzt brachte Kathi ihn vor.

„Pass auf!" Sie schien wirklich von dem, was sie vermutete, überzeugt zu sein. So energisch hatte ich sie schon lange nicht mehr erlebt. „Du nimmst dir die Kinder, die bisher nichts Gutes erlebt haben, die schon fast gescheitert sind, die alle seelische Wunden davongetragen haben. Du päppelst sie auf, gibst ihnen wieder Selbstbewusstsein, hilfst ihnen zu gesunden. Glaubst du nicht, dass du dadurch zu einer wichtigen Bezugsperson wirst? Jemandem, dem du vertraust, der Einfluss auf dich nehmen kann?"

„Aber was haben die davon?" Ja, los Kathi! Gib mir eine vernünftige Erklärung!

„Hundertprozentig weiß ich das auch nicht", musste sie zugeben. „Ich kann mir aber vorstellen, dass sie aus irgendwelchen mir noch unbekannten Gründen Denker und Visionäre um sich versammeln wollen, die sie in ihrem Sinne formen - warum auch immer."

„Kathi. Das sind doch Hirngespinste." Auch wenn mein Verdacht kurzzeitig in dieselbe Richtung gegangen war, machte ich jetzt einen Rückzieher. Da ging echt unsere Phantasie mit uns durch.

„Wir werden sehen", gab sie sich ungewohnt friedfertig.

Na, bestimmt war ihr auch klar, dass sie viel zu weit übers Ziel hinausgeschossen war, dass diese Vermutung einfach nicht stimmen konnte. Und eine echte Begründung, warum die das tun sollten, konnte sie anscheinend ebenfalls nicht finden. „Also sehe ich zu, dass ich mir zunächst einmal dieses Dörfchen und die Familie Michels ansehe?", führte ich sie wieder in eine vernünftige Richtung.

„Das ist zurzeit unsere einzige Möglichkeit." Kathi erhob sich. „Komm mit! Ich zeige dir eben das Haus und den Weg dorthin im Internet."

Natürlich googelten wir zusätzlich noch einmal diese Glaubensgemeinschaft. Aber es blieb dabei, nirgendwo wurde diese ominöse Farm erwähnt. Hätte mich auch ehrlich gesagt gewundert, wenn es anders gewesen wäre, auf mein Gedächtnis konnte ich mich echt verlassen. Ich hätte mich längst daran erinnert, wenn ich schon was darüber gelesen hätte, als ich Manfred bei seiner Recherche über die Schulter geschaut hatte.

„Dann mach ich mich mal auf den Weg", verabschiedete ich mich von Kathi. „Sollte das Mädchen nicht da sein, hänge ich mich an die Eltern. Vielleicht führen die mich zum Ziel."

„Und wenn nicht, treffen wir uns nächste Woche mit Gerald und seinem Patenkind", ergänzte Kathi.

Klar, das hätte sie mir nicht noch extra sagen müssen, spätestens am Freitagabend würde ich wieder bei ihr auf der Matte stehen. Wenn nicht sogar schon viel eher! Ich war mir sicher, dass der Durchbruch in den nächsten Tagen erfolgen würde.

40

Katharina

Wir hatten alles in unserer Macht Stehende getan, jetzt hieß es abzuwarten. Das war nun überhaupt nicht mein Ding, wie Richie sagen würde. Ich hasste es dazusitzen und nichts tun zu können.

Zum Glück verlief wenigstens das Wochenende ereignisreich. Am Samstagnachmittag erschien eine aufgeregte Janine, um mir endlich die großen Neuigkeiten zu verkünden, die meine Schwiegermutter mir nicht hatte erzählen dürfen.

„Ich bilde mich weiter zur medizinischen Fußpflegerin", erklärte sie stolz. „Und Doris baut den Laden um, damit ich mir im Hinterraum ein kleines Studio einrichten kann. Ach, ich soll dir von ihr sagen, sie benötigt deinen Anwalt nicht. Luisa ist endlich vernünftig geworden. Es bleibt alles beim Alten. Doris behält die Erziehungsgewalt."

„Und was ist mit dem Erbe?" Manfred und ich hatten uns gerade zum Kaffeetrinken gesetzt, als sie klingelte. Jetzt holte ich ihr erst einmal ein Gedeck. Sie war bestimmt direkt von der Arbeit zu uns gekommen.

Bevor sie antwortete, nahm sie einen großen Bissen von dem selbstgebackenen Apfelkuchen. „Mhm, lecker. Das mit dem Erbe? Das haben sie noch nicht geklärt. Aber Doris ist bei der Bank gewesen und hat sich beraten lassen. Wir kriegen einen Kredit für den Umbau, das ist überhaupt kein Problem."

So vergingen die nächsten Stunden mit ihrer begeisterten Schilderung, was sie und die Chefin geplant hatten.

Sie war kaum verschwunden, da rief Elisabeth an. „Ich weiß bereits alles", sagte ich, bevor sie mehr als ihren Namen nennen konnte.

„Und ich weiß, dass du es weißt", lachte sie. „Deshalb rufe ich ja erst so spät an."

Wir plauderten noch eine ganze Weile, beide waren wir unheimlich stolz auf unsere Kleine.

„Was ist mit deiner Bekannten?", fragte sie, als ich mich eigentlich schon von ihr verabschieden wollte. „Hast du irgendetwas für sie herausfinden können?"

„Nein, die Nachbarin wusste leider nicht, wo die Familie hingezogen ist. Einen Nachsendeantrag gibt es ebenfalls nicht", kam ich ihrer nächsten Frage gleich zuvor. „Das war eine Sackgasse. Sie wird es wohl aufgeben müssen, nach ihr zu suchen." Ich würde mich hüten, ihr die Wahrheit zu erzählen, auf Elisabeths Einmischung konnte ich im Moment gut verzichten.

Sie schien zu merken, dass sie keine weiteren Erklärungen bekommen würde und beendete von sich aus das Gespräch.

Aber meine Nachforschungen sollten mir noch weiter nachhängen. Am nächsten Morgen wartete ich entgegen meiner sonstigen Angewohnheit nach dem Gottesdienst auf Manfred – und traf auf eine dankbare und glückliche Frau Meier. Nein, was hatte ihr die Predigt gut gefallen und die Lieder ebenso, sie hatte bis auf eins alle wiedererkannt. Und ich war die Orgelspielerin? Nein, warum hatte ich ihr das nicht eher verraten. Sie hätte die Musik noch viel mehr genossen, wenn sie das vorher gewusst hätte.

Natürlich war mein Mann ausgerechnet heute nicht so umlagert wie sonst und gesellte sich zu uns. Daraufhin ging die ganze Litanei noch einmal von vorn los, wir waren wohl beide erleichtert, als der Fahrdienst endlich erschien, um sie abzuholen.

„Wer war das denn?", fragte Manfred, der tatsächlich jedes einzelne seiner älteren Gemeindemitglieder persönlich kannte.

„Erzähl ich dir zu Hause", wich ich aus, war mir aber sicher, dass er garantiert darauf zurückkommen würde.

Umso mehr erstaunte es mich, dass er, kaum dass wir uns ein zweites, gemütliches Frühstück in der Küche gönnten – wir standen immer erst auf den letzten Drücker auf und aßen eine Kleinigkeit im Stehen – mich wieder auf das Thema Pflegekinder ansprach.

„Hast du dir überlegt, ob du wirklich weiterhin als Pflegestelle zur Verfügung stehen willst?", fragte er, kaum dass wir uns gesetzt hatten.

„Ich bin unentschlossen", gab ich zu. „Weißt du, bevor die Kinder dann ins Heim müssen, nehme ich sie lieber für ein paar Tage."

„Oder Wochen oder Monate", ergänzte mein Mann. „Fühlst du dich wirklich noch der Belastung gewachsen?"

„Meistens schon, nur wenn ich selbst krank bin und keinerlei Unterstützung bekomme, wird es zu anstrengend", konterte ich.

Er hatte den Anstand, rot zu werden. „Ich weiß, ich bin ein Weichei", bekannte er. „Du musst Hilfe einfordern, Kathi. Von allein komme ich nicht darauf, dass du welche brauchst. Du wirkst immer so stark."

„Ha", schnaubte ich. „Ich bin in deinem Alter. Ich spüre das Nachlassen der Kräfte ebenfalls."

„Ja genau deshalb meine ich, du solltest deine Arbeit aufgeben. Mit der Kirche, deinen Klavierstunden und dem Haushalt hast du mehr als genug zu tun."

„Wie wäre es, wen du mir einfach etwas mehr helfen würdest", schnaubte ich. Das war mal wieder typisch Manfred, ich sollte kürzertreten, damit er nicht mit anpacken musste.

„Ganz ehrlich Kathi, das wird mir zu viel." Er ergriff über den Tisch hinweg meine Hand. „Ich bin froh, dass ich mich hier zu Hause um nichts zu kümmern brauche."

„Was machen wohl andere Paare, wo beide Vollzeit arbeiten gehen?", setzte ich dagegen.

„Keine Ahnung." Er sah mich mit seinem flehenden Dackelblick an, den er immer anwandte, wenn er vermutete, dass ich zu Unrecht sauer auf ihn werden könnte. „Ich kann dir nur sagen, dass ich froh bin, dass du nicht gezwungen bist, mitzuarbeiten."

Klar, das, was ich verdiente, war in seinen Augen immer schon mehr oder weniger eine Art Taschengeld gewesen. „Hast du dir mal überlegt, dass es mir vielleicht Spaß macht, das zu tun, was ich mache?", fragte ich spitz zurück.

„Kathi, ich will dich doch gar nicht einschränken." Jetzt war er beleidigt. „Ich sage es dir nur, wie es ist. Ich sehe, dass du dich kaputtmachst. Wie lange ist deine Erkältung her? Und trotzdem hast du dich immer noch nicht ganz wieder erholt."

„Ich liebe meine Arbeit genauso wie du deine", stellte ich klar. „Ich helfe gerne bei den Obdachlosen, naja, meine Klavierschüler sind schon manchmal anstrengend, trotzdem mag ich diese Stunden und die Kinder – du weißt, wie ich dazu stehe. Ich springe lieber ein, wenn Not am Mann ist."

„Dann musst du versuchen, alles andere in der Zeit mehr schleifen zu lassen", Manfred begann meine Finger, die ich zur Faust geballt hatte, einen nach dem anderen zu öffnen. „Es muss nicht immer alles perfekt sein hier zu Hause." Er grinste schief. „Und ich verspreche, nicht mehr zu meckern, wenn es schnelle und einfach zuzubereitende Gerichte gibt. Außerdem musst du nicht jedes Mal in der Obdachlosenküche mitarbeiten. Teile es dir so ein, wie du es ohne Mühe schaffst."

Was war das denn? Ich erkannte meinen Mann nicht wieder. „Du hast dir ja richtig Gedanken gemacht." Ob wohl doch Elisabeth dahintersteckte?

„Meinst du, ich sehe nicht, wie müde und ausgelaugt du in letzter Zeit bist?"

Ja, das hatte ich tatsächlich gedacht.

„Kathi." Er strich sanft über jeden einzelnen Finger. „Jetzt, da wir nur noch uns haben, sollten wir anfangen, das Leben ein bisschen zu genießen. Wir müssen uns nicht mehr ständig bis zur Erschöpfung ausarbeiten."

Eigentlich hatte er ja recht, aber trotzdem. „Dir würde kein Zacken aus der Krone fallen, wenn du zum Beispiel dein Geschirr nach dem Essen in die Spülmaschine räumst und den Tisch abputzt", konnte ich mir nicht verkneifen zu antworten. „Und deine schmutzige Kleidung wandert auch nicht von allein in den Wäschekorb."

„Ich werde versuchen, mich zu bessern", versprach er.

Heute war wirklich ein ganz außergewöhnlicher Tag, ich hatte eigentlich einen empörten Ausbruch erwartet. „Und es würde mich freuen, wenn du dir angewöhnen könntest, deinen Kleinkram, der sich jeden Tag ansammelt, selbstständig wegzuräumen", wagte ich deshalb noch hinzuzufügen.

„Ich versuche, daran zu denken." Er blinzelte mir zu. „Allerdings wirst du mich anfangs wohl noch des Öfteren darauf hinweisen müssen. Sag es mir bitte, das ist mir lieber, als dass du sauer auf mich bist."

Er hatte es endgültig geschafft, mein Herz flog ihm zu. Hatte ich nicht den besten, rücksichtsvollsten Mann auf der Welt? „Das werde ich, ganz bestimmt", versprach ich und drückte seine Hand. „Gleichzeitig werde ich ebenfalls an mir arbeiten. Einiges liegt auch an mir."

„Dann kannst du mir ja gleich einmal erzählen, wer diese alte Dame war, die so begeistert von unserem Gottesdienst erzählt hat?", grinste er.

Ich musste lachen. „Das ist die Nachbarin einer Bekannten. Die hatte mich gebeten, ihr ein geliehenes Buch zurückzubringen, wenn ich in der Stadt zu tun habe. Sie war nicht da, als ich bei ihr vorbeikam, deshalb wollte ich es bei der Nachbarin abgeben. Dabei sind wir ins Gespräch gekommen und sie hat mir ihr Leid geklagt, dass sie gerne einmal wieder an einem Gottesdienst teilnehmen würde. Und da wir den Fahrdienst haben …" Irgendwie kam ich mir richtig gemein vor, dass ich ihm nicht die Wahrheit sagte. Beinahe wäre ich tatsächlich damit herausgerückt, konnte mich aber im letzten Moment noch bremsen. Ihm von mir und Richie zu erzählen, das würde er nur schwer verkraften können und war auch nicht unbedingt nötig. Im Gegenteil, es hätte unsere neu gewonnene Eintracht nur unnötig strapaziert.

41

Richard

Also manchmal hatte Kathi echt Hirngespinste! Im Endeffekt fischten wir immer noch im Trüben, wussten noch nicht einmal, ob es diese angebliche Bedrohung eines Mädchens wirklich gab und sie sah schon eine groß angelegte Verschwörung.

Gut, das war zum Teil auch meine Schuld. Hätte ich nicht derart übertrieben und diese Gefangennahme dazu gedichtet, wäre ihr Interesse an diesem Fall bestimmt nur halb so groß gewesen. Im Endeffekt hatte ich mir die Geschichte selbst eingebrockt und musste nun sehen, wie ich sie auslöffeln konnte.

Dabei wäre es mir ehrlich gesagt lieber gewesen, wenn sich dieser ganze Fall in Luft aufgelöst hätte. Bisher hatte ich von Hochbegabung keine Ahnung gehabt, beziehungsweise hatte gedacht, dass diese Menschen vom Glück gesegnet seien. Nie großartig lernen zu müssen, unbegrenzte Möglichkeiten zu haben, alles erreichen zu können, was man wollte, das musste doch großartig sein. Stattdessen hatte ich nun Geschichten zu hören bekommen, die meiner bisherigen Annahme völlig widersprachen. Scheinbar gab es jede Menge Kinder, die mit ihrer hohen Intelligenz ziemliche Schwierigkeiten hatten.

Woran das lag, verstand ich bisher wohl ebenso wenig wie Kathi. Ich musste unbedingt mal mit ihr in dieser Richtung nachforschen.

Tatsache war jedoch, dass die vier Internate nicht so begehrt gewesen wären, wenn es nicht so viele derartige Kinder mit Problemen gegeben hätte. Die Geschichten von Luisa und Nadine sprachen eigentlich für sich, ich ahnte mittlerweile, dass es bei den anderen ähnlich gewesen sein musste.

Jetzt hatten sie eine Heimat gefunden, konnten sich ihrem Potential entsprechend entwickeln, vor allem aber, sie waren glücklich und zufrieden! Und nun kamen wir und waren fröhlich dabei, ihre Welt zu zerstören. Das durfte einfach nicht passieren!

Klar, hätte ich mit Kathi darüber gesprochen, hätte sie gesagt, noch ist ja nichts entschieden. Lass uns erst einmal abwarten, was bei unseren Untersuchungen herauskommt. Sie hatte ja auch irgendwie recht. Falls ich nicht völlig daneben lag und wirklich ein Mädchen in Gefahr war, hatten wir eingreifen müssen. Trotzdem stank mir allein die Vorstellung, dass wir irgendetwas finden würden, das dazu führen konnte, dass diese Internate geschlossen wurden. Meine Güte, was war das für ein Durcheinander!

Nun gut, schlechtes Gewissen hin und her, die Arbeit rief. Also machte ich mich schnurstracks auf den Weg.

Nach Allersheim zu kommen, gestaltete sich überraschend schwierig. Ich musste die letzten zwanzig Kilometer selbstständig zurücklegen, obwohl ich sogar nach dem Verlassen meines letzten Fahrers die Nacht abgewartet hatte. Es war ein kalter, regnerischer Tag mit hässlichen Windböen. Ersteres merkte ich nur daran, dass meine Fahrer allesamt dicke Jacken trugen und die Heizung im Auto die ganze Zeit laufen ließen. Der Regen störte mich ebenfalls nicht, die Tropfen prallen seltsamerweise an mir ab, ohne dass ich etwas spüre. Aber dafür machte mir der Wind umso mehr zu schaffen. Wahrscheinlich bin ich einfach zu leicht und habe ihm nichts entgegenzusetzen, eine bessere Erklärung hat mir auch Kathi bisher nicht liefern können.

Jedenfalls hatte ich ordentlich zu kämpfen, um mein Ziel zu erreichen. Immer wieder musste ich mir geschützte Ecken suchen, um dem Wind zu entkommen. So war es fast Mittag, als ich das Dorf endlich erreichte. Zuletzt hatte ich das Glück gehabt, dass die Böen mich in die richtige Richtung trieben und ich auf ihnen vorwärtssegeln konnte, sonst wären wahrscheinlich noch Stunden vergangen, bis ich endlich dieses unwirtliche Wetter hinter mich gebracht hätte. Manchmal war es eben doch von Nachteil, ein Geist zu sein.

Ich hatte gut aufgepasst und fand das gesuchte Haus auf Anhieb. In natura war es noch hässlicher als auf dem Bild. Fast hätte man meinen können, es wäre bereits für den Abriss freigegeben, Holzfenster, von denen die Farbe fast komplett abgeblättert war, nasse Flecken auf der Hauswand, sowie mehrere eingetrocknete, denen man ansah, dass sie schon älter waren, was auf Feuchtigkeit im Mauerwerk hindeutete, eine völlig zerschrammte und nicht mehr richtig schließende Haustür. Durch diese gelangte ich dann auch ins Haus.

In Parterre schien eine Großfamilie zu wohnen, zumindest nach der Anzahl der vor der Wohnungstür stehenden Schuhe. Also begab ich mich ein Stockwerk höher – der Hausflur sah übrigens auch aus, als sei er zuletzt nach dem Zweiten Weltkrieg renoviert worden. Der Spalt unter der Tür hätte glatt dreimal für mich gereicht.

Ich kam in einen dämmrigen Flur und folgte den Stimmen, die ich nun hören konnte, bis in die geräumige Küche. Ja, wie es aussah, hatte ich die betreffende Familie gefunden. Einträchtig saßen Vater, Mutter und zwei

Kinder am Tisch und aßen zu Mittag. Die Frau hatte eindeutig Ähnlichkeit mit Franziska, der Junge und das Mädchen waren in genau dem Alter, wie Kathi es mir beschrieben hatte. Neugierig musterte ich nun den Mann, ein wahrer Hüne, wie ich selbst an seiner sitzenden Position erkennen konnte, mit schaufelartigen Händen, groben Gesichtszügen und einem wildwuchernden Bart. Aber seine Stimme klang überraschend sanft, als er um den Topf mit dem Gemüse bat. Auch seine Augen blickten sanft und gütig – irgendwie sah er nicht wie ein Verbrecher aus, fand ich.

Die beiden Kleinen erzählten die ganze Zeit über, während sie aßen, begeistert von dem Ausflug, den sie mit dem Papa gemacht hatten und die Mutter hörte lächelnd und nickend zu. Ihre Miene verwandelte sich jedoch, nachdem die Kinder den Raum verlassen hatten. „Gut, heute hatten sie einen schönen Tag." Der bittere Ton in ihrer Stimme war nicht zu überhören. „Das reicht aber nicht. Sie vermissen ihr altes Zuhause, ihre Freunde. Ich kann sie ja noch nicht einmal rauslassen. Du glaubst gar nicht, was unter der Woche hier für ein Verkehr herrscht."

Der Mann schluckte rasch den letzten Bissen, den er genommen hatte, hinunter. „Es ist ja nicht auf Dauer. Du sollst uns hier eine richtige Bleibe suchen, was, was dir gefällt, was groß genug ist für uns alle. Du hast da viel mehr Ahnung von."

„Das hätte ich lieber von Anfang so gehandhabt." Oha, die war richtig sauer. „Ich meine, dass Franzi plötzlich diesen Wahn bekommt, unbedingt noch vor ihrem Abitur in die christliche Gemeinschaft eintreten zu wollen und dazu sogar bereit ist, in Klausur zu gehen, ist die eine Sache. Dass du diese Arbeit annehmen musstest, die so viel besser bezahlt wird als die andere, ist auch in Ordnung. Aber dass du mich und die Kinder sofort hinterher gezerrt hast, das kann ich immer noch nicht verstehen."

Mann hatte ich ein Glück! Hier bekam ich alles, was ich wissen wollte, direkt auf dem Silbertablett serviert.

„Lienchen, nun sei doch nicht schon wieder sauer." Der Mann stand auf und versuchte, seine Frau zu umarmen.

Sie sprang auf und wich zurück. „Das hat nichts mit sauer sein zu tun. Ich finde diese ganze Situation unerträglich und bin nicht bereit, sie länger zu ertragen."

Zu seinem und meinem Entsetzen fing sie an zu weinen. „Und diesen Halbtagsjob, den du mir besorgt hast, hasse ich auch", schluchzte sie.

Er stand hilflos vor ihr und wusste offensichtlich nicht, wie er sie beruhigen sollte. „Ich habe es doch nur gut gemeint", murmelte er.

Sie schniefte und rieb sich die Augen. „Du hast mich vor vollendete Tatsachen gestellt und nun muss ich sehen, wie ich damit klarkomme. Aber ich sage dir heute zum letzten Mal: Ändert sich nicht bald etwas an unserer Situation, ziehe ich mit den beiden Kleinen wieder zurück."

Hui, das hatte gesessen. Er sah echt geknickt aus. „Ach Lienchen, ich wollte nur, dass alles besser wird für uns, dass wir wieder jeden Tag zusammen sein können."

„Nicht um diesen Preis." Sie funkelte ihn an. „Alle außer dir sind unglücklich hier."

„Mein neuer Job wird jetzt viel besser bezahlt", protestierte er. „Ich musste ihn einfach nehmen."

„Dann hätten wir halt weiterhin eine Wochenendehe geführt", konterte sie. Gabi hieß sie, erinnerte ich mich. Warum nannte er sie bloß immer Lienchen? „Außerdem hatte ich die Festanstellung bei Marina in Aussicht. Die junge Mutter wird wohl bald ganz aufhören. Das hätte mir Spaß gemacht, viel mehr als diese Arbeit auf dem Hof."

„Ach Lienchen." Wieder versuchte er, sie in den Arm zu nehmen, aber wieder wich sie zurück.

„Nur weil du der Meinung bist, du seist das Familienoberhaupt und müsstest die Familie zusammenhalten." Sie bekam einen wahren Heulkrampf und verließ aufschluchzend das Zimmer.

Wir konnten hören, dass sie in einem der angrenzenden Zimmer verschwand und nachdrücklich die Tür hinter sich schloss. Aufseufzend machte sich ihr Mann, von dem ich immer noch nicht den Namen wusste, daran, die Küche aufzuräumen.

Unschlüssig sah ich ihm dabei zu. Eigentlich hatte ich bereits genug erfahren und konnte den Rückweg antreten. Franzi war nicht unser Opfer. Ich seufzte erleichtert auf. Vielleicht löste sich unser ganzer Fall ja doch noch in Wohlgefallen auf.

Trotzdem beschloss ich, lieber noch ein, zwei Tage dranzuhängen. Sei es auch nur, um einer Strafpredigt Kathis zu entkommen. Sie hätte sonst garantiert angefangen zu meckern und mich verdächtigt, nicht gründlich genug zu recherchieren, wenn ich schon morgen bei ihr auftauchte.

An diesem Tag tat sich nichts mehr. Gabi kam ungefähr eine Stunde später mit verheulten Augen aus ihrer selbstgewählten Verbannung und begann, mit den Kindern Brettspiele zu spielen. Kalle, der Vater, wurde dabei ausgeschlossen, das heißt, sie funkelte ihn wütend an, als er Anstalten machte, sich zu den dreien zu gesellen. Anschließend wurden die Kinder gebadet und durften danach einen Disneyfilm anschauen. Nach-

dem Gabi die beiden ins Bett gebracht hatte, nahm sie sich ein Buch, setzte sich auf die Couch und drehte ihrem Mann ostentativ den Rücken zu.
Ich verschwand, um mich mit Energie zu versorgen.

42

Richard
Am nächsten Tag hatte sich die Stimmung verbessert. Gabi scherzte mit den Kindern und bezog sogar Kalle ab und zu mit ein. Nach dem Frühstück ging es in die Kirche, allerdings besuchten sie nicht die im Dorf, sondern fuhren fast eine halbe Stunde, um schließlich in einen ungepflasterten Weg einzubiegen, der zu einer kleinen Kapelle führte. Voraussehend, wie ich war, hatte ich mich vorsichtshalber bei Gabi eingeklinkt, die mir als die mental stärkere erschien. Solche Kerle wie Kalle sahen zwar aus wie ein Baum, kippten aber oft bei dem Stups, den ich ihnen bei meinem Andocken verpasste, um.
Ich hatte mich richtig entschieden, Gabi zuckte mit keiner Wimper, weder bei meinem Eindringen noch bei meinem Austritt. Sie trieb die Kinder an, sie sollten sich beeilen, da die Glocken, die bei unserem Eintreffen geläutet hatten, gerade verstummten.
Die vier hasteten den kurzen Weg vom Parkplatz zur Kirche entlang und traten ein. Der Raum, den ich auf nicht größer als ein normales Klassenzimmer schätzte, war gedrängt voll mit Leuten. Ganz vorn und ganz hinten befanden sich noch einige freie Plätze, Familie Michels nahm in der hintersten Reihe Platz, die aus aufgestellten Stühlen bestand, die ziemlich unbequem aussahen. Also ich hätte mich in die erste Reihe gesetzt, dort gab es Bänke, auf denen sogar Sitzpolster lagen.
Während das erste Lied erklang, öffnete sich neben dem Altar eine kleine Seitentür und der Priester trat heraus, gefolgt von sechs jungen Leuten, die die vorderen Plätze einnahmen. He, das in der Mitte musste Franziska sein! Ich begab mich flugs in ihre Nähe. Tatsächlich, etwas blass und schmal, aber eindeutig handelte es sich um das Mädchen, das wir so verzweifelt gesucht hatten. Na bitte, damit hatte sich unser Fall eindeutig erledigt.
Trotzdem blieb ich bis zum Ende der Veranstaltung, die sich für mich schier endlos hinzog. Ich stand nun einmal nicht auf Predigten und Gebete, selbst zu meinen Lebzeiten hatte ich die Kirche nur zu meiner Hochzeit und den Taufen meiner Kinder von innen gesehen, und das auch nur, weil Carmen darauf gedrängt hatte. Ich wollte unbedingt dabei sein, wenn Gabi und ihre Tochter miteinander sprachen.
Tja, da wurde ich enttäuscht. Direkt mit Verklingen des letzten Liedes erhoben sich die Jugendlichen in der ersten Reihe und marschierten,

ohne sich umzudrehen, durch die Seitentür hinaus. Meine Güte, Franziska hätte wenigstens einmal winken können!

Die Mutter schien das Verhalten ihrer Tochter jedoch überhaupt nicht merkwürdig zu finden, obwohl sie jede ihrer Bewegungen mit Argusaugen verfolgt hatte. Sie wirkte sogar ziemlich zufrieden.

„Franzi sah etwas besser aus als das letzte Mal, findest du nicht?", wandte sie sich an ihren Mann, während die vier gemeinsam zurück zum Auto schritten.

„Ich hab dir ja gesagt, es war bestimmt nur ein kleiner Infekt. Wenn etwas Schlimmeres gewesen wäre, hätten sie uns Bescheid gegeben", erwiderte der.

„Warum ist die Franzi nicht zu uns gekommen?", quengelte das kleine Mädchen und verzog weinerlich das Gesicht.

„Weil sie das im Moment nicht darf", antwortete Gabi und hob das Kind in den Autositz. „Ganz bald schon ist sie wieder da, du wirst sehen."

Was war das bloß für eine seltsame Klausur? Das hätte ich gern doch noch erfahren. Deshalb hängte ich mich wieder an Gabi und fuhr mit ihnen im Auto zurück zum Haus.

Leider, leider drehte sich das Gespräch zu Hause sofort wieder um die schreckliche Wohn- und Arbeitssituation. Gabi drängte, Kalle mauerte. Bevor der Streit eskalieren konnte, kam man überein, gemeinsam mit den Kindern erst zu McDonald's und anschließend auf einen Spielplatz zu fahren. Also wieder hinein ins Auto.

Es wurde ein weiterer öder Tag. Die beiden Erwachsenen vermieden das Reizthema und unterhielten sich nur über belanglose Dinge, die beiden Kleinen waren ausgelassen und anscheinend froh, einen erlebnisreichen Tag genießen zu dürfen. Da es zwar relativ kalt war, aber trocken blieb, wurde es später Nachmittag, bis sich die Familie zur Rückkehr entschloss.

Ich hatte mich entschieden, weiter am Ball zu bleiben. Zumindest wollte ich selbst sehen, wie sich die Arbeitssituation der beiden verbessert, beziehungsweise verschlechtert hatte. Und wenn auch nur, um Kathi gegenüber mit weiteren Einzelheiten punkten zu können.

Zu meinem Erstaunen fuhren Gabi und Kalle, nachdem sie den Jungen in die Schule und das Mädchen in den Kindergarten gebracht hatten, zusammen zur Arbeit. Diese befand sich auf einem großen Bauernhof im übernächsten Dorf, knapp zwanzig Kilometer von ihrem Wohnort entfernt. Der Hof lag etwas außerhalb, umgeben von riesigen Feldern und Wiesen, auf denen im Sommer bestimmt zahlreiche Kühe grasten.

180

Zu dem Anwesen gehörte ein stattliches Herrenhaus – das hörte sich jetzt vielleicht übertrieben an, aber es gab echt kein besseres Wort, um es zu beschreiben. Es war garantiert schon älter, wurde aber gut in Schuss gehalten und war in einem hellbeigen Ton gestrichen, der das Majestätische des Ganzen noch betonte.

Es war nun nicht so, dass es direkt ein Schloss war mit Türmchen und Erkern und so. Trotzdem wirkte es irgendwie hochherrschaftlich mit den großen Bogenfenstern und den rundum laufenden Verzierungen, die jede Etage, von denen es vier gab, umschloss. Zudem war es von seiner Größe her riesig, hier konnte man garantiert drei bis vier normale Wohnungen auf jedem Stockwerk unterbringen.

Etwas davon entfernt befanden sich zwei große Ställe, eine riesige Scheune und noch zwei weitere Schuppen. Auf der anderen Seite standen neben einem großen Parkplatz zwei kleine Häuschen, hinter denen sich ein weiterer Lagerschuppen befand – alles sehr gepflegt, übrigens.

Gabi verabschiedete sich von ihrem Mann und steuerte auf eines der Häuschen zu, während sich der in die andere Richtung wandte und auf den linken der beiden Ställe zuging. Ich war unschlüssig, wem sollte ich folgen? Nun sie würden mir beide nicht weglaufen, ich blieb also bei Gabi.

Im Näherkommen erkannte ich, dass es sich um einen Hofladen handelte. Sie schloss die Tür auf und betrat das Innere. Nachdem ich einen Blick auf die Öffnungszeiten geworfen hatte, geöffnet von neun bis zwölf und sechzehn bis achtzehn Uhr, folgte ich ihr. Mittlerweile war es genau halb neun, also war sie wirklich zum Arbeiten und nicht zum Einkaufen hergekommen. Die Bestätigung ließ nicht lange auf sich warten. Gabi begann zügig damit, die Regale aufzufüllen, anscheinend war sie die einzige Mitarbeiterin.

Gut, würde ich mich derweil um Kalle kümmern. Da ich nicht annahm, dass sie Selbstgespräche führte, kam ich hier im Moment nicht weiter.

Im Stall fand ich mich mindestens fünfzig Kühen gegenüber, Menschen sah ich allerdings nicht, auch nicht im Melkraum oder in der Futterkammer. Im nächsten Stall befanden sich Schweine, Unmengen an Schweinen, nicht zum ersten Mal war ich froh, keinen Geruchssinn mehr zu besitzen. Kalle fand ich wieder nicht.

Als Nächstes versuchte ich mein Glück in der riesigen Scheune – und wurde endlich fündig. Zusammen mit einem anderen Mann reparierte er irgendein landwirtschaftliches Gerät.

Zwei Stunde später war ich immer noch nicht schlauer. Die beiden waren eher einsilbig gewesen, Anweisungen, kurze Kommentare, wenn etwas klemmte oder sich beharrlich weigerte, in die dafür vorgesehene Form zu rutschen, ein paar leise Flüche, die zwei waren die perfekten Arbeiter und ließen sich von nichts bei ihrer Tätigkeit ablenken.

Gabi hatte mittlerweile gut zu tun – hätte ich echt nicht gedacht. Es waren zwar nie mehr als ein bis zwei Personen im Laden, aber dafür riss der Strom bis kurz vor Feierabend auch nicht ab. Als sie die Tür mit einem Seufzer verschloss, sah es wieder genauso leer aus, wie zu Beginn des Tages. Der- oder diejenige, die nachmittags kam, musste nun ebenfalls erst einmal die Bestände auffüllen.

Jedenfalls ging ich davon aus, dass es jemand anderes sein musste, schließlich hatte Gabi von Halbtagsarbeit gesprochen. Da sie das Auto morgens gefahren hatte, befanden sich die Schlüssel in ihrer Jackentasche. Sie ging schnurstracks zum Auto und fuhr los, ich natürlich mit, denn ich hatte genug gesehen. Kalle war als Arbeiter auf dem Hof angestellt, wahrscheinlich als Mädchen für alles und sie war die Verkaufskraft im Hofladen, beides nicht unbedingt Traumjobs meiner Meinung nach. Vor allem, wenn man dagegen einen Job als Erzieherin hätte haben können, das war eindeutig anspruchsvoller und wurde bestimmt auch besser bezahlt. Was Kalle wohl vorher gemacht hatte, dass er diesen Job als Verbesserung ansah?

Gabi holte beide Kinder im Kindergarten ab. Anscheinend gab es hier sowas wie Betreuung nach dem Unterricht nicht, stattdessen durften die Schüler, deren Mütter arbeiteten, im nahegelegenen Kindergarten auf die Abholung warten, denn ich sah noch vier weitere ältere Kinder, die etwas abseits von den Kleinen an einem Tisch saßen und bastelten.

Friederike und Florian, die untätig dicht nebeneinandergesessen hatten, sprangen sofort auf, als ihre Mutter den Raum betrat, sichtlich froh, endlich verschwinden zu können. Kaum saßen sie im Auto, ging es auch schon los. „Ich will wieder nach Hause", quengelte der Junge. „Die sind alle doof, die lassen mich nicht mitspielen."

„Ich mag auch nicht hierbleiben", gab die Kleine bekannt, nicht zum ersten Mal, wie ich an Gabis gequälter Miene erkennen konnte. „Warum gehen wir nicht zurück? Tante Marina hat gesagt, du könntest bald wieder bei ihr anfangen."

„Papa und ich überlegen gerade dasselbe", beschwichtigte sie ihre Mutter. „Wenigstens wir drei werden wahrscheinlich wirklich wieder umziehen."

„Und Papa?" Das kam wie aus einem Munde. Die beiden hingen echt an ihrem Vater.

„Der kann uns dann jedes Wochenende besuchen kommen." Gabi warf einen Blick in den Rückspiegel zu ihren Kindern. „Es geht nur das eine oder das andere. Beides könnt ihr nicht haben."

43

Richard

„Dabei ist dieser Job gar nichts Besonderes", versicherte ich Kathi. „Ich verstehe nicht, dass der deswegen die ganze Familie entwurzelt hat. Das sind Hilfsarbeiten, die der da macht. Ich kann mir nicht vorstellen, dass das so gut bezahlt wird."

„Also du meinst jedenfalls, dass dort alles normal läuft", brachte sie meinen Bericht auf den Punkt.

„Ja, das ist einfach eine unglückliche Familie, die einen Fehler gemacht hat, als sie völlig überhastet umgezogen ist. Gabi will bestimmt nur ihren Freundinnen gegenüber nicht zugeben, dass es falsch war, wegzuziehen. Deshalb meldet die sich nicht bei denen. Oder sie will halt kein Mitleid."

„Aber du bist dir vollkommen sicher, dass Franziska aus freien Stücken von ihren Eltern weggegangen ist?"

Meine Güte, das fragte sie jetzt zum dritten Mal. „Sie hätte aufspringen und um Hilfe schreien können, wenn dem nicht so wäre", gab ich zurück. „Es waren genug Leute anwesend, die ihr hätten helfen können."

„Aber warum durfte sie nicht zu ihren Eltern hin?"

Gleich riss mir der Geduldsfaden, auch das hatte ich ihr bereits erklärt. „Weil sie in so ner Art Klausur lebt. Das beinhaltet wahrscheinlich, dass sie nicht mit ihren Eltern und Geschwistern sprechen darf. Die jedenfalls fanden das völlig normal", konnte ich mich nicht zurückhalten hinzuzufügen. Warum wollte Kathi nicht endlich einsehen, dass wir aufs falsche Pferd gesetzt hatten.

„Ja, und wer ist dann dieses Mädchen, das gefangen gehalten wird?"

Aha, sie gab auf. „Woher soll ich das wissen?", erwiderte ich. „Statt weitere Observationen zu machen, bin ich wie befohlen erst zu dir gekommen, um zu berichten."

„Das heißt, du gehst nun zurück zu Bruder Claudius und beobachtest ihn?"

Kathi war heute echt eine Schnellmerkerin! „Ja, oder hast du eine bessere Idee?"

Sie überlegte doch tatsächlich fas zehn Minuten lang, bevor sie den Kopf schüttelte. „Nein, langsam fällt mir auch nichts mehr ein. Halt!", rief sie, da ich mich davon machen wollte. „Das Gespräch mit Désirée führe ich trotzdem, willst du mitkommen."

„Mal sehen", brummte ich. „Wenn sich nichts Besseres ergibt. Sonst sehen wir uns eben später."

Eigentlich wollte ich daran nicht teilnehmen, auf die Verdächtigungen eines hormongesteuerten Teenagers konnte ich gut verzichten. Außerdem musste ich erst einmal in aller Ruhe überlegen, wie wir weiter vorgehen sollten. Hätte ich doch bloß nicht Kathi diesen Mist von der Gefangennahme erzählt. Dadurch war Franziska als Opfer gestorben. Dabei hätte ich mir gut vorstellen können, dass sie bedroht wurde. Diese ganze Geschichte mit dem plötzlichen Umzug und dieser Klausur war irgendwie nicht stimmig.

Ich war so ein Idiot! Statt der Familie zu folgen, hätte ich mich an die Jugendlichen hängen und mich selbst überzeugen können, ob das Mädchen die Gesuchte war. Jetzt hatte ich keinerlei Anhaltspunkte, wo sie sich aufhielt, also blieb mir nichts anderes übrig, als an Bruder Claudius zu kleben und zu hoffen, dass ich durch ihn weitere Informationen erhielt.

Ich kam gerade rechtzeitig zur Schulkonferenz, in der jeder Lehrer über den Stand der einzelnen Schüler berichtete. Dabei wurden nicht nur die guten oder schlechten Leistungen hervorgehoben und bei letzteren überlegt, wie man die Motivation steigern konnte. Nein, es ging auch um das Befinden jedes Einzelnen. Sorgenkinder schienen im Moment die neu eingetroffene Nadine und ein jüngerer Schüler namens David zu sein. Während dieser durch immer wiederkehrendes schlechtes Benehmen auffiel, war das Problem des Mädchens eher, dass sie zu still und in sich gekehrt war und noch keinen Anschluss gefunden hatte.

Bei diesem Meeting lernte ich dann auch die schuleigene Psychologin kennen, die bei Nadines Fall erklärte, sie wolle mit zwei anderen Mädchen aus dieser Klasse reden und sie bitten, sich der Neuen verstärkt anzunehmen und sie in ihre Unternehmungen miteinzubeziehen. David sollte einen Paten aus der Abschlussklasse erhalten, der die Aufgabe hatte, auf ihn einzuwirken und zu dem er, wenn er Probleme hatte, gehen konnte. Gleichzeitig wurde seine Therapiezeit von einmal auf zweimal in der Woche angehoben. Scheinbar hatte diese Psychologin hier einen Vollzeitjob.

Diese Konferenz dauerte bis in den späten Abend. Einige Lehrer, die noch Kurse hatten oder Aufsicht führten, verabschiedeten sich eher, der Rest blieb mit Bruder Claudius zusammen bis fast zehn Uhr sitzen. Zwischendurch wurde ein Abendessen aus der Kantine gebracht, aber selbst dabei drehten sich die Gespräche ausschließlich um die Schüler.

Daher war es nicht verwunderlich, dass der Internatsleiter nach Ende des Meetings schnurstracks zu seiner Wohnung ging, noch eine Stunde vor den Fernseher abhing und anschließend im Bett verschwand.

Am nächsten Morgen begleitete ich ihn zu seiner Arbeit als Schuldirektor. Gähn! Bruder Claudius verbrachte die gesamte Zeit in seinem Büro in der Schule, diktierte Briefe, telefonierte, ging irgendwelche Kostenrechnungen durch, führte Gespräche mit einigen Schülern. Sonst tat sich nichts. Während des Mittagessens, das er mit einigen Lehrerkollegen einnahm, nutzte ich die Gelegenheit und mischte mich unter die Jugendlichen. Vielleicht gelang es mir ja hier, etwas Wichtiges aufzuschnappen.

Doch das einzig Bemerkenswerte war die Tatsache, dass Luisa ziemlich traurig wirkte und ich sie immer wieder dabei ertappte, wie sie diesem Junglehrer Roman heimliche Blicke zuwarf. Ach ja, diesen Typen hatte ich mir eigentlich ebenfalls vornehmen wollen. Das war mir anscheinend durchgerutscht.

Nee, wenn ich ehrlich sein sollte, ich hatte es verdrängt. Diese neue Spur mit Franziska und ihrer Familie war mir wichtiger gewesen. Ich gab mir im sprichwörtlichen Sinne einen Tritt in den Hintern. Was war ich bloß für ein Ermittler! Wollte ich nun die Wahrheit herausfinden oder nicht?

Ich beschloss, zu versuchen, mich von jetzt an objektiv zu verhalten und auf jede Kleinigkeit zu achten. Deshalb hängte ich mich nach der Mittagspause an Roman, auch wenn ich damit Gefahr lief, das entscheidende Gespräch bei Bruder Claudius zu verpassen. Aber ich schätzte diese Gefahr als nicht sehr groß ein. Während der offiziellen Bürozeit würde wahrscheinlich nichts Relevantes passieren.

Ich hatte echt Glück, der Kerl gab Unterricht in Luisas Klasse, oder Kurs, wie man heute anscheinend sagte. Jedenfalls konnte ich nun live miterleben, wie er sie auflaufen ließ. Die Stunde war wohl ein Literaturkurs, der in Englisch abgehalten wurde, und zwar in einem derart muttersprachlichen, dass ich nur einzelne Wörter verstand. Dafür konnte ich mich ganz auf die nonverbalen Signale konzentrieren und die hatten es in sich. Roman beachtete Luisa so wenig wie möglich und bevorzugte ganz offensichtlich ein anderes Mädchen namens Nina. Er nahm sie öfter dran als die anderen, sein Tonfall war einen kleinen Tick freundlicher, sein Lob herzlicher.

Nicht, dass es richtig eindeutig erkennbar war. Nur wenn man wie ich genau darauf achtete, fiel es halt ins Auge. Luisa bemerkte es natürlich ebenfalls, sie war echt total auf den Typen fixiert. Und statt zu resignie-

ren, strengte sie sich doppelt und dreifach an, strahlte bei jedem aner-
kennenden Wort geradezu und arbeitete intensiver mit als alle anderen.
Das fiel nicht nur dem Lehrer auf, der Mitschüler, der direkt neben ihr
saß, wirkte plötzlich immer gereizter. Ja genau, den hatte ich ganz am
Anfang schon in Luisas Umfeld gesehen, das war dieser Tobias, der in
sie verknallt war, wovon sie allerdings nichts wissen wollte. Der schien
genau wie ich zu checken, was hier ablief. Ha, jetzt stieß er das Mädchen
sogar an und zischte ihr einige Worte zu, worauf sie rot anlief und ihren
Arm, den sie schon halb erhoben hatte, wieder sinken ließ.

Für den Rest der Doppelstunde benahm sie sich besser, folgte zwar weiterhin aufmerksam dem Unterricht und meldete sich ab und zu noch,
aber wesentlich gemäßigter als am Anfang. Trotzdem funkelte sie nach
dem Verklingen der Schulglocke, während die meisten der Schüler bereits aufsprangen und ihre Materialien verstauten, den Jungen neben sich
wütend an. „Geht's noch? Was sollte das gerade?"

„Du benimmst dich unmöglich", gab er völlig ungerührt zurück. „Herr
Becker hat dir deutlich signalisiert, dass er etwas mehr Abstand möchte
und du, du drängst dich geradezu auf."

„Du bist doch nur eifersüchtig", zischte sie, sehr leise allerdings, damit
die Umstehenden, die sich aufmachten, den Raum zu verlassen, nichts
von ihren Worten mitbekamen.

Tobias lachte auf und antwortete dann ebenso leise: „Auf den bestimmt
nicht. Du weißt genau, dass es dem Lehrpersonal verboten ist, etwas mit
seinen Schützlingen anzufangen. Selbst wenn er rasend in dich verliebt
wäre, würde er sich hüten, dir das zu zeigen. Man hat ihm bestimmt von
Anfang an deutlich zu verstehen gegeben, dass zu viel Nähe zu den
Schülerinnen nicht erwünscht ist."

Ich merkte sofort, dass bei Luisa seine Worte total sinnverdreht angekommen waren. Ihre in wütende Falten gelegte Stirn glättete sich und
ihre Augen begannen zu glänzen. „Oh, du hast ja so recht, mein Lieber."
Sie fiel ihm doch glatt um den Hals und gab ihm einen Kuss auf die
Wange. „Weißt du was, ich glaube, ich werde mich eben schnell für diesen Politikwissenschaftskurs einschreiben, den er mir empfohlen hat. Bis
später."

Bevor er reagieren konnte, war sie aufgesprungen, hatte ihre Sachen
gepackt und den Raum verlassen. Entgeistert starrte er ihr nach. So ganz
langsam schien er ebenfalls die Verbindung zu ziehen, die ich längst
erkannt hatte, seine Schultern sackten ein und er ließ den Kopf hängen.
Schließlich gab er sich einen Ruck und mit dem Satz: „Wie blöd muss

man eigentlich sein", begann er nun auch, seine Hefte im Rucksack zu verstauen.

Ich beeilte mich, Luisa einzuholen, die im Laufschritt über den Weg zum Wohnheim eilte. Kurz darauf sahen wir Roman Becker und das Mädchen Nina in ein intensives Gespräch vertieft vor uns auftauchen.

„Herr Becker, warten Sie bitte!" Luisa lief geradewegs auf ihn zu. „Ich habe mir überlegt", sagte sie nach Atem ringend, „diesen Kurs, den Sie mir angeboten haben, zu nehmen. Können Sie mich bitte dafür eintragen?"

Sie musste wohl echt blind sei, wenn sie nicht sah, wie blass er bei ihren Worten wurde. „Äh, das müsstest du mit Bruder Claudius besprechen", versuchte er sich herauszuwinden. „Nina hat den letzten Platz genommen. Eigentlich ist der Kurs voll."

„Ach, er wird mich bestimmt zulassen." Luisa strahlte. „Ich werde ihn gleich morgen früh fragen."

Ohne zu bemerken, dass die beiden ihre Unterhaltung lieber allein fortgesetzt hätten, ging sie den Rest des Weges mit ihnen zusammen.

Tja, Tobias hatte recht, wie blöd musste man eigentlich sein?

44

Katharina

Nach meinem Gespräch mit Richie telefonierte ich umgehend ein zweites Mal mit Gerald und bedrängte ihn geradezu, dass ich mich am Samstag mit seinem Patenkind treffen konnte. Erst wand er sich, gab aber schließlich nach und wir verabredeten, dass ich um drei Uhr vorbeikommen sollte.

Deshalb rief ich anschließend sofort Elisabeth an, um unser geplantes Treffen um einen Tag zu verschieben. „Lass uns lieber nächsten Montag in die Stadt gehen", schlug sie vor. „Ich will endlich meine ausstehenden Weihnachtseinkäufe erledigen."

Ach ja, bald musste ich anfangen, das Haus festlich zu schmücken, der erste Advent stand bereits vor der Tür. Eigentlich hatte ich gar keine Lust dazu, seitdem die Kinder ausgezogen waren, wollte sich keine rechte festliche Stimmung mehr einstellen. Früher hatte ich es mehr ihnen zuliebe gemacht, die selbstgebastelten Sterne und die Fensterdekorationen aufgehängt und die jahrelang so beliebte Weihnachtspyramide aus dem Erzgebirge auf das Sideboard im Wohnzimmer gestellt. Dieses Jahr, das erste, in dem Manfred und ich die Vorweihnachtszeit ganz allein verbringen würden, war mir nicht danach zumute, mit diesem Brauch fortzufahren.

In der Zwischenzeit hatte Elisabeth all die Dinge aufgezählt, die sie lieber nicht im Internet, sondern vor Ort zu kaufen gedachte, wie immer eine lange Liste. Mir schwante schon, dass wir mit einem einzigen Stadtbesuch nicht auskommen würden. „Was weißt du über das Thema Hochbegabung?", fragte ich, nachdem sie geendet hatte.

„Wie kommst du denn jetzt …? Ach, Luisa spukt dir immer noch im Kopf herum, ja?"

„Durch sie bin ich darauf aufmerksam geworden", bekannte ich. „Nur um feststellen zu müssen, dass Manfred darüber viel besser informiert ist. Der hatte in letzter Zeit einen Fall im Kindergarten und hat sich Rat geholt."

„Dann frag ihn doch", war die prompte Antwort.

„Das habe ich schon." Hatte ich wirklich, noch am Sonntag, und er hatte mir viele weitere Einzelheiten erzählt. Aber mir ging es eher um die Kinder, deren Potential erst in der Schule entdeckt wurde, was ich auch versuchte, Elisabeth zu erklären. „Manfreds Aussagen beziehen sich hauptsächlich darauf, wie man die Kleinen fördern kann, damit sie sich nicht langweilen und wie man sie besser in die Gruppe integriert. Mir geht es darum zu erfahren, was du erlebt hast und wie du mit diesen Kindern umgegangen bist. Ich habe mir schon den Kopf zerbrochen, warum mir kein einziger Schüler in den Sinn kommt, der mir als hochbegabt aufgefallen ist. Du hast viel länger als Lehrerin gearbeitet und bestimmt Erfahrungen sammeln können."

Elisabeth schwieg so lange, dass ich schon dachte, die Verbindung wäre unterbrochen. „Tja", sagte sie schließlich. „Das ist alles nicht so einfach. Den klassischen Hochbegabten, wie du ihn dir vorstellst, gibt es nicht. Du musst immer das ganze Kind sehen, nur dann kannst du ihm gerecht werden."

Mit dieser Aussage konnte ich nichts anfangen. „Erzähl mal, wie war das bei dir", bohrte ich nach.

„Früher hat man nicht so darauf geachtet. Es gab starke und schwache Kinder. Für die ersteren warst du dankbar, die liefen einfach mit. Um die musstest du dich nicht großartig kümmern. Es galt eher, die Sitzenbleiber zu minimieren."

Was war nur mit meiner Schwiegermutter los? Sonst redete sie wie ein Wasserfall und konnte nie genug davon bekommen, mir ihre Meinung zu allem und jedem mitzuteilen. Nur bei diesem Thema kam sie nicht auf den Punkt. „Hattest du Schüler, die hochbegabt waren?", fragte ich nun rundheraus.

„Ich denke schon", wich sie mir erneut aus.

„Wie, weißt du das denn nicht?" Meine Güte war dieses Gespräch zähflüssig.

„Richtig darauf aufmerksam geworden bin ich erst, nachdem ich bei Doris miterleben konnte, wie schwierig es mit Luisa war", gab sie zu. „Vorher hatte ich bestimmt ähnliche Fälle in meinen Klassen, aber da war ich noch der Ansicht, der oder die Entsprechende sei schlecht erzogen oder es fehle eben der Wille zur Anpassung, was man wiederum den Eltern anlastete. Richtige Störenfriede wurden zur Raison gebracht, das war ja früher auch noch einfacher als heute. Klar gab es damals Schüler, die erkennbar weiter waren als der Rest, aber die gängige Meinung war damals, die würden es schon allein schaffen."

„Kannst du dich an keinen speziellen Fall erinnern?", bohrte ich weiter nach. Irgendetwas hielt sie zurück, das wurde immer deutlicher.

„Doch, an einen." Sie seufzte. „Der trug sich ziemlich am Ende meiner Dienstzeit zu. Das Kind war sehr auffällig, ein Störenfried, zappelig bis zum geht nicht mehr, laut, unaufmerksam. Ein Kandidat für die Sonderschule, wie ich dachte. Und dann kommt eines Tages die Mutter und erzählt mir, das Kind sei hochbegabt. Sie hatte mir das Testergebnis mitgebracht, ich rief trotzdem den behandelnden Psychologen an. Der erklärte mir, dass diese Symptome alle von einer Unterforderung kämen und der Junge am Besten sofort eine Klasse überspringen sollte. Ich muss gestehen, ich war mehr als skeptisch, wollte allerdings dem Wunsch der Mutter nicht im Weg stehen. Der Kleine sprang mitten in der zweiten Klasse in die dritte – und war innerhalb kürzester Zeit Klassenbester. Ich muss sagen, das hat mich schon sehr geschockt."

„Weil du es nicht erkannt hattest?"

„Weil mir danach klar wurde, dass ich bestimmt schon einige Kinder gehabt hatte, denen es ähnlich ergangen war. Wie ich dir bereits sagte, die vielen verschiedenen Facetten, wie sich Hochbegabung zeigen kann, habe ich erst nach und nach durch Doris kennengelernt, die sich mehrere Bücher zu diesem Thema gekauft hatte und auch in einer Selbsthilfegruppe war."

„Kannst du mich aufklären oder muss ich bei Doris nachfragen", versuchte ich einen Scherz. Dabei war ich mir sicher, dass Elisabeth noch heute unter der Erkenntnis litt, bei einigen Kindern versagt zu haben, dass es Schützlinge unter ihren Schülern gab, denen sie unrecht getan hatte. Sie war mit Leib und Seele Lehrerin gewesen, bei den meisten Eltern und Kindern beliebt, immer bemüht, gerecht zu sein und ihr Bestes für jeden Einzelnen zu geben. Kein Wunder, dass sie sich diese Wunde nicht unbedingt von mir hatte aufreißen lassen wollen.

„Ich denke, so ganz grob kann ich dich aufklären." Elisabeth lachte leise, ich hatte mein Ziel erreicht. „Also es gibt zwei Gruppen von Hochbegabten, die einen, die sich ohne große Probleme durch die Schule mogeln, sind wohl in dem Fall die Unauffälligen. Entweder stört sie die Langeweile im Unterricht nicht oder sie haben in ihrer Freizeit genug Möglichkeiten, sich zu entfalten, zum Beispiel indem jemand sie gezielt fördert, sodass sie die Unzulänglichkeiten in der Schule ertragen können. Wobei laut Doris noch nicht sicher ist, ob sie, da sie das Lernen nicht lernen, nicht doch irgendwann Schwierigkeiten bekommen. Die …"

„Moment, Moment", unterbrach ich sie. „Was meinst du mit, das Lernen nicht lernen?"

„Jeder muss sich irgendwann Strategien aneignen, etwas zu verstehen und zu behalten, der eine früher, der andere später. Jetzt stell dir vor, dass es Kinder gibt, die das aufgrund ihres Intellekts nicht nötig haben, die Informationen aufsaugen wie ein Schwamm und diese jederzeit abrufen können, die in ihrer gesamten Schullaufbahn keine Techniken entwickeln müssen, um vorwärtszukommen."

„Ah, jetzt weiß ich, was du meinst. Diese mittlerweile jungen Erwachsenen sind dann spätestens irgendwann an der Uni gefordert, Strategien anzuwenden, die sie nie gelernt haben."

„Ja, ich denke, es gibt nicht wenige, die daran verzweifeln. Gut, es ist, wie so vieles im Leben, auch immer davon abhängig, um was für einen Typ Mensch es sich handelt, es kommt auch auf die Charaktereigenschaften an, ob jemand scheitert oder durchkommt. Ein zielstrebiger, selbstbewusster Charakter wird es einfacher haben, das ist klar. Trotzdem ist das mit dem sich Lernstrategien aneignen müssen ein nicht zu unterschätzender Faktor."

„Anstrengungsbereitschaft", ergänzte ich. „Wenn einem immer alles zufliegt, hat man keine Ahnung davon, wie schwer es ist, sich etwas durch stures Lernen aneignen zu müssen."

„Du hast es erfasst." Elisabeth seufzte wieder. „Das Blöde ist, dass wir in unserem Studium überhaupt nichts über Hochbegabung erfahren haben. Ich hoffe nur, dass das heute anders ist."

„Bei mir kam es jedenfalls nicht vor", ich seufzte ebenfalls. „Ich bin mir nicht sicher, ob ich eines dieser Kinder überhaupt erkannt hätte."

„Noch schwerer zu erkennen und noch ärmer dran, sind die sogenannten Underachiever", fuhr Elisabeth fort, ohne auf meinen Einwand einzugehen. Gott sei Dank, ich hätte mir am liebsten, noch während ich sprach, auf die Zunge gebissen. Immerhin hatte sie mir gerade erst gebeichtet, dass sie seit diesem einen Fall ebenfalls den Verdacht hegte, einige ihrer vielen Schüler völlig falsch eingeschätzt zu haben und daran immer noch schwer trug.

„Meist kommen sie hochmotiviert in die Schule und wollen lernen, ja, können es kaum erwarten, endlich all das Wissen zu erlangen, nach dem es sie dürstet."

Ah, ich wusste, was jetzt kam, hütete mich aber, Elisabeth zu unterbrechen.

„Und dann sollen sie warten und warten und warten, bis auch der Letzte in der Klasse den Stoff verstanden hat. Und das im Alter von sechs Jahren, verstehst du, wie frustrierend das sein muss?"

45

Katharina

„Ja und dann hat sie mich ausführlich unterrichtet, was für Symptome auftauchen können", berichtete ich Manfred beim Abendessen von dem Gespräch mit seiner Mutter. „Was glaubst du, wie schäbig ich mich gefühlt habe, als mir aufging, dass ich mit Sicherheit das eine oder andere hochbegabte Kind in meiner Klasse gehabt habe und es damals nicht erkannte."

„Wie hättest du davon wissen sollen?", fragte er und sah mich aufmerksam an. „Deine Zeit des Unterrichtens liegt über zwanzig Jahre zurück."

„Auch damals war das Thema schon bekannt. Trotzdem hatten wir Lehrer keine Ahnung, wie sich Hochbegabung äußert und dass eigentlich auch diese Kinder Hilfe benötigen."

„Besonders solche wie Luisa", nickte Manfred. „Die sogenannten Underachiever."

„Nett, dass du schon wieder besser informiert bist als ich", gab ich spitz zurück. Ich hatte mich erst einmal von Elisabeth aufklären lassen müssen, was man sich darunter vorstellen musste.

„Ich dachte, ich hätte diesen Begriff erwähnt, als ich dir von unserer Kleinen im Kindergarten erzählte. Die Betroffenen sind nicht in der Lage, sich ..."

„... dem langsamen Tempo der Normalen anzupassen", nickte ich.

„Und reagieren mit Rückzug oder Renitenz und meist auch mit Leistungsverweigerung", ergänzte mein Mann. „Unsere Chantal, zum Beispiel, war sehr aggressiv, hat versucht, alles zu zerstören, hat die anderen Kinder geärgert, hat eigentlich die ganze Gruppe aufgemischt."

Oha, mein Mann benutzte ein Wort, das ihm normalerweise nie über die Lippen gekommen wäre. Anscheinend setzte ihm unser Gespräch ganz schön zu.

„Es kommt natürlich immer auf den Charakter an", bestätigte ich, konnte mir dann aber doch nicht verkneifen, mein von Elisabeth erworbenes Wissen anzubringen. „Das heißt, es gibt Jungen, die resignieren und Mädchen, die wütend werden. Aber normalerweise ist es eher umgekehrt. Man muss eben bei jedem Kind, das verhaltensauffällig ist, genau hingucken."

Manfred grinste. „Ja, das kann ich nur bestätigen. Wir dachten anfangs alle, es liegt an der nicht stattgefundenen Erziehung."

„Und wie seid ihr darauf gekommen, dass es anders ist?", fragte ich neugierig.

„Das lag an unserer Frau Meißner. Sie hat sich vermehrt mit Chantal beschäftigt und dabei ist ihr aufgefallen, dass die Kleine für ihr Alter schon sehr weit ist. Danach hat sie mit der Mutter gesprochen. Die war auch schon ganz verzweifelt, weil sich ihre Tochter, seitdem sie in den Kindergarten ging, sehr verändert hatte. Sie war nur noch unzufrieden, aufmüpfig und quengelig und konnte sich mit nichts mehr richtig beschäftigen."

„War der Mutter nicht aufgefallen, dass Chantal besonders intelligent ist?" Ich zumindest hätte das bemerkt, da war ich mir sicher.

„Sie ist die Erstgeborene, für die Eltern war sie völlig normal. Dazu kommt, dass der ein Jahr jüngere Bruder genauso ist. Die Mutter hatte eher gedacht, die Kinder im Kindergarten seien alle ein bisschen zurück."

Ich lachte ungläubig. „Alle sind doof, nur ihre Tochter ist normal?"

„Als Mutter bekommst du doch nicht viel mit, vor allem wenn dein Kind keine Freunde hat, die es auch einmal zu Hause besuchen." Er grinste. „Vielleicht war sie als Kind ähnlich und konnte deshalb nicht erkennen, dass die Kleine weit über ihr Alter hinaus intelligent ist. Hochbegabung soll ja teilweise vererbt werden."

Das hatte Elisabeth auch gewusst. „Es kann aber auch schon mal eine Generation überspringen oder eben nicht bei jedem Kind auftreten", trumpfte ich auf.

„Nur gut, dass wir zumindest von diesem Phänomen verschont geblieben sind." Manfred hob bedeutungsvoll die Augenbrauen. „Als Normaler unter Normalen lebt es sich eindeutig besser."

Naja, das, was unsere Pflegekinder zum Teil mitgemacht hatten, war mit Sicherheit auch nicht normal. Nur waren deren Probleme wesentlich leichter nachzuvollziehen. Sich vorzustellen, dass jemand regelrecht ausgebremst wurde, weil er nicht in seinem eigenen Tempo lernen konnte, war für mich immer noch schwer zu verstehen. Elisabeth hatte diese Schwierigkeiten mit denen Lernbehinderter verglichen. „Die wären in einer normalen Klasse überfordert. Hochbegabte dagegen sind unterfordert, beides kann zu Problemen führen."

„Eigentlich sind diese Internate ein Glücksfall für diese Kinder", sagte ich aus diesen Gedanken heraus.

„Ja, das ist wie eine Sonderschule für besonders Begabte." Mein Mann hatte anscheinend in dieselbe Richtung gedacht. „Dort werden diese Kinder so gefördert, wie es nötig ist, egal, ob Underachiever oder nicht." Da bot sich mir die ideale Überleitung. „Ich bin mir nur nicht sicher, ob diese Förderung wirklich uneigennützig ist. Ich habe heute noch einmal mit Gerald gesprochen und ihn weichgeklopft, bis er einem Treffen mit seinem Patenkind zugestimmt hat." Mist, er wusste ja gar nichts von meinem ersten Gespräch mit diesem, ich musste also schnell einen Bogen schlagen, damit es nicht herauskam. „Er hat nämlich seine Informationen über das Internat von ihr", beeilte ich mich hinzuzufügen. „Was ihn genau an dieser Schule stört, konnte ich nicht herausbekommen, du weißt ja, wie er ist."

„Ja, man muss ihm jedes Wort einzeln aus der Nase ziehen."

„Auf jeden Fall ist das Mädchen mittlerweile ziemlich skeptisch, wobei ich nicht weiß, ob sich das auf die Religion oder den Unterricht bezieht." Ich hielt inne, wie sollte ich eine stimmige Begründung zu meinem Besuch bei ihr finden?

„Aber neugierig, wie du bist, willst du das Ganze nicht auf sich beruhen lassen", half Manfred mir aus meiner Verlegenheit.

„Naja, du hast es wohl auf den Punkt gebracht", gab ich erleichtert darüber, dass er es mir so einfach gemacht hatte, zu. „Ich fahre am Samstag um drei zu Gerald. Désirée, sein Patenkind, kommt zu ihm. Hast du vielleicht Lust, mich zu begleiten?"

Mein Mann schien ehrlich überrascht, dass ich ihn fragte. „Ja, gerne, es würde mich auch interessieren, was sie zu sagen hat."

In schönster Eintracht begannen wir, die Küche aufzuräumen. Seit unserem Gespräch war Manfred wie ausgewechselt, bemühte sich, Ordnung zu halten, half mir bei den Aufgaben, für die er mich bisher als allein zuständig betrachtet hatte, war insgesamt wesentlich aufmerksamer geworden.

Dabei durfte ich natürlich nicht vergessen, dass unsere Unterhaltung erst einen Tag zurücklag. Ob diese Änderung von Dauer war, blieb abzuwarten. Und ich musste unbedingt herausbekommen, ob Elisabeth auch mit ihm gesprochen hatte. Irgendwie bezweifelte ich nach wie vor, dass er sich von allein so viele Gedanken gemacht hatte.

Da war sie wieder, die bösartige Katharina, die ihren Mann als absolutes Ekel darstellte. Ich trug mindestens genauso viel Schuld an unserer Ehekrise wie er.

Natürlich sah man eher den Splitter im Auge des anderen als das Brett vor dem eigenen Kopf. Doch jetzt, da meine Schwiegermutter mich dezent darauf hingewiesen hatte, musste ich zugeben, dass ich selbst genug eigene Fehler gemacht hatte. Statt mit Manfred in aller Ruhe darüber zu sprechen, was mich störte oder was mich bewegte, hatte ich mich in eine Art wütenden Unmut zurückgezogen, der Woche für Woche schlimmer geworden war. Selbst Richie hatte mir mehrfach erklärt, ich müsse handeln, statt alles in mich hineinzufressen. Aber ich hatte mich ja nicht belehren lassen wollen!

Damit war endgültig Schluss, ich würde ebenfalls alles daransetzen, unsere Situation zu verbessern.

So lebten wir in den nächsten Tagen in ungewohnter Eintracht. Von Richie hörte und sah ich nichts. Erst am Freitagmittag, ich war gerade von der Obdachlosenhilfe gekommen, tauchte er auf. „Du, ich kann nicht mitkommen", stieß er hervor. „Ich muss auch gleich wieder zurück. Heute Nachmittag ist nur noch Unterricht bis drei, dann beginnt das Heimfahrtwochenende. Und Bruder Claudius scheint ebenfalls verreisen zu wollen. Sein Koffer ist bereits gepackt."

„Weißt du, wohin er fährt?"

„Nein, weder ist ein Anruf gekommen, noch hat er mit irgendjemandem darüber gesprochen. Ich bleibe auf jeden Fall an ihm dran. Wir sehen uns spätestens am Montag."

Er wollte doch tatsächlich schon wieder verschwinden. „Halt, halt. Gibt es sonst keine Neuigkeiten?"

„Eventuell schon", war seine kryptische Antwort. „Ich bin mir noch nicht sicher."

„Los, erzähl. Ich habe dir auch einiges zu berichten. Ich …"

„Keine Zeit", unterbrach er mich. „Wir reden nach dem Wochenende."

Mit diesen Worten verschwand er endgültig und ließ mich reichlich frustriert zurück. Nicht nur, dass er mich mit dieser vagen Andeutung hatte stehen lassen, nein, ich hätte ihn wirklich gern bei meinem Gespräch mit Désirée dabeigehabt. Er war nun mal ein scharfer Beobachter, ihm fielen oft Kleinigkeiten auf, die mir entgingen. Nur gut, dass ich zumindest Manfred an meiner Seite hatte, mit dem ich anschließend die gesamte Unterredung noch einmal durchgehen konnte. Wie sagte man so schön, vier Ohren hören mehr als zwei.

46

Richard

Hoffentlich war mein Zielobjekt noch nicht verschwunden. Auf dem gesamten Rückweg, den ich echt in Windeseile hinter mich brachte – ich hatte mir extra einen Porschefahrer ausgesucht – machte ich mir Vorwürfe, dass ich diesen Abstecher zu Kathi überhaupt unternommen hatte. Was wenn er mir dadurch entwischt war? Ich hätte nicht gewusst, wo ich suchen sollte!

Bruder Claudius stieg gerade in seinen Wagen, als ich mit hängender Zunge – symbolisch gemeint – den Internatshof erreichte. Und, ich traute meinen Augen kaum, auf dem Beifahrersitz saß die Psychologin der Schule. Na, das konnte ja spannend werden. Ich fackelte nicht lange, schlüpfte mit ihm ins Innere und hängte mich an seine Beifahrerin.

Dass es sich bei diesem Ausflug um ein Liebesabenteuer handelte, war mehr als unwahrscheinlich. Diese Frau war mindestens fünf Jahre älter als er und mit Sicherheit nicht sein Typ, klein und dick – das Wort mollig wäre untertrieben gewesen - die graugesträhnten Haare zu einem Pferdeschwanz gebunden, ihre Formen in ein wallendes Kleid gehüllt, zu dem sie dem kalten Wetter entsprechend flache Schnürstiefel trug. Sie wäre eher als Mutti denn als Geliebte durchgegangen.

Damit wollte ich natürlich nichts gegen ihre Befähigung sagen, für gestörte Kinder war dieses Outfit bestimmt tröstlich, zudem war sie auch in ihrer Art eher ruhig und bedächtig, wie ich auf der Schulkonferenz bemerkt hatte. Über ihre Professionalität konnte ich mich sowieso nicht äußern, ich hatte mich in den letzten Tagen voll auf Bruder Claudius konzentriert. Leider umsonst, es war nichts passiert, was uns in unserem Fall weitergeholfen hätte.

Tja, außer dieser Szene mit Luisa. Beinahe hätte ich mich hinreißen lassen und Kathi doch noch davon erzählt. Nur gut, dass ich mich im letzten Moment bremsen konnte, sonst wäre ich bestimmt nicht mehr rechtzeitig genug hier eingetroffen.

Meine beiden Begleiter hatten in der Zwischenzeit stumm nebeneinandergesessen und der Musik gelauscht, die aus dem Radio kam. Bruder Claudius hatte einen Sender eingestellt, der ausschließlich klassische Stücke brachte – mein Ding war das jedenfalls nicht. Ich versuchte, die Jaulerei so gut es ging auszublenden und wandte meine Aufmerksamkeit nach draußen. Irgendwie kam mir dieser Weg ziemlich bekannt vor. Den hatte ich selbst erst letztens zurückgelegt. Sollte etwa Familie Michels das Ziel sein?

Weit gefehlt, der Wagen bog schließlich in die langgestreckte Zufahrt zum Gutshof ein, fuhr an den Scheunen und am Verkaufshäuschen vorbei und parkte auf dem extra ausgewiesenen Bereich für Hausgäste, wo bereits drei weitere Autos standen, alles Mercedes übrigens, genau wie das Gefährt des lieben Bruder Claudius.

Ich brauchte mich nicht lange zu fragen, was das hier sollte. Noch während der Internatsleiter seinen und den Koffer der Psychologin auslud, tauchte ein weiterer Mercedes auf, aus dem Bruder Franzius und ein mir unbekannter Mann entstiegen und die anderen beiden herzlich begrüßten. Der Fremde hatte fast das gleiche Gehabe wie die Psychologin, war also augenscheinlich ihr männliches Pendant. Mein Interesse an dieser Geschichte nahm immer mehr zu. Das würde bestimmt ein spannendes Wochenende.

Die vier schritten gemeinsam zum Wohnhaus. Bevor sie klingeln konnten, öffnete sich die Tür und eine Art Butler, schätzte ich, bat sie herein. Gemessenen Schrittes brachte er sie zu ihren Zimmern im dritten Stock und verkündete, dass das Treffen um fünf Uhr beginnen würde.

Ich folgte Bruder Claudius und sah ihm dabei zu, wie er seinen Koffer auspackte. Er bewegte sich völlig ungezwungen, woraus ich schloss, dass er bestimmt nicht zum ersten Mal hier war. Danach setzte er sich gelassen auf einen der Stühle am Fenster und begann, in seinem mitgebrachten Buch zu lesen.

Ich beschloss, ihn zu verlassen und mir die anderen Gäste und deren Zimmer anzusehen. Im Raum links neben Bruder Claudius war der unbekannte Mann, von dem ich vermutete, er sei Psychologe, untergebracht, daneben hatte Bruder Franzius sein Domizil, anschließend folgte das Zimmer der Psychologin, die, ich musste echt laut rausprusten, in einem Sessel saß und über einen Walkman laute, klassische Musik hörte.

Im Nachbarraum stieß ich auf einen weiteren Bekannten, Bruder Ignatius stand im Badezimmer und wusch sich ausgiebig die Hände. Hatte ich eigentlich schon erwähnt, dass jedes der Gästezimmer über ein eigenes Bad verfügte? Mit Dusche natürlich. Überhaupt waren die Zimmer alle recht luxuriös eingerichtet, mit Minibar und zusätzlichen bequemen Stühlen oder Sesseln. In einem Hotel hätte man dafür einiges an Bargeld hinlegen müssen.

Ich war kaum überrascht, als ich als Nächstes auf Bruder Meinolfus traf, anscheinend hatten sich alle Internatsleiter hier versammelt. Und wie es

198

aussah, waren zu diesem Gespräch ebenso alle Psychologen der Schulen erschienen, ich fand zwei weitere Personen, eine Frau und einen Mann, denen man ihren Beruf an der Nasenspitze ansah. Wer die letzten drei Personen waren, die gerade ihre Zimmer bezogen, wusste ich allerdings nicht. Zwar kamen sie mir irgendwie bekannt vor, doch war ich mir sicher, ihnen noch nie zuvor begegnet zu sein.

Das Rätsel löste sich, als die Versammelten sich um Punkt fünf in den Konferenzraum eine Etage höher begaben. An dem großen, runden Tisch saß bereits eine Gestalt, die sich beim Eintreten der anderen erhob – der Hausherr war niemand anderes als der Gründer dieser Religionsgemeinschaft Frank Boozen, der Multimillionär, der sich schon mit dreißig Jahren aufs Altenteil zurückgezogen hatte. Jetzt hatte ich sein Domizil gefunden.

Wieder einmal hätte ich mir am liebsten in den nicht mehr vorhandenen Hintern getreten, dass ich derart schlampig recherchiert hatte. Warum war ich nicht auf die Idee gekommen, bereits bei meinem ersten Besuch nachzuforschen, wer der Arbeitgeber der Michels war?

Zwei weitere Männer betraten den Raum, die mir ebenfalls bekannt vorkamen. Endlich wurde mir bewusst, wo ich sie alle schon einmal gesehen hatte. Ihre Porträts prangten neben dem von Frank Boozen auf der Webseite, die Kathi angeklickt hatte, als wir nach Fakten über diese Farm suchten. Es waren die Vorstandsmitglieder dieser Gemeinschaft.

Man hielt sich nicht lange mit netten Worten auf, sondern kam sofort zur Sache. Jeder der Internatsleiter berichtete darüber, was sich an seiner Schule in den letzten sechs Wochen ereignet hatte und wie die organisierten Freizeiten in den Herbstferien verlaufen waren. Die jeweiligen Psychologen ergänzten diese Berichte und gaben weitere Einzelheiten über einzelne Schüler dazu, wobei es hauptsächlich um die Eingewöhnungsphasen der Neuen und die Fortschritte bei ausgesprochenen Problemkindern ging.

In diesen ersten drei Stunden hätte man als unwissender Zuhörer glauben mögen, auf einer normalen, alle paar Wochen wiederkehrenden Versammlung der Schulkommission zu sein, auf der das Personal Rechenschaft gegenüber dem Chef ablegen musste. Denn das war Frank Boozen, der Multimillionär tatsächlich. Zwar duzten sich alle am Tisch, aber der respektvolle Unterton in ihrer Stimme war deutlich hörbar, wenn sich einer der Anwesenden an ihn wandte. Er vermittelte dasselbe Bild, fragte nach, gab Anweisungen, es war definitiv seine Handschrift, die das gesamte Unternehmen trug.

Gegen acht rollte der Butler ein voll beladenes Wägelchen herein und füllte den großen Konferenztisch mit Massen an belegten Brötchen, Schnitzeln, Frikadellen und kleinen Schüsseln mit den unterschiedlichsten Salaten.

„Während unserer kurzen Pause muss ich leider noch einmal unseren Problemfall ansprechen", sagte Frank Boozen, nachdem der Bedienstete den Raum verlassen hatte. „Franziska zeigt sich zunehmend kooperativ, ich bin mir sicher, sie wird auf den rechten Weg zurückfinden. Leider ist ihre Mutter mit der jetzigen Situation überfordert und droht damit, ihren Mann hier allein zu lassen und mit den beiden Kleinen in die alte Umgebung zurückzukehren."

„Ja und?", fragte Bruder Franzius mit vollen Backen. „Lassen wir sie ziehen. Sie stellt keine Gefahr dar."

Der Blick, mit dem sein Chef ihn maß, hätte tödlicher nicht sein können. „Wir waren uns alle einig, dass es sicherer sei, die gesamte Familie im Blick zu behalten", stellte er mit kalter Stimme fest. „Franziska soll auf lange Sicht gesehen kooperativ bleiben. Das kann nur funktionieren, wenn die Mutter in unserer Nähe bleibt. Zu ihr hat sie ein besonders enges Verhältnis."

„Ich habe mit Kalle gesprochen", mischte sich einer von den zuletzt Gekommenen ein. „Es sind in erster Linie die Wohnung und die Wohngegend, die ihr nicht zusagen. Ich denke, das Problem lässt sich ganz einfach lösen. Wir werden ihnen eine Wohnung auf dem Hof zur Verfügung stellen. Ich hatte an die des alten Thomas gedacht, der kann in die kleine, freie oben umsiedeln. Die Kinder werden garantiert begeistert sein. Die Frau lässt sich mit dem Versprechen ruhigstellen, dass ihre Tochter schon bald wieder zu ihnen zieht. Ich würde allerdings vorschlagen, Kalle den Titel eines Verwalters zu geben. Das hört sich in ihren Augen besser an und passt zu seinem Gehalt, das er nun bezieht."

Frank Boozen überlegte ein paar Minuten. „Gut", sagte er schließlich. „Mach es, wie du denkst. Aber behalte sie weiter im Auge."

Bingo! Wir hatten unsere Antwort. Franziska war doch das Mädchen, das bedroht wurde. Und so wie es sich anhörte, wurde sie tatsächlich gefangen gehalten. Ich musste noch nicht einmal bei Kathi Farbe bekennen.

Rouven, der Mann, der diesen Vorschlag gemacht hatte, den musste ich mir näher ansehen. Mein Gefühl sagte mir, dass es sich bei ihm um die rechte Hand des Chefs handelte, der, der sich um die Durchführung der beschlossenen Dinge kümmerte und vielleicht auch der, der mich zu

Franziska führen konnte. An ihn würde ich mich hängen, wenn diese Veranstaltung hier zu Ende war.

47

Katharina
Und noch ein zweiter Grund, warum ich mit Manfred zusammen besser
fuhr, kristallisierte sich heraus. Gerald wohnte in einem kleinen Städt-
chen in der Eifel, das nur aus Einbahnstraßen und winzigen Gässchen
bestand. Als uns dann auch noch ein Trecker entgegenkam, blieb mir
fast das Herz stehen.
Mein Mann dagegen war die Ruhe selbst, wich so weit es ging zur Seite
aus und überließ es dem Bauern, sich an uns vorbeizuschieben. „Puh",
ich wischte mir einen echten Schweißtropfen von der Stirn. „Das war
knapp."
„Halb so wild", brummte Manfred. „Im Zweifelsfall hätte ich halt zu-
rückgesetzt."
„Ja du", erwiderte ich gedehnt und sagte dann einer Eingebung folgend:
„Gut, dass du dich entschieden hast mitzukommen. Allein wäre ich ver-
zweifelt."
Er war dermaßen überrascht, dass er mir trotz der Enge der Straße einen
erstaunten Blick zuwarf. Wann hatte ich ihn denn auch das letzte Mal
gelobt?
„Du bist der weitaus bessere Fahrer", fuhr ich fort, als hätte ich sein
Erstaunen nicht bemerkt. „Ich bin froh, dass ich dich dabei habe."
„Nun übertreib mal nicht."
„Nein, das ist meine ehrliche Meinung", beharrte ich und drückte seinen
Arm. „Weißt du was? Das sollten wir viel öfter machen, uns ein Ziel
suchen und einen schönen Nachmittag gemeinsam verbringen."
Ob Manfred von dieser Idee begeistert war, erfuhr ich leider nicht mehr.
Plötzlich tauchte vor uns ein wild gestikulierender Mann auf und bedeu-
tete ihm, rechts abzubiegen.
„Das Navi funktioniert hier nicht richtig", entschuldigte sich Gerald
durch das heruntergelassene Seitenfenster. „Das hätte dich auf den
nächsten Acker geführt, aus dem du bei den hiesigen Wetterverhältnis-
sen nicht mehr allein herausgekommen wärest. Park gleich da drüben auf
dem Kies. Wir gehen dann durch den Garten ins Haus."
Wie Recht er hatte, merkte ich, kaum dass wir die langgestreckte Wiese,
die eher einem Hang glich, betraten. Gut, dass ich bei diesem kalten
Wetter in meine dicken Stiefel geschlüpft war. Der viele Regen der letzten Tage hatte das Gras in eine Sumpflandschaft verwandelt und hätten

nicht grob verlegte Stufen hinaufgeführt, wären wir wahrscheinlich ohne steckenzubleiben nicht oben angekommen.

„Voila." Mit Besitzerstolz wies Gerald auf das vor uns liegende Gebäude. „Mein Ruhe- und Alterssitz."

Also schön war Haus wirklich, ein langgestreckter, weißer Bungalow mit Sprossenfenstern und einer großen Terrasse, durch deren Schiebetür wir ins Wohnzimmer gelangten, das man ebenfalls als ausnehmend geräumig bezeichnen konnte. Auch die restlichen Räume, die er uns zeigte, sein Arbeitszimmer, das Schlafzimmer und die Küche gefielen mir gut, trotzdem hätte ich hier nicht wohnen wollen. Der Garten war ein Witz, ein einzelnes Beet und danach nur noch die steile Böschung, auf der nichts anderes als Gras gedieh. Viel schlimmer allerdings empfand ich diese Hanglage mit den engen Straßen, die sich in vielen Windungen hinabschlängelten. Wie mochte es hier im Winter bei Eis und Schnee sein?

„Deshalb haben wir unten diesen Kiesplatz angelegt", erwiderte Gerald auf meine diesbezügliche Frage. „Marlene parkt lieber dort. Sie ist übrigens heute bei einer Freundin, wir sind also ungestört."

Kaum hatte er den Satz zu Ende gebracht, hallte ein melodischer Gong durch das Haus. „Das wird Désirée sein, nehmt bitte im Wohnzimmer Platz!", rief uns Gerald über die Schulter zu und wandte sich zur Tür.

Gehorsam gingen Manfred und ich zurück und setzten uns nebeneinander auf die zierliche Eckcouch, die allerhöchstens für vier Personen ausgelegt und genauso unbequem war, wie sie aussah. Überhaupt spürte man in diesem Raum deutlich Marlenes Einfluss, alle Möbel waren zierlich und verspielt, auf jeder nur möglichen Abstellfläche stand irgendwelcher Nippes herum, ein Alptraum für jede normale Hausfrau. Das Staubputzen musste ja Stunden in Anspruch nehmen.

Das Pfarrhaus, das die beiden bis zu Geralds Pensionierung bewohnt hatten, war mir da in deutlich besserer Erinnerung. Funktionell und doch gemütlich eingerichtet hatte es mit seinen alten Möbeln einen gewissen Charme ausgestrahlt. Dieser Raum hingegen war mir viel zu überladen.

„Ja", Gerald strahlte uns an. „Marlene hat ein wahres Wunder vollbracht, findet ihr nicht. Sie hat ihre komplette Erbschaft in das Haus und dessen Einrichtung gesteckt, das Prunkstück ist eindeutig das Wohnzimmer geworden."

Jeder, wie er glücklich ist, lautet meine Devise. Und glücklich war dieser Mann eindeutig. Er hatte erst spät geheiratet und betete seine Frau geradezu an. Diese nutzte diesen Zustand meiner Meinung nach auch gnadenlos aus. Wir beide kamen nicht sonderlich miteinander zurecht, daher beschränkte sich der einst gute Kontakt zwischen uns nun auf einige wenige Telefonate im Jahr. Selbst Manfred, der seinen Freunden sonst ohne Einschränkungen die Treue hielt, fand immer wieder neue Ausreden, wenn es darum ging, Gerald zu besuchen. Vor zwei Jahren waren sie umgezogen und wir hatten es bisher noch kein einziges Mal geschafft, hier vorbeizuschauen.

Das Mädchen, das eintrat, unterbrach meine Gedanken. „Hallo, ich bin Désirée", stellte sie sich vor und gab uns beiden die Hand, bevor sie sich eines der zierlichen Stühlchen heranzog und sich uns gegenübersetzte.

Ich musterte sie unauffällig. Durch die rotblonden Haare und den dazu unvermeidlichen Sommersprossen, die mittlerweile der Jahreszeit entsprechend verblasst waren, wirkte sie trotz ihrer Zierlichkeit und geringen Größe eher burschikos. Der Blick, den sie mir unter gesenkten Wimpern zuwarf, war mindestens genauso forschend wie der meine. Insgesamt machte sie auf mich den Eindruck, als stände sie mit beiden Beinen fest auf dem Boden. Sie wusste, was sie wollte und ließ sich nicht so leicht erschüttern.

„Bevor wir anfangen, wollt ihr was trinken, Kaffee oder Saft?", fragte Gerald. Gläser und Tassen standen bereits auf dem Tisch.

„Ein Kaffee wäre nicht schlecht", erklärte Manfred und blickte bereits verlangend auf die Gebäckstücke, die auf einer Platte in der Mitte prangten.

Désirée und ich entschieden uns ebenfalls für Kaffee und Gerald verließ den Raum, um das Gewünschte zu holen.

„Was interessiert sie so an diesen Internaten und der christlichen Gemeinschaft?", fragte das Mädchen geradeheraus, bevor ich mir noch einen passenden Einstieg in unser Gespräch überlegt hatte.

„Wenn ich nun erkläre, ich habe einfach ein schlechtes Gefühl, hört sich das wahrscheinlich ziemlich bescheuert an", begann ich meiner Strategie folgend. Ich hatte mir vorgenommen, so offen wie möglich zu antworten, falls es zu irgendwelchen Fragen von ihrer Seite kam. Dass sie so direkt sein würde, hatte ich allerdings nicht erwartet. „Mein Mann und ich haben das Internat in der Nähe von Hagen kürzlich anlässlich eines Fests besucht, die Tochter einer guten Bekannten geht dort zur Schule. Auf den ersten Blick scheint alles, wirklich alles geradezu ideal zu sein, nur – dieser Leiter, Bruder Claudius, ist mir irgendwie suspekt."

Désirée hatte mich während meines Erklärungsversuchs ruhig und ohne sichtliche Gemütsbewegung angesehen. Trotzdem ahnte ich, dass ihr diese Worte nicht ausreichten. „Ich vermute, dass die Schüler dort auf irgendeine Art missbraucht werden", fuhr ich deshalb fort. „Nicht auf körperliche Weise, ich denke eher an ihr geistiges Potential, dass versucht wird, sie auf eine für sie schädliche Weise zu beeinflussen."

Ich bemerkte, dass Manfred mir einen erstaunten Blick zuwarf. So ins Detail gegangen war ich ihm gegenüber bisher nicht. „Leider habe ich trotz intensiver Nachforschungen keine entsprechenden Beweise, die meine Theorie unterstützen, finden können. Vielleicht liege ich ja auch völlig falsch. Doch die Einzige, die mir wahrscheinlich geholfen hätte, ist nicht auffindbar, unbekannt verzogen heißt es. Das ist der Grund, weshalb ich mich an Sie wende. Gerald meint, Sie wären mittlerweile nicht mehr besonders begeistert von Ihrem Internat. Ich würde gern erfahren, was Sie uns erzählen können."

Nach dieser doch relativ langen Ansprache lehnte ich mich zurück. Jetzt konnte ich nur abwarten, ob ich sie von meinen lauteren Absichten überzeugt hatte.

„Bitte sagen Sie doch du zu mir", war der ermutigende Anfang. Ja, ich hatte richtig vermutet, Désirée wusste meine Offenheit zu schätzen.

„Bevor ich Ihnen erzähle, was mich zweifeln lässt, muss ich Ihnen allerdings meine Geschichte erzählen. Dann verstehen Sie meine Bedenken besser."

„Nur zu" ermunterte sie Gerald, der gerade den Kaffee einschüttete. „Wir haben im Prinzip bis heute Abend Zeit."

„Ja", stieß Manfred in das gleiche Horn. „Es würde uns freuen, wenn du ganz offen zu uns bist."

Ich nickte und bediente mich von der lecker aussehenden Kuchenplatte. Konditorware, aber wie ich Marlene kannte, bestimmt nichts Billiges.

„Gut", Désirée nahm sich ebenfalls ein Tortenstück. „Dann fange ich einfach mal an."

48

Richard

Der Rest des Freitagabends war mit langweiligem Geplauder über weitere Schulangelegenheiten und Terminabsprachen zu Ende gegangen. Die Nacht hatte ich genutzt, um mich in dem Haus umzusehen. Zuerst war ich allerdings Rouven gefolgt, dem Einzigen, der nicht hier übernachtete. Er hatte mich zu einem Gebäude geführt, das sich abgetrennt durch ein kleines Wäldchen hinter den Scheunen befand und eindeutig ebenfalls zum Eigentum von Frank Boozen gehörte. Mein Zielobjekt ging in die linke Parterrewohnung und ich folgte ihm neugierig. Er betrat eine geräumige Diele, in der auf einer Kommode eine Tischleuchte dämmriges Licht verbreitete, sodass man gerade noch die abgehenden Zimmertüren erkennen konnte. Nachdem er Jacke und Schlüssel abgelegt hatte, wandte er sich zur zweiten, rechten Tür, hinter der sich das Schlafzimmer befand, wie ich feststellen konnte. Auch hier brannte ein schwaches Licht auf seinem Nachttischchen. Seine Frau auf der anderen Seite des Bettes schlief schon tief und fest. Ich verließ ihn, nachdem er begonnen hatte, sich vorsichtig seiner Kleidungsstücke zu entledigen und startete meinen Rundgang durch die Wohnung. Zwei Kinderzimmer, in denen jeweils ein Junge und ein Mädchen in tiefem Schlaf lagen, eine kleine Küche, ein großes Wohnzimmer mit Essbereich und einem Wintergarten, durch dessen Fensterfront sich der dahinterliegende Garten im Dunklen noch gerade erahnen ließ.

Ich verließ die Wohnung durch den schmalen Spalt unter der Eingangstür und betrat die danebenliegende. Ob sie das neue Domizil von Familie Michels werden sollte?

Ja, der ältere Mann, der bei laufendem Fernseher in seinem bequemen Sessel eingeschlafen war und mit offenem Mund schnarchte, musste dieser alte Thomas sein, von dem Rouven gesprochen hatte. Offensichtlich lebte er ganz allein, nur die auf einem Sideboard aufgestellten Fotos ließen erkennen, dass er früher ein glücklicher Familienvater und Ehemann gewesen war. Das neueste zeigte ihn mit seiner erwachsenen Tochter und deren Kindern. Seine Frau musste wohl schon vorher gestorben sein, vermutete ich, zumindest hatte er ein Bild von ihr, auf dem sie fröhlich lachte, auf dem kleinen Beistelltisch direkt neben sich stehen, in der Vase davor befand sich eine einzelne rote Rose. So ähnlich hielt es Carmen seit meinem Tod mir zum Gedenken auch.

Auf der darüber liegenden Etage befanden sich drei kleinere Wohnein-
heiten. Hier lebten anscheinend die Arbeiter des Hofes, zumindest erkannte ich in dem einen, der vor seinem Computer saß und völlig verbis-
sen in ein Online-Spiel vertieft war, denjenigen, der mit Kalle zusammen
die Reparatur in der Scheune vorgenommen hatte.
Auch der dritte Stock bestand aus drei Wohnungen, von denen eine leer
stand. Hierhin sollte also der alte Mann verfrachtet werden. Das war in
meinen Augen nicht gerade christlich gedacht. Ob der all die Stufen
noch jeden Tag schaffte?
Ziemlich enttäuscht beschloss ich, mir den Dachboden und die Keller-
räume ebenfalls anzusehen. Insgeheim hatte ich gehofft, dass Franziska
hier irgendwo festgehalten wurde. Rouven wäre in meinen Augen der
ideale Gefangenenwärter gewesen.
Leider fand ich weder in diesem Gebäude noch in Frank Boozens Domizil einen Hinweis auf das Mädchen und ebenso wenig auf diese anderen Jugendlichen. Damit konnte ich wohl eindeutig ausschließen, dass es
sich bei diesem Bauernhof um besagte Farm handelte. Das wäre auch zu
schön gewesen. Andererseits hätte ich von dem Ergebnis eigentlich nicht
überrascht sein dürfen. Die hätten ja wohl kaum die Michels auf den Hof
geholt, wenn Franziska hier versteckt wurde.
Wobei ich bei meiner Herumschnüffelei wenigstens interessante Einbli-
cke in das Wesen des Kirchenoberhauptes erhielt. Dieser Typ war stink-
reich und lebte in einer bescheiden ausgestatteten Wohnung, ganz allein
übrigens. Für die Gästezimmer in der zweiten Etage und die Büros in
Parterre hatte er eindeutig mehr Geld ausgegeben. Es war nicht so, dass
er nicht jede Menge Platz für sich hatte, das schon, und auch an einen
netten großen Balkon hatte er gedacht. Nur waren die Räume relativ
spartanisch und kostengünstig eingerichtet. Noch nicht einmal einen
vernünftigen Fernseher gab es. Das Einzige, woran er nicht gespart hatte, war seine Computeranlage, die aus einem Laptop, zwei Rechnern und
drei Monitoren bestand. Der hatte sich in einem der Zimmer seine persönliche Kommandozentrale eingerichtet, von wo aus er seinen Bürokram abwickelte und, wie ich aus den herumliegenden Unterlagen ent-
nehmen konnte, es war keineswegs so, dass er sich völlig aus allen anderen Geschäften zurückgezogen hatte. Der machte anscheinend in Im-
mobilien und Finanzen.
Rouven jedenfalls war wirklich seine rechte Hand, ein Finanzfachmann,
der sich sowohl um die kirchlichen wie auch die anderen Bereiche kümmerte, soweit es das Finanzielle betraf. Das erfuhr ich am nächsten

Vormittag während der kleinen Gesprächskreise. Die Anwesenden hatten sich in Gruppen aufgespalten und diskutierten über alles Mögliche, die Psychologen besprachen einzelne Therapiemöglichkeiten für besonders schwierige Fälle in ihrer Schule, Rouven und einer der mir Unbekannten, ich wusste bisher nur, dass er Daniel hieß, redeten über irgendein kompliziertes Abrechnungsverfahren, bei dem es darum ging, Steuern zu sparen, einer der anderen Typen und zwei der Schulleiter unterhielten sich flüsternd über Nebensächlichkeiten, offensichtlich Tratsch aus der Gemeinde.

Daher konnte ich mich ungehindert dem Gespräch zwischen Bruder Claudius und Bruder Ignatius, der mit bürgerlichem Namen tatsächlich Ingo hieß, widmen. Überhaupt war hier von christlicher Eintracht garantiert nicht die Rede. Die nannten sich alle mit ihren ganz normalen Vornamen, nicht einmal war bisher die Bibel zitiert worden und Gebete waren für die alle eindeutig ein Fremdwort. Eines zumindest war klar, es handelte sich auf keinen Fall um eine dieser ominösen Sekten. Obwohl andererseits - Frank Boozen war eindeutig der Anführer, der, der das Sagen hatte, der zweifelsohne die Richtung vorgab. Nach ihm kamen die hier Versammelten, die wiederum Unterchargen hatten, wie dieser Roman von Bruder Claudius. Und das gemeine Volk, wie ich am Beispiel der Michels gesehen hatte, war auch vorhanden. Wenn das nicht die Art der Sektenhirarchie war, was dann? Das Einzige, das fehlte, war diese Heldenverehrung, die man in diesen Vereinigungen dem Führer entgegenbrachte. Der Umgang war viel nüchterner, man hatte eher den Eindruck, in eine Geschäftsversammlung geplatzt zu sein, in der jedoch jederzeit erkennbar war, bei wem es sich um den Chef handelte. Naja, und ausgebeutet wurde hier anscheinend auch keiner, zumindest hatten sich dafür bisher keinerlei Anhaltspunkte ergeben. Eine direkte Anhängerschaft hielt er sich ebenfalls nicht, auf dem Grundstück lebten nur er und seine Arbeiter.

Aber jetzt interessierte ich mich vorrangig für das Gespräch, das bereits in vollem Gange war.

„... sicher, dass das jetzt die Wahrheit ist?", fragte Bruder Claudius gerade.

„Ja, sie hat viel zu viel Angst, sonst ihrer Familie zu schaden", nickte Bruder Ignatius. „Sie gibt zu, schon länger herumgeschnüffelt und explizit diese Möglichkeit genutzt zu haben. Am Tage zuvor waren wir beide ein wenig unachtsam, ihr ist es gelungen, uns auf dem Weg zum Wohnheim zu belauschen. Dabei hat sie aufgeschnappt, dass wir gerade an diesem Projekt arbeiteten und die erste Gelegenheit genutzt, an unser Material zu kommen."

„Unser Gespräch war am späten Abend", protestierte Bruder Claudius. „Alle Schüler hatten längst Nachtruhe."

„Ja und? Hast du dich früher immer daran gehalten?", grinste sein Gegenüber, wurde aber schnell wieder ernst. „Sie hat zugegeben, uns quasi den ganzen Abend hinterher spioniert zu haben."

„Wisst ihr, wie sie überhaupt dazu gekommen ist? Hat sie irgendwelche Mitverschwörer?"

„Sie sagt und wir denken, nein. War sie nicht eher eine Einzelgängerin?" Bruder Claudius runzelte die Stirn und dachte nach. „Sie hatte nie viele Kontakte, das stimmt. Das letzte Dreivierteljahr ist sie allerdings sehr für sich geblieben, das war uns schon aufgefallen. Aber sie wirkte ausgeglichen und zufrieden, daher sahen wir keine Notwendigkeit einzugreifen."

„Gut, dann wird sie auch keiner sonderlich vermissen." Bruder Ignatius hob vielsagend eine Augenbraue. „Sie und vorsichtshalber ihre gesamte Familie von dort wegzubringen, war der richtige Weg."

„Weißt du, wie es weitergehen soll? Hat er sich schon geäußert?" Bruder Claudius nickte zu Frank Boozen hinüber, der mit dem Rücken zu ihnen stand.

„Sie bleibt noch eine Weile auf der Farm, ich denke, bis zum Ende des Schulhalbjahres. Danach kommt sie auf das hiesige Internat. Bruder Meinolfus kümmert sich bereits jetzt um sie, damit sie den Anschluss nicht verpasst."

„Ihr wollt sie wirklich zum Abitur zulassen?"

„Denk dran, wir haben ihre Familie als Faustpfand. Sie kann ihrer Wege gehen, wagen, etwas gegen uns zu unternehmen, wird sie nicht."

„Sie könnte sich ihrer Mutter anvertrauen."

Bruder Ignatius grinste wieder, aber dieses Mal blieben seine Augen kalt. „Glaube mir, das wird sie nicht. Sie hat keine Beweise, ihre Anklage zu untermauern. Sollte sie trotzdem versuchen, an die Öffentlichkeit zu gehen, muss eines ihrer Familienangehörigen dafür büßen, das haben wir ihr klar und deutlich zu verstehen gegeben."

Bruder Claudius wurde doch tatsächlich blass und schluckte mehrmals mühsam. Schließlich begann er heftig zu husten, als hätte er sich verschluckt. Täuschen konnte er mich damit nicht. Diese Antwort hatte er eindeutig nicht erwartet.

Sein Gegenüber musterte ihn schweigend und wartete auf einen Kommentar. In seinen Augen war deutlich zu lesen, dass er seinen Gesprächspartner für ein Weichei hielt.

Kathis George Clooney Verschnitt, der dem Schauspieler nun überhaupt nicht mehr ähnelte, sondern richtig alt und verfallen wirkte, rang sich mühsam die Worte: „Das Problem habt ihr ein für alle Mal aus der Welt geschafft", ab. Ging ihm wirklich erst in diesem Moment auf, mit was für einer Gruppe er sich da eingelassen hatte?

Ich jedenfalls sah nun endlich klar. Doch richtig freuen konnte ich mich darüber nicht. Der Schock über das eben Gehörte saß einfach zu tief.

49

Katharina

„Das erste Mal, als mir auffiel, dass ich anders war als die anderen, war in der ersten Klasse", begann Désirée zu berichten. „Ich bin nicht in den Kindergarten gegangen, sondern war bei einer Tagesmutter. Diese hatte damals gerade ein Baby bekommen und dazu noch zwei ältere Kinder, die schon in die Schule gingen und die sich mit mir beschäftigten, wenn sie nach Hause kamen. Diese Zeit war für mich auch im Rückblick toll, ich durfte ihre Spiele mitspielen, sie erklärten mir ihre Hausaufgaben, ich lernte von ihnen die einzelnen Buchstaben.

Umso größer war der Schock, als ich dann selbst eingeschult wurde. Ich hatte mich sehr darauf gefreut, endlich konnte ich all das lernen, was ich wissen wollte, endlich stand mir mein Alter nicht mehr im Weg.

Stattdessen entpuppte sich der Schulalltag für mich als ein Absitzen der Zeit, als ein ständiges Warten auf all die spannenden Dinge, die irgendwann noch kommen würden. Ich war wirklich geduldig, ertrug Tag für Tag das alberne Malen und die für mich babyartigen Spiele, die uns die Buchstaben des Alphabets näherbringen sollten. Die kannte ich doch längst!

Dazu kam, dass ich mit den Kindern aus meiner Klasse nicht das Geringste gemein hatte. Deren Interessen war ich längst entwachsen, meinen konnten sie nicht folgen. Ich hielt sie für blöd und sie mich. Nur, sie waren in der Mehrzahl und ließen mich deutlich spüren, dass ich in ihren Augen der Freak war. Ich stand in der Pause allein herum, saß im Unterricht isoliert an meinem Platz, ging den Nachhauseweg getrennt von den anderen.

Meine Mutter war zu diesem Zeitpunkt gerade mit ihrer Scheidung von meinem Vater beschäftigt. Wenn ich mich beschwerte, versuchte sie zwar, auf mich einzugehen, vertröstete mich aber im Prinzip immer auf später. Dass es irgendwann auch für mich interessant werden würde, dass ich nur noch etwas warten müsse, bis es soweit sei. Ich glaubte das mittlerweile nicht mehr, wollte ihr jedoch keinen zusätzlichen Kummer machen, deshalb schwieg ich oder erfand irgendein tolles Ereignis und behauptete, dass es mir immer besser gefiele. Sie glaubte mir, sie war wohl froh, dass sie wenigstens mit mir keine Probleme hatte.

Das Schlimmste für mich war, dass ich nach einigen Monaten das Gefühl bekam, ich hätte ein Brett vor dem Kopf, im wahrsten Sinne des Wortes. Dieses Brett hinderte mich am Denken, Dinge, die ich zuvor gekonnt hatte, wie rechnen im Zwanzigerraum zum Beispiel, wurden plötzlich zu einer schweren Aufgabe, ich saß immer länger an meinen Hausaufgaben, konnte mich nicht mehr konzentrieren, hatte selbst im Freizeitbereich zu nichts mehr Lust."

„Damals wohnte ich nur eine Straße von Désirée entfernt", übernahm nun Gerald. „Um ihre Mutter zu unterstützen, hatte ich mir angewöhnt, sie ein- bis zweimal in der Woche zu mir zu holen. Entweder nahm ich mir Zeit oder meine Haushälterin kümmerte sich um sie. Uns beiden fiel ihr Zustand leider erst auf, als sie schon ziemlich am Ende war. Ihr müsst euch das so vorstellen, es ist nicht so, dass sie sich von heute auf morgen änderte, das war ein eher schleichender Prozess. Irgendwann stellte ich fest, dass von dem Kind, das ich gekannt hatte, fast nichts mehr übrig geblieben war. Wenn ihr mich fragt, würde ich sagen, Désirée war zu diesem Zeitpunkt definitiv depressiv."

„Aber wie seid ihr auf die Hochbegabung gekommen?", wollte ich wissen.

Gerald lachte. „Wir gar nicht. Für uns war sie völlig normal. Allerdings hatten weder meine Haushälterin noch ich viel Ahnung von Kindern und deren Entwicklung. Ich bin mit ihr zu ihrem Kinderarzt gegangen, nachdem uns diese Veränderung zum Schlechten aufgefallen war. Ihre Mutter und ich dachten an eine Krankheit. Der Mann hatte selbst zwei hochbegabte Kinder. Nach einer eingehenden Untersuchung, die glücklicherweise ohne Befund blieb, stellte er Désirée Fragen zu ihren Hobbies und Interessen und taute sie soweit auf, dass sie über ihre Enttäuschung mit der Schule sprach. Ohne uns zu sagen, was er vermutete, überwies er sie an einen Kinderpsychologen, ja, besorgte sogar selbst den Termin."

„Dieser Psychologe war ein Spezialist für das Thema Hochbegabung", fuhr das Mädchen fort. „Das wussten aber weder Gerald noch ich noch meine Mutter. Er machte verschiedene Tests mit mir allein, die ich wahnsinnig spannend fand. Erst danach, als das Ergebnis feststand, gab er zu, dass der Kinderarzt schon den Verdacht gehabt hätte, dass es an meiner Intelligenz liegen könne und dass es eine Art Blockade sei, die mir das Denken erschwere. Zum Glück war Onkel Gerald zu dem Besprechungstermin mitgekommen. Der Psychologe empfahl, ich solle sofort eine Klasse überspringen und falls erforderlich dann etwas später noch eine, um mich wieder in die Spur zu bringen." Sie grinste. „Meiner Mutter war das eher peinlich, als dass sie sich freute. Ich glaube, ihr wäre eine Tochter lieber gewesen, die Defizite gehabt hätte, die man mit etwas Nachhilfe hätte beheben können."

„Ich muss noch einmal nachfragen", meldete sich Manfred. „Was habe ich unter einer Blockade zu verstehen?"

„Das ist, als läge alles unter einer dicken Glocke verborgen", versuchte Désirée zu erklären. „Ich will mich ja bemühen, doch ich kann nicht darunter hervor. Es ist, als wäre mein Gehirn nicht fähig irgendetwas Neues aufzunehmen. Selbst das bereits Erlernte ist nur schwer abrufbar."

„Und das hängt alles damit zusammen, dass du keinen dir gemäßen Input bekommst?", fragte ich neugierig nach.

„Ja, angeblich schon", versicherte Désirée. „Ich weiß, das ist sehr schwer zu begreifen."

„Nicht angeblich", verbesserte Gerald. „Es ist wirklich so. Ich setzte an der Schule das sofortige Überspringen durch und innerhalb kürzester Zeit blühte meine Kleine wieder auf. Nach drei Monaten war sie schon Klassenbeste."

„Du hattest überhaupt keine Probleme, den Stoff nachzuholen?", frage Manfred verblüfft.

„Nein, das war eher toll, endlich konnte ich wieder denken. Obwohl", sie zog die Stirn kraus. „Am Anfang wäre ich fast verzweifelt, es dauerte schon einige Tage, bis ich imstande war zu lernen. Aber Onkel Gerald hat sich so sehr bemüht, ich wollte ihn nicht enttäuschen."

„Dass damit längst nicht alles ausgestanden war, konnte ich damals ja noch nicht wissen. Zwar hatte der Psychologe angedeutet, dass eventuell ein erneutes Überspringen erforderlich sei, aber dass Désirée bereits Anfang der dritten Klasse schon wieder verzweifelte, hätte ich nicht gedacht."

„Zu meinem Glück hat dieses Mal die Klassenlehrerin ein erneutes Überspringen gefordert." Sie grinste verschmitzt. „Damit wären sowohl Onkel Gerald als auch meine Mutter garantiert überfordert gewesen. Ich kam also in die Vierte. Vom Stoff her war ich auch zufrieden, der neue Lehrer hatte ein ganz passables System der Staffelung gefunden, im Prinzip gab es für bestimmte Gruppen bestimmte Aufgaben, die der Leistungsbandbreite gerecht wurden. Endlich war ich mal für längere Zeit ausgelastet."

„Ja, aber da begann das Mobben", erinnerte sich ihr Onkel. „Diese albernen Gänse, die immer hinter deinem Rücken kicherten und die Jungen anstachelten, dir Schimpfwörter hinterherzurufen."

„Die in der Grundschule waren noch harmlos", winkte sein Patenkind ab. „Das konnte ich gut verkraften. Dafür war der Lehrer supergut und ich hatte genug Möglichkeiten, mich in meiner Freizeit auszutoben." Wieder grinste sie verschmitzt. „Zum würdigen Bestehen des zweiten Überspringens erhielt ich meinen ersten Computer. Ich hatte sowieso keine Zeit, mich über andere zu ärgern."

„Trotzdem, die Monate auf dem Gymnasium waren ein Alptraum." Gerald war selbst jetzt noch entrüstet. „Dass Lehrer dermaßen unfähig sind, ihre Schüler unter Kontrolle zu bringen, hätte ich im Traum nicht gedacht."

„Es lag nicht nur an der Klasse, es lag genauso sehr am Stoff", erinnerte ihn Désirée. „Ich war mittlerweile in eine weitere heftige Blockade gerutscht. Und wieder sah der Psychologe nur einen Ausweg: das erneute Überspringen. Dagegen wehrte sich meine Mutter, die sich in der Zwischenzeit einiges an Wissen angelesen hatte, jedoch heftig. Ihrer Meinung nach musste es einen besseren Weg geben."

„Ja, wenn du jede zweite Klasse übersprungen hättest, wie wäre dann dein weiterer Weg gewesen?", pflichtete Manfred ihr bei. „Vor allem wäre das Mobbing wahrscheinlich noch schlimmer geworden."

„Nicht unbedingt." Gerald schüttelte vehement den Kopf. „Es kommt dabei eher darauf an, wie die Lehrer reagieren, das ist zumindest meine Meinung."

„Dieser Weg stand nie zur Debatte", mischte sich Désirée ein, die merkte, dass Manfred diesen Satz nicht widerspruchslos hinnehmen wollte. „Meine Mutter hatte damals gerade den Hinweis auf dieses Internat erhalten, durch die Hochbegabtenselbsthilfegruppe, in die sie damals regelmäßig ging. Ohne mir etwas zu erzählen, nahm sie Kontakt auf, schilderte mich und meine Probleme und erhielt die Zusage, dass man mich aufnehmen würde."

„Doch statt froh und dankbar zu sein, dass sie eine Lösung gefunden hatte, machtest du ein Riesentheater", erinnerte sich Gerald. „Du warfst ihr vor, sie würde dich abschieben."

„Mir kam es tatsächlich so vor", verteidigte sich Désirée. „Ich war damals am Boden zerstört, durch das, was ich in der Schule mitgemacht hatte", fügte sie an uns gewandt hinzu. „Das Letzte, was ich wollte, war ein weiteres Desaster."

„Der liebe Patenonkel schaffte es nach langem, langem Hin und Her, sein Patenkind zu einem Kompromiss zu bewegen", schmunzelte Gerald. „Sie versprach, es einen Monat lang auf diesem Internat zu versuchen. Ich versüßte ihr diese Zusage mit einem Laptop, den sie nach dem Erreichen dieses Zieles bekommen sollte."

„Und nach diesem einen Monat war es für mich klar, dass mich nichts und niemand mehr dort wegholen konnte", schloss Désirée. „Dieser Ort war für mich Zuflucht und Zukunft in einem, verstehen Sie? Deshalb habe ich sehr lange gebraucht, das System zu durchschauen und noch länger, das Verwerfliche dahinter zu sehen. Und ich bin immer noch unentschlossen, ob ich dagegen vorgehen sollte."

50

Katharina

„Du hast Angst, dass das Internat geschlossen wird, wenn die Machenschaften der Betreiber erst einmal an die Öffentlichkeit kommen",
brachte ich es auf den Punkt.

„Nicht nur dieses, auch die anderen drei", verbesserte Désirée mich.

„Das heißt, ich nehme all denen, die dort glücklich und zufrieden lernen
und leben können, ihre Zukunft."

„Doch zu welchem Preis?", fragte ich nach.

„Tja", das Mädchen, das bisher meinem Blick standgehalten hatte, blickte zu Boden. „Wenn ich das bloß wüsste", murmelte sie leise.

„Bisher hast du nichts Handfestes herausfinden können." Gerald musterte sein Patenkind liebevoll. „Erzähl den Klingenbergs doch einfach,
was dich stutzig macht. Ich bin sicher, sie werden objektiv urteilen."

Désirée blickte ihn an und nickte. „Gut, ich will versuchen, meine Ein-
drücke wiederzugeben, aber bitte bedenken Sie, dass es sich dabei nur
um meine Meinung handelt. Wie Onkel Gerald bereits sagte, ich habe
keinerlei Beweise."

Wir nickten schweigend, weitere Versicherungen erschienen nicht nur
mir sinnlos.

„Anfangs war ich tatsächlich glücklich und zufrieden", begann das Mädchen zu erzählen. „Und auch dann war es nicht so, dass mir die Erkenntnis von einem Tag zum anderen kam, nein, es war eher ein schleichender Prozess. Mir behagte die Art und Weise nicht, wie und was gesprochen wurde, wie einzelne Ereignisse gedeutete wurden." Sie seufzte
wieder. „Es ist schwer, in Worte zu fassen. Irgendwann hatte ich plötzlich den Verdacht, dass wir manipuliert wurden und einmal darauf aufmerksam geworden, fand ich immer mehr Beweise", sie malte dabei
Anführungszeichen in die Luft, damit wir wussten, dass es keine echten
waren, „die diesen Verdacht nährten."

Sie verstummte und nahm einen Schluck von ihrem mittlerweile kalt
gewordenen Kaffee. Wieder schien sie sich einen Ruck geben zu müssen,
um weiterzusprechen. „Ich habe das Gefühl, dass wir alles, was wir hören, hinterfragen sollen. Nein", sie schüttelte energisch den Kopf. „Das
gibt das, was ich eigentlich ausdrücken will, nicht richtig wieder. Es geht
bei dem, was ich meine, hauptsächlich um die politische Situation. Uns
wird ständig vermittelt, dass die Politiker das Schiff in die falsche Richtung lenken, dass die falschen Personen über unsere Zukunft bestim-

men, dass es Menschen ohne echten Durchblick sind, die die Entscheidungsgewalt tragen und dass dadurch immer neue, schwerwiegende Fehler begangen werden. Verstehen Sie, uns wird geradezu eingebläut, dass wir die Elite sind und es an uns wäre, die Geschicke unseres Landes zu leiten."

„Versuche, das bitte noch genauer zu erklären", bat Manfred. „Die sagen euch das doch nicht plax vor den Kopf, wenn ich dich richtig verstanden habe."

„Nein, natürlich nicht." Désirée biss sich auf die Unterlippe und es wurde deutlich, dass sie ihre nächsten Worte mit Bedacht wählte. „In Politik zum Beispiel sprechen wir oft über das Tagesgeschehen. Klar passiert es dann schon mal, dass sich bei uns andere Meinungen herausbilden, die entgegengesetzt der verabschiedeten Gesetze oder Beschlüsse sind. Es ist dann die Art, wie uns beigepflichtet wird, wie wir auch teilweise mit der Nase darauf gestoßen werden, was alles falsch läuft, die mich stört. Und die Tatsache, dass man uns auf subtile Weise zu Übermenschen erklärt, die, die aufgrund ihres überlegenen Intellekts viel besser geeignet sind, die anderen zu leiten."

„Spielt sich das in allen Fächern gleich ab?", wollte Manfred wissen.

„Nein, hauptsächlich in Politik, Geschichte, Ethik und Philosophie." Désirée stutzte und runzelte die Stirn. „Das sind im Prinzip dieselben Lehrer, die viele der Freizeitangebote leiten."

„Was ist mit eurem Internatsleiter?", kam ich nicht umhin zu fragen.

„Bruder Meinolfus gestaltet die Gottesdienste und übernimmt den offenen Religionsunterricht derer, die daran teilnehmen wollen." Sie zögerte. „Und er gibt einen Nachmittagskurs für die oberen Stufen, der sowohl die religiösen als auch die ethischen Fragen des Lebens in der Gemeinschaft der Kirche behandelt. An dem nehme ich nur pro forma teil, weil es halt erwartet wird. Aber Sie haben recht. Ich würde ihn ebenfalls zu den Manipulierern zählen, wenn ich jetzt darüber nachdenke."

„Müsst ihr diesen Glauben annehmen?" Verständlich, dass Manfred das interessierte.

„Nein, das ist ja irgendwie der Witz am Ganzen. Obwohl die Gemeindemitglieder den größten Teil der Kosten aufbringen, können wir uns frei entscheiden."

„Das heißt, die meisten wählen diesen Glauben freiwillig?" Meine Neugier siegte ebenfalls.

Désirée lachte auf. „Ich kenne nicht einen, der nicht spätestens zum Abitur wechselt. Alle sind dort so glücklich, man fühlt sich irgendwie dazu verpflichtet. Außerdem sind die Regeln nicht sonderlich streng. Wir gehen an dem Wochenende, wenn wir dableiben, in die Kirche, der Gottesdienst wird von uns mitgestaltet und ist auch von der Predigt her auf uns zugeschnitten, es gibt keine Beichte, keine Gebetsstunden, keinerlei Einschränkungen. Ob ich jetzt evangelisch bin, so, wie es bei mir ist, oder eben diesen neuen Glauben annehme, einen Unterschied macht das für mich nicht. Viele der Hochbegabten, wie ich auch, glauben sowieso nicht an Gott", fügte sie erklärend hinzu. „Der Eintritt in diese Glaubensgemeinschaft ist daher eher als Tribut an das, was die Kirche für uns getan hat, zu verstehen."

Gerald schmunzelte und verdrehte die Augen. „Ausgerechnet sie musste ich als Patenkind nehmen." Aber sein liebevoller Blick strafte seine Worte Lüge.

„Ich muss noch einmal nachfragen", kam ich zum wichtigsten Punkt zurück. „Fangen die mit ihrer Manipulation schon direkt in den unteren Klassen an?"

Wieder zögerte Désirée mit der Antwort und überlegte erst eine Weile. „Ich glaube nicht, zumindest nicht derart deutlich wie in den höheren Klassen."

„Ist es denn wirklich so deutlich oder empfindest nur du es so, weil du weißt, auf was du achten musst?" Gut, dass ich Manfred an meiner Seite hatte. Darauf wäre ich garantiert nicht gekommen.

Sie blickte ihn erstaunt an. „Ja, sie haben recht. Wahrscheinlich ist es gar nicht besonders auffällig. Nur wenn man weiß, worauf man seine Aufmerksamkeit lenken muss …" Sie verstummte und ich sah, wie es hinter ihrer Stirn arbeitete. „Ich bin gar nicht von allein darauf gekommen", gestand sie schließlich. „Letztes Jahr war ich mit in der Sommerfreizeit auf Borkum. Lea, meine beste Freundin, konnte nicht mitkommen, weil ihre Mutter schwer krank geworden ist. Ich habe mich dann mit zwei Mädchen aus den anderen Internaten angefreundet, wir waren die ganzen drei Wochen unzertrennlich. Michelle, sie war diejenige, die den Stein ins Rollen brachte. Sie hat Franzi aufgezogen, weil die …"

Ich merkte auf. „Franzi? Doch nicht Franziska Michels?"

„Kennen Sie sie? Ja, mit ihr und Michelle habe ich diesen Sommer verbracht. Franzi hat von diesem Referendar geschwärmt, der in der Oberstufe Politik gab. Irgendwann, nach der x-ten Wiederholung, wie süß der sei, sagte Michelle im Scherz, dass sie das Gefühl habe, Franzi würde alles für ihn tun, wenn er sie darum bäte. Wir lachten, alberten herum, malten uns all die Dinge aus, die er von ihr verlangen könnte. Am nächsten Tag war Michelle plötzlich sehr ernst und traurig. Zuerst wollte sie nicht darüber sprechen, aber wir ließen ihr keine Ruhe. Schließlich sagte sie uns, dass sie gestern Abend einen Anruf von ihren Eltern bekommen hätte. Sie würde die Schule verlassen und mit ihnen nach England ziehen, das heißt, wir würden uns nicht mehr sehen können."

Manfred begann unruhig zu werden, weil sie nicht zum Punkt kam, ich sah ihn an und schüttelte unmerklich den Kopf. Lass sie in ihrem Tempo erzählen, hieß das.

Désirée atmete tief ein und aus. „Wir blieben natürlich in Kontakt und schrieben uns E-Mails, Franzi, Michelle und ich. Mit Franzi treffe ich mich seitdem zu jeder Ferienfreizeit, also im Herbst, zu Ostern und im Sommer. Nur zur letzten ist sie nicht gekommen. Sie würde gerade umziehen und habe zu viel zu tun, hat sie mir geschrieben. Seitdem ist Funkstille zwischen uns, Michelle hat auch nichts mehr von ihr gehört."

„Wie hat deine Freundin denn nun den Stein ins Rollen gebracht?", fragte Manfred jetzt doch.

„Entschuldigung, ich bin etwas abgeschweift." Désirée holte wieder tief Luft. „Michelle ist in England auf ein Internat gekommen und hat uns haarklein berichtet, wie es dort abläuft. Ja und irgendwann, ich glaube das war so nach zwei, drei Monaten, ist ihr aufgegangen, dass hier bei uns einiges im Argen liegt, dass man eben versucht, uns zu beeinflussen. Einmal darauf angesprochen und anhand einiger Beispiele von ihr merkten Franzi und ich schnell, was sie meinte. Es war, als hätte sie uns die Augen geöffnet, wir sahen plötzlich, was uns vorher schon eher unbewusst aufgestoßen war, wesentlich klarer. Diese Geschichte mit dem Referendar, den Franzi angehimmelt hatte, zum Beispiel. Der war ja auch besonders nett zu ihr gewesen. Und dann diese Manipulationen im Unterricht. Auf einmal bemerkten wir sie deutlich." Sie schüttelte den Kopf. „Besser kann ich es nicht erklären."

„Désirée kam dann zu mir und wir überlegten, was wir machen könnten." Gerald hob in einer hilflosen Geste die Schultern. „Ich habe angefangen zu recherchieren, genau wie du, Manfred. Aber es ist nichts dabei herausgekommen. Mehr als dieses Gefühl der Mädchen gibt es nicht."

„Franzi und ich sind übereingekommen, uns nichts anmerken zu lassen und mit niemandem darüber zu sprechen." Das Mädchen sah uns um Verständnis heischend an. „Deshalb wollte ich Ihnen zuerst nicht sagen, wie es wirklich gewesen ist. Onkel Gerald wusste es bisher ebenfalls nicht. Wir können ja sowieso nichts beweisen. Es sind alles nur Mutmaßungen, die wir vorzuweisen haben." Sie schluckte. „Außerdem wussten wir nicht, wo wir sonst hätten hingehen sollen. Ihre letzte Schule war nicht besser als meine, wir hatten keine Alternative."

„Also habt ihr beschlossen, dort euer Abitur abzulegen und euch anschließend von dieser Gemeinschaft zu lösen", fasste ich das Offensichtliche zusammen.

„Wir sahen keine andere Möglichkeit", nickte Désirée. „Was hätten wir denn schon tun können?"

51

Richard

Das war das einzig Interessante, was ich an diesem Tag erfahren konnte. Nach dem Mittagessen setzten sich die Anwesenden wieder zusammen an den Tisch und besprachen Kirchenangelegenheiten. Gut, ich erfuhr, dass die Mitgliederzahlen weiter gestiegen waren und dass die ersten Studenten ihr Studium abgeschlossen und begonnen hatten, in den für sie vorgesehenen Positionen zu arbeiten, aber das interessierte mich eher weniger. Ich wollte endlich mehr Informationen zu Franziska bekommen!

Die erhielt ich zwar nicht, aber zumindest wurde diese ominöse Farm kurz angesprochen. Dabei ging es leider nicht um das Mädchen, sondern um die anderen Jugendlichen, die sich zurzeit dort aufhielten. Aus dem, was ich erfuhr, konnte ich mir dann zusammenreimen, dass dieser Ort dazu genutzt wurde, unentschlossene Abiturienten in die richtige Spur zu bringen, das hieß, die, die nicht wussten, was sie studieren sollten oder wollten, wurden durch diesen Aufenthalt, der aus körperlicher Arbeit und Diskussionsrunden bestand, in die Richtung manipuliert, die für die Kirche von Vorteil war.

Krass, was? Ich gelangte immer mehr zu der Überzeugung, dass Kathi doch recht gehabt hatte und es sich hier wirklich um eine kriminelle Vereinigung handelte – nicht nur wegen dem, was mit Franziska geschehen war. Wie es aussah, hatten die vor, so viele Hochbegabte wie möglich auf ihre Seite zu ziehen, um, wenn ich nicht ganz daneben lag, damit genug Ressourcen zu erhalten, um eines Tages die Macht an sich zu reißen.

Das wurde so natürlich nicht gesagt, ging jedoch aus dem, was gesprochen wurde, ziemlich eindeutig hervor. Ich musste ganz dringend mit Kathi reden!

Andererseits, sie würde bestimmt nichts unternehmen, solange die das Mädchen in ihrer Gewalt hatten. Deshalb war es meine Aufgabe, ihren Aufenthaltsort herauszubekommen. Dafür musste ich weiter ausharren. Spätestens morgen früh würde ich sie in der nahegelegenen Kirche wiedertreffen und dann mit ihr zusammen zu dieser Farm fahren.

Der Einzige, der am Abend das Haus verließ, war Rouven. Unentschlossen verharrte ich. Was sollte ich tun, wer war das sinnvollste Überwachungsobjekt für mich?

Die restlichen zwei Stunden schwirrte ich von Zimmer zu Zimmer, bemüht, keinen aus den Augen zu lassen. Umsonst, nicht einer brachte mich weiter. Alle gingen irgendwelchen Freizeitvergnügungen wie Fernsehen oder Lesen nach. Als Bruder Ignatius sein Handy hervorzog, dachte ich schon, ich hätte den Richtigen erwischt, leider las er nur für mich völlig unbedeutende Mails und begann dann, langweilige Spiele zu spielen. Naja, die eine Psychologin hatte wenigstens ihren Laptop dabei, nutzte diesen jedoch nur für Notizen, indem sie die Anregungen ihrer Kollegen niederschrieb, die sie anscheinend bei ihren schwierigen Patienten umzusetzen gedachte.

Während ich sie beobachtete, wurde mir wieder mein Dilemma bewusst. Da gab es endlich eine Vereinigung, die sich um die vielen gestörten Hochbegabten kümmerte, die sonst mit Sicherheit auf der Strecke geblieben wären, was an sich eine supergute Sache war. Nur wurden diese im Endeffekt für das Erreichen der abstrusen Ziele eines Frank Boozen missbraucht. Dieser hatte das ganze Projekt angestoßen, davon war ich felsenfest überzeugt. Sein Gehabe war das eines Mannes, der die Führung nicht aus der Hand gab.

Um für den nächsten Tag gewappnet zu sein, versorgte ich mich mit der dafür nötigen Energie, es gab ja genug Quellen, bei denen ich mich bedienen konnte. Die restlichen Nachtstunden verbrachte ich in der Wohnung des Chefs. Vielleicht erhielt ich durch ihn endlich die ersehnte Information.

Weit gefehlt, dieser stand erst auf, nachdem die Glocke, die der Butler zum Essen erklingen ließ, längst ertönt war, warf sich in seine Kleidung und begab sich nach einem kurzen Besuch im Bad in den Speiseraum. Es wurde höfliche Konversation betrieben, etwas Neues erfuhr ich dabei nicht.

Nach dem Frühstück wartete die nächste Enttäuschung auf mich. Statt in die Kirche zu gehen und mich damit zu Franziska zu führen, wie ich erwartet hatte, gab es ein weiteres zweistündiges Meeting, wiederum völlig uninteressant. Meine Güte, da wäre es sinnvoller gewesen, wenn ich mich gleich gestern Abend zu den Michels aufgemacht hätte. Jetzt war es dafür leider zu spät. Sie befanden sich bestimmt schon auf dem Weg – den ich mir leider nicht gemerkt hatte, weil ich während der Fahrt dorthin meine eigene missliche Familiensituation beleuchtet hatte. Völlig umsonst übrigens, ich wusste immer noch nicht, ob ich bleiben oder gehen sollte.

Da war man ein einziges Mal mit seinen Gedanken nicht bei der Sache und wurde sofort dafür bestraft!

Bruder Claudius und Bruder Franzius waren die Ersten, die aufbrachen. Um die brauchte ich mich nicht zu kümmern, von denen wusste ich ja bereits, dass sie das Mädchen nicht versteckten. Nein, ich musste mich zwischen einem der vier mir Unbekannten entscheiden. Über deren Rollen in diesem Spiel war ich mir immer noch nicht sicher. Gut, dieser Daniel schied aus, der war wohl eher ein Weichei. Den ältesten neben Frank Boozen in der Gruppe klammerte ich aus demselben Grund aus. Blieben Alex und Philipp, die nun gemeinsam zu ihren nebeneinander geparkten Autos schlenderten.

„Sehen wir uns nächstes Wochenende?", fragte ersterer. „Frank wird es wahrscheinlich nicht schaffen, deshalb wäre es nett, wenn Claudia und du kommen könntet. Sandras Familie tritt komplett an, Rouven und ich brauchen euch."

Ha, das war doch mal eine interessante Information! War der alte Boozen etwa der Vater von Alex, Philipp und Rouven? Hätte ich ihm gar nicht zugetraut. Ich meine, nirgendwo in seiner Wohnung gab es Fotos von Familienangehörigen und eine Ehefrau hatte er auch nicht. Außerdem war er mir so alt noch gar nicht vorgekommen, kaum graue Haare, sonnengebräunt und mit durchtrainierter Figur entsprach er genau dem Bild, das ich mir von einem erfolgreichen Manager Mitte der Fünfzig gemacht hätte. Die beiden hier waren bestimmt schon Anfang dreißig, Rouven war bedeutend älter, mindestens vierzig. Nee, irgendwie konnte das nicht stimmen, ich musste unbedingt zusammen mit Kathi die Namen nachrecherchieren.

Aber zumindest wusste ich, wem ich folgen sollte. Alex würde bestimmt kein Familienfest arrangieren, wenn er gleichzeitig Franziska verstecken musste. Blieb für mich also nur Philipp übrig.

Ein Blick auf sein Nummernschild belehrte mich eines Besseren. Der wohnte in Stuttgart, die Jugendlichen fuhren garantiert nicht hunderte von Kilometern, um in die Kirche hier in der Nähe zu gehen.

Hielt ich mich als letzte Möglichkeit eben an Bruder Meinolfus, von dem ich wusste, dass er Franziska unterrichtete. Vielleicht führte sein Rückweg ja an der Farm vorbei.

Er hatte bereits in seinem Mercedes Platz genommen und startete gerade den Motor. Ich wischte durch die Lüftung ins Innere und wurde erst einmal heftig herumgewirbelt, weil der Idiot schon die Heizung laufen hatte. Ich ließ mich mit dem kalten Luftstrom auf ihn zutreiben und in ihn hinein. Meinetwegen konnte es losgehen.

Bruder Meinolfus fuhr auf direktem Weg zum Internat, ich verließ ihn kurz nach der Abzweigung, um mir eine neue Mitfahrgelegenheit zu suchen.

Während meiner Wartezeit überlegte ich verzweifelt, was wir ohne zu viel Schaden anzurichten, unternehmen konnten, denn dass wir reagieren mussten stand außer Frage. Was dabei letztendlich für die betroffenen Hochbegabten herauskam, wollte ich mir lieber nicht ausmalen. Es war echt zum wahnsinnig werden!

Vor lauter Frust und verstrickt in meine Grübeleien hatte ich nicht auf die Route meines Fahrers geachtet und wurde erst aufmerksam, als wir schon irgendwo im Nirgendwo gelandet waren. Dadurch dauerte die Heimreise bis in den Abend.

Dass es für mich heute noch schlimmer kommen würde, nein, damit hatte ich nicht gerechnet. Da die Krimizeit längst begonnen hatte und ich deshalb gar nicht erst versuchen musste, bei Kathi aufzuschlagen, stattete ich meiner Familie einen längst überfälligen Besuch ab. Die Kinder würden bestimmt schon schlafen, aber Carmen war sicherlich noch wach – und hoffentlich allein zu Hause. Der Heini musste immer früh raus, deshalb übernachtete er nur gelegentlich von Samstag auf Sonntag bei ihr.

Weit gefehlt! Die beiden saßen einträchtig auf dem Sofa und tranken gemeinsam Sekt. Ich wurde sofort misstrauisch. Den gab es normalerweise nur, wenn es etwas zu feiern gab. Sie war doch nicht etwa … Ich weigerte mich, den Gedanken zu Ende zu denken. Nein, das konnte nicht sein, Carmen nahm doch die Pille!

„Das Haus ist echt ein Traum." Meine Exfrau schmiegte sich an ihren neuen Lover und lächelte zu ihm hoch. „Die Kinder waren bereits überzeugt, als du von dem Hund gesprochen hast. Sie können es kaum erwarten einzuziehen." Sie schmachtete ihn an. „Und ich auch nicht."

Au, das tat weh. Am liebsten hätte ich sofort das Weite gesucht, allein die Neugier hielt mich zurück. Hatten die tatsächlich an diesem einen Wochenende schon ihr Traumhaus gefunden?

Der Heini lächelte völlig zufrieden mit sich. „Meine Tante wird begeistert sein und sich mit dem Umzug beeilen. Wenn wir Glück haben, können wir unser erstes gemeinsames Weihnachtsfest dort zusammen feiern."

Das konnte doch nicht wahr sein! Die zog jetzt schon mit diesem Typen zusammen! Und der bestach meine Kinder, indem er ihnen den langersehnten Hund kaufte! Hm, blieb Carmen etwa zu Hause oder wer sollte sich um den kümmern?

Die Antwort darauf ließ nicht lange auf sich warten. „Meinst du, deine Tante übernimmt sich nicht, wenn zu zwei kleinen Kindern gleich auch noch ein Welpe miteinzieht?", fragte Carmen.

Ach so, Haus inklusive Babysitter, na, das wurde ja immer besser.

„Im Gegenteil, sie freut sich, dass endlich wieder Leben um sie herum herrschen wird", lachte der Heini. „Außerdem liebt sie Tiere. Ich garantiere dir, dass Benjamin als Willkommensgeschenk das gewünschte Kätzchen vorfinden wird."

„Ehrlich?" Carmen umarmte ihn stürmisch.

„Sie hat mich extra beiseite genommen und gefragt, was du davon halten würdest", nickte er und zog sie noch dichter an sich.

Ihre Antwort bestand darin, dass sie seinen Mund suchte und gleichzeitig ihre Hände auf Wanderschaft schickte.

Genug! Ich ergriff die Flucht.

52

Katharina

Wie erwartet, fand ich Richie bereits in der Küche vor, als ich am Morgen völlig unausgeschlafen dieselbe betrat. Doch was war mit ihm los? Sein sonst sattgelbes Leuchten hatte sich in ein schwächliches, kaum erkennbares Flackern verwandelt und seine Stimme klang gepresst, als er mir ein leises Guten Morgen entgegenhauchte.

Ich erwachte schlagartig aus meinem Dämmerzustand. „Was ist los? Fehlt dir was? Brauchst du Energie? Komm, bediene dich!"

„Nein, viel schlimmer", ächzte er. „Es ist alles aus. Carmen und dieser Heini wollen noch vor Weihnachten zusammenziehen."

Meine Besorgnis wich der Erheiterung. Bruni hatte mich bereits am Vorabend angerufen, um mir mitzuteilen, dass die vier Nägel mit Köpfen gemacht hatten und anschließend noch bei ihr vorbeigefahren waren, um ihr und Eva, der Stiefmutter von Richie, die sich bei ihr zu Besuch befand, die Neuigkeiten zu erzählen.

„Aber genug davon", fuhr er fort, bevor ich irgendetwas dazu sagen konnte. „Kümmern wir uns darum, was wichtiger ist. Soll ich erst oder willst du?"

Oha, er war zutiefst getroffen, wesentlich tiefer als ich vermutet hatte, wenn er noch nicht einmal darüber sprechen wollte! Nun gut, würden wir das Thema vorerst ausklammern. Folgsam begann ich, von dem Gespräch mit Désirée zu berichten.

„Nur dass Franziska sich nicht an die Absprache hielt", verbesserte mich Richie, nachdem ich geendet hatte. „Sie stellte auf eigene Faust Nachforschungen an." Dann konnte er nicht mehr an sich halten und platzte mit der Nachricht heraus, dass es sich bei dem gefangen gehaltenen Mädchen tatsächlich um diese handelte.

„Dieser Verdacht ist mir ebenfalls gekommen", nickte ich. Auch wenn mich die Tatsache, dass sie in dieser Kirche aufgetaucht war, immer wieder an meiner Schlussfolgerung hatte zweifeln lassen. Aber das brauchte ich Richie nicht unbedingt zu erzählen. „Allerdings habe ich gegenüber Désirée kein Wort darüber verlauten lassen. Sie ist zwar ziemlich sauer, dass Franzi sich nicht mehr bei ihr meldet, schiebt das Ganze jedoch auf den Umzug."

„Hast du ihr erzählt, dass sie sich zurzeit auf der Farm befindet?"

„Ja", musste ich gestehen. „Und jetzt ist sie ziemlich sauer auf ihre Freundin. Sie denkt, die hätte sich mit diesem Aufenthalt ködern lassen und somit Verrat an ihrer gemeinsamen Sache begangen."

„Weiß sie, wo sich die Farm befindet?"

„Nein, keiner, der nicht dort gewesen ist, kennt die Adresse. Sie soll irgendwo an der holländischen Grenze sein, wird gemunkelt."

„Mist, die ist ziemlich lang, damit sind wir immer noch nicht viel weiter."

Richie holte tief Luft und begann nun seinerseits zu erzählen.

„Das Bild rundet sich mehr und mehr ab." Ich war mit dem, was wir gemeinsam herausgefunden hatten, sehr zufrieden. „Immerhin wissen wir nun definitiv, dass wir auf der richtigen Spur sind."

„Was ist mit deinem Mann? Wie hat er …"

„Psst!" Ich hörte Manfred die Treppe hinunter poltern. „Warte draußen, wir sind noch nicht fertig für heute."

„Guten Morgen!" Mein sonst brummiger Morgenmuffel schenkte mir ein sonniges Lächeln. „Oh, du hast mit dem Frühstück auf mich gewartet. Das ist fein."

Er nahm am gedeckten Tisch Platz und ich setzte mich ihm gegenüber. Mittlerweile knurrte in meinem Magen ein ganzes Orchester und ich stürzte mich geradezu auf die aufgebackenen Sonntagsbrötchen, die Manfred von einem seiner Gemeindemitglieder als Gottesdienstgabe erhielt und von denen wir auch montags noch zehrten. Mhm, lecker.

Mein Mann bemühte sich derweil um Konversation. Er schien richtig begeistert von unserem außerplanmäßigen gemeinsamen Frühstück. Dabei hatte ich nur keine Zeit gefunden zu essen. Während meines Berichtes war ich mit der Zubereitung des Frühstücks beschäftigt gewesen und bei Richies hatte ich viel zu gespannt gelauscht, um an meinen Hunger zu denken.

„Was ist denn nun mit Carmen? Zieht sie wirklich mit diesem Kinderarzt zusammen? Erzähl doch mal!"

Oh weh, hoffentlich hielt sich Richie an unsere Absprache und war außer Hörweite. Sonst würde sich das Messer in seiner Wunde jetzt schmerzhaft hin und her drehen. „Karsten ist von seiner Tante angesprochen worden. Die besitzt ein großes Haus mit Einliegerwohnung in der Nähe seiner Praxis. Bisher hat sie unten gewohnt und das Appartement im Obergeschoss vermietet. Jetzt ist ihre langjährige Mieterin ausgezogen und das hat sie auf die Idee gebracht, selbst dort einzuziehen und die untere Wohnung, die für sie allein viel zu groß ist, zu vermieten. Und da ist ihr ihr Neffe in den Sinn gekommen, dessen entzückende

Freundin sie samt Kindern bei seinen Eltern kenngelernt hat." Ich grinste. „Ihre eigenen Kinder wohnen nicht in der Nähe, ihr Mann ist letztes Jahr verstorben, laut Bruni sehnt sie sich nach Jubel, Trubel, Heiterkeit." „Wie steht Carmen dazu?" Während meiner Erzählung hatte Manfred schon sein erstes Brötchen vertilgt, nun griff er, ohne mich anzuschauen, nach dem zweiten.

Ich räusperte mich laut und sah ihn so lange starr an, bis er seine Augen hob. „Nur noch ein halbes, Kathi", bettelte er. „Ich habe heute Morgen viel Arbeit im Büro zu erledigen, da komme ich bestimmt nicht zum Essen."

„Du kannst dir das hier belegen und mitnehmen", blieb ich hart. Ich kannte meinen Mann viel zu gut, als dass ich ihm diese Worte abgenommen hätte. Außerdem wusste ich, dass er in einer seiner Schreibtischschubladen immer eine Packung Kekse in Reserve hatte. „Du hast gesagt, du wolltest weniger essen", erinnerte ich ihn. „Du möchtest freiwillig abnehmen."

Brummend schüttete er sich eine zweite Tasse Kaffee ein und tat ordentlich Zucker hinein. „Darauf verzichte ich aber nicht." Wie ein trotziges Kind sah er mich über seine Nickelbrille hinweg an.

„Genieße sie", ich schenkte ihm ein überfreundliches Lächeln. „Deine Sekretärin hat diese Woche Urlaub, du wirst also im Büro keine weitere bekommen."

An seiner sich verdüsternden Miene war deutlich abzulesen, dass er diesen Umstand vergessen hatte. Und da mein Mann leider nicht in der Lage war, die komplizierte Espressomaschine, die er von den Kindern zum Geburtstag bekommen hatte, zu bedienen, musste er auf diesen Genuss nun die nächsten Tage verzichten.

„Will Carmen denn dort einziehen?", lenkte Manfred geschickt von sich ab und wieder zum Thema zurück.

„Liebend gern sogar. Tante Rosi ist vernarrt in die Kinder und hat sich angeboten, nach Schule und Kindergarten auf die beiden aufzupassen. Sie müssten also nicht mehr in die Kita. Ach, und auf den Hund würde sie ebenfalls aufpassen", fiel es mir ein. „Obwohl, zu dem Haus gehört ein großer Garten, sie müsste ihn nur ab und zu rauslassen."

„Hund?", echote mein Mann.

„Ja, das war schon damals im Gespräch, bevor Richie, äh, Richard, der erste Mann von Carmen starb. Die Kinder wünschen sich sehnlichst ein Haustier."

„Das hört sich an, als hätte Carmen nicht nur den passenden Mann, sondern zugleich auch noch die perfekte Schwiegerfamilie gefunden." Mein Mann trank den letzten Schluck Kaffee, nahm sein belegtes Brötchen und stand auf. „Ich muss los."

„Kannst du bitte bei der Essensausgabe vorbeigehen und den Damen bestellen, dass ich es heute leider nicht schaffe", bat ich ihn. „Mir ist kurzfristig etwas dazwischengekommen."

Neugierig verhielt mein Mann, doch ich schüttelte abwehrend den Kopf. „Das zu erklären, würde zu lange dauern. Ich erzähle es dir heute Mittag." Bis dahin war mir hoffentlich ein einleuchtender Grund eingefallen. Normalerweise war auf mich Verlass, ich sagte nie auf den letzten Drücker ab. Das wusste natürlich auch mein Mann, weshalb er schon etwas verwundert wirkte.

„Bis später." Ich winkte ihm nach, bis er nicht mehr zu sehen war, und schloss aufatmend die Tür. „Richie?"

„Im Arbeitszimmer", tönte es zurück.

Gut mitgedacht, genau da wollte ich mit ihm hin.

„Los, starte den Rechner", forderte er, kaum dass ich den Raum betreten hatte. Seine Stimme klang wie immer, scheinbar hatte er sich an unsere Vereinbarung gehalten und unser Gespräch nicht belauscht. Ich sparte mir jede weitere Erklärung und fuhr den Computer hoch.

53

Richard

Natürlich hatte ich mich nicht an ihren Befehl gehalten. Dafür war ich viel zu sehr an dem, was sie zu erzählen hatte, interessiert. Ich war gerade in der Diele gewesen, als mich Carmens Namen aus Manfreds Mund innehalten ließ. War doch klar, dass ich mir dieses Gespräch nicht hatte entgehen lassen können.

Gut, jetzt musste ich halt sehen, wie ich mit dem Gehörten klarkam. Auf keinen Fall durfte Kathi wissen, dass ich sie belauscht hatte. Deshalb verbannte ich, so schwer es mir auch fiel, alle Gedanken an meine Ex aus meinem Kopf und machte mich an die Arbeit. Später blieb noch genug Zeit, in aller Ruhe über das, was ich erfahren hatte, nachzudenken.

Kathi hatte mittlerweile die Seite der Kirche aufgerufen. „Mist!" Das war für sie schon ein extremes Schimpfwort. „Hier steht nicht das geringste Persönliche über die Gründer."

„Scroll noch mal zu den einzelnen Namen!" Vielleicht würde es uns darüber gelingen, zumindest relevante Verbindungen zwischen ihnen herzustellen.

„Nichts", enttäuscht lehnte Kathi sich in dem Computerstuhl zurück. „Nicht einer mit demselben Nachnamen. Das sind keine Brüder, Richie. Die sind nicht aus einer Familie. – Und über ihre Aktivitäten steht hier auch nichts weiter."

Wir bemühten uns fast zwei Stunden lang, irgendwelche Informationen zu finden. Doch entweder waren wir zu dämlich oder die zehn Gründer hatten es tatsächlich geschafft, sich im Verborgenen zu halten. Selbst über Frank Boozen gab es nur spärliche Auskünfte. Nirgendwo wurde erwähnt, dass er weiterhin Geschäfte tätigte.

„Die müssen Strohmänner eingesetzt haben", seufzte Kathi schließlich. „Und wir sind keine Hacker", sie lachte. „Oder wir sind beide einfach zu doof, um dieses Medium zu unserem Vorteil zu nutzen. Leider weiß ich niemanden, der uns dabei helfen könnte."

„Alles irrelevant", winkte ich ab. „Wir sollten uns auf Franzi konzentrieren. Wenn ich nur wüsste, wie sich herausfinden lässt, wo sie versteckt gehalten wird."

„Ganz einfach." Kathi verdrehte die Augen. „Es bleibt uns eben nichts anderes übrig, als bis nächsten Sonntag zu warten. Ein viel größeres Problem ist allerdings ihre Befreiung", fuhr sie fort, bevor ich eine Bemerkung dazwischenschieben konnte. „Ich habe keine Idee, wie wir das bewerkstelligen könnten."

„Du gehst zu ihrer Mutter und erzählst ihr, dass ihre Tochter gefangen gehalten wird", schlug ich vor.

„Ach ja? Glaubst du wirklich, das könnte funktionieren?" Sie lachte mich doch tatsächlich aus. „Sie denkt, Franzi macht bei einem interessanten Seminar mit. Und dann komme ich, eine völlig Fremde und erhebe schwere Vorwürfe gegen diese Kirche, beziehungsweise dessen Gründer, die dazu noch ihre Arbeitgeber sind. Nicht zu vergessen, dass ich keine meiner Anschuldigungen beweisen kann."

„Außerdem hat man Franzi tatsächlich gedroht, ihre Familie müsste es büßen, wenn sie redet", fiel es mir ein.

„Richie!"

„Meine Güte, ich hatte vergessen, es zu erwähnen." Und außerdem war ihr diese Tatsache schon länger bekannt. Das hatte ich ihr schon ganz am Anfang berichtet, als ich ihr von Bruder Claudius' ominösem Telefongespräch erzählte.

Der Groschen schien bei ihr ebenfalls zu fallen, allerdings hielt sie es nicht für nötig, es direkt anzusprechen. „Wir müssen nun noch genauer überlegen, wie wir vorgehen sollen", sagte sie stattdessen. „Wir können Franzi nicht einfach nur befreien, wir müssen auch dafür sorgen, dass weder ihre Mutter noch ihre Geschwister dadurch in Gefahr sind."

„Scheiße!", entfuhr es mir. Normalerweise hätte Kathi mich getadelt, momentan schien sie meiner Meinung zu sein, auch wenn sie sich nie so ausgedrückt hätte. Sie saß da und dachte mit gerunzelter Stirn nach. „Franzi würde selbst nach ihrer Rettung keinen Ton sagen, solange sie Angst haben muss, dass darunter ihre Familie leidet. Es muss uns etwas einfallen, wie es uns gelingen kann, alle gleichzeitig dem Zugriff der Bande zu entziehen."

Wäre es möglich gewesen, hätte ich ihr ein interessiertes Gesicht gezeigt, um ihr damit zu signalisieren, dass ich ihrer Meinung war und gespannt auf weitere Eingebungen ihrerseits wartete. So aber musste ich leider Farbe bekennen. „Ich habe keine Ahnung, wie wir das anstellen sollen."

„Ich auch nicht", gab sie unwirsch zurück. Sie wusste ganz genau, dass es an ihr lag, dieses Rätsel zu lösen.

„Na gut. Es bleiben uns noch fünfeinhalb Tage", rechnete ich ihr vor.

„Bis dahin können wir eh nichts machen. Es müsste doch mit dem Teufel zugehen, wenn uns in dieser Zeit nichts einfällt."

Kathi fuhr den Rechner herunter und schaltete den Monitor aus. „Du hast recht. Wir müssen unseren Plan gut durchdenken. Deshalb erwarte ich, dass du dich jeden Tag blicken lässt, bis wir das Richtige ausgetüftelt haben. Es müssen alle Für und Wider genau abgewogen werden."

Das hörte sich ja an, als wüsste Kathi bereits, was zu tun war. „Ja, klar, kein Problem", versicherte ich schnell und bewegte mich bereits rückwärts aus dem Zimmer. „Morgen früh bin ich wieder zur Stelle."

„Und bemüh dich ebenfalls um eine Lösung!", rief sie mir nach. „Ich sehe nicht ein, dass wieder alles an mir hängen bleibt."

Dafür war sie aber nun mal die Richtige, meine Vorteile lagen eher in meiner Spontanität und meinem Drang, Dingen auf den Grund zu gehen. Sie hingegen beleuchtete ein Problem von allen Seiten und handelte erst, wenn sie sicher war, eine vernünftige Lösung gefunden zu haben. Also war es besser, ich überließ das Nachdenken ihr.

Nur, wohin sollte ich gehen? Das neue Glück meiner Familie wollte ich mir auf keinen Fall antun, dafür schmerzte es mich viel zu sehr. Klar, natürlich war es im Endeffekt das Beste, was Carmen und den Kindern hatte passieren können, das sah sogar ich. Trotzdem, ich würde noch eine Weile brauchen, um damit klarzukommen. Vielleicht war es sogar besser, ich ginge endlich ins Licht. Was sollte ich noch hier auf Erden?

Erst einmal kam jedoch der Fall, alle weiterführenden Gedanken musste ich nach hinten schieben. Wir standen schließlich kurz vor der endgültigen Lösung. Kathi würde ganz bestimmt etwas einfallen, sodass wir Franzi retten konnten.

Hm, fast Mittag, was sollte ich tun? Meine Kinder! Ich konnte in aller Ruhe bei Annika und Benjamin bleiben, die sich in der Tagesstätte, beziehungsweise in der Schule befanden. Meine Tochter hatte bestimmt bald Schluss, dann kam sie ebenfalls in die Kita. Vor vier wurden die beiden nicht abgeholt, blieb genug Zeit, die ich mit ihnen verbringen konnte.

Gesagt, getan, ich beobachtete meine Kinder beim Mittagessen, beim Spielen und Annika bei den Hausaufgaben, ja, als Carmen um Punkt vier erschien, um sie abzuholen, wagte ich es sogar mitzufahren. Der Heini hatte bestimmt noch länger zu arbeiten, vielleicht blieben mir noch zwei zusätzliche ungestörte Stunden.

Statt nach Hause fuhren die drei zu Eva, meiner sogenannten Stiefmutter – mein Vater und sie hatten nie geheiratet, aber sie war mir mehr Mutter gewesen, als jede andere vor ihr, eingeschlossen meiner Leiblichen, die uns verlassen hatte, als ich knapp fünf war. Die Kinder liebten ihre Oma heiß und innig, naja mit der anderen konnten sie mittlerweile kaum noch etwas anfangen, die lag fast nur noch im Bett, selbst das Sprechen fiel ihr schwer.

Carmen hielt sich weiterhin an ihr Versprechen und ließ sich bei dieser nicht mehr blicken. In dem Moment, als sie erfahren hatte, dass ihre Mutter für meinen Tod verantwortlich war, hatte sie geschworen, sie nie wiedersehen zu wollen. Sie traf ihren Vater, brachte auch die Kinder zu ihnen ins Haus – diese sollten nie erfahren, was ihre Oma getan hatte – doch sie selbst sah nicht ein Mal nach ihrer Mutter. Wut und Enttäuschung hatten jedes Fünkchen Liebe in ihr getötet.

Umso mehr war sie Eva zugetan, die von Anfang an ihre Gefühle zu mir auf Carmen erweitert und uns geholfen hatte, wo sie nur konnte. Daher war es nicht verwunderlich, dass sie dieser nun unterstützt von den Kindern noch einmal haarklein über den gestrigen Tag berichten musste.

Das war natürlich ein Gesprächsthema, auf das ich im Moment gut verzichten konnte. Also auf Wiedersehen, ihr Lieben.

Zum Glück fiel mir relativ schnell eine weitere Alternative ein. Hatte ich nicht vor ein paar Wochen davon geträumt, Detektiv zu werden? Selbst wenn ich mir nicht sicher war, ob ich überhaupt noch länger hier zu verweilen gedachte, konnte ich wenigstens versuchen, diese Dealer zu beschatten und sie und ihre Hintermänner auffliegen zu lassen. Das war immerhin eine gute Möglichkeit, die Tage abzukürzen, bis Kathi endlich eine Lösung gefunden hatte und wir zuschlagen konnten.

54

Katharina

Ich tat mich wirklich schwer mit unserem Problem, teilweise war ich sogar drauf und dran gewesen, Manfred miteinzubeziehen. Dabei hatte es mich schon genug Mühe gekostet, ihn nach dem Gespräch mit Désirée davon abzuhalten, etwas gegen die Kirche zu unternehmen. Mein Argument, es gäbe keinen einzigen relevanten Beweis, hatte ihn zumindest dazu bewogen, vorerst keine amtlichen Stellen aufzusuchen, um von seinem Verdacht zu berichten. Dafür würde er aber auf jeden Fall im Stillen weiter recherchieren, hatte er abschließend gesagt. Gut, damit konnte ich leben. Bis er etwas herausgefunden hätte, wäre die Befreiung Franziskas längst Geschichte.

Jetzt aber überlegte ich tatsächlich, ob ich ihm nicht doch reinen Wein einschenken sollte. Am Ende hielt mich nur die Unmöglichkeit, ihm von Richie erzählen zu können, zurück. Ganz am Anfang dieses 'Geister sehen Könnens' hatte ich mehrere Versuche unternommen, mit ihm darüber zu sprechen, das war noch lange vor Richies Zeit. Obwohl er als Pastor doch eigentlich an ein Leben nach dem Tod glauben, und es ihm daher nicht schwerfallen sollte, auch Geister zu akzeptieren, hatte er damals fast noch vehementer als die Ärzte im Krankenhaus reagiert, die sofort einen Psychiater zu mir schickten. Es war fast, als hätte er Angst vor diesem Wissen.

Ihn jetzt nach all den Jahren damit zu konfrontieren, wäre wahrscheinlich einem Desaster gleichgekommen. Und hätte zusätzlich unserer Ehe, die gerade erst wieder aufwärts strebte, geschadet. Manfred war zwar nicht gerade der eifersüchtige Typ, aber wenn er erfahren hätte, dass Richie, Geist hin oder her, seit nun gut zwei Jahren mein bester Freund war, mit dem ich im Prinzip genauso viele meiner Gedanken teilte wie mit ihm, hätte er das nur schwerlich verkraften können.

Nein, ihn einzuweihen, war eine schlechte Idee. Dasselbe traf leider ebenso auf Gerald zu. Der wäre sofort zu meinem Mann gerannt, um ihm davon zu erzählen. Elisabeth und meine Freundin Christina schieden ebenfalls aus. Ich sah keinerlei Möglichkeiten, sie einzuweihen, ohne ihnen gleichzeitig von Richie zu erzählen. Die relevanten Fakten waren durch seine Schnüffelei herausgekommen, ich hatte keine Idee, wie ich die Geschichte so aufziehen sollte, dass ich ihn außen vor lassen konnte und sie trotzdem Sinn ergab. Musste ich also wohl oder übel allein eine Lösung finden.

Ich stellte Dutzende von Möglichkeiten auf, die ich meist im Gespräch mit Richie am nächsten Tag wieder verwarf. Dieser kam jeden Morgen vorbei, um zu erfahren, ob ich endlich eine Lösung für unser Problem gefunden hatte, und war ziemlich enttäuscht, dass ich immer noch keine Vorstellung hatte, wie wir vorgehen sollten. Von ihm kam allerdings gar nichts, das Einzige, was er konnte, war sämtliche meiner Vorschläge in Grund und Boden zu reden, bis ich sie wieder verwarf.

Im Endeffekt hatte er ja recht, keiner hätte sich durchführen lassen. Trotzdem wäre ein bisschen mehr Engagement von seiner Seite wünschenswert gewesen.

Daher war ich ziemlich überrascht, als er am Samstagmorgen auftauchte und mir tatsächlich die einzig sinnvolle Vorgehensweise präsentierte. Anfangs erschien sie mir viel zu gewagt, geradezu gefährlich, doch je mehr er auf mich einredete, umso mehr ließ ich mich von ihm überzeugen. Es konnte funktionieren, war riskant, aber durchführbar. Außerdem lief uns die Zeit davon. Wir mussten endlich handeln.

„Zuallererst sondierst du die Lage", verlangte ich. „Du wirst sie morgen begleiten und dir diese Farm und wie sie dort lebt, genauestens ansehen. Dann kommst du zurück und wir besprechen, ob wir deinen Plan durchführen."

„Wollen wir nicht lieber gleich in der Kirche zuschlagen?"

„Das ist viel zu riskant", winkte ich ab. „Es gibt viel zu viele Dinge, die schiefgehen könnten. Nein, wir verfolgen deinen ursprünglichen Plan weiter. In der Zwischenzeit werde ich mich an Désirée wenden und sie dazu überreden, uns zu helfen. Das ist die sinnvollste Lösung."

Er widersprach mir nicht, ein Novum! „Ich mache mich jetzt schon weg", erklärte er stattdessen. „Ich will nichts riskieren, deshalb sehe ich zu, dass ich heute schon bei der Kirche bin. Wir sehen uns spätestens am Mittwoch, bis dahin müsste ich alle Informationen zusammen haben."

Glücklicherweise war uns wieder einmal Google zu Hilfe gekommen, mit dem Street-View-Programm hatten wir nach längerer Suche die genaue Lage des Gebäudes bestimmen können und die Route für Richie ausgearbeitet. „Ich bereite mich darauf vor, dass wir sofort losschlagen können", verabschiedete ich ihn.

Kaum hatte er mich verlassen, verspürte ich ein mulmiges Gefühl. War das, was Richie vorgeschlagen hatte, wirklich der richtige Weg. War diese Vorgehensweise nicht doch viel zu gefährlich? Es betraf schließlich nicht nur uns, sondern auch das Mädchen.

Andererseits hatte ich bisher keine bessere Idee zu bieten gehabt. Es war wie verhext, alles, was mir einfiel, setzte voraus, dass ich zugeben musste, dass ein Geist für mich spioniert hatte, andere plausible Erklärungen fand ich nicht. Und das hätte mir niemand abgenommen, besonders nicht die Polizei. Naja, immerhin hatte ich nun vier weitere Tage Zeit, in denen ich weiter nachdenken und nach einer besseren Lösung suchen konnte.

55

Richard

Ich hatte genau gemerkt, dass Kathi Bedenken gegen meinen Plan verspürte und da ich sie kannte, wusste ich, dass diese Bedenken bald in echte Zweifel umschlagen würden. Andererseits, was hatte sie zu bieten gehabt? Gar nichts. Meine Idee war die einzige Möglichkeit einzugreifen. Ich fand die Kirche auf Anhieb. Samstags war auch in den Dörfern genug Verkehr, sodass ich relativ nah an mein Ziel herangebracht wurde und nur die letzten hundert Meter auf mich gestellt zurücklegen musste. Heute war es jedoch weder windig noch regnerisch. Ich schaffte die Strecke in Rekordzeit und drang durch den breiten Spalt unter der Tür ins Innere. Komisch, alle Welt redete vom Energiesparen, doch nur wenige waren bereit, selbst irgendetwas dafür zu tun. Ich konnte die Türspalte echt kaum zählen, durch die ich in den letzten Jahren hindurchgeschlüpft war. Wenn man die alle vernünftig abgedichtet hätte … Naja, es wäre zumindest ein Anfang gewesen.

Nachdem ich mich ganz vorn beim Altar niedergelassen hatte, verbrachte ich die nächsten Stunden in einer Art Sparmodus, das hieß, ich schaltete mein Denken vollständig ab und döste vor mich hin. Richtig schlafen konnte ich natürlich nicht mehr, trotzdem benötigte das, was von mir übrig war, regelmäßige Ruhepausen. Heute hatte ich die Möglichkeit, ihm diese ausgiebig zu gönnen.

Wie am Sonntag vor zwei Wochen kamen die Jugendlichen herein, nachdem das erste Lied begonnen hatte. Ich dockte zügig an Franziska an, was sie nicht einmal zusammenzucken ließ, erstaunlich für so ein junges Mädchen. Normalerweise sind die nicht gerade meine bevorzugten Objekte, weil sie für jede Kleinigkeit umkippen. Franzi dagegen schien da härter zu sein, für mich ein gutes Zeichen, dass mein Plan durchaus klappen konnte.

Nach dem Gottesdienst, den ich damit verbrachte, auf der Suche nach Bekannten um die Anwesenden herumzuschwirren – ich hatte es tatsächlich gewagt, wieder aus Franzi herauszuschlüpfen – gesellte ich mich wieder zu ihr, trat mit ihr zusammen aus der Bank, durchquerte gemeinsam mit ihr den kleinen, neben dem Altar gelegenen Raum, verließ durch die schmale Hintertür mit ihr die Kirche und stieg mit ihr und den anderen Jugendlichen in den etwas abseits abgestellten Minibus, der heute von einem der Jungen, der kaum älter aussah als sechzehn, gesteuert wurde.

Ein älterer Mann Marke Ökotyp, mit zu einem Pferdeschwanz gebundenen graumelierten Haaren und einem Ziegenbart, nahm uns auf der Farm in Empfang. „Du gehst bitte auf dein Zimmer und ruhst dich bis zum Mittagessen aus", sagte er an Franziska gewandt. „Ihr anderen werdet bereits in der Küche erwartet.

Während ich dem Mädchen folgte, das gehorsam den langen dunklen Flur auf die Treppe zuging, konnte ich in ihrem Rücken empörtes Flüstern hören. Na, da schien es ja einige zu geben, denen diese Aufteilung gar nicht passte.

Franziska erklomm die Treppe und betrat direkt das erste Zimmer, ein kleiner Raum, eingerichtet mit Bett, Schrank und Schreibtisch, durch dessen winziges Fensterchen an diesem trüben Sonntag nur ein matter Lichtschein die Düsternis erhellte. Die Kleine trat zu dem Bücherstapel, der den Schreibtisch fast zur Hälfte bedeckte, zog einen dicken Wälzer daraus hervor und machte es sich damit auf dem Bett bequem. Götter – Sagen und Mythen war der Titel, naja, wer sowas halt mochte!

Ich hatte genug gesehen und verließ sie, um im Haus herumzustöbern. Diese Farm war im Prinzip nichts anderes als ein Ökobauernhof, wie ich bei unserer Ankunft hatte erkennen können, der aus wirklich alten Gemäuern bestand: ein Stall, eine Scheune und ein langgestrecktes Wohngebäude mit schmalen Fenstern und dicken Mauern. Das Ganze war von einem rundumlaufenden Zaun umgeben, überall liefen Hühner frei herum und scharrten in der festgetrampelten Erde, neben dem Haus befand sich ein großer, eingefriedeter Gemüsegarten – es fehlte nur noch ein Brunnen vor dem Küchenfenster. Ich hatte echt den Eindruck, in eine andere Zeit versetzt worden zu sein.

Im Innern des Hauses war auch nicht viel gemacht worden, die Treppe, die Franzi hinaufgestiegen war, entpuppte sich als alte Holzstiege, die roh verputzten Wände hatte man geweißt, ebenso wie die ziemlich niedrige, von Holzbalken durchzogene Decke. Die Küche dagegen, die ich als Nächstes aufsuchte – ich brauchte schließlich nur den Geräuschen und dem vielstimmigen Geplapper zu folgen – passte überhaupt nicht in das bisherige Bild. Zwei moderne Herde, auf denen überdimensionale Töpfe blubberten, eine riesige Gefriertruhe und ein ebensolcher Kühlschrank, dazu an den restlichen freien Wänden Schränke, die bis zur Decke reichten und in der Mitte ein langgezogener Tisch, an dem die Jugendlichen saßen und eifrig Gemüse schnippelten. Das Kochen selbst übernahmen wohl die beiden Frauen an den Herden, beide schon älter und offensichtlich nicht an dem interessiert, was die anderen besprachen, wobei, es war auch für mich abgefahrenes Zeug, über das die sich unterhielten. Die diskutierten doch tatsächlich darüber, ob der Klimawandel nicht auch durch eine minimale Achsenverschiebung der Erde zustande gekommen sein konnte.

Also weiter auf meiner Erkundungstour. Neben der Küche befand sich der Speisesaal, gedeckt war der Tisch für zehn Personen, aber mindestens die doppelte Anzahl an Leuten hätte hier Platz gefunden. Dann gab es einen weiteren großen Raum, in dessen Mitte ein runder Flickenteppich lag, der mit unzähligen Kissen bedeckt war, des Weiteren enthielt er zwei bequem aussehende Couchen, einen Ohrensessel und zwei wurmstichige Kommoden. An der Wand hinter dem Sessel hing ein riesiger Flachbildschirm, der mit dem darunter stehenden Computerturm verbunden war. Also zumindest die Elektroleitungen mussten in den letzten Jahren renoviert worden sein.

Im nächsten Zimmer fand ich den Ökotypen wieder, er saß an seinem Schreibtisch und starrte trübsinnig auf den schwarzen Bildschirm des Monitors. Vor ihm lagen etliche Papiere, ich überflog den Teil, den ich lesen konnte, doch nichts darin erklärte seine Leidensmiene. Erst als er sich stöhnend und ächzend erhob und sich theatralisch den Rücken hielt, wusste ich, was in quälte. Ach ja, Männer waren schon Weicheier.

Er humpelte auf die Nebentür zu, die zu einem weiteren Raum führte, und öffnete sie. Zwei Männer saßen mit hochkonzentriertem Gesichtsausdruck nebeneinander an einem der drei Schreibtische und studierten ein Blatt mit Zahlenkolonnen. Ein ganzer Stapel davon lag schon etwas abseits, ein dünnes Häufchen wartete noch auf Bearbeitung. Der Alte nickte ihnen nur kurz zu, schnappte sich eine Mappe von einem der anderen Tische und verschwand durch die Vordertür, die auf den Flur hinausführte. Während er Richtung Küche humpelte, beschloss ich, mich weiter umzusehen und nahm Kurs auf die Treppe, die nach oben führte. Die einzig interessante Entdeckung, die ich machte, war, dass die Zimmer der anderen Jugendlichen wesentlich freundlicher, gemütlicher und zusätzlich mit eigenem Computer ausgestattet waren. Das mit der Kontaktsperre nach außen bezog sich also nur auf Franziska. Darüber hinaus fand sich im Schlafzimmer des Hausherrn ein gerahmtes Foto, auf dem mir fünf junge Männer entgegenlächelten. Einer von ihnen war Frank Boozen, in einem weiteren erkannte ich Bruder Franzius, der Dritte auf dem Bild war Herr Ökotyp höchstpersönlich, den Pferdeschwanz hatte er damals schon. Nummer vier und fünf konnte ich leider nicht identifizieren. Trotzdem, die Verbindung war eindeutig hergestellt. Die Hauptdrahtzieher kannten sich schon seit Langem.

Das Mittagessen verlief lebhaft und ohne besondere Vorkommnisse, anschließend verzogen sich alle, auch Franziska, in den Gemeinschaftsraum und diskutierten stundenlang über die Verpflichtungen des Einzelnen gegenüber der Gesellschaft. Rudi, der Ökotyp, fungierte als Gesprächsleiter und ich musste anerkennen, dass er dies sehr geschickt tat. Am Ende waren die jungen Leute bestimmt der Meinung, ihre Erkenntnisse ganz allein getroffen zu haben, die da lauteten, ein besonders intelligenter Mensch trägt eine besondere Verantwortung. Er sollte versuchen, sein Wissen gewinnbringend für die Allgemeinheit einzusetzen. Dies wiederum gelang natürlich am Besten in leitenden, führenden Positionen, das hieß also, jeder der hier Anwesenden war in der Pflicht, etwas aus sich zu machen, damit er den Posten, den sich die Evolution für ihn ausgedacht hatte, erreichte.

Eines wurde mir schon nach knapp einer halben Stunde klar, dieser Rudi war so wenig Bauer wie ich. Der war garantiert geschult in Gesprächsführung und der Manipulation seines Gegenübers. Die Kids merkten noch nicht einmal, dass er sie beeinflusste. Okay, bei Franziska war ich mir da nicht sicher. Sie saß fast die gesamte Zeit stumm auf der Couch, allein dadurch schon ein Außenseiter unter den anderen, die gemeinsam mit Rudi in einer Art lockerer Kreisform auf dem Boden hockten. Was sie sagte, war allerdings nicht sonderlich spektakulär, es handelte sich überwiegend um Anregungen, was man studieren und welchen Beruf man anschließend ergreifen könne. Dabei blieb sie höflich sachlich und fasste sich kurz. Nur einmal hatte ich das Gefühl, sie würde gleich gewaltige Emotionen zeigen, und zwar, als Rudi behauptete, dass Hochbegabte die idealen Führungspersönlichkeiten seien. Sie schnappte hörbar nach Luft, ihre Wangen bekamen rote Flecken und ihre Hand, die hochgeschossen kam – man musste sich nämlich melden wie in der Schule – zitterte.

Ein einziger Blick von diesem Obermufti, wobei ich sagen musste, es war ein echt bohrender Blick, und sie gab sich geschlagen, ließ ihre Hand sinken, ohne den Mund aufgemacht zu haben und fiel sichtlich in sich zusammen. Ich schien der Einzige zu sein, der etwas bemerkt hatte, die meisten der anderen waren viel zu sehr in ihre eigenen hitzigen Diskussionen vertieft.

Für mich war dieses Erlebnis jedoch bemerkenswert genug gewesen, immerhin hatte ich so erkennen können, dass das Flämmchen der Auflehnung in ihr noch nicht erloschen war.

56

Katharina

Jeden Tag kreisten meine Gedanken aufs Neue um unser Problem, doch zu meiner Schande musste ich gestehen, dass mir nichts Besseres einfiel. Das Einzige, was eventuell diskutabel gewesen wäre, war eine Verschiebung der ganzen Aktion bis zu dem Moment, wenn Franziska die Farm verlassen hatte und wieder auf das Internat ging. Aber irgendwie erschien mir der Zeitpunkt dafür zu vage. Außerdem konnten wir nicht wissen, ob das Mädchen wirklich kleinbeigab und nicht irgendwann versuchte zu fliehen. Würde dieser Versuch schiefgehen – meine Schuldgefühle wären erdrückend.

So rief ich, wie mit Richie verabredet, am Dienstagnachmittag Désirée an, die mir bei unserem Treffen ihre Handynummer gegeben hatte, damit wir in Verbindung bleiben konnten. Mir kam es vor, als hätte sie gespürt, dass etwas Dringendes im Busch war, obwohl Manfred und ich uns sehr zurückgehalten und nur versprochen hatten, diese Glaubensgemeinschaft noch einmal gründlich zu überprüfen. Jedenfalls meldete sie sich schon beim zweiten Klingeln und sagte, bevor ich meinen Namen nennen konnte: „Ich rufe in fünf Minuten zurück."

Es vergingen nur drei, bis sie sich außer Atem wieder bei mir meldete. „Ich war gerade in einer Lerngruppe. Jetzt bin ich draußen, wir können offen reden."

„Bekommst du keinen Ärger, wenn du einfach so wegbleibst?", erkundigte ich mich vorsichtshalber.

Sie lachte. „Nein, in der Oberstufe ist die Teilnahme freiwillig. Man traut uns zu, allein entscheiden zu können, was wichtig ist und was nicht."

„Gut, ich brauche nämlich deine Hilfe. Ich will Franziska von dieser Farm wegholen, weil ich glaube, dass sie nicht ganz freiwillig dort ist." Und dann erklärte ich ihr ganz genau, was sie für mich tun sollte.

Obwohl ich nicht mehr als Andeutungen von mir gab, warum sie diese Punkte für mich erledigen sollte, schien sie die Wichtigkeit meines Anliegens zu begreifen und versprach, alles genau so zu erledigen, wie ich es ihr vorgegeben hatte.

„Der Zeitpunkt muss exakt eingehalten werden!", mahnte ich noch einmal.

„Kein Problem, ich gebe zusätzlich einen Weckruf in mein Handy ein." Sie blieb beruhigend cool, als wäre das Ganze nicht äußerst verwirrend für sie. „Aber Sie versprechen, dass Sie sich nach Ihrer Aktion bei mir melden", verlangte sie, als ich mich dankend verabschiedete.

„Natürlich, ich gebe dir spätestens am Abend Bescheid." Super, eine hatte ich bereits auf meine Seite gezogen, und dazu noch ohne große Nachfragen ihrerseits, blieben noch zwei weitere, die ich bitten musste, mir zu helfen.

Bruni und Christina sagten ebenfalls ohne Umschweife zu. Ihnen hatte ich natürlich meinen Plan etwas ausführlicher erklären müssen. Diesen drei Anrufen waren nächtelange Grübeleien vorausgegangen. Ausgerechnet ich, die sich mit Lügen so schwer tat, musste sich jetzt plausible Erklärungen für eine Aktion einfallen lassen, die sich kaum erklären ließ. Deshalb atmete ich nach Erledigung meiner Arbeit erst einmal tief durch. Geschafft, und ohne, dass ich auf meine stille Reserve Elisabeth hatte zurückgreifen müssen. Es tat wirklich gut zu sehen, dass man sich auf seine Freunde verlassen konnte.

Bruni hatte mich unterbrochen, noch bevor ich den ersten Satz beendete. „Du hast mir damals mit Anna so sehr geholfen, du kannst fast alles von mir verlangen."

„Diesen Erfolg hast du Bella zu verdanken", hatte ich protestiert.

„Nein, du warst es, die das alles in die Wege geleitet hat."

Diese Informationen konnte sie nur von meiner Tochter haben. Ich beschloss, nichts mehr dazu zu sagen und bedankte mich einfach nur.

Christina war da schon neugieriger gewesen und hatte gefragt und gefragt, dass ich mehr als einmal ins Stocken geriet, weil ich nicht wusste, wie ich ihr erklären sollte, wie ich an all die Informationen gekommen war, die mich dazu gebracht hatten, auf diese ungewöhnliche Weise einzugreifen. Schließlich wusste ich mir nicht mehr anders zu helfen, als von weiteren, in diesen Fall verwickelten Personen zu fabulieren, die aber unerkannt bleiben wollten, und sie auf später zu vertrösten.

„Na gut, die Einzelheiten erfahre ich bestimmt vor Ort", gab sie sich zufrieden. „Willst du fahren oder soll ich?"

Das wurde immer besser. Das Gespräch mit Manfred, dass ich unter der Woche den Wagen haben wollte, stand mir noch bevor und ich wusste, wie ungern er sich darauf einließ, sein heißgeliebtes Gefährt abzutreten. „Stell dir mal vor, es ereignet sich in dieser Zeit ein Notfall", hielt er mir dann immer vor. Mein, „dann kommst du eben später", ließ er nur knurrend gelten und war zumindest an diesem Tag missgestimmt. Deshalb nahm ich ihr Angebot gerne an.

Danach blieb mir nur noch, auf Richie zu warten. Am Mittwochmorgen stand ich extra früh auf, hatte auch vorsorglich bei meinen Damen von der Obdachlosenessensausgabe hinterlassen, dass ich es heute wahrscheinlich nicht schaffen würde – und wartete und wartete und wartete. Es wurde Nachmittag, früher Abend, Manfred kam pünktlich zum Essen, nur Richie tauchte nicht auf. Dann, wir hatten uns gerade gemütlich vor den Fernseher gesetzt, sah ich sein helles Irrlichtern draußen im Garten. Ich wusste wirklich nicht, ob ich erleichtert oder sauer sein sollte. Insgeheim hatte ich schon überlegt, gleich morgen früh meine Freundinnen anzurufen und abzusagen. Der ganze Plan stand und fiel mit Richie.

„Ich habe die Waschmaschine ganz vergessen", sagte ich an Manfred gewandt und stand auf. „Ich hänge eben schnell die Wäsche auf."

Er brummte nur zur Antwort, schon ganz in den Krimi auf der Mattscheibe vertieft. Gut, er würde es garantiert nicht merken, wenn es länger dauerte.

„Wo warst du?", zischte ich, kaum dass Richie durch das Fenster, das ich für ihn geöffnet hatte, hereingekommen war.

„Tschuldige, ich dachte, heute täte sich noch was Besonderes", verkündete er seelenruhig, während ich ihn am liebsten in der Luft zerrissen hätte. Meine Nerven lagen blank. Wenn ich an unsere morgige Unternehmung dachte, zog sich mir jedes Mal schmerzhaft der Magen zusammen.

„Können wir nun morgen losschlagen?" Das war der Punkt, der mich jetzt am meisten interessierte.

„Jaaa", kam es gedehnt zurück. „Aber es wird nicht einfach. Franzi ist nie draußen, sie muss sich ständig im Haus aufhalten."

„Mist", sagte ich aus vollem Herzen. Das verkomplizierte unser Vorhaben ungemein.

„Deshalb bin ich heute noch so lange geblieben", verteidigte er sich. „Die Kids haben einen Ausflug in die Stadt gemacht und in ihrer Abwesenheit ist dieser Boozen aufgetaucht. Ich dachte, da tut sich was."

„Und?" Wie immer, wenn es spannend wurde, musste ich Richie jeden Satz einzeln aus der Nase ziehen.

„Nichts ist passiert, der hat sich noch nicht einmal bei Franzi blicken lassen. Und bei seinem Gespräch mit Rudi ging es ausschließlich um Kirchenangelegenheiten. Ach doch, es wurde besprochen, dass zusätzlich noch einer der Lehrer aus dem Internat jetzt regelmäßig vorbeikommt, um mit Franzi zu arbeiten. Bis zum Halbjahresende soll sie auf jeden Fall auf der Farm bleiben. Danach müsste man halt weitersehen, hat er gesagt."

Das sprach definitiv für ein schnelles Eingreifen. „Bei mir ist soweit alles klar, Désirée macht mit, Bruni und Christina ebenfalls."

„Nur gut, dass du nicht Elisabeth mitnehmen musst." Ich konnte sein Grinsen deutlich spüren. „Stell dir mal vor, wenn sie mit ihrem Rollator dort rumgekurvt wäre. Und das bei dem Wetter!"

Es hatte wieder fast den ganzen Tag geregnet, auf dem Gelände des Bauernhofes reihte sich bestimmt Pfütze an Pfütze, von dem vorherrschenden Matsch ganz zu schweigen. Elisabeth wäre völlig hilflos gewesen. Trotzdem, wie konnte er überhaupt noch an diese Dinge denken? Mein Puls war vor Aufregung in die Höhe geschnellt, mein Mund war trocken und mein Magen meldete sich wieder. Ich war garantiert nicht mehr zu Scherzen aufgelegt.

„Fährst du morgen gemeinsam mit uns zu den Michels?", erkundigte ich mich.

„Kathi, das haben wir doch alles schon besprochen! Es läuft genauso ab, wie wir es geplant haben."

Ja, aber mir wurde immer mulmiger zumute. Am liebsten hätte ich unseren Plan noch einmal Wort für Wort mit ihm durchgekaut. „Bist du denn nicht aufgeregt?", erkundigte ich mich stattdessen.

„Nee, mehr als schiefgehen kann es ja nicht", war seine lapidare Antwort. „Du musst nur überzeugend genug rüberkommen, das ist die Hauptsache."

Klar, es lag wieder an mir. Dabei machte ich mir viel mehr Sorgen um Franziska. „Du bist dir sicher, dass ihr dabei nichts passieren kann?" Ich musste mich einfach noch einmal vergewissern.

Sein genervtes Kathi und derselbe Ruf meines Mannes, allerdings mit dem Zusatz, wo bleibst du denn, vermischten sich miteinander. Seufzend gab ich mich geschlagen.

57

Richard

Hatte es am Mittwochabend noch so ausgesehen, als habe Kathi kalte Füße bekommen, begann der Donnerstag eher vielversprechend. Kaum hatte Manfred das Haus verlassen, schickte sie Désirée per SMS die Adresse der Farm zu und rief wie geplant ihren Bekannten bei der Polizei an. Die knifflige Aufgabe, ihm einen Kontakt samt dazugehöriger Telefonnummer zu entlocken, erledigte sie mit Bravour. Ich musste nicht ein Mal eingreifen.

„Hans-Peter war auffallend kooperativ", strahlte sie. „Wieder ein Stückchen näher an unserem Ziel."

Danach hatte sie jedoch einen Durchhänger, tigerte im Haus hin und her, vollkommen unfähig, sich auf irgendeine Arbeit zu konzentrieren. Dazu fragte sie ständig nach Einzelheiten, die wir längst besprochen hatten, total nervig. Deshalb suchte ich lieber das Weite und vertrieb mir meine Zeit allein, allemal besser, als zusammen mit der nervösen Kathi.

Christina sollte um halb zwölf eintreffen, ich erschien fünf Minuten vorher. Kathi stand schon draußen vor der Tür und hielt Ausschau. Im selben Moment fuhr Christinas Kombi in die Garageneinfahrt. „Na, bereit?", grinste sie aus dem heruntergelassenen Fenster.

„Mehr als das", gab Kathi zurück und öffnete die Beifahrertür. „Ich bin froh, dass es endlich losgeht. Die Wartezeit ist für mich das Schlimmste."

Ich beeilte mich, ebenfalls in den Wagen und dann sofort in Kathi hineinzuschlüpfen, denn diese schloss bereits die Tür und Christina legte den Rückwärtsgang ein.

„Brrr, ist das kalt hier." Kathi zog den Reißverschluss an ihrer Jacke noch ein Stückchen höher.

„Ich war gerade bei eurem Metzger und habe ein Buffet für nächste Woche Samstag bestellt, als ich wiederkam, waren die Scheiben völlig beschlagen", entschuldigte sich Christina. „Gleich müsste es warm werden, die Heizung kommt langsam." Sie kurbelte die Seitenscheibe hoch." „Ich glaube, ich sollte mir langsam doch mal einen moderneren Wagen mit Klimaanlage und besserem Gebläse leisten."

„Immerhin habt ihr zwei Autos", erwiderte Kathi. „Du musst nicht dauernd fragen, ob du das Gefährt deines Mannes nutzen kannst."

„Das gäbe Mord und Totschlag", grinste Christina. Sie bog in die nächste Straße ein und bremste wieder ab. „Da ist Bruni ja schon."

„Es war mir zu kalt, um zu warten, deshalb bin ich euch entgegengekommen." Sie ließ sich schnaufend auf die Rückbank fallen. „Meinetwegen könnte man auf den Winter ganz verzichten."

Ja, da hatten die drei das passende Thema gefunden. Bestimmt eine halbe Stunde verging und immer noch fand eine von ihnen irgendwas dazu zu sagen. Frauengespräche eben, bei Männern wäre schon längst Funkstille gewesen. Danach kramte Kathi den Zettel, den sie nach meinen Angaben gemacht hatte, hervor und vertiefte sich in ihre Notizen. Erwartungsvolles Schweigen breitete sich aus.

„Hier müssen wir raus", gab sie schließlich bekannt und lotste Christina den Weg, den ich ihr beschrieben hatte.

Wider Erwarten fanden sie die Straße auf Anhieb. Ehrlich gesagt hatte ich damit gerechnet, dass sie sich trotz meines Planes mindestens einmal verfahren würden. So waren sie zu früh vor Ort, das Auto der Michels stand noch nicht vor der Haustür.

„Wir müssen wohl warten", erklärte Kathi, die die Sachlage ebenfalls erkannt hatte.

„Macht nichts, noch ist es warm genug im Auto." Christina beugte sich vor und sah neugierig auf das vor ihnen liegende Gebäude. Sie war sogar vernünftig genug gewesen, ein ganzes Stück davor zu parken. „Nicht sehr einladend, findet ihr nicht?"

Bevor eine der anderen antworten konnte, fuhr Gabi Michels vor und ich konnte spüren, wie durch alle drei ein Ruck ging.

„Das sind sie?", vergewisserte Bruni sich.

„Ja, aber wir geben uns noch nicht zu erkennen", bestimmte Kathi.

Das war mein Startzeichen, ich schlüpfte durch das Gebläse und betrat mit Gabi und ihren Kindern das Haus. Die beiden Kleinen verschwanden sofort im Kinderzimmer, sie betrat die Küche und begann, das Mittagessen vorzubereiten. Ich schielte auf die Küchenuhr über dem Herd. Noch mindestens zehn Minuten bis Désirée sich melden würde. Wenn sie denn pünktlich war!

Ich hätte nicht zweifeln müssen, genau zur abgemachten Zeit klingelte das Handy. Gabi war sichtbar erstaunt, von der besten Freundin ihrer Tochter zu hören. Die machte ihre Sache echt gut. „Gabi, eines der Mädchen, das mit Franzi zusammen auf der Farm ist, hat mich angerufen. Deiner Tochter geht es ziemlich schlecht. Weil sie aber Angst davor hat, dass sie ins Krankenhaus muss, spielt sie es herunter, sodass keiner der Betreuer weiß, wie es wirklich um sie steht. Ich kenne dieses Mädchen von einer unserer gemeinsamen Ferienfreizeiten. Das ist keine, die sich wichtig tun will. Du musst unbedingt selbst nach Franzi schauen."

Gabi war echt geschockt. „Ich …, ich habe keine Telefonnummer, keine Adresse", stotterte sie. „Ich rufe sofort Kalle an."

„Nicht nötig. Es ist bereits eine Mutter zu dir unterwegs, die dort schon einmal gewesen ist", sagte Désirée schnell, was für mich das Startzeichen war.

„Hopp, hopp!", rief ich Kathi zu, wartete aber nicht, bis sie meinem Befehl gefolgt war, sondern machte mich auf den Weg zur Farm. Jetzt kam es auf ein perfektes Timing an. Ich musste sehen, dass ich meinen Teil der Arbeit erledigt hatte, wenn die Frauen eintrafen.

58

Katharina

„Wir gehen hoch", sagte ich zu meinen Partnerinnen und eilte, so schnell ich konnte, zur Haustür. Das Überraschungsmoment war auf unserer Seite, ich musste es nutzen.

Der Summer ertönte und gefolgt von Bruni und Christina hastete ich die Treppe nach oben. Gabi Michels hatte noch das Handy am Ohr. „Ja, sie sind gerade gekommen", sagte sie mit tränenerstickter Stimme, halb aufgelöst vor Panik. „Danke, Désirée, wir fahren sofort los."

„Ich bin Kathi, das sind Bruni und Christina", stellte ich uns vor, ließ ihr aber keine Zeit zu einer Antwort. „Sollen wir die Kinder mitnehmen oder möchten Sie, dass eine von uns hierbleibt und auf sie aufpasst?"

„Wir nehmen sie mit", bestimmte Gabi, was mir nur recht war. Im anderen Fall hätte sich Bruni etwas einfallen lassen müssen, um die Kinder nach unserem Aufbruch aus der Wohnung zu bekommen, was mit Sicherheit nicht so einfach gewesen wäre.

Im Eiltempo schlüpften die drei in Jacken und Schuhe, dann polterten wir nacheinander die Treppe hinunter. Gabi quetschte sich mit den Kindern neben Bruni auf die Rückbank, ich nahm wieder auf dem Sitz neben Christina Platz und holte meinen Zettel hervor.

„Fahr nicht zu schnell", zischte ich meiner Freundin zu, die mit quietschenden Reifen startete.

„Das war nur Schau", gab sie ebenso leise zurück. „Ich halte mich ans Drehbuch."

Da kam wieder die ehemalige Buchautorin in ihr hoch. Dazu stellte ich fest, dass sie eine begnadete Schauspielerin war, sie tat wirklich alles, um den Eindruck zu vermitteln, sie würde das Letzte aus dem Wagen herausholen – naja, zumindest auf der Landstraße. Ich unterstützte sie, indem ich ihr jedes Mal, wenn wir wieder eines der kleinen Dörfchen durchquerten, ein „fahr langsamer" zurief.

Es schien zu funktionieren, völlig geschockt umklammerte Gabi ihre beiden Kinder und starrte auf die Strecke vor uns, sie kam überhaupt nicht auf die Idee, uns Fragen zu stellen.

Nur einmal wurde es etwas brenzlig, als sie urplötzlich ihr Handy hervorholte und eine Nummer eintippen wollte. „Ich muss Kalle Bescheid sagen."

Noch bevor sie den Satz beendet hatte, war Bruni reaktionsschnell gegen ihre Hand gestoßen und das Telefon landete im Fußraum. „Oh, Entschuldigung, das wollte ich nicht. Aber meinen Sie nicht, es ist besser zu warten, bis Sie wissen, was mit Franzi los ist?"

Ich drehte mich zu ihr um. „Bruni hat recht. Machen Sie sich erst selbst ein Bild. Männer befürchten immer gleich das Schlimmste und steigern sich in die ärgsten Ängste hinein." Ich tat, als überlegte ich. „Ich kenne einen Arzt hier in der Nähe. Das Beste wird sein, ich rufe ihn an und bitte ihn, zu kommen."

Gabi schien beruhigt, zumindest machte sie keine Anstalten, nach ihrem Handy zu greifen. Ich atmete erleichtert auf. Bisher hatte alles wesentlich besser funktioniert, als ich erwartet hatte. Ich war eigentlich davon ausgegangen, dass es schwieriger sein würde, sie davon zu überzeugen, mit uns zu kommen, und dass ich ihr spätestens im Auto reinen Wein einschenken musste. Wahrscheinlich stand sie zu sehr unter Schock, anders konnte ich es mir nicht erklären, dass diese ganze Geschichte ihr nicht langsam komisch vorkam. Ich meine, da kommen drei ihr unbekannte Frauen, die dazu noch gut neunzig Kilometer gefahren sind, um ihr zu helfen, was sie anhand des Nummernschildes leicht hätte feststellen können, wenn sie denn darauf geachtet hätte, und bringen sie und ihre Kinder auch noch zu der Farm. Désirée hätte mich schließlich genauso gut nach der Adresse fragen und ihr diese Information weitergeben können.

Langsam wurde es Zeit für diese zu agieren. Ich zückte mein Handy und wählte ihre Nummer. Ich ließ es genau dreimal klingeln, dann legte ich auf. „Besetzt." Beim nächsten Mal tat ich nur so, als drückte ich irgendwelche Tasten und fabulierte nach einem kurzen Moment drauflos, indem ich erst so tat, als würde ich mich mit dem Arzt verbinden lassen und anschließend ein kurzes Gespräch mit ihm führte, woraufhin er versprach, sich sofort auf den Weg zu machen.

„Er kommt", berichtete ich nach hinten, konzentrierte mich aber danach auf Christina, der ich nun gezielte Anweisungen geben musste. „Gleich kommt eine Art Feldweg, in den müssen wir einbiegen." Ich sah angestrengt durch die Windschutzscheibe. „Da! Da vorn links rein."

„Hoffentlich bleiben wir nicht stecken", unkte Christina. „Bist du sicher, dass wir hier richtig sind?"

Ehrlich gesagt überkamen mich langsam Zweifel, das sah eher wie ein Treckerpfad aus, mit zwei tiefen Spuren, in denen das Wasser stand. „Wir benutzen ihn nur ein kurzes Stück", gab ich mich zuversichtlicher, als mir zumute war. „Danach kommt ein geschotterter Weg, der direkt zum Haus führt." Insgeheim verfluchte ich Richie. Die Jugendlichen hatten bestimmt eine Abkürzung genommen, es musste noch eine andere Zufahrt geben.

Ganz langsam holperten wir den Pfad entlang, immer wieder drohten die Räder in dem Matsch abzurutschen, obwohl Christina es verstand, die tiefen Spuren zu meiden, in denen wir unweigerlich versunken wären. Im Auto herrschte Totenstille, alle warteten angespannt darauf, endlich den Schotterweg zu erreichen.

„Geschafft!" Christina seufzte erleichtert auf und drehte das Lenkrad vorsichtig nach rechts. Auf diesem letzten Abschnitt war die Erde mit Splitt aufgefüllt worden, sodass es fast wie eine richtige Straße aussah, die zwischen zwei Feldern hindurch schnurgerade auf eine Gebäudeansammlung zulief.

Meine Freundin hielt direkt vor dem Wohnhaus. „Halt!", rief ich, als hinten beide Türen gleichzeitig aufsprangen. „Bruni, du bleibst mit den Kindern im Wagen." Ich richtete meinen Blick auf Gabi und zog bedeutungsvoll die Augenbrauen hoch. „Wir sollten sie vorerst nicht mit hineinnehmen."

Sie verstand, was ich ihr damit sagen wollte und wurde noch eine Spur blasser. „Florian, Friederike, ihr wartet hier."

Die beiden nickten eingeschüchtert, diesen strengen Tonfall kannten sie von ihrer Mutter wohl nicht. Bruni drückte die beiden an sich. „Wir vertreiben uns die Zeit mit einer tollen Geschichte. Ihr werdet sehen, Mama ist schneller zurück, als ihr es wollt."

Friederike kicherte leise und griff zutraulich nach Brunis Hand. „Ja, erzähl", verlangte sie.

Ich beeilte mich, Gabi und Christina einzuholen, die bereits vor der Haustür standen und Sturm klingelten. Wir hörten eilige Schritte und ein Mann erschien auf der Schwelle.

„Ich will sofort zu meiner Tochter." Diese Kraft hätte ich Gabi gar nicht zugetraut. Wie eine Furie war sie vorgestürmt, hatte den Mann zur Seite geschoben und lief nun einen langen, dunklen Flur entlang. Christina und ich nutzten den Überraschungseffekt und schoben uns ebenfalls an dem Mann vorbei, der gerade anfangen wollte zu protestieren.

Das aufgeregte Stimmengemurmel war nicht zu überhören. Direkt hinter Gabi betraten wir den Speisesaal, in dem helle Aufregung herrschte. Diese hatte die Situation sofort erfasst und stürzte sich mit einem Aufschrei auf das am Boden liegende Mädchen. „Franzi! Was ist mit dir? Sieh mich an!"

Langsam, wie unter großer Anstrengung öffnete die Angerufene die Augen. „Mama?" Sie sah aus, als könne sie sich nur mit Mühe wachhalten, ihre Lider flatterten, ihre Haut war leichenblass, ihre Muskeln schienen aus Gummi zu bestehen.

Der neben ihr kniende Mann sah verdutzt von der Tochter zur Mutter. „Frau Michels?" Das musste dieser Rudi sein, den Richie treffend beschrieben hatte. „Wie kommen Sie denn hierher?"

„Was ist mit Franzi passiert", verlangte diese zu wissen, dabei unablässig das Gesicht des Mädchens streichelnd.

„Sie ist auf einmal ganz blass geworden und, bevor irgendeiner reagieren konnte, umgekippt", berichtete ein junger Mann, der ebenfalls neben Franziska gekniet hatte und sich jetzt langsam erhob. „Sie kann sich nicht mehr aufrichten, es sei so, als würden ihr die Muskeln nicht mehr gehorchen. Schmerzen habe sie nicht, hat sie gesagt."

„Ein Arzt ist bereits informiert und auf dem Weg", übernahm Rudi. „Sie brauchen keine Angst zu haben, Frau Michels. Wir kümmern uns um alles."

„Ich bleibe selbstverständlich hier, bis die Untersuchung abgeschlossen ist." Gabis Stimme klang hart und entschlossen.

„Mami. Nein. Kümmere dich um Flo und Ricki", flüsterte Franzi kaum hörbar.

„Sie geht nicht, ehe sie weiß, was mit dir los ist", mischte ich mich vorsichtshalber ein. Das fehlte noch, dass Gabi verriet, dass die beiden Kleinen im Auto vor der Tür warteten.

„Das ist nicht nötig, wir ..." Was Rudi noch hatte sagen wollen, ging im lauten Tatütata des Krankenwagens, der von Désirée alarmiert worden war, unter. Einen Augenblick später stürzten zwei Sanitäter herein und schoben Gabi und Rudi unsanft zur Seite. Während der eine sich um Franziska kümmerte, verlangte der andere zu wissen, was passiert war. Wieder übernahm der junge Mann es, die Geschichte zu erzählen.

„Wir nehmen sie mit", bestimmte der Sanitäter, der neben dem Mädchen kniete.

„Kann ich sie begleiten?", fragte Gabi sofort. „Ich bin ihre Mutter."

Ich nickte Christina zu und wir traten den Rückzug an. „Franzi muss ins Krankenhaus. Eure Mama fährt in dem Krankenwagen mit und wir fahren hinterher", teilte ich den beiden Kleinen mit, nachdem wir eingestiegen waren, uns angeschnallt hatten und Christina bereits den Motor anließ.

Es dauerte gefühlte Stunden, bis wir endlich starten konnten. Mittlerweile war ich so nervös, dass ich meine Freundin bat, das Fahrzeug bis zur Straße zurückzusetzen und die Türen zu verriegeln. Argwöhnisch behielt ich das Haus im Auge. Sollte jemand herauskommen und sich auf uns zu bewegen, würde ich sofort das Kommando zur Abfahrt geben. Außerdem hielt ich die ganze Zeit mein Handy umklammert, das ich seit meinem letzten Anruf nicht mehr aus der Hand gelegt hatte. Die Nummer des Polizisten vor Ort, die Hans-Peter mir durchgegeben hatte, war unter der Kurzwahltaste Notruf eingespeichert.

Christina, die meine Anspannung spürte, seufzte erleichtert auf, als die Sanitäter mit der Trage, auf die sie Franziska gelegt hatten, herauskamen, dicht gefolgt von Gabi. Ich riskierte es, das Auto zu verlassen und lief auf sie zu. „Wir fahren hinter Ihnen her ins Krankenhaus. Rufen Sie gleich Ihren Mann an, damit er sich dort mit uns trifft."

Gabi, immer noch unter Schock stehend, griff gehorsam nach ihrem Handy. Ich wartete nicht länger, sondern spurtete zum Auto zurück.

Doch erst in dem Moment, als wir die Farm verließen, über eine richtige Straße dieses Mal, erlaubte ich mir aufzuatmen. Die Befreiung war geglückt.

59

Richard

Wie der Wind, der heute Gott sei Dank nicht blies, war ich zur Farm gerast, zwei Autofahrer nahmen mich ein Stück mit, den Rest des Weges legte ich selbstständig zurück. Das war auch dringend erforderlich, schließlich musste ich mein Energielevel weit genug senken, bevor ich mich an die Arbeit machen konnte.

Ich erreichte den Speisesaal genau im Zeitplan, die Anwesenden waren gerade mit dem Hauptgang beschäftigt. Ohne zu zögern, stürzte ich mich auf Franziska und begann, ihr Energie abzuziehen. Mehr und mehr füllte sich mein ziemlich leerer Speicher, ohne dass ich irgendeine Reaktion bei ihr feststellen konnte. Das war der ziemlich haarige Punkt bei der ganzen Angelegenheit. Sie musste genug verlieren, dass es ihr augenscheinlich sehr schlecht ging, andererseits musste ich aufpassen, dass ich nicht zu viel abzog, um erstens mich nicht zu übernehmen und zweitens sie nicht allzu stark zu schwächen.

Mittlerweile hatte ich bereits mein Spitzenniveau erreicht, bei ihr dagegen stelle ich immer noch keine Anzeichen einer Erschöpfung fest. Ich beschloss, einen Moment abzuwarten und verharrte still.

Genau richtig, nur eine Sekunde später wurde ihr Sehen unscharf – was ich ja durch sie miterleben konnte. Dann fiel ihr klirrend die Gabel aus der Hand, ihr Blick verschwamm vollends, die erschreckten Ausrufe der anderen drangen nur noch dumpf an mein Ohr, höchste Zeit, Franzis Körper zu verlassen.

Das Mädchen sackte zusammen, glücklicherweise reagierte ihre Nachbarin geistesgegenwärtig und hielt sie fest, sodass sie nicht ganz vom Stuhl fiel. Einige der Jugendlichen kamen herbeigeeilt und gemeinsam verfrachtete man Franziska auf den Fußboden. Ihre geöffneten Augen blickten starr geradeaus, die Arme fielen ungelenk zur Seite, ihr Atem ging schnell und flach.

Sch… , hoffentlich hatte ich ihr nicht zu viel Energie entzogen. Sie war doch tatsächlich in Ohnmacht gefallen. So eine verspätete Reaktion hatte ich noch nie erlebt.

Zu diesem Schluss kam auch Rudi, der sich endlich aufgerafft hatte und nun neben ihr kniete. „Hebt mal ihre Beine an", verlangte er, „und du", wandte er sich an Franzis Tischnachbarin, die wie erstarrt auf ihrem Stuhl sitzengeblieben war, „du holst ein Glas Wasser aus der Küche."

Gut, er hatte alles im Griff. Trotzdem verharrte ich noch, schlüpfte ein zweites Mal in das Mädchen hinein und tastete vorsichtig nach ihrem Speicher, das heißt, ich zapfte sie ganz vorsichtig an, um an dem Energiefluss zu erkennen, wie es wirklich um sie stand. Er floss spärlich, aber immerhin, ich hatte mich nicht zu arg verschätzt. Das würde wieder, da war ich mir sicher.

Genug Zeit vertan, ich musste sehen, dass ich meine zweite Aufgabe erledigte. Ich zischte aus dem Haus und machte mich auf meinen Weg zu Kalle. Wenn alles geklappt hatte, würde ich früh genug bei ihm sein, um seine Reaktion auf Gabis Anruf mitzubekommen.

In diesem Zustand, in dem ich mich augenblicklich befand, war es für mich ein Leichtes, gegen den aufgefrischten Wind anzugehen, ich tauchte sozusagen unter ihm hindurch und bewegte mich im Zickzack vorwärts, genug Energie hatte ich ja.

Kalle befand sich wieder in der Scheune, dieses Mal stapelte er Heuballen. Mann, hatte der Typ eine Kraft. Dafür brach er zwei Minuten später fast zusammen, als der Anruf kam. Ha, perfektes Timing.

„Ich k… komme so… sofort", stammelte er und wurde leichenblass.

Mensch, kipp mir bloß nicht um!

Er atmete mehrmals tief durch, dann hatte er sich wieder einigermaßen unter Kontrolle. An seinem umherschweifenden Blick erkannte ich, dass er einen der anderen Arbeiter suchte, dem er Bescheid geben konnte. Wieder Glück gehabt, es war niemand in der Nähe.

Während seiner Suche hatte er sich bereits in Bewegung gesetzt und rannte nun auf das Verkaufshäuschen zu, in dem Gabi morgens arbeitete – ich natürlich hinterher. Statt einzutreten, umrundete er es und stürzte sich geradezu in den dahinter geparkten Kleintransporter. Jetzt war er garantiert so voller Adrenalin, dass ich es riskieren konnte, an ihm anzudocken.

Er zuckte noch nicht einmal zusammen, sondern tastete unter dem Sitz nach den Schlüsseln und startete den Motor. Mit quietschenden Reifen fuhr er los.

Mensch, reiß dich zusammen, hätte ich ihm am liebsten zugerufen. Mit einem Unfall ist dir nicht geholfen.

Es wirkte fast, als hätte er mich verstanden. Kaum hatte er die Straße erreicht, wurde er langsamer und fuhr relativ gesittet. Der Verkehr hielt sich in Grenzen, so erreichte er schon nach einer knappen Viertelstunde das Krankenhaus. Jetzt allerdings wurde er wieder zusehends nervöser, riss sich geradezu den Gurt vom Leib, vergaß in seiner Hast das Auto abzuschließen und an den Parkschein dachte er überhaupt nicht. Vielmehr eilte er auf die Notaufnahme zu, vor der ein Krankenwagen mit geöffneten Türen stand.

„Michels, meine Tochter müsste gerade eingeliefert worden sein", warf er der Krankenschwester, die vor dem Durchgang ins Innere aufgetaucht war, zu und wollte sich an ihr vorbeiquetschen.

„Moment, Moment." Sie trat ihm in den Weg. „Wen meinen Sie?"

Er hätte sie wohl gern beiseite geschubst, hielt sich aber tapfer zurück. „Franziska Michels, sie ist zusammengebrochen und wurde hier hingebracht."

„Ach, die Kleine, die gerade gekommen ist." Die Krankenschwester ergriff seinen Arm. „Kommen Sie, ich bringe Sie in den Warteraum. Ihre Tochter wird gerade untersucht."

Gabi Michels kauerte auf einem Stuhl, ihre Kinder dicht an sich gepresst. Kathi, Christina und Bruni saßen neben ihr, alle starrten gebannt auf die Tür gegenüber.

„Kalle!" Gabi sprang auf ihren Mann zu und umarmte ihn. Auch die Kinder hängten sich an ihn. „Ach Schnuffelienchen", flüsterte er in ihr Haar.

„Papa, die Franzi ist furchtbar krank", jammerte Friederike.

„Nein, es geht ihr schon wieder besser", behauptete Gabi tapfer, doch ihre Miene sagte etwas anderes.

Ich verließ Kalle und gesellte mich zu Kathi. „Er ist sauber", teilte ich ihr mit. „Er war furchtbar besorgt und hat keinerlei Anstalten unternommen, seinen Chef zu benachrichtigen. Ich denke, er glaubt genauso an dieses Märchen von dem freiwilligen Aufenthalt wie seine Frau. Der solltest du übrigens verklickern, dass eine Traubenzuckerlösung jetzt das Richtige wäre. Das hilft Franziska, sich zu erholen."

Kathi nickte knapp, zum Zeichen, dass sie mich verstanden hatte. In Bewegung setzte sie sich allerdings nicht. Naja, wahrscheinlich wollte sie abwarten, was die Untersuchung ergab.

Statt dass sich ein Arzt blicken ließ, wurden Kalle und Gabi kurz darauf von einer Krankenschwester aufgerufen und gebeten, mit ins Untersuchungszimmer zu kommen. Ich folgte ihnen auf dem Fuße.

Franziska lag regungslos auf einer Untersuchungsliege. Immerhin hatte man ihr bereits einen Tropf angelegt. Ohne auf den Arzt zu achten, eilten beide Elternteile direkt zu ihr. „Mama, Papa." Ihr dünnes Stimmchen war kaum zu hören.

Trotzdem reichte ihr Anblick, die beiden strahlen zu lassen. „Du wirst bald wieder ganz gesund", versicherte Gabi und strich ihr durch die Haare.

„Ja." Der Arzt hinter ihnen räusperte sich. „Genau darüber wollte ich mit ihnen sprechen. Bisher ..."

„Was heißt das?", fuhr Kalle auf. „Was haben Sie gefunden?"

„Hätten Sie mich ausreden lassen, wüssten Sie es längst." Was für ein Schnösel! Konnte der sich nicht vorstellen, dass die Eltern außer sich vor Sorge waren? „Wir haben ein EKG abgeleitet, ihr Blut untersucht, ihren Blutdruck und ihre Sauerstoffversorgung gemessen, die Werte liegen alle im Normbereich. Gleich wird noch eine Sonographie des Bauchraums gemacht, nur vorsichtshalber, ich glaube nicht, dass sie eine Blutung oder eine Entzündung hat. Meine Vermutung geht eher in die Richtung ..., kann es sein, dass sie in letzter Zeit unter starkem psychischem Druck stand?", nahm er einen neuen Anlauf.

Kalle und Gabi sahen sich erstaunt an. „Eigentlich nicht", sagte Gabi. „Sie hatte es ja selbst so gewollt. Ich meine damit, dass sie sich seit einigen Wochen in einer besonderen Schulung befindet und deshalb keinen Kontakt mehr zu uns hatte", setzte sie erklärend hinzu.

„Sie hätte jederzeit dort aussteigen können", versicherte Kalle und nickte bekräftigend zu seinen Worten.

„Vielleicht hat sie das aus irgendwelchen Gründen nicht gewagt." Der Arzt zuckte mit den Schultern. „Ich denke jedenfalls, dass ihr Zustand eher auf ein ausgeprägtes Stress-Syndrom hindeutet als auf ein organisches Leiden. Selbstverständlich werden wir sie trotzdem hierbehalten und weitere Untersuchungen durchführen, ich denke, das ist in Ihrem Sinne."

Aber nicht in meinem. Ungeduldig wartete ich auf das Ende des Gesprächs. Ich musste unbedingt mit Kathi reden.

Leider war der Untersuchungsraum hermetisch abgeriegelt und ich fand keinen Durchschlupf. Erst als eine Krankenschwester mit der Nachricht hereinkam, die Patientin könne jetzt zur Sonographie, hatte ich die Gelegenheit, das Zimmer zu verlassen.

„Kathi, du musst eingreifen und die Wahrheit aufdecken!" Ich platzte sofort mit meiner Nachricht heraus. „Die wollen sie aufnehmen, das kannst du nicht zulassen. Dann ist unsere ganze Arbeit umsonst gewesen."

60

Katharina

Kalle und Gabi traten kurz nach Richie aus dem Untersuchungszimmer und wurden sofort von den Kindern in Beschlag genommen. „Wir müssen warten", erklärte Gabi über deren Kopf hinweg. „Sie machen noch eine weitere Untersuchung."

„Melden Sie sich bei uns, wenn Sie das Ergebnis haben", mit diesen Worten erhob ich mich. „Für uns wird es langsam Zeit, nach Hause zu fahren."

Schon gellte Richies entsetzter Schrei in meinem Ohr. „Kathi, bist du völlig übergeschnappt?!" Doch ich hatte genau das erreicht, was ich beabsichtigte. Gabi löste sich von ihren Kindern und trat auf mich zu. „Ich weiß gar nicht, wie ich Ihnen danken soll", begann sie. „Wenn Sie nicht gewesen wären ... Ich glaube, dieser Rudi hätte viel lieber abgewartet." Sie schnaubte. „Der Arzt, den er angeblich informiert hatte, ist jedenfalls bis zu unserer Abfahrt nicht eingetroffen."

Meiner ebenfalls nicht, was ihr aber nicht aufgefallen zu sein schien. „Sie haben noch Ihre Tasche bei uns im Auto", erinnerte ich sie. „Könnten Sie eben mit zum Parkplatz kommen?"

„Oh." Unsicher blickte sie zu ihrem Mann und den Kindern.

„Ich warte hier", beruhigte der sie. „Du bist ja in spätestens fünf Minuten wieder zurück."

Kaum hatten wir das Gebäude verlassen, ließ ich Bruni und Chris vorgehen und blieb stehen. „Es ist nicht so, wie es scheint", bekannte ich unverblümt. „Franziska ist gezwungen worden, auf diese Farm zu gehen. Man hat ihr gedroht, Ihnen und den Kindern zu schaden, täte sie das nicht."

Gabi schwanke und riss entsetzt die Augen auf. „Was sagen Sie da?"

„Sie hat sich einer Freundin anvertraut, die ihr geholfen hat, zu entkommen. Ihnen erschien es als einzige Möglichkeit, eine Krankheit vorzutäuschen", fuhr ich fort, bevor sie mich für total verrückt halten musste. „Franzi hat ein Mittel eingenommen, dass sie sehr schwächte, daher dieser Zusammenbruch. Ich wurde eingeweiht, um dafür zu sorgen, dass die gesamte Familie zusammenkommt. Sie können sie nicht allein hierlassen."

Immer noch keine Reaktion von ihr. Es schien mir eher so, als hätte ich genau die falschen Worte gewählt. Sie glaubte mir nicht.

„Sie müssen uns vertrauen", sprang Bruni, die mit Chris zusammen in Hörweite gewartet hatte, mir zur Seite. „Es ist unerhört wichtig, dass Sie jetzt keinen Fehler machen. Nehmen Sie Ihre Tochter mit und lassen Sie sich helfen. Kathi hat bereits die Polizei informiert, die wird sich um alles Weitere kümmern."

Für jemanden, der kaum etwas wusste, hatte sie die Situation gut begriffen. Ich wagte zum ersten Mal in den letzten Stunden aufzuatmen. Es war bisher alles genauso gelaufen, wie wir es geplant hatten, diese Hürde würden wir auch noch schaffen. „Lassen Sie mich mit Ihrer Tochter sprechen", schlug ich deshalb vor. „Sie wird Ihnen alles Weitere selbst erklären. Sie muss nur wissen, dass Sie alle außer Gefahr sind."

Gabi sah zögernd von einem zum anderen, Bruni und Christina nickten ihr aufmunternd zu. „Wir warten hier draußen", sagte Letztere.

„Gut." Gabi war nicht überzeugt, das konnte ich sehen, aber ebenso entdeckte ich Spuren von Zweifel in ihren Augen.

„Kommen Sie." Ich zog sie zurück in den Eingangsbereich. Jetzt nur keine Aufregung zeigen – obwohl, mittlerweile war mir richtig schlecht. Hoffentlich gelang es mir, das Mädchen zu überzeugen, dass ich sie und ihre Familie in Sicherheit bringen konnte!

„Sie muss noch kurz mit Franzi sprechen", informierte Gabi ihren Mann.

Der nickte nur, vor lauter Sorge kam er nicht auf die Idee nachzufragen.

Die Minuten zogen sich endlos hin. Als Franziska endlich in einem Krankenhausbett liegend wieder in das Untersuchungszimmer geschoben wurde und die Krankenschwester uns sagte, wir dürften zu ihr, erhob ich mich mit zitternden Knien und ging mit Gabi an meiner Seite in den Raum.

„Franzi, du kennst mich nicht", sagte ich zu dem mit offenen Augen dösenden Mädchen. „Aber ich kenne Désirée und habe lange mit ihr gesprochen. Sie hat mir von eurem Dilemma erzählt. Sie war sehr traurig, dass du dich nicht mehr bei ihr meldest und befürchtet, dass du entgegen eurer Vereinbarung, weiter herumgeschnüffelt hast."

War das ein kurzes Aufblitzen in den Augen des Mädchens gewesen. Ich war mir nicht ganz sicher. „Du hast sie erreicht", tönte Richie, der mir natürlich gefolgt war. „Mach weiter!"

„Wir sind uns sicher, dass du gefangen gehalten und mit dem Wohl deiner Familie erpresst wurdest", fuhr ich schnell fort. „Deshalb hat Désirée etwas unternommen, um dich zu befreien. Du hast ein harmloses Mittel eingenommen, das dich in diesen Zustand versetzt hat. Es wird dir bald wieder besser gehen. Das Wichtigste haben wir bereits erreicht. Deine gesamte Familie ist hier bei dir im Krankenhaus. Mein Vorschlag lautet nun, ich nehme euch alle mit zu uns, die kennen meinen Namen und meine Adresse nicht. Dort seid ihr sicher. Ab da kann dann die Polizei übernehmen, denn du hast bestimmt einen Beweis versteckt, richtig?"

Ein schwaches Lächeln glitt über Franziskas Gesicht. „Dési kennt mich wirklich gut", flüsterte sie. „Mami?"

„Ja?" Gabi beugte sich über ihre Tochter. „Schatz, stimmt das, was ich da hören musste?"

„Bitte sei nicht böse auf mich. Ich wusste ja nicht, wie … was …" Sie begann, lautlos zu weinen.

„Mäuschen, keiner macht dir irgendwelche Vorwürfe. Aber ist an dieser Geschichte etwas dran?", drängte Gabi.

„Nur gut, dass du dich an sie statt an Kalle gewandt hast. Die ist wesentlich stärker als er." Klar, Richie musste sich ebenfalls einmischen.

„Seid ihr wirklich alle hier?", fragte Franziska zurück.

„Papa steht mit den Kleinen vor der Tür", bestätigte Gabi. „Soll ich sie holen?"

„Nein, nein." Das Mädchen versuchte, sich aufzurichten. „Lass uns gehen. Wir müssen uns beeilen. Bevor sie kommen und …" Den Rest des Satzes ließ sie offen.

Doch diese Worte reichten aus, ihre Mutter zu erschrecken. Nervös blickte sie zur Tür. „Was soll ich denn bloß Papa sagen. Er wird mir bestimmt nicht glauben."

„Haben Sie genug Geld dabei?", fragte ich zurück.

Sie nickte zögerlich. „Was hat das damit zu tun?"

„Wir stellen ihn vor vollendete Tatsachen", erklärte ich ihr. „Sie fahren mit Franzi und Christina in einem Taxi, ich mit den anderen Kindern, Bruni und Ihrem Mann in unserem Auto zu uns nach Hause. Dann kann ich versuchen, ihm während der Fahrt alles zu erklären. Jetzt sagen wir ihm einfach nur, dass Franzi unter keinen Umständen im Krankenhaus bleiben will und wir sie zu einem Arzt bringen, dem sie vertraut."

„Du hast eine Fertigkeit entwickelt, aus dem Stehgreif zu lügen, das ist echt enorm", ließ sich Richie vernehmen und ich hatte Mühe ein Grinsen zu unterdrücken. Woher ich all diese Geschichten so schnell nahm, war mir selbst ein Rätsel. Ich, die ich bis vor Kurzem noch bei jeder kleineren Unwahrheit tomatenrot angelaufen war, log jetzt, ohne mit der Wimper zu zucken, dass sich die Balken bogen. Aber das war ja nur aus der Notwendigkeit geboren, diese Geschichte zu einem glücklichen Ende zu bringen.

Gabi zumindest war mit meiner Erklärung zufrieden. Sie nickte endlich. Vielleicht lag es auch daran, dass Franzi ‚Mama beeil dich' flüsterte, auf jeden Fall machte sie sich sofort auf, dem Krankenhausarzt und ihrem Mann Bescheid zu geben.

Franzi schloss erschöpft die Augen. Sie war kurz davor einzuschlafen.

„Gib ihr was von deinem Traubenzucker", ließ sich Richie vernehmen.

„Die geben ihr nur irgend so eine Elektrolytlösung."

Innerlich grinsend kramte ich die kleinen Plättchen hervor, die ich extra eingesteckt hatte. Wusste er nicht, dass diese Lösung ebenfalls Glucose enthielt? Ach, egal, noch mehr Zucker konnte in ihrem Fall bestimmt nicht schaden. Bevor ich sie dem Mädchen in den Mund steckte, zerbröselte ich diese, damit sie sich leichter im Mund auflösen ließen. „Lutsch das. Es wird dir hoffentlich genug Energie geben, dass du wach bleibst, bis wir im Auto sind."

Das erwies sich als unnötig, obwohl ich schon den Eindruck hatte, dass es Franziska, nachdem mein Vorrat aufgebracht war, etwas besser ging. Zumindest hatte sich ein leichter Hauch Rosa auf ihre Wangen gelegt und sie war weiterhin wach. Trotzdem ließ ich sie mit weiteren Fragen in Ruhe, die richtige Aufklärung des Ganzen konnten wir beruhigt auf später verschieben, wenn alle wichtigen Personen anwesend waren.

Es dauerte bestimmt eine halbe Stunde, bis Kalle und Gabi zurückkamen. Ohne große Umschweife nahm Kalle seine Tochter auf den Arm und trug sie hinaus. Gabi nickte mir zu: „Wir nehmen sie auf eigene Verantwortung mit, ich musste das extra unterschreiben."

„Sie haben richtig gehandelt, es ist für Ihre Familie das Beste."

Auf dem Weg zum Auto fiel mir siedend heiß ein, dass ich Manfred informieren musste. Ich hatte ihm nur erzählt, dass ich heute einen Ausflug mit Bruni und Christina unternehmen wollte und dass es spät werden könnte. Was wir wirklich vorhatten, darüber hatte ich Stillschweigen bewahrt. Es wäre ihm bestimmt als viel zu gefährlich erschienen, er hätte alles versucht, mich zu stoppen. Jetzt wurde es allerdings höchste Zeit, ihm reinen Wein einzuschenken.

61

Richard
Bei wem ich mitfuhr, war ja wohl klar. Das würde fast so spannend werden, wie unser Tun an sich.

Bevor sich Kathi allerdings an Kalle wandte – sie hatte sich mit der Sitz-
ordnung durchgesetzt und Bruni fuhr Christinas Auto – rief sie Manfred
an und informierte ihn, dass sie fünf Besucher mitbringen würde, die
auch über Nacht blieben. Alles Weitere erführe er, wenn sie in circa einer
Stunde zurück sei. Nach dieser Ansage klappte sie einfach ihr Handy zu,
ohne auf die weiter aus der Muschel dringenden Worte ihres Mannes zu
achten. Dann drehte sie sich zu Kalle um, der auf der Rückbank in der
Mitte saß, links und rechts lehnten seine Kinder an ihm. Die drei waren
von der Aufregung völlig erschöpft, keiner sagte ein Wort.
„Herr Michels, bevor wir unser Ziel erreichen, muss ich Ihnen sagen,
dass alles, was sich gerade ereignet hat, nicht so ist, wie es aussieht."
Klar, dass der Typ sofort senkrecht stand. Was musste sich Kathi auch
derart kompliziert ausdrücken!
„Was wollen Sie damit sagen?"
Kathi erzählte fast dasselbe, was sie zu Franziska und Gabi gesagt hatte.
Statt gleich hochzugehen, wie ich es erwartet hatte, blieb Kalle jedoch
relativ ruhig und ließ sie erzählen, ohne sie zu unterbrechen. Das Einzi-
ge, woran man seine Emotionen ablesen konnte, war sein ständiges
Kopfschütteln. Dem musste doch mittlerweile schon echt schwindelig
sein.
„Sie sagen also, Franziska hat diese Geschichte bestätigt?" Auf Kathis
Nicken zog er sein Handy hervor und begann zu tippen.
„Was machen Sie …"
„Gabi? Hat Franzi erzählt, dass sie entführt worden ist?"
Die Antwort war zu leise, als dass ich sie verstehen konnte, aber wohl
eindeutig. Kalles Anspannung ließ nach und er sackte in sich zusammen.
„Ja, bis gleich", flüsterte er kraftlos und dann an Kathi gewandt. „Ich
kann es immer noch nicht fassen. Was genau ist passiert?"
„Das wird uns Ihre Tochter erzählen, sobald sie sich etwas erholt hat",
erwiderte die. „Ich denke, wir werden noch heute erfahren, was sich
abgespielt hat."
Danach herrschte Ruhe im Auto, keiner versuchte mehr, ein Gespräch
zu beginnen. Friederike schlief sogar ein, während Florian und Kalle nur
stumm aus dem Fenster sahen. Schade, ich hatte mir das Ganze viel

dramatischer vorgestellt, mit Zornesausbrüchen auf Kalles Seite und Kathis flehenden Rufen, doch zur Besinnung zu kommen.

Das wirkliche Drama spielte sich erst am Abend ab, nachdem die beiden Kleinen abgefüttert und ins Bett gepackt worden waren. Franziska ging es deutlich besser. Zwar war sie noch sehr schwach und konnte kaum laufen, doch das Sprechen klappte schon wieder ganz gut. Anscheinend drängte es sie auch, endlich mit ihren Eltern über alles reden zu können. Sie lag eingemummelt unter zwei dicken Decken auf der Couch im Wohnzimmer, um sie herum saßen ihre Eltern, Kathi und Manfred, der sich bisher echt gut gehalten hatte. Als wäre es das Selbstverständlichste von der Welt hatte er die fünf begrüßt und in sein Haus aufgenommen. Selbst gegen Kathi war kein böses Wort gefallen, obwohl er doch ziemlich sauer auf sie sein musste.

„Alles fing damit an, dass ich in einer Ferienfreizeit Désirée und Michelle kennenlernte", begann Franziska zu berichten und erzählte dann ungefähr das, was Geralds Patenkind bereits Kathi gesagt hatte. „Nur konnte ich mich nicht mit diesem Arrangement abfinden, versteht ihr? Ständig hatte ich das Gefühl, manipuliert zu werden. So konnte und wollte ich einfach nicht leben. Ja, und dann dachte ich an Friederike und Florian. Selbst wenn ich die Schule gewechselt hätte, sie wären bestimmt trotzdem dorthin gekommen. Ich hatte schließlich keinerlei Beweise für meinen Verdacht und du, Papa, wärest wahrscheinlich sofort zu Herrn Boozen gerannt – wenn du mir überhaupt geglaubt hättest."

Der so Beschuldigte ließ den Kopf hängen. „Das alles habe ich nicht gewusst."

„Das weiß ich doch. Deshalb wollte ich Beweise sammeln, dass ich mit meinem Verdacht richtig lag." Franziska seufzte. „So schwer hatte ich es mir natürlich nicht vorgestellt. Ich habe sie über mehrere Monate beobachtet, meine gesamte Freizeit ging dafür drauf."

„Von wem sprichst du jetzt eigentlich?", fragte Gabi. „Hängen alle Lehrer in dieser Geschichte mit drin?"

„Nein, nur der Leiter Bruder Claudius, der Politik- und Geschichtslehrer und der Ethik- und Religionslehrer. Ach ja, die Psychologin auch, vermute ich, und dann gibt es noch einen Referendar, der gehört ebenfalls zum inneren Kreis." Sie kicherte. „Der macht den Mädchen in der Abiturklasse schöne Augen, damit sie in seine Kurse kommen. Einige lassen sich tatsächlich beeinflussen und wechseln ihre Vorlieben."

„Das ist nicht lustig." Manfred schüttelte entrüstet den Kopf. „Sie werden auf das Gemeinste manipuliert."

„Ich weiß." Franziska, jetzt wieder ernst, nickte. „Daran sieht man aber, dass Hochbegabung nicht vor Blödheit schützt."

„Hast du denn nun irgendetwas gefunden, dass deinen Verdacht erhärtet?", fragte Kalle.

„Ja, an dem Wochenende vor den Herbstferien kam Bruder Ignatius zu Besuch. Das kam mir gleich komisch vor. Normalerweise besuchen die sich nicht gegenseitig, die treffen sich alle sechs Wochen bei Herrn Boozen und tauschen sich dort aus. Es musste also einen triftigen Grund geben, warum er gekommen war. Erinnert ihr euch?", sie sah ihre Eltern an. „Ihr seid an dem Samstag mit Ricki und Flo an die Ostsee gefahren. Ich wollte eigentlich an diesem Wochenendseminar teilnehmen, das habe ich zumindest euch gesagt", sie grinste wieder. „Eigentlich hatte ich nur keine Lust mitzukommen. In Wirklichkeit hatte ich mich gar nicht dazu angemeldet. Ich wollte nach eurer Abreise in die Wohnung gehen und die eine Woche dort allein verbringen."

Gabi schluckte, sagte aber nichts. Kalle räusperte sich und schüttelte den Kopf. „Kind, das hättest du doch nicht heimlich tun müssen."

„Ihr wäret enttäuscht gewesen, dass ich lieber zu Hause bleiben wollte." Franziska blinzelte. Ich konnte sehen, dass sie sich nur noch mit Mühe wach hielt. „Macht mal hinne", sagte ich deshalb zu Kathi. „Sie schläft euch gleich ein."

„Was war denn nun mit diesem Bruder Ignatius?", fragte sie folgsam.

„Ich bin ihm und Bruder Claudius zufällig begegnet, als sie am Freitagabend auf dem Weg zu den Wohngebäuden waren." Franziska wirkte verlegen. Klar, sie log, sie hatte sie wahrscheinlich die ganze Zeit über beschattet, um an Informationen zu kommen.

„Ich gebe zu, als ich entdecke, wen ich vor mir hatte, bin ich bewusst näher an die beiden ran und habe sie belauscht. Alles war nicht zu verstehen, dafür sprachen sie zu leise. Das wenige, das ich hören konnte, reichte mir jedoch. Sie arbeiteten an irgendeinem wichtigen Konzept. Das konnten die Informationen sein, nach denen ich gesucht hatte." Sie lächelte gequält. „Am nächsten Morgen verließ ich offiziell das Internat, um nach Hause zu fahren. Die Mitschüler, die dort geblieben waren, befanden sich bereits in ihrem Seminar, die anderen waren ja schon seit Freitag weg, sowie auch die meisten Lehrer. Keiner bekam mit, dass ich mich wieder zurückschlich."

„Ist dir nicht bewusst gewesen, wie gefährlich deine Schnüffelei werden konnte?", fragte Manfred. Schnüffelei! Das klang so bösartig und kriminell. Er hätte es echt netter ausdrücken können.

„Nein, ich dachte ausschließlich an die Möglichkeit, die sich mir bot."
Franziska blinzelte wieder. Sie hielt sich nur noch mühsam wach. „Die
beiden arbeiteten im Schulbüro von Bruder Claudius, ich hielt mich so
lange im Damenklo versteckt. Dann machten sie Mittagspause und ich
dachte, das wäre die Chance, an relevante Daten zu kommen."
Sie hielt inne und gähnte, bis ihr die Tränen kamen. Kathi stand auf und
holte ihr ein weiteres Zuckerwasser.
„Danke", sie trank das Glas auf einen Zug halbleer. „Das Büro war nicht
abgeschlossen, ich konnte ungehindert eintreten. Und weil ich nichts
Wichtiges an Papieren fand, beschloss ich, den Computer zu checken.
Der lief noch, aber ich verplemperte unheimlich viel Zeit damit, das
richtige Programm zu finden. Als ich es endlich entdeckt hatte und gerade dabei war, das, woran sie arbeiteten, auf meinen Stick zu überschrei-
ben, hörte ich sie schon zurückkommen."
„Die beiden hatten sich ihr Essen geholt und wollten es bei der Arbeit
verzehren", vermutete Kathi.
Franziska nickte. „Ich schaffte es gerade noch ins Treppenhaus - sie
waren nämlich mit dem Aufzug gefahren - und rannte weg. Ich dachte,
es hätte geklappt und ich wäre ungesehen entkommen. Dass jemand da
gewesen war, würden sie allerdings bald merken, weil ich nicht mehr
genug Zeit gehabt hatte, alle Programme, die ich geöffnet hatte, zu
schließen. Ich wollte eigentlich direkt zur Bushaltestelle laufen, bemerkte
aber schnell, dass sie hinter mir her waren. Einer rannte auf demselben
Weg wie ich, während der andere in die Richtung der Unterkünfte lief.
Daher erschien es mir sinnvoller, den Stick erst einmal zu verstecken.
Sollten sie mich erwischen, hätte ich nichts Belastendes bei mir gehabt.
Da dachte ich immer noch, sie hätten mich nicht gesehen und wüssten
nicht, nach wem sie suchen müssten. Es wäre halt nur auffällig gewesen,
wenn sie mich entdeckt hätten, weil ich ja eigentlich nichts dort zu suchen hatte", wandte sie sich erklärend an ihre Eltern. „Dann erschienen
jedoch auch noch Frau Meise, die Psychologin und Roman, die zusammen den Kurs leiteten, und beteiligten sich an der Suche nach mir. Dabei
erfuhr ich, dass sie genau wussten, nach wem sie Ausschau halten mussten." Sie schauderte. „Bruder Claudius kam so dicht an meinem Versteck
vorbei, dass er mich fast entdeckt hätte."
„Meine arme Kleine!" Gabi hielt es nicht mehr auf ihrem Platz. Sie setzte
sich neben ihre Tochter und legte den Arm um sie. „Warum hast du
denn nicht mit deinem Handy die Polizei gerufen?"

„Weil ich da noch nicht genau wusste, was ich für Daten kopiert hatte. Die Zeit war zu knapp, um sie mir genauer anzusehen. Erst, nachdem sie mich erwischt hatten, erfuhr ich, auf welche Goldgrube ich gestoßen war." Franziska stützte sich auf und trank ihr Glas leer. „Ich hatte viel zu viel Angst, dass man mich als Diebin ansehen würde." Sie lehnte sich an ihre Mutter. „So, weiter im Text, sonst schaffe ich die ganze Geschichte heute nicht mehr."

Na, den Rest konnte ich mir eigentlich schon denken. Trotzdem war ich gespannt, ob ich richtig lag.

62

Katharina

Am nächsten Morgen Punkt acht Uhr rief ich Hans-Peter an und bat ihn, so schnell wie möglich zu kommen. Franziska hatte mir erlaubt, das gesamte Gespräch, das wir geführt hatten, aufzuzeichnen – endlich konnten wir Manfreds Diktiergerät für etwas Sinnvolles nutzen, er hatte es noch nicht einmal geschafft, es seit seinem Kauf mit hinüber in sein Büro zu nehmen.

Mein Polizistenfreund hörte sich die Aufnahme schweigend an. „Das ist ja ein starkes Stück", meinte er kopfschüttelnd, nachdem Franziskas Stimme verklungen war. „Wie geht es ihr jetzt? Kann sie uns begleiten, damit wir den Stick sofort holen?"

Bevor ich ihm die Aufzeichnung vorgespielt hatte, war er von mir informiert worden, was sich gestern ereignet hatte. Bisher hatte er sich nicht dazu geäußert, ich hoffte, es würde dabei bleiben, ich hatte mir kurz vor dem Schlafengehen schon genug Vorwürfe von Manfred anhören müssen, wie unverantwortlich und fahrlässig mein Vorgehen gewesen sei. Das musste ich kein zweites Mal über mich ergehen lassen.

„Sie wartet nebenan auf dich. Wir dachten uns schon, dass du mit ihr persönlich sprechen willst." Ich führte ihn aus der Küche hinüber ins Wohnzimmer. Franziska ging es heute deutlich besser, trotzdem war sie noch sehr schwach. Sie lag auf der Couch und ruhte sich aus, da wir schon vermutet hatten, dass sie noch mit aufs Präsidium musste.

Kalle, Gabi und die beiden Kleinen saßen im Halbkreis um Franziska herum. Ich nahm Friederike und Florian mit in die Küche, sie mussten nicht unbedingt in allen Einzelheiten erfahren, was ihre Schwester erlebt hatte.

Die Unterredung mit Hans-Peter dauerte fast eine Stunde, anschließend nahm er Franziska und Kalle in seinem Streifenwagen mit. Gabi kam zu uns hinüber. „Bald ist es überstanden", sagte sie erleichtert. „Ihr Bekannter will sofort alles Nötige in die Wege leiten."

„Wann fahren wir wieder nach Hause, jetzt gleich?", erkundigte sich Florian.

„Eigentlich wollte ich mit euch zu Marina", seine Mutter lächelte auf ihn hinunter. Dass dieses Lächeln alles andere als fröhlich war, konnte er zum Glück nicht sehen. „Papa und ich haben uns überlegt, dass wir doch besser wieder zurückziehen, wir …"

„Ich dachte, wir wohnen bald auf dem großen Bauernhof", Friederikes Augen füllen sich mit Tränen. „Dem, wo du arbeitest, Mama. Mit all den Tieren."

„Daraus wird leider nichts, Schätzchen", Gabi beugte sich zu ihrer Tochter hinunter und nahm sie tröstend in die Arme.

„Toll, können wir nachher noch bei Benjamin vorbei?" Florian war rundweg begeistert.

Ich nutzte die Abwesenheit der Michels, um mich mit Christina und Bruni zu verabreden, denen ich baldige Aufklärung versprochen hatte. Doch zuerst einmal musste ich mich Manfred stellen, der extra heute Morgen hiergeblieben war. Er hatte eine ausführliche Erklärung verdient.

Am späten Nachmittag ging ich dann zu Bruni hinüber. Deren Nichte Anna hatte versprochen, sich um die Pensionsgäste, also die Hunde und Katzen zu kümmern, damit wir ungestört reden konnten. Christina erschien fast gleichzeitig mit mir.

Bruni hatte Kaffee und Kuchen aufgetischt, doch ich kam nicht dazu, mich zu stärken. Beide erwarteten gespannt meinen Bericht. „Bruder Claudius und Bruder Ignatius sind wegen der Entführung von Franziska verhaftet worden", begann ich brav, schielte dabei aber begehrlich auf das einzige Stück Käsekuchen, das auf dem bunten Tablett lag.

Bruni bemerkte meinen Blick und legte ihn mir auf meinen Teller. „Erst erzählen", mahnte sie.

„Dieser Rudi ist ebenfalls verhaftet worden, dazu diejenigen, die bei Simon eingebrochen sind. Ach", ich schüttelte den Kopf. „Ich muss am Anfang beginnen, sonst versteht ihr nur die Hälfte."

Also berichtete ich ihnen von meinem komischen Gefühl, nachdem ich Bruder Claudius kennengelernt hatte, von meinen weiteren Nachforschungen und von meinem Gespräch mit Désirée. Anschließend erzählte ich ihnen all das, was Franziska uns gestern gesagt hatte, zumindest bis zu dem Punkt, an dem Bruni endlich Mitleid mit mir hatte und mir erlaubte, mich an meinem Käsekuchen zu stärken.

„Sie fühlte sich in der Falle", fuhr ich dann fort. „Und dachte schon, sie würden sie erwischen. Dann entdeckte sie Simon Glasers Auto, das mit offener Heckklappe vor der Kirche stand. Simon ist derjenige, der vor Kurzem den tödlichen Motorradunfall hatte und bei dessen Frau ich die kleine Behinderte gehütet habe", fügte ich erklärend hinzu. „Er hat gemeinsam mit dem Hausmeister einige Reparaturen dort auf dem Gelände gemacht. Jedenfalls hörte Franzi ihn im Inneren der Kirche rumoren und hoffte, dass er nur noch ein paar Sachen einladen und anschließend fahren würde. Deshalb öffnete sie die Autotür und versteckte sich hinter den Vordersitzen."

„Und das hat dieser Simon nicht bemerkt?" Christina war skeptisch.

„Die hintere Sitzreihe war umgeklappt, damit er sein ganzes Werkzeug verstauen konnte. Franzi ist also sozusagen unter die Sitzbank gekrabbelt. Da konnte man sie nicht sehen. – Er kam dann wirklich, kaum dass sie sich versteckt hatte, warf den letzten Rest seiner Utensilien ins Auto und fuhr los. Sie sagt, er hat sogar noch kurz angehalten, weil Bruder Claudius ihn zu sich heranwinkte, der wollte wohl kontrollieren, ob sie sich im Inneren befand. Er hat kurz mit ihm gesprochen, aber keinen Verdacht geschöpft. Simon fuhr nach Hause, parkte vor der Garage und ging ins Haus, Franzi befreite sich aus dem Auto und rannte, solange sie konnte. Sie wusste nicht, was sie machen sollte, nach Hause hat sie sich nicht getraut, sie vermutete, dass Bruder Claudius oder einer seiner Helfer dort auf sie warten würde. Sie hatte kaum Geld dabei – und ihr Handy irgendwo auf der Flucht verloren." Es war mir egal, was die beiden anstellten, jetzt brauchte ich erst einmal einen großen Schluck Kaffee.

„Das arme Mädchen", murmelte Bruni mit feuchten Augen.

„Sie hat sich zu Fuß bis zu dem Kindergarten, in dem ihre Mutter früher arbeitete, durchgeschlagen und dort in der Spielhütte auf dem Außengelände übernachtet", erzählte ich weiter. „Am Sonntag kaufte sie sich von dem bisschen Geld, das sie in der Tasche hatte, zwei Brötchen und etwas zu trinken und versteckte sich anschließend wieder auf dem Gelände des Kindergartens. Abends war sie dann so fix und fertig, dass sie überlegte, sich doch in die Wohnung ihrer Eltern zu schleichen und auf diese zu warten. Doch ihre Angst entdeckt zu werden, war stärker. Sie verbrachte eine weitere Nacht in der Spielhütte. Am nächsten Morgen war sie völlig übermüdet, weil sie kaum hatte schlafen können und natürlich wahnsinnig hungrig und durstig, ja, und dann fasste sie den fatalen Entschluss, zurück zum Internat zu gehen und den Stick zu holen. Sie ist gerade mal …"

„Halt! Warum hat sie nicht auf die ehemaligen Arbeitskolleginnen ihrer Mutter gewartet?", wollte Christina wissen. „Die hätten sie garantiert telefonieren lassen. Und ihr etwas zu essen und zu trinken gegeben."

„Sie hatte Angst, dass die ihr nicht glauben würden, wenn sie keine Beweise für ihre Anschuldigungen bringen konnte. Das war auch der Grund, warum sie sich nicht an ihre Eltern wenden wollte." Ich schüttelte den Kopf. „Ich vermute, sie war einfach zu verängstigt, um noch klar denken zu können. Sie hat sich eingebildet, sie könne gefahrlos zur Schule zurückkehren, dort würden sie am allerwenigsten nach ihr suchen."

„Gar nicht mal so dumm." Christina warf mir einen strafenden Blick zu. „Das ist meiner Meinung nach durchaus logisch. Wer würde schon auf die Idee kommen, dass sie freiwillig zurückkehrt?"

„Bruder Claudius anscheinend", setzte ich dagegen. „Jedenfalls wurde sie geschnappt, noch bevor sie das Schulgelände betreten hatte. Der Kerl, der sie erwischte, hielt sie fest und informierte den Internatsleiter. Als der kam, hatte er diesen Rudi im Schlepptau. Die beiden verfrachteten sie in ein Auto und brachten sie zur Farm. Dort versuchten sie herauszubekommen, wo Franziska den Stick versteckt hatte."

„Warte!" Wieder war es Christina, die Einwände hatte. „Woher wussten die überhaupt von diesem Stick?"

„Wissen ist zu viel gesagt. Sie vermuteten es, weil das entsprechende Programm am Computer geöffnet war. Franzi hatte es ja nicht mehr geschafft, es zu schließen. Tja und dann beging sie ihren nächsten Fehler. Mittlerweile war sie völlig verängstigt, deshalb behauptete sie, diesen zwischen Simons Werkzeugen versteckt zu haben. Sie hoffte, dass ihre Peiniger sie nach diesem Geständnis endlich in Ruhe lassen würden. Zu essen und zu trinken hatte sie immer noch nichts bekommen, sie war völlig am Ende."

„Sie konnte ja auch nicht wissen, dass Herr Glaser den Unfall hatte." Brunis Augen waren schon wieder feucht geworden. „Ach, das arme Kind."

Ein Aufblitzen am Fenster lenkte mich kurz ab. Ah, Richie war eingetroffen. Nur gut, dass sich Anna mit den Tieren weit entfernt aufhielt, die meisten von ihnen drehten nämlich durch, wenn er sich in der Nähe befand. So aber konnte er mir unterstützend zur Seite stehen, besonders, wenn ich zu dem Punkt kam, welche Rolle ich in der ganzen Angelegenheit gespielt hatte.

63

Richard

Gut, Kathi hatte gecheckt, dass ich anwesend war. Für ein, zwei Sekunden war sie abgelenkt gewesen, den anderen schien die kurze Pause jedoch nicht aufgefallen zu sein.

„Zumindest hatte sie vorerst ihr Ziel erreicht", fuhr Kathi fort. „Die Kerle ließen sie in Ruhe. Sie wurde in einem Nebengebäude der Farm eingesperrt. Das ganze Anwesen ist ziemlich alt und hat noch dementsprechend dicke Steinwände, kein Mensch hätte sie hören können, egal, wie laut sie schrie."

„Wurde bei deiner Bekannten nicht erst am darauffolgenden Freitag eingebrochen?", fragte Christina stirnrunzelnd. „Und wieso im Haus?"

„Garage und Auto hatten sie schon durchsucht und dabei ausgerechnet Franziskas Handy gefunden. Sie vermuteten, dass diese Simon eingeweiht und ihm den Stick gegeben hatte und der ihn sich entweder bereits angesehen oder vielleicht sogar schon Kopien davon gemacht hatte. Sie dachten wohl, dass er deswegen zu seinem Freund, dem Journalisten wollte. Sie riefen sogar bei diesem nach dem Unfall an, um herauszufinden, ob er ebenfalls Bescheid wusste. Dann kristallisierte sich jedoch relativ schnell heraus, dass niemand sonst von dem Stick oder von Franzi wusste. So stelle ich mir das Ganze vor", schwächte Kathi ihre Aussage ab. „Ja, und in die Wohnung waren sie nicht eher gekommen, weil durch Simons Tod die Kinder ständig im Haus waren."

„Deshalb warteten sie bis zur Beerdigung, um die Wohnung zu durchsuchen. Nur fanden sie natürlich nichts. Ach, die arme Kleine." Obwohl Bruni vom guten Ausgang wusste, litt sie mit Franziska.

„Aber wie sind sie an den Namen des Freundes gekommen?", wandte Christina ein.

„Ganz einfach." Das hatte Kathi von mir, dieselbe Frage hatte sie nämlich auch gestellt. „Du rufst bei den Michels an, sprichst dein Beileid aus, sagst, du seist einer seiner Bikerfreunde und fragst ganz nebenbei, zu wem er denn unterwegs gewesen wäre."

„Und als sie den Namen googelten, fanden sie heraus, dass er als Reporter arbeitet." Christina schien ein Licht aufgegangen zu sein.

„Nachdem sie die Wohnung durchsucht und die Computer überprüft hatten, nahmen sich Bruder Ignatius und Rudi noch einmal das Mädchen vor", fuhr Kathi fort. „Die hatte aber nun genug Zeit gehabt, sich eine vernünftige Geschichte zusammenzubasteln und schwor Stein und Bein, dass sie den Stick auf ihrer Flucht in einen der Abfallbehälter auf dem Gelände geworfen hätte, vor lauter Angst erwischt zu werden. Als sie dann Simons Auto entdeckte, wäre es ihr wie ein Geschenk des Himmels vorgekommen. Sie hätte sich so gut versteckt, dass er sie nicht bemerkte. Er wäre nicht eingeweiht gewesen. Und sie sei ja nur auf das Schulgelände zurückgekehrt, um den Stick zu holen. Sie benannte sogar den Standort des entsprechenden Behälters, wohl wissend, dass dieser in der Zwischenzeit geleert worden war."

„Ganz schön risikobereit, die Kleine", brummte Christina.

„Das kann man wohl sagen." Franzi war wirklich ein überaus mutiges Mädchen, das sah Kathi genauso. „Die Kerle glaubten ihr anfangs natürlich nicht. Doch sie blieb bei dieser Version, auch, als man ihr mit der Gesundheit ihrer Eltern und ihrer Geschwister drohte. Sie sagte uns, sie hätte einfach nur Angst gehabt, dass, wenn die Gruppe den Stick in die Hand bekäme, man sie und vielleicht auch ihre Eltern und Geschwister umbringen würde."

„Apropos Eltern? Vermissten die ihr Kind nicht mittlerweile?" Klar, dass diese Frage wiederum von Christina kam.

„Man hat Franzi gezwungen, mit ihnen zu telefonieren und bekannt zu geben, dass sie glücklich sei, einen Platz auf dieser Farm bekommen zu haben", antwortete Kathi. „Sie musste behaupten, an einem kirchlichen Intensivseminar teilzunehmen und dass sie beschlossen hätte, während dieser Zeit freiwillig jeden Kontakt zur Außenwelt, also auch zu ihrer Familie zu unterlassen. An freundschaftlichen Kontakten gab es zu diesem Zeitpunkt nur noch Désirée, der musste sie eine Mail schicken, in der sie den bevorstehenden Umzug als Erklärung für ihr folgendes längeres Schweigen angab. Dieser war ziemlich schnell beschlossene Sache. Die Kerle wollten wohl die Familie in der Nähe wissen, um einen Druckpunkt gegenüber Franziska zu haben. Außerdem hofften sie, Mutter und Vater durch Umzug und Jobwechsel und die damit verbundene Aufregung ablenken zu können, damit die gar nicht auf die Idee kamen, Franzis Entschluss zu hinterfragen."

„Ja aber wie sollte es weitergehen?" Natürlich war es wieder Christina, die alles ganz genau wissen wollte. „Denen musste doch klar gewesen sein, dass sie das Mädchen nicht für immer und ewig gefangen halten konnten."

„Deshalb geschah diese enge Anbindung der Familie an die Gemeinschaft", nickte Kathi. „Und Franzi wurde bewusst gemacht, dass, sollte sie je über das, was geschehen war, sprechen, ein Mitglied ihrer Familie darunter zu leiden hätte."

„Ich verstehe immer noch nicht." Christina gab keine Ruhe. „Warum haben sie sie dann trotzdem weiter auf der Farm behalten?"

„Zum einen, weil es seltsam ausgesehen hätte, wenn dieses Seminar plötzlich viel kürzer ausgefallen wäre, als geplant. Zum anderen, weil sie dachten, je länger sie Druck auf Franzi ausübten, umso gehorsamer würde die sich später verhalten. Sie wollten lieber in kurzen Schritten vorgehen. Der erste war, Franzi aus ihrem Gefängnis in ein normales Zimmer zu verlegen. Im zweiten durfte sie Kontakt zu ihren Hausgenossen aufnehmen, der dritte wäre gewesen, dass sie wie die anderen an den Außenaktivitäten hätte teilnehmen sollen, im vierten wäre sie dann auf das Internat zurückgekehrt, allerdings nicht auf das alte, sondern auf das in der Nähe, das von Bruder Meinolfus geleitet wurde."

„Wunderten die anderen sich denn nicht, dass die Kleine auf ihrem Zimmer und später nur im Haus bleiben musste?", fragte Christina.

„Ihnen wurde erzählt, sie sei sehr krank gewesen, weshalb sie sich noch schonen müsse." Bisher war Kathi die Ruhe selbst gewesen, doch jetzt, wo sie sich den heiklen Punkten in ihrem Bericht näherte, wurde sie langsam nervös.

„Wo befand sich der Stick nun wirklich?", fragte Bruni plötzlich.

Mensch, dieser Punkt ging an sie. Selbst der äußerst kritischen Christina war bisher nicht aufgefallen, dass Kathi es versäumt hatte, darüber zu berichten.

„Der befand sich in einem Spind im Schwimmbad des Internates", grinste Kathi, der ich deutlich ansehen konnte, dass sie über die kleine Verschnaufpause vor ihrem Geständnis glücklich war. „Franzi wusste, dass deren Inhaberin nie am Schwimmsport teilnahm und ihn daher nicht entdecken würde. Mit ihr in Verbindung bringen, ließ sich das Mädchen auch nicht, die beiden waren eher verfeindet."

Christinas nächste Frage war die, vor der Kathi sich die ganze Zeit gefürchtet hatte. „Wie genau bist du denn nun dahinter gestiegen, dass Franzi gefangen gehalten wird und wie ist es dir gelungen, ihre Befreiung zu organisieren?"

„Ich bin stutzig geworden, weil niemand etwas über den Verbleib von Franzi und ihrer Familie zu wissen schien", begann Kathi. „Nachdem ich mit Désirée gesprochen hatte, verdichtete sich dieser Verdacht. Was, wenn hinter dieser Geschichte mehr steckte, als die beiden vermuteten? Was, wenn die Kleine versucht hatte, auf eigene Faust Beweise zu finden?" Kathi stockte. Gingen ihr etwa die Ideen aus? Sie hatte eigentlich genügend Zeit gehabt, um sich auf das Gespräch vorzubereiten. Und wenn ich daran dachte, wie geschickt sie gegenüber Gabi und Manfred gelogen hatte – nein, sie würde es schon richtig anstellen, sodass selbst die kritische Christina keinen Verdacht schöpfte.

„Auf dieser Farm gab es ein Mädchen, das durch ein, zwei seltsame Vorfälle auf die Idee kam, Franzi würde dort gefangen gehalten. Glücklicherweise war sie Désirée schon auf mehreren Ferienfreizeiten begegnet und wusste ebenso, dass die beiden Mädchen miteinander befreundet waren. Sie wandte sich an diese, nachdem sie bei Franzi nicht weitergekommen war. Die hielt sich nämlich an die Abmachung und verriet nichts. Zuerst glaubte Désirée ihr nicht. Erst als es diesem Mädchen irgendwie gelang, ihren Verdacht zu erhärten - Genaues darüber weiß ich nicht - wurde sie unsicher. Da sie Zutrauen zu mir gefasst hatte, rief sie mich nach dieser zweiten Kontaktaufnahme an. Zuerst zweifelte ich ebenfalls am Wahrheitsgehalt dieser Geschichte. Es erschien mir doch zu unglaubwürdig. Ich meine, ich hatte schon meine Zweifel, was Bruder Claudius betraf, aber gleich eine Entführung?"

Christina und Bruni hingen geradezu an Kathis Lippen. Bisher schienen ihnen keine Zweifel an Kathis Erklärung zu kommen.

„Zwei Tage danach sprach mich jedoch einer unserer Obdachlosen an und fragte mich um Rat. Er hätte da was beobachtet, das wäre schon eine Weile her, ließe ihm aber keine Ruhe. Es hätte für ihn ausgesehen, als sei ein Mädchen entführt worden, ob ich das nicht der Polizei melden könne. Ort und Beschreibung der Entführten deuteten auf Franziska hin, auch der Zeitpunkt passte. Ich versprach ihm, mich darum zu kümmern, ihr wisst ja, dass diese Leute ungern selbst mit unserer Obrigkeit zu tun haben wollen. Stattdessen wandte ich mich umgehend an Désirée, mittlerweile zweifelte ich nicht mehr an ihren Worten. Wir besprachen uns ausführlich und kamen zu dem Entschluss, dass ich mich selbst um diese Geschichte kümmern sollte. Wir …"

„Halt! Warum hast du nicht über Désirée diesem Mädchen mitteilen lassen, es solle sich an die Polizei wenden?", unterbrach Christina sie.

„Aus zwei Gründen", erklärte diese, ohne zu zögern. Gut, Kathi hatte das Heft weiterhin fest in der Hand. Im Endeffekt erzählte sie den beiden dasselbe, wie Gabi und Manfred, nur wesentlich ausführlicher, da die beiden sich an jeder Kleinigkeit hochzogen. Die waren sogar schlimmer als Hans-Peter.

„Erstens hatte das Mädchen von der Farm einen sehr zögerlichen Eindruck auf Désirée gemacht, die hätte von sich aus nichts unternommen, dafür war sie wohl zu ängstlich und zweitens, und das ist der wichtigere Punkt, vermuteten wir mittlerweile, dass Franzi mit irgendwas bedroht wurde – warum hätte sie sonst bei der Unterredung mit diesem Mädchen alles abstreiten sollen? Und was war wahrscheinlicher, als dass es sich dabei um ihre Eltern und Geschwister handelte? Die Polizei zu informieren, hätte für die Familie schlimme Folgen haben können. Deshalb heckten Désirée und ich dann diesen Plan aus, den ich gemeinsam mit euch umsetzte. Uns war es wichtig, die gesamte Familie auf einmal aus der Gefahrenzone zu bekommen, was uns ja im Endeffekt dank eurer Mithilfe gelungen ist", schloss Kathi.

„Ganz schön viele Zufälle, die euch auf diese Spur brachten", bemerkte Christina.

Ha! Wenn die gewusst hätte! Die ganze Geschichte, unser ganzer Fall bestand nur aus Zufällen! Trotzdem hatte ich den Eindruck, dass sie die Erklärung geschluckt hatte.

„Ihr hättet mit eurem Verdacht auch schiefliegen können." Hm, jetzt war seltsamerweise Bruni die Skeptikerin. Hoffentlich gelang es Kathi, das Ruder rumzureißen.

„Ja, aber das Risiko mussten wir eingehen", erwiderte Kathi im Brustton der Überzeugung. „Es sprach einfach zu viel für unsere Version. Wir konnten nicht einfach abwarten."

„Die Familie. Ihr, also du hättest die Familie informieren können." Klar, Christina musste noch tiefer bohren.

„Und die hätten uns so ohne Weiteres geglaubt?", fragte Kathi zurück.

„Nein, im besten Fall wären sie zur Farm gefahren und hätten verlangt, mit ihrer Tochter zu sprechen. Die hätte mit Sicherheit vor lauter Angst geschwiegen. Das Einzige, was wir mit dieser Aktion erreicht hätten, wäre gewesen, dass wir die Bande gewarnt hätten. Nein, das war keine Option."

Christina stöhnte auf. „Nur gut, dass ich das alles nicht vorher gewusst habe. Ich glaube nicht, dass ich sonst bei dieser Aktion mitgemacht hätte."

„Das war einer der Gründe, warum ich euch nicht eingeweiht und es bei vagen Andeutungen belassen habe", grinste Kathi. „Nun ja, der Erfolg gibt mir recht. Franzi gerettet, Bruder Claudius und Bruder Ignatius verhaftet, nicht zu vergessen Rudi und seine Mannen. Die Polizei hat unten im Keller der Farm noch sämtliche Gegenstände, die aus der Wohnung der Glasers gestohlen worden waren, gefunden. Das heißt, der Einbruch konnte ihnen einwandfrei nachgewiesen werden."

„Und wie geht es weiter?", fragte Bruni.

„Das bleibt abzuwarten. Der Chef der Kirche ist flüchtig, genauso wie die anderen beiden Internatsleiter. Was von Franziskas Vorwürfen der Manipulation der Schüler übrigbleibt, müssen wir ebenfalls abwarten. Es scheint sehr schwierig zu sein, diese zu beweisen. Ob wir weiter darüber informiert werden?" Kathi zuckte mit den Schultern. „Ich hoffe es."

Na, dafür hatte sie ja zum Glück mich. Ich würde sie schon mit den nötigen Informationen versorgen.

64

Katharina

Die Einzige, zu der ich wesentlich offener hatte sein müssen, war Désirée gewesen. Nur mit ihrer Hilfe konnte es mir gelingen, mit dieser Version, die ich auch der Polizei erzählt hatte, durchzukommen. Direkt nachdem wir mit den Michels bei uns zu Hause angekommen waren und während diese sich noch häuslich einrichteten, hatte ich sie angerufen. „Es hat alles geklappt", war ich erst mit der guten Neuigkeit herausgeplatzt. Dann hatte ich ihr einen genauen Bericht der Ereignisse gegeben. Erst ganz zuletzt war ich mit meiner Bitte herausgerückt. „Désirée, wir müssen unsere Aussage etwas abändern", hatte ich vorsichtig begonnen. „Das Problem ist, ich kann niemandem erklären, wie ich an viele meiner Informationen gekommen bin, vor allem, woher ich wusste, dass Franziska auf der Farm gefangen gehalten und mit dem Wohlergehen ihrer Familie erpresst wurde und deshalb nicht auf sich aufmerksam machen konnte. Und wie ich es geschafft habe, sie dermaßen zu schwächen, dass sie ins Krankenhaus kam", hatte ich noch hinzugefügt.

„Ja, wie haben Sie das inszeniert?", war die prompte Frage gewesen.

„Das kann ich selbst dir leider nicht offenlegen. Nur so viel will ich dir sagen: Es gibt einige Dinge zwischen Himmel und Erde, die wir Menschen nicht verstehen. Ich habe gewisse Möglichkeiten, die anderen versagt sind." Und weil sich das im Nachhinein ziemlich hochnäsig anhörte: „Désirée, bitte. Ich kann und darf nicht darüber sprechen. Abgesehen davon würdest du mich für völlig bescheuert halten, wenn du es erführest. Vertrau mir bitte und hilf mir, unsere Aussagen aufeinander abzustimmen. Wir haben gewonnen, Franziska ist befreit, nur das Endresultat zählt."

Sie hatte ziemlich lange geschwiegen, bevor sie fragte: „Was erwarten Sie von mir?"

„Du sollst allen erzählen, dass du der Auslöser gewesen bist. Du hast eine Mail von jemandem von der Farm bekommen, dass derjenige vermutet, Franziska würde dort gefangen gehalten. Daraufhin hast du dich mit mir besprochen. Ich wiederum rief dich zurück, nachdem ich von einem meiner Klienten beim Obdachlosentreff erfahren habe, dass er beobachtete, wie ein Mädchen entführt wurde. Wir fassten gemeinsam den Plan, Kathi zu befreien. Du kannst dabei ruhig sagen, dass ich der Hauptinitiator gewesen sei und dich überredet habe, mir zu helfen."

„Und wie sollen wir das angestellt haben mit Franzis Zusammenbruch?"

Gut, den Anfang hatte sie geschluckt, es dürfte nicht schwer werden, sie auch von dem Rest zu überzeugen. „Du hast Kontakt zu der Person, die dich informierte, aufgenommen und sie gefragt, ob sie helfen könnte. Diese hatte die Idee, Franziska ein pflanzliches Mittel zu verabreichen, das sie für ein, zwei Tage schwächen würde. Ihr verabredetet den genauen Tag, sie übernahm ihren Teil, mehr weißt du nicht." Ich wartete, aber aus dem Hörer drang nur Schweigen. „Mir ist nichts Besseres eingefallen", rechtfertigte ich mich. „Wir können die Geschichte gerne ändern."

„Nee", kam es gedehnt zurück. „ich glaube, selbst darauf wäre ich nicht allein gekommen. Aber, wenn sie mich nun nach dem Namen der Person fragen, was sage ich dann?"

Jetzt befand ich mich wieder auf sicherem Boden. „Den weißt du nicht. Dieser jemand hat nur geschrieben, dass er dich und Franziska aus einer Ferienfreizeit kennt und da gesehen hat, dass ihr beide dick befreundet seid. Seinen Namen wollte er dir nicht sagen. Deshalb warst du ja auch am Anfang skeptisch und hast dich mit mir in Verbindung gesetzt."

„Glauben Sie wirklich, dass das funktioniert?"

„Wird es", gab ich mit einer Sicherheit zurück, die ich so nicht fühlte. Ehrlich gesagt hatte ich selbst ein mulmiges Gefühl bei der ganzen Sache. Doch was sonst hätte ich erzählen können? Die Wahrheit? Die hätten sie mir noch weniger abgenommen. „Die Polizei wird sämtliche Bewohner der Farm befragen. Natürlich geben alle an, nichts mit dieser Geschichte zu tun zu haben", fuhr ich fort. „Die werden denken, einer von denen lügt, können aber nichts beweisen, weil es keine Beweise gibt. Das Ganze wird im Sande verlaufen, glaube mir."

„Na, Ihr Wort in Gottes Ohr." Franzi kicherte. „Vielleicht sollte ich langsam doch anfangen, an ihn zu glauben, meinen Sie nicht auch? Sie scheinen ja mehr darüber zu wissen."

„Es könnte jedenfalls nicht schaden", gab ich mich geheimnisvoll. Insgeheim war ich vor allem erleichtert, dass ich Désirée auf meiner Seite wusste. Nun konnte ich mich Manfred und den Michels stellen.

Die Polizei schluckte unsere Geschichte ebenfalls. Zwar musste ich mir deren Ermahnungen anhören, beim nächsten Mal lieber direkt zu ihnen zu kommen, statt alles selbst in die Hand zu nehmen – ich nickte brav und machte ein zerknirschtes Gesicht – doch damit hatte es sich. Sie waren viel zu sehr damit beschäftigt, das eigentliche Verbrechen aufzuklären und Franziskas Anschuldigungen nachzugehen, ich konnte endgültig aufatmen.

Meine bisherigen Informationen hatte ich von Richie bekommen, der die ermittelnden Beamten auf Schritt und Tritt begleitete. Ein weiteres langes Gespräch führten wir am Abend nach meinem Besuch bei Bruni, als die anderen schon in ihren Betten lagen.

„Der Boozen war tatsächlich der Obermufti", berichtete er. „Jetzt weiß ich auch, wie die alle miteinander verbandelt sind. Der hat drei Söhne aus drei verschiedenen Beziehungen und weil er nie geheiratet hat, tragen die eben die Namen der Mütter. Das sind Alex, Philip und Rouven. Bruder Claudius und Bruder Franzius kannte der Boozen von der Uni, die drei haben sich dort angefreundet und dann mit vier anderen zusammen diese christliche Glaubensgemeinschaft gegründet. Drei von denen sind später abgesprungen und durch die Söhne und einen Freund von Rouven ersetzt worden. Die wiederum requirierten die anderen beiden Internatsleiter, die vier sind tatsächlich alle echte Lehrer. Übrigens wird jedem von ihnen eine überragende Intelligenz bescheinigt."

„Damit haben wir schon die Erklärung für ihr Tun gefunden", vermutete ich. „Wahrscheinlich sind alle unglückliche Hochbegabte, die sich bemühten, es für die nachfolgende Generation besser zu machen."

„Klar, deshalb versuchten die auch, ihre Schüler zu manipulieren und deshalb entwickelten sie Pläne, die darauf hindeuteten, dass sie später einmal die Macht übernehmen wollten", spöttelte Richie. „Das, was Franzi kopiert hat, war eine Aufstellung, welche der zukünftigen Abiturienten was studieren sollten und in welche Bereiche man die zukünftigen Abgänger stecken wollte. Die hatten vor, flächendeckend nach den höchsten Posten zu greifen, damit ihre Absolventen irgendwann mal das Sagen in diesem Staat hätten."

„Da wäre ein Projekt über Jahrzehnte gewesen", wandte ich ein, obwohl mir ja eigentlich klar gewesen war, dass etwas Schlimmes hinter dieser ganzen Geschichte steckte. Nur klang diese Erklärung in meinen Ohren immer noch viel zu weit hergeholt. Dieser Frank Boozen musste dem Wahnsinn verfallen sein. Ein normaler Mensch kam nicht auf solch eine Idee.

„Ja und? Immerhin arbeiten sie schon seit dreißig Jahren daraufhin." Richie kicherte. „Es gibt genug Material, das zu beweisen. Obwohl, die anderen reden sich bereits darauf raus, dass sie davon nichts gewusst hätten. Leider ist der gesamte Schriftkram beim Boozen gefunden worden, die anderen hatten nichts, nada."

„Und das heißt?", fragte ich, weil er wieder eine seiner Kunstpausen machte.

„Dass wohl allen bis auf den Entführern und Einbrechern nichts nachgewiesen werden kann. Und die behaupten natürlich, auf Anweisung von ganz oben gehandelt zu haben. Glücklicherweise ist zumindest in diesen Fällen an deren Schuld nicht zu rütteln. Mehrere der Jugendlichen gaben an, mitbekommen zu haben, dass Franzi sich nicht freiwillig dort aufhielt. Womit dein Erklärungsversuch gut untermauert ist. Dass sie nichts unternommen haben, liegt daran, dass sie angeblich ihrer eigenen Wahrnehmung nicht getraut hätten", kam er meiner nächsten Frage zuvor. „Erst als dann die Polizei eintraf, wurde ihnen klar, dass sie doch richtig gelegen hatten." Er schnaubte. „Feigheit vor dem Herrn nenne ich das."

„Gibt es sonst noch Neuigkeiten." Ich musste gähnen. Es war ein langer aufregender Tag gewesen. Langsam sehnte ich mich nach meinem Bett.

„Waren das nicht genug für einen Tag? Morgen Abend gleiche Stelle, gleicher Ort, okay?" Ehe ich mich verabschieden konnte, war er verschwunden. Ich war nicht böse darum. Endlich Feierabend für heute!

65

Richard

Frank Boozen wurde in seinem Ferienhaus tot aufgefunden. Er hatte Selbstmord begangen, sein Abschiedsbrief war drei Seiten lang. Ich hatte Gelegenheit das gesamte Pamphlet zu lesen, echt abgefahren.

Es begann recht harmlos, indem er erklärte, der alleinige Initiator der Geschichte gewesen zu sein. Er wäre auch verantwortlich für Franziskas Entführung und ihre Gefangenschaft, seine Getreuen hätten nur seine Befehle ausgeführt. Er sei das alleinige Oberhaupt dieser Kirche gewesen, alle Entscheidungen seien von ihm getroffen worden, seine Verbündeten hätte er nur bruchstückhaft eingeweiht, keinem wäre das Ausmaß dessen, was er bezweckte, bewusst gewesen.

Der Rest des Briefes enthielt seine Rechtfertigung. Kathi hatte richtig gelegen, Frank Boozen hatte mit seiner Hochbegabung fast nur schlechte Erfahrungen gemacht. Die Schule war der reinste Horror, schrieb er, ich war der Außenseiter schlechthin. Freunde, Gleichgesinnte fand ich nicht, von meinen Eltern erhielt ich keinerlei Unterstützung, für sie war ich ebenfalls ein komischer Vogel.

Erst während des Studiums traf er auf Leidensgenossen, wie er es nannte. Mit denen blieb er weiterhin in Verbindung. Eine adäquate Partnerin zu gewinnen, gelang ihm nicht, dafür wurde er beruflich so erfolgreich, dass er sich schon mit dreißig Jahren aufs Altenteil zurückziehen konnte – allerdings nur offiziell, für ihn war die Arbeit sein Leben lang ein interessanter Zeitvertreib, den er nicht missen wollte. In erster Linie widmete er sich dann aber seiner Kirche. Die Idee zu deren Gründung sei anfangs aus einer Schnapsidee heraus entstanden, schrieb er. Der Umstand, dass man mit nur sieben Mitgliedern und einer Satzung in der Lage war, eine Religionsgemeinschaft offiziell beim Amtsgericht anmelden und eintragen zu können, hatte derart für Belustigung gesorgt, dass sie an einem geselligen Abend beschlossen, eine eigenen Gemeinde auf die Beine zu stellen.

Anfangs wollten wir nur als Auffangbecken für all die dienen, denen die normale Kirche nichts mehr zu bieten hatte, versuchte er in seinem Brief zu erklären. Unsere zwei Lehrer und Erich und Günter waren die Hauptakteure, die halfen, unsere Mitglieder zu mehren. Später wurde diese Aufgabe von meinen Söhnen Alexander und Philipp und dessen Freund übernommen. Ich allein war es, der später auf die Idee kam, die entstandenen Schulen für meine Zwecke zu missbrauchen. Bei der Entstehung des ersten Internates hatte ich allerdings noch nicht daran gedacht, vielmehr war es unsere Intention, hochbegabten Underachievern weiteres Leid zu ersparen und ihnen eine bessere Alternative in einem angemessenen Umfeld zu bieten. Damals waren wir schon in den Rang einer anerkannten Religionsgemeinschaft aufgestiegen, das war also Jahre später.

Irgendwann nach diesem Zeitpunkt, meine Politikverdrossenheit war mittlerweile ins Unermessliche gestiegen, kam mir der Gedanke, ob uns allen in diesem Staate nicht besser damit gedient wäre, wenn an dessen Spitze hochmotivierte, hochintelligente Menschen ständen, die wussten was sie taten, die in der Lage waren, blitzschnell Neues zu lernen, die geschult darin waren querzudenken und Problemlösungen zu finden. Hätte eine solche Regierung nicht uns allen genutzt?

Es sei nicht so, dass er und seine Verbündeten die Schüler ausgenutzt hätten, das Wichtigste sei stets gewesen, diese in ihrer Art anzunehmen und ihnen behutsam einen Weg aufzuzeigen, wie sie ihr Talent für sich selbst befriedigend nutzen könnten. Niemals hätten sie versucht, diese in eine, ihnen widerstrebende Richtung zu drängen, nie wäre Zwang ausgeübt worden.

Das mit Franziska sei allein seine Schuld und im Grunde ein einziges Missverständnis. Ihn hätte die Angst davor, dass sie mit ihren Verdächtigungen an die Öffentlichkeit gehen und ein völlig überzogenes Bild seiner Machenschaften zeichnen würde, zu dem schrecklichen Fehler verleitet, sie festzuhalten, bis er sie von der guten Absicht, die er mit seinem Tun bezweckte, überzeugt hatte. Ihr mit dem Wohlergehen ihrer Familie zu drohen, sei ein weiterer schrecklicher Fehler von ihm gewesen. Er bedaure das, was er angerichtet habe, zutiefst und sähe keine andere Möglichkeit, als aus dem Leben zu scheiden. Er hoffe aber, dass seine Fehler, die er allein zu verantworten habe, das Gute, das die Religionsgemeinschaft geschaffen habe, nicht bedrohen würde, dass seine Richter sehr wohl unterscheiden könnten, zwischen seinen Taten und den immensen Vorteilen, die Staat und Gesellschaft durch ihre Arbeit mit den Hochbegabten genießen würden.

Der Hammer, was?

Als ich Kathi davon erzählte, schüttelte sie den Kopf und nannte ihn verblendet, aber ich musste an eines ihrer letzten Gespräche mit Elisabeth denken, in dem diese, politisch sehr interessiert, mal wieder kein Blatt vor den Mund genommen hatte. „Vielleicht wären wir besser dran, wenn unser Land mal von Profis regiert würde", hatte sie getönt. „Das sind doch alles nur Kasperlepuppen, die von ihrer Partei und den sogenannten Experten, die sie beraten, benutzt werden. Du kannst mir nicht erzählen, dass ein ehemaliger Lehrer, ein Doktor irgendwas oder ein ehemaliger Beamter, wovon es in deren Reihen nur so wimmelt, genügend Wissen vorweisen können, um einen so verantwortungsvollen Posten wie den eines Ministers adäquat auszufüllen. Die haben von dem, was sie da entscheiden sollen, nicht viel mehr Ahnung als du und ich."

Kathi als brave Staatbürgerin hatte protestiert. „Man wächst mit seiner Verantwortung. Die knien sich bestimmt richtig hinein und eignen sich das nötige Wissen an."

„Klar." Elisabeth hatte höhnisch gelacht. „Und dann, wenn sie endlich etwas Durchblick haben, wechseln sie von diesem Ministerium zu einem anderen und fangen wieder von vorn an. Und das alles zum Wohle des Volkes."

Irgendwie hatte sie schon recht, fand ich wenigstens. Vielleicht war diese Idee von dem Boozen ja doch gar nicht so übel. Zumindest wäre es interessant gewesen zu sehen, ob und wie sie funktioniert hätte.

Aber das war ja nun Schnee von gestern und mit Kathi konnte man darüber sowieso nicht diskutieren. Sie glaubte viel zu sehr an das Gute im Menschen und sah es als einen Glücksfall, dass wir diesen Wahnsinnigen gestoppt hatten. „Ich bin echt gespannt, wie es weitergeht", beendete ich deshalb meinen Bericht. „Ich bleibe am Ball und bringe dir jeden Abend die neuesten Nachrichten."

Ich konnte sehen, dass sie darüber sehr erleichtert war. Bisher hatten wir beide das Thema Carmen gemieden, aber sie wusste sicherlich, dass ich mittlerweile voll informiert war über das, was da ablief. Kathi traute sich nicht, mich anzusprechen, weil sie Angst hatte, ich würde ihr dann sagen, dass ich sie bald verlassen würde. Ich dagegen sprach nicht mit ihr darüber, weil ich im Moment selbst keine Ahnung hatte, was ich tun sollte.

Okay, bisher waren sie und ich davon ausgegangen, dass mein Aufenthalt hier endete, wenn ich meine Familie in guten Händen wusste, Äußerungen in dieser Richtung hatte ich genug fallen lassen. Nur – jetzt, wo es fast soweit war, konnte ich mich nicht entscheiden. Immerhin war ja weiterhin unklar, was danach kommen würde. Was ich hier hatte dagegen, lag auf der Hand. Nicht nur, dass ich weiterhin miterleben konnte, wie meine Kinder aufwuchsen und dass ich in Kathi eine supergute Freundin gefunden hatte, die ich nicht missen wollte, nein, ich hatte es geschafft, selbst als Geist ein nützliches Mitglied dieser Gesellschaft zu werden. Ohne mich hätte Kathi diesen Fall bestimmt nicht lösen kön nen. Und den davor auch nicht. Außerdem hatte ich mir geschworen, diesen Dealerring auszuheben, was garantiert auch noch eine Weile dauern würde. Bisher war ich nicht über die unteren Chargen hinausgekommen.

Natürlich war mir im Endeffekt bewusst, dass ich meine Entscheidung mithilfe dieser Pseudogründe vor mir herschob. Aber mal ganz ehrlich, ich wusste selbst nicht, was ich wollte. Das würde nur die Zeit entscheiden können.

Dass dieser Fall noch wesentlich unmöglicher und von noch mehr Zufällen geprägt war, als Kathi wusste, würde ich ihr jedenfalls in diesem Leben nicht mehr erzählen. Es war sowieso schon erstaunlich, was wir bei unserem zugegebenermaßen laienhaften Herumwühlen ausgegraben hatten. Erführe sie, dass ich sie durch meine Lügen sozusagen zum Ermitteln gezwungen hatte, würde sie garantiert ausrasten und mich auch später immer wieder an meine Verdrehung der Tatsachen erinnern. Wollte ich weitere Fälle mit ihr klären, was ja nicht ganz ausgeschlossen war, hielt ich mich besser zurück. Jede Wahrheit musste nicht aufgedeckt werden.

66

Katharina

Die Aufregung und der Trubel der letzten Tage legten sich langsam. Die Michels waren bei uns ausgezogen und würden wohl bald in ihre alte Wohnung zurückkehren. Gabi hatte die Chance erhalten, ihren alten Job wieder zu übernehmen, Kalle, der eigentlich kündigen wollte, war von Boozens Sohn Rouven überredet worden, seine Stelle zu behalten. Selbst Franziska hatte sich entschieden, ihr Abitur auf einem der kirchlichen Internate abzulegen, allerdings wechselte sie nun tatsächlich auf das, das ihre Gefangenenwärter für sie vorgesehen hatten – was jedoch darin begründet lag, dass ihre Freundin Désirée dieses ebenfalls besuchte. Kalle und seine Tochter konnten so an den Wochenenden gemeinsam zu ihrer Familie fahren.

Alexander, Frank Boozens zweitältester Sohn, hatte die Aufsicht der Internate übernommen. Es war nämlich tatsächlich nicht möglich gewesen, ihm und seinen Mitverschwörern etwas nachzuweisen. Die Einzigen, die sich würden rechtfertigen müssen, waren die vier Internatsleiter und Rudi und seine Mitarbeiter, die alle Schuld auf sich nahmen.

Trotzdem reichte der ganze Wirbel aus, dass die Verbliebenen sich offiziell von den Machenschaften der Beschuldigten distanzierten. Alexanders erste Amtshandlung war es, jeden Lehrer zu durchleuchten und alle, die er verdächtigte, mit seinem Vater zusammengearbeitet zu haben, zu entlassen. Außerdem schuf er die Möglichkeit, dass auch Externe aufgenommen wurden und jeder Schüler, der es wollte, an jedem Wochenende nach Hause fahren konnte.

Richie und ich atmeten auf, als wir davon erfuhren. Wir hatten uns schon Sorgen gemacht, was aus all den Kindern werden sollte, die dort eine Zuflucht gefunden hatten. Ich war sogar bei Manfred vorstellig geworden und hatte ihn gefragt, ob nicht vielleicht im Zweifelsfall die evangelische Kirche die Schulen übernehmen könne. „In der heutigen Zeit? Bei dem, was das alles kostet? Keine Chance."

Ich hatte mich von ihm aufklären lassen müssen, dass Privatschulen in Deutschland von der Bezirksregierung genehmigte Ersatzschulen waren, die zwar die normalen Lehrergehälter zu siebzig bis neunzig Prozent übernahmen, der Rest, das hieß die Internatsbetreuung, das Gehalt des Schulpsychologen und all das andere, was dort angeboten wurde, musste von der Einrichtung, die die Schule betrieb, aufgebracht werden.

Daher war ich ehrlich gesagt erleichtert, als die Überprüfung der restlichen Mitglieder der Kirche keinerlei Anhaltspunkte dafür ergab, dass sie in irgendwelche Straftaten verwickelt gewesen waren und keine Anklagen gegen sie erhoben wurden.

Gut, unschuldig waren sie nicht, das wusste ich durch Richies Berichte. Beweisen konnte ich dies jedoch nicht und wollte ich auch gar nicht. Zumindest blieb so die Genehmigung für die Internate bestehen und der Betrieb ging weiter. Mit den manipulativen Machenschaften dagegen war Schluss, dafür hatte Franziska gesorgt. Die Verbliebenen würden sich hüten, ihre früher gesteckten Ziele weiterzuverfolgen, vor allem, weil die Schulbehörde sie in den nächsten Jahren sicherlich mit Argusaugen beobachtete. Außerdem hatte Frank Boozens Sohn ja tatsächlich alle, die auch nur den Hauch einer Schuld trugen, entlassen und sich öffentlich von den Machenschaften seines Vaters distanziert.

Das und der Umstand, dass die Zeitungen relativ zurückhaltend von dem Skandal berichteten, trugen dazu bei, dass fast alle Schüler weiter auf den Internaten verblieben. Ich persönlich denke, es entsprach eher der Tatsache, dass sie und ihre Eltern wussten, dass es so gut wie keine Alternative gab. Wo hätten die durchweg durch normale Schulen geschädigten Underachiever denn hingehen sollen?

Durch die Verhaftung von Bruder Claudius und der Entlassung von Roman Becker, drei weiteren Lehrern und der Schulpsychologin war Luisa endlich so weit zur Besinnung gekommen, dass sie sich ihrer Mutter wieder annäherte, wie diese mir telefonisch berichtete. Sie hege die Hoffnung, dass ihre Beziehung sich demnächst noch weiter bessere, da Luisas neuer Freund Tobias sehr daran interessiert sei, sie besser kennenzulernen. Nun, das waren gute Neuigkeiten. Falls erforderlich konnte ich Luisa immer noch mit Franziska und Désirée in Kontakt bringen, aber ich wollte erst einmal abwarten, ob die beiden Glasers es nicht allein schafften, wieder zueinanderzufinden.

Auch Manfred hatte mir meinen Alleingang verziehen. Anfangs war er ziemlich aufgebracht gewesen, dass ich ihn nicht eingeweiht hatte. „Stell dir mal vor, das Ganze wäre schiefgegangen und unser Verdacht hätte sich nicht erhärten lassen", hatte ich mich herausgeredet. „Du, als Pfarrer, hättest das Meiste ausbaden müssen. Und hätte ich dir vorab erzählt, was ich machen wollte, hättest du nur versucht, es mir auszureden. Oder du wärest unnötig besorgt um mich gewesen."

Ausgereicht hatten diese Erklärungsversuche nicht. Aber dadurch, dass in den ersten Tagen die Michels den ganzen Tag um uns waren, bemühte er sich um Normalität und behandelte mich nicht anders, als sonst auch. Danach war das Schlimmste ausgestanden, die Enttäuschung über mein Verhalten würde ihn trotzdem noch lange begleiten, da war ich mir sicher.

Den Gedanken Elisabeth zu fragen, ob sie Manfred ebenfalls auf unsere Ehekrise angesprochen hatte, verwarf ich. Was hätte es mir genutzt, diese Frage zu klären? Und im Moment war ich diejenige, die erst einmal kleine Brötchen backen musste.

Was Richie betraf, war ich froh, dass er mir wohl doch noch weiterhin zur Seite stehen wollte. Ein Leben ohne ihn wäre für mich auch mittlerweile schwer vorstellbar gewesen. Ich konnte nur hoffen, dass er es ebenso sah und mir noch lange erhalten blieb.